ullstein

Das Buch

Das Anwesen der Armstrongs: Als Lord Edward es 1840 für seine Frau Anna errichten lässt, ist es ein Monument der Liebe. Doch Verzweiflung und Misstrauen treiben die beiden in einen Strudel von Vorfällen, deren Ausmaße noch Generationen nach ihnen prägen werden.

Fast hundert Jahre später ergeht es den Nachfahren Lord Pierce und Lady Clara nicht besser. Auch auf ihrer Ehe scheint ein Unglücksfluch zu liegen, und Clara verlässt das Haus als gebrochene Frau.

Als Kate Fallon das Anwesen im 21. Jahrhundert schließlich erwirbt, ahnt sie nicht, was sich in diesen Mauern abgespielt hat. Gemeinsam mit dem letzten Erben Nico begibt sie sich auf eine Reise in die Vergangenheit einer Familie, in der nichts ausgelassen wurde: Betrug, Rache, Besessenheit, Liebe und Verzweiflung – in diesem Haus wurde alles gelebt. Drei Generationen lang. Und auch Kates Bestimmung wird davon nicht unberührt bleiben …

Der Autor

Andrew O'Connor hat Englisch und Geschichte studiert und lange in der Werbung gearbeitet. Er ist Autor mehrerer Romane und lebt in Irland.

ANDREW O'CONNOR

Das Haus der Lady Armstrong

ROMAN

Aus dem Englischen
von Marie Rahn

Ullstein

Besuchen Sie uns im Internet:
www.ullstein-taschenbuch.de

FSC
www.fsc.org
MIX
Papier aus verantwortungsvollen Quellen
FSC® C014496

Originalausgabe im Ullstein Taschenbuch
1. Auflage Juni 2014

First published in the English language by Poolbeg Press,
Dublin, Ireland
Umschlaggestaltung: ZERO Werbeagentur, München
Titelabbildung: Haus und Himmel: © plainpicture/whatapicture;
Zweige: © FinePic®, München
Satz: LVD GmbH, Berlin
Gesetzt aus der Minion
Papier: Pamo Super von Artic Paper Mochenwangen GmbH
Druck und Bindearbeiten: GGP Media GmbH, Pößneck
Printed in Germany
ISBN 978-3-548-28575-7

Für Mary Kate Browne

PROLOG

2007

Die Scheidung hätte eigentlich ganz einfach über die Bühne gehen sollen. Schließlich wollten beide Parteien die Ehe beenden. Doch wie immer steckte der Teufel im Detail, daher hatten sie sich im Beisein ihrer Anwälte getroffen, um sich außergerichtlich zu einigen. Nico und Susan Collins saßen einander gegenüber: am Tisch im Konferenzraum der Kanzlei von Susans Anwalt, neben ihrem jeweiligen Rechtsvertreter. Nicos Anwalt, Geoffrey Conway, ein Mann in den Sechzigern, vertrat seine Familie bereits seit dreißig Jahren. Aber als Nico Susans geschniegelten, jungen und überaus selbstbewussten Anwalt betrachtete, hoffte er nur, Geoffrey würde mit seiner Erfahrung die Ausstrahlung seines Gegners wettmachen.

»Zunächst einmal möchte ich die positiven Punkte hervorheben«, begann Geoffrey. »Nico und Susan sind sich einig, dass sie sich scheiden lassen wollen. Außerdem wollen sie beide das gemeinsame Sorgerecht für ihre Tochter Alex.«

»Bleibt also nur noch das Finanzielle«, bemerkte Susan.

»In der Tat«, bestätigte Geoffrey. »Da gibt es das Haus der Familie, auf dem eine beträchtliche Hypothek lastet, und zwei Häuser auf dem Land, Armstrong House und Hunter's Farm, die seit vielen Generationen im Besitz von Nicos Familie sind und die er von seiner verstorbenen Mutter Jacqueline Armstrong Collins geerbt hat.«

»Meine Klientin schlägt vor«, meldete sich Susans Anwalt Peter zu Wort, »dass Armstrong House verkauft wird. Dies würde Mr und Mrs Collins genug finanzielle Mittel geben, um die Hypothek in Dublin abzuzahlen und Nico ein neues Haus in Dublin zu kaufen.«

»Wie ich bereits sagte«, erwiderte Nico abwehrend, »verkaufe ich das Haus nicht.«

Susan wurde wütend. »Dann müssen wir unser Haus in Dublin verkaufen und Alex und ich müssen irgendwo in einer Schuhschachtel hausen, während du den Rest deines Lebens in einer Mietwohnung leben musst. Sehr schön für Alex, zwischen einer Schuhschachtel und einer Mietwohnung pendeln zu müssen!«

»Wir haben beide gut bezahlte Berufe: Du bist Journalistin und ich Architekt«, entgegnete Nico. »Wir kommen schon klar.«

»Ich will aber nicht nur klarkommen«, sagte Susan. »Wenn wir Armstrong House verkaufen, können wir uns und unserer Tochter ein gutes Leben ermöglichen. Meine Freundin Janet Dolan ist Immobilienmaklerin; sie hat das Haus letzte Woche begutachtet und meint, es wäre sicher über eine Million wert.«

»Janet Dolan!«, sagte Nico entgeistert. »Ich fasse es nicht, dass du ihr das Haus gezeigt hast.«

»Wieso nicht? Sie ist die absolut Beste in ihrer Branche.«

»Tatsache ist doch, Nico, dass Ihre Eltern Ihnen beträchtliche Schulden hinterlassen haben, für die Sie haftbar sind«, schaltete Peter sich ein.

»Jacqueline war eben eine Lebedame«, sagte Susan und grinste Nico spöttisch an.

»Allerdings«, murmelte Geoffrey und lächelte in Erinnerung daran.

Nico warf ihm einen warnenden Blick zu, worauf Geoffrey hustete.

»Nico hält an seiner Entscheidung fest, das Haus nicht zu verkaufen. Es ist seit hundertsiebzig Jahren im Besitz der Familie. Und Jacqueline hat das Haus geliebt.«

»Ja, ja, typisch für sie«, bemerkte Susan. »Sie war immer so absolut. Entweder liebte sie etwas, oder sie hasste es. Sie liebte die französische Küche und hasste die italienische. Liebte Yachten, hasste Tanzen. Liebte Nico – und hasste mich!«

Nico sah sie herausfordernd an. »Wenn wir schon dabei sind: Sprechen wir auch über deine Verwandten?«

Susan lächelte reuig. »Nein, lieber nicht.«

Nico nickte grinsend. »Kluge Entscheidung.«

Geoffrey lehnte sich zurück. »Folgendes: Nico bestreitet weder den Wert von Armstrong House noch den Nutzen für alle, falls es verkauft würde. Er sagt lediglich, dass er es nicht verkaufen will.«

»Wir könnten vor Gericht gehen und einen Verkauf erzwingen«, betonte Peter.

Susan seufzte laut und sah Nico mitfühlend an. »Das würde ich lieber nicht tun … ich will nur, du würdest einsehen, dass es das Richtige wäre, Nico, für Alex, für uns alle.«

Als Geoffrey sah, mit welch offensichtlicher Zuneigung sich die Collins anblickten, fragte er: »Könnte die Ehe vielleicht noch gerettet werden?«

»Nein, keine Chance«, sagte Susan entschieden. »Unsere Ehe hat nicht mehr funktioniert – weil es eine Ménage à trois war!«

»Wirklich?«, fragte Geoffrey, entsetzt über die plötzliche Offenbarung.

»Allerdings: Nico und ich – und seine Arbeit!« Sie

schaute Nico anklagend an, worauf beide in Gelächter ausbrachen.

Geoffrey schüttelte resigniert den Kopf. »Dann müssen wir feststellen, dass wir uns nicht einigen können, und das Gericht entscheiden lassen.«

Susan lehnte sich vor und sah Nico an. »Ich weiß, dass du Armstrong House liebst, Nico, aber es hat deine Eltern fast ruiniert.«

»Genau! Wenn ich es jetzt verkaufen würde, direkt nachdem ich es geerbt habe, käme es mir vor wie ein Verrat an meinen Eltern und meiner Familie. Und es wäre auch ein Verrat an Alex. Schließlich ist es auch ihr Erbe ... also, warum bitten wir nicht sie, über das Schicksal des Hauses zu entscheiden?«

»Alex ist zehn: Es ist keine gute Idee, ein Kind über Wichtigeres entscheiden zu lassen als über den Belag der Pizza«, wandte Geoffrey ein.

»Ich fürchte, da hat dein Anwalt recht«, warf Susan rasch ein.

»Nur weil du weißt, dass Alex das Haus nicht verkaufen will – sie liebt es nämlich genauso wie ich«, erwiderte Nico.

»Bleiben wir doch realistisch«, sagte Susan. »Was weiß Alex schon über Geld und finanzielle Absicherung – oder darüber, was für ihre Zukunft das Beste ist?«

Gedankenverloren lehnte Nico sich zurück.

»Ich möchte, dass Alex eines Tages das Haus erbt«, verkündete er dann. »Ich möchte, dass es auf sie übergeht, wie es auf mich übergegangen ist – von Generation zu Generation.«

BUCH 1

1840 – 1848

1. KAPITEL

Schneeflocken trieben wirbelnd zu Boden und blieben auf den georgianischen Fenstern der kleinen Läden auf der Grafton Street in Dublin haften. Am Morgen hatte es schon leicht geschneit, und im Verlauf des Tages hatte sich eine dünne Schneedecke auf den Straßen gebildet.

Am Verkaufstisch eines Hutladens stand Anna mit ihren beiden jüngeren Schwestern Florence und Sophia und ihrer Cousine Georgina, die die Feiertage bei ihnen verbrachte. An diesem Heiligabend waren alle Geschäfte voll, und auch die jungen Frauen machten ihre letzten Einkäufe.

»Es ist fast vier, Anna! Wir müssen nach Hause und uns für die Feier vorbereiten«, mahnte Sophia.

»Das ist der letzte Einkauf für heute, versprochen«, sagte Anna und wechselte einen amüsierten Blick mit Georgina, weil ihre Schwester so aufgebracht war. Die beiden Älteren hatten Florence und Sophia durch fast jeden Laden auf der Grafton Street geschleift.

Der Ladeninhaber band eine Schlaufe an die raffinierte Schleife der Hutschachtel und reichte diese Anna.

»Darf es sonst noch etwas sein, Miss?«, fragte er mit strahlendem Lächeln.

»Nein, ich glaube, wir haben genug«, erwiderte Anna grinsend. Alle vier waren mit Schachteln und Geschenken bepackt.

»Dann noch einen schönen Tag und frohe Weihnachten«, wünschte ihnen der Mann.

»Fröhliche Weihnachten!«, trällerten Anna und Georgina unisono, als sie den jüngeren Mädchen auf die Straße folgten.

»Jetzt müssen wir aber wirklich zurück zur Kutsche. Papa wird wütend sein, wenn wir heute Abend zu spät kommen«, beharrte Sophia.

»Geht schon vor – wir kommen gleich«, versprach Anna.

Sophia bedachte sie mit einem warnenden Blick, als sie sich mit Florence in Bewegung setzte. Georgina und Anna sahen sich verschwörerisch an und kicherten, als sie ihnen folgten.

»Für wen ist der Hut?«, fragte Georgina.

»Ach, nur für eine Freundin.« Die beiden Mädchen waren seit ihrer Kindheit befreundet, obwohl Georgina auf dem Land wohnte. Anna fühlte sich Georgina oft näher als ihren eigenen Schwestern – oder auch ihrem Bruder. Es war, als wären sie beide mit der Fähigkeit geboren, die Gedanken der anderen lesen zu können. Sie kannten all ihre Geheimnisse und verbargen nichts voreinander. Mit einundzwanzig war Anna ein Jahr jünger als Georgina.

»Wann soll die Feier denn anfangen?«, fragte Georgina, als sie an einer Gruppe Carolsingers unter einer Laterne vorbeikamen.

»Papa meinte, die Gäste kämen ab sieben Uhr.«

»Und wann kommt Lord Armstrong?«, fragte Georgina mit einem bedeutsamen Blick.

»Wer sagt, dass er überhaupt kommt?«, fragte Anna, aber sie blickte ziemlich selbstzufrieden.

»Du weißt genau, dass er kommen wird.«

»Vielleicht hält der Schnee ihn davon ab. Schließlich ist es eine sehr lange Fahrt aus dem Westen«, sagte Anna.

»Er wird es schaffen«, versicherte Georgina. »Schließlich hat er etwas sehr Wichtiges vor, oder?«

Anna packte die behandschuhte Hand ihrer Cousine. »Georgina, glaubst du, er fragt Papa heute Abend?«

»Selbstverständlich. Schließlich hat er es dir doch gesagt. Und er hat schon mal mit deinem Vater darüber gesprochen.«

Anna dachte daran, wie ihr Vater in der Woche zuvor mit ihr in den Salon gegangen war und sie gefragt hatte, ob sie sich vorstellen könne, Edward Armstrong zu heiraten. Entzückt über diese Aussicht hatte sie begeistert genickt. Immerhin war es bei ihr Liebe auf den ersten Blick gewesen, als er drei Jahre zuvor zu ihrer Feier an Heiligabend gekommen war. Er sah gut aus mit seinen dunkelbraunen Haaren, der blassen Haut und den haselnussbraunen Augen, doch für sie zählte viel mehr, dass er intelligent, warmherzig und freundlich war. Und es war von ihrer ersten Begegnung an klar gewesen, dass auch er sie anziehend fand. Seitdem hatte er sie immer wieder besucht und war ein enger Freund der Familie geworden. Obwohl er auf seinem Familienbesitz im County Mayo lebte, den er nach dem Tod seiner Eltern geerbt hatte, schien er jede Gelegenheit genutzt zu haben, um nach Dublin zu kommen und Zeit mit Annas Familie zu verbringen. Da Edward ein Einzelkind war, gefiel ihm offenbar der Trubel, der in der großen Familie Stratton herrschte.

»Wo werdet ihr nach eurer Hochzeit wohnen?«, fragte Georgina. »Mit seinem Geld werdet ihr viele Möglichkeiten haben. In einem schicken Stadthaus? Ich hab neulich auf der Leeson Street eines gesehen, das zum Verkauf stand, aber das wäre für dich, mit einem Haus am Merrion Square, ein Abstieg.«

»Edward hat klar gesagt, dass er auf seinem Landsitz leben will. Er hat keinerlei Interesse, dauerhaft in Dublin zu wohnen.«

Das überraschte Georgina. »Und was hältst du davon, deine Familie, deine Freunde und alle zu verlassen, die du kennst?«

»Das ist mir gleich, wenn ich nur mit Edward zusammen sein kann. Er ist sehr fortschrittlich und will kein Lord sein, der nie auf seinem Anwesen ist. Er will sich ausgiebig um sein Land und seine Pächter kümmern. Er will sogar Modelldörfer bauen lassen und die Anbaumethoden verbessern.«

»Aber werden dir die Bälle und die Feste in Dublin nicht fehlen?«

»Auf seinem Anwesen können wir Dutzende selber veranstalten.«

»Zumindest bist du Herrin im eigenen Haus, und keiner bestimmt mehr über dich.«

Damit spielte sie auf ihre eigene Schwägerin Joanna an. Nach dem Tod von Georginas Vater gehörte der Familienbesitz in Westmeath, Tullydere, ihrem Bruder Richard und seiner Frau Joanna, die Georgina verachtete.

»Keine Sorge«, sagte Anna tröstend. »Du heiratest auch bald, und dann kannst du dein eigenes Heim gründen.«

Sofort wurde Georgina munterer, und sie lächelte, als sie an ihren eigenen Verlobten Tom dachte.

»Versprich mir, dass du mich ganz oft besuchen kommst, wenn ich Edward geheiratet habe«, sagte Anna.

»Natürlich. Du wirst ein Leben wie im Märchen haben.«

Als sie an einer Schar Kinder vorbeikamen, die sich die Nase am Schaufenster eines Spielzeugladens platt drückten, sagte Anna: »Schon bald kaufen Edward und ich Spielzeug für unsere Kinder, Georgina. Er will eine große Familie mit sechs Kindern.«

»Dann ist dein ganzes Leben ja schon geplant und fängt heute Abend an.«

»Anna«, rief Sophia vom Ende der Grafton Street, »wir warten! Wir müssen uns noch für heute Abend fertig machen. Wir haben keinen Verlobten, der eine halbe Grafschaft besitzt!«

Als Antwort winkte Anna nur. Jetzt fiel der Schnee heftiger, und sie befürchtete, Edward würde es bis zum Abend nicht schaffen.

Die Kutsche bog in den Merrion Square ein und hielt vor dem Haus der Strattons, eines der vierstöckigen Stadthäuser, die die Grünfläche in der Mitte des Platzes umringten. Als die jungen Frauen eintraten, herrschte im Haus bereits höchste Betriebsamkeit.

Die Mädchen folgten Anna in die erste Etage, wo ihr Vater und ihr Bruder Cecil den riesigen Weihnachtsbaum im Salon bewunderten.

»Papa, Anna hat schrecklich getrödelt«, beschwerte sich Sophia.

»Nicht so schlimm«, erwiderte dieser und legte seinen Arm um Anna. »Deine Schwester wird dich wahrscheinlich nicht mehr lange ärgern.« Er lächelte mit einem wissenden Blick seine hübsche älteste Tochter mit den glänzenden kastanienbraunen Haaren und den strahlenden grünen Augen an.

Vier Stunden später war der Salon voller Gäste im Festtagsstaat, die John Strattons traditionelles Weihnachtsfest genossen. Im Kamin prasselte ein lustiges Feuer, und der ganze Raum war von Kerzen erhellt. Die Männer tranken Bier und Portwein, die Frauen hielten sich an Wein und Sherry. In einem ununterbrochenen Strom brachten Diener Tabletts mit Canapés, Gebäck und Kuchen herein.

Cecil saß, umringt von einer Gruppe Bewunderer, am Klavier und spielte Weihnachtslieder.

Aber Anna konnte das Fest nicht genießen, da Edward noch nicht erschienen war. Sie blickte hinaus in den Schnee und stellte sich vor, dass er irgendwo in einem Gasthof festsaß. Ihr drehte sich der Magen um bei der Vorstellung, dass ihre Verlobung verschoben und ihr Weihnachtsfest verdorben würde. Jedes Mal, wenn die Türglocke ertönte, rannte sie zum Treppenabsatz, um zu sehen, wer da kam – nur um dann wieder enttäuscht zurückzukehren.

Nachdem die Uhr elf geschlagen und sie schon alle Hoffnung aufgegeben hatte, klingelte es erneut. Sie rannte zur Galerie und spähte in die Eingangshalle. Als die Tür aufging, trat Edward ein, Anzug und Mantel schneebedeckt. Ein Butler half ihm aus seinem Mantel, aber dann führte er ihn nicht hinauf in den Salon, sondern in ein kleineres Empfangszimmer im Erdgeschoss und schloss die Tür hinter ihm. Danach kam der Diener herauf, bahnte sich einen Weg durch die Gästeschar und flüsterte etwas zu ihrem Vater, der nickte und nach unten ging.

Fast eine Stunde wartete Anna voller Unruhe. Endlich ging unten die Tür auf und heraus kamen ihr Vater und Edward – lächelnd. Während sie die Treppe heraufstiegen, eilte Anna zum Fest zurück und tat so, als unterhielte sie sich mit Georgina.

Die beiden Männer betraten den Salon und blickten sich um. Anschließend kam ihr Vater zu ihr und fragte: »Anna, würdest du bitte zu Edward und mir ans Klavier kommen?«

Sie setzte eine überraschte Miene auf und folgte ihrem Vater. Dieser bat Cecil, sein Spiel zu unterbrechen, und allmählich verstummte die Menge und wandte sich zum Klavier, wo John Stratton zwischen seiner Tochter und Edward Armstrong stand.

»Ladies and Gentlemen, ich möchte das Fest kurz unterbrechen, um etwas zu verkünden, was für Sie wahrscheinlich kaum überraschend kommt: die Verlobung meiner ältesten Tochter Anna mit Lord Edward Armstrong.«

Daraufhin jubelte und applaudierte die Menge.

Als die Familie am nächsten Vormittag vom Kirchgang nach Hause kam, empfing sie schon der Duft von Truthahn mit Salbei-Zwiebel-Füllung. Sie eilten zum Weihnachtsbaum und begannen mit der Bescherung.

Während Annas Vater den schönen Spazierstock bewunderte, den Edward ihm geschenkt hatte, nahm Anna die Schachtel mit dem Hut, den sie am Vortag gekauft hatte, und reichte sie Georgina.

»Der war für mich?«, fragte Georgina entzückt und öffnete rasch die Schachtel, um den Hut herauszunehmen.

»Ich hab gesehen, wie du ihn im Laden bewundert hast. Da musste ich ihn einfach kaufen.«

»Danke!« Georgina drückte Annas Hand.

»Und jetzt möchte ich meiner Verlobten ihr Geschenk geben«, verkündete Edward laut, ging zum Weihnachtsbaum, nahm ein großes, rechteckiges Paket und brachte es Anna.

»Was ist das, ein Bild?«, fragte Anna nach einem prüfenden Blick und packte es aufgeregt aus.

Die ganze Familie scharte sich um sie und starrte auf das goldgerahmte Gemälde eines wunderschönen Hauses.

»Gefällt es dir, Anna?«, fragte Edward.

»Sehr!«, antwortete Anna und betrachtete das ausgezeichnete Bild.

»Ein ungewöhnliches Verlobungsgeschenk«, bemerkte Sophia, als Anna ganz versunken auf das schöne Haus starrte. »Ich hätte Schmuck vorgezogen.«

»Gefällt es dir wirklich?«, fragte Edward noch einmal.

»Ja wirklich, ich liebe es!«

»Denn dieses Bild ist nicht dein einziges Geschenk«, fuhr Edward fort. »Es wurde nach den Bauplänen eines Hauses gemalt, das gerade auf meinem Land errichtet wird.«

»Ein Haus?«, fragte Anna verwirrt.

»Ich lasse dieses Haus für dich bauen, Anna«, erklärte Edward und sah sie liebevoll an.

»Das ist um Längen besser als Schmuck«, sagte Georgina mit einem Seitenblick zu Sophia.

Ehrfürchtig betrachtete die ganze Familie das eindrucksvolle Haus auf dem Gemälde.

»Aber was ist dann mit dem jetzigen Familiensitz, dem Anwesen deiner Vorfahren?«, fragte Anna.

»Ach«, antwortete Edward abwinkend, »der alte, zusammengestückelte Kasten! Meine Mutter hat meinen Vater ständig beschworen, das Ding abzureißen und ein Haus zu bauen, das unserem Stand angemessen ist. Da es ohnehin baufällig ist, lasse ich es abreißen und darauf große Stallungen bauen. Das neue Haus wird alle modernen Annehmlichkeiten haben und meiner Braut angemessen sein.« Er sah Anna lächelnd an.

Annas Vater nahm das Bild, betrachtete es und fragte: »Und wann hast du mit dem Bau des Hauses angefangen?«

»Vor zwei Jahren … als ich wusste, dass wir eines Tages heiraten würden. Es wurde hart daran gearbeitet, damit es rechtzeitig zu unserer Hochzeit fertig ist. Mein Cousin Sinclair hat die Arbeiten überwacht.«

John lächelte traurig. »Ich wünschte nur, deine Mutter

hätte es noch erleben dürfen, dich als verheiratete Frau in diesem wunderbaren Haus zu sehen, Anna.«

Als sich am Abend die ganze Familie im Wohnzimmer vom vielen Essen und Trinken erholte und Cecil einschmeichelnde Melodien auf dem Klavier klimperte, saßen Anna und Georgina zusammen vor dem Kamin.

»Denk nur, in einem Jahr sind wir beide schon verheiratet und haben ein eigenes Haus«, sagte Anna und starrte auf das Gemälde, das vorübergehend einen Platz auf der Anrichte gefunden hatte.

»Eigentlich hatte ich gehofft, noch vor Weihnachten einen Brief von Tom zu bekommen«, erwiderte Georgina.

»Wahrscheinlich ist er schon unterwegs und hängt irgendwo auf dem Postweg vom Kontinent fest«, tröstete Anna sie.

»Ich hoffe doch, es geht ihm gut«, seufzte Georgina.

»Natürlich. Er wird bald zurück sein, und dann könnt ihr die letzten Einzelheiten eurer Hochzeit im Sommer planen.« Anna wandte sich zu Georgina und nahm ihre Hand. »Ich möchte, dass unsere Kinder sich auch so nahestehen wie wir.«

»Das möchte ich auch«, entgegnete Georgina.

»Dann lass uns einen Pakt schließen: Wir wollen uns weiterhin so oft treffen wie jetzt und nicht zulassen, dass sich irgendwas zwischen unsere Freundschaft oder die unserer Kinder schiebt. Versprochen?«

»Versprochen«, sagte Georgina.

2. KAPITEL

Genfer See, Schweiz
29. April 1841

Meine liebe Georgina,

ich hoffe, Du hast meinen letzten Brief bekommen. Da wir so viel herumreisen, kann ich Dir keine Adresse geben, an die Du schreiben könntest. Letzte Woche sind wir von München hierher nach Genf gekommen, und ich fasse es nicht, dass unsere Flitterwochen bald zu Ende sind und wir Donnerstag nach Irland zurückkehren. Die Zeit ist wie im Flug vergangen.

Ich liebe Edward mit jedem Tag mehr. Er verwöhnt mich unglaublich. Wir mussten einiges für die zusätzlichen Koffer mit unseren Einkäufen bezahlen. Wenn wir nach Irland zurückkommen, statten wir meinem Vater einen kurzen Besuch ab, bevor wir unser neues Leben in Mayo beginnen – in unserem neuen Haus. Ich kann es kaum erwarten, es zu sehen.

Besuchst Du uns bitte noch vor Deiner Hochzeit in unserem Haus? Wie sieht es mit den Vorbereitungen aus? Habt Ihr beide Euch auf ein Datum geeinigt? Ich weiß, wie viel Arbeit und Planung für eine Hochzeit nötig sind, aber nicht mal Du brauchst so viel Zeit! Bitte, zögere es nicht länger heraus, denn ich möchte nicht, dass zwischen unseren Kindern ein so großer Altersunterschied herrscht. Du erinnerst Dich doch noch an unseren Pakt? Jetzt ruft Edward, wir wollen zum Abendessen. Doch ich melde mich, sobald ich wieder in Irland bin, und dann sehen wir uns in unserem neuen Haus.

In Liebe
Anna

Am letzten Tag der langen Reise von Dublin zu Edwards Ländereien im County Mayo ruckelte die Kutsche über die Landstraße. Darin saßen Edward und Anna und hielten Händchen.

»Ich kann es kaum erwarten, endlich das Haus zu sehen!«, sagte Anna aufgeregt.

»Beruhige dich doch«, erwiderte Edward, freute sich im Stillen aber über ihre Ungeduld.

Er hatte in den Bau des Hauses seine ganze Liebe zu Anna gesteckt, die letzten drei Jahre damit zugebracht, ihr jeden Wunsch von den Augen abzulesen und jedes Detail nach ihrem Geschmack zu gestalten.

Jetzt wurde die Kutsche langsamer und fuhr durch ein mächtiges steinernes Tor mit einem großen Bogen. Während sie durch den wunderschönen Park ruckelten, spähte Anna aus dem Fenster.

»Wie weit ist es denn noch?«, fragte sie, als das Haus immer noch nicht in Sicht kam.

Schließlich gelangten sie zu einem See, und plötzlich sah man das Haus auf der anderen Seite des Sees hoch auf einem Hügel. Davor führte eine Reihe Terrassen und Treppen hinab zum Ufer. Anna stockte der Atem.

Sie umrundeten den See und bogen in die Auffahrt des Hauses ein. Edward öffnete die Tür und bot Anna seine Hand, als sie ausstieg. Dann blieb sie stehen und blickte zum Haus hinauf.

Es war ein dreistöckiges Herrenhaus aus Granit. Das dritte Stockwerk lag direkt unter dem Dach, und die Fenster lugten zwischen den schwarzen Dachziegeln hervor. Eine breite Treppe führte zur zweiflügeligen Eingangstür hinauf, die geöffnet war und die neuen Bewohner willkommen hieß. Die großen Fenster waren gotisch. Während Anna sich langsam in Bewegung setzte und das prächtige Haus in

Augenschein nahm, wich Edwards Blick nicht einen Moment vom Gesicht seiner Frau, denn er war zu gespannt auf ihre Reaktion. Als sie sich umwandte und die Umgebung betrachtete, holte sie entzückt Luft. Edward hatte sich große Mühe gegeben, auf den achttausend Hektar seiner Ländereien die perfekte Lage für sein Haus zu finden. Und hier war sie: Vor dem Haus, am Rand der Auffahrt, war eine niedrige, auf Pfeilern ruhende Mauer gebaut worden, in deren Mitte Stufen zu den Terrassen führten, die sie vom See aus gesehen hatte. Links und rechts vom Haus erstreckten sich, sanft abfallend bis zum Ufer, wunderschöne Parkanlagen mit Bäumen und exotischen Sträuchern.

»Es ist genau so, wie ich es mir erträumt habe«, sagte Anna.

Edward legte ihr den Arm um die Schultern und lächelte.

»Und hier ist dein Empfangskomitee«, sagte er und führte Anna am Personal vorbei, das vor dem Haus Aufstellung genommen hatte und jetzt respektvoll lächelnd knickste oder sich verneigte.

Sie gingen die Treppe hinauf. Anna nahm Edwards Hand, als sie durch die breite Eingangstür in eine große Halle traten. Links sah man einen riesigen Kamin und am Ende der Halle eine majestätische Treppe.

Edward führte Anna durch die Räume. Rechts vom Eingang befand sich ein großer Salon, der elegant in Dunkelrot gehalten war und große Sofas und Chaiselongues beinhaltete. Auf einer Seite sah man einen großen Kamin mit geschnitzter Eicheneinfassung, auf der anderen ein Erkerfenster mit einem Schreibtisch davor. Die vorderen Fenster hatten Blick auf den See. Trat man wieder in die Halle hinaus, fand man auf der gegenüberliegenden Seite vom Salon ein zwangloseres Wohnzimmer, das kleiner und eher für die Familie als für Gäste gedacht war. Dahinter war das Esszimmer mit prächtigen Mahagonistühlen und einem Tisch, an dem vierundzwanzig Personen Platz hatten. Die Wände waren in Dunkelblau gehalten und wurden von Schränken und Anrichten gesäumt, in denen man Porzellan und Silberbesteck sah. Anna konnte kaum alle Eindrücke aufnehmen, als sie Edward folgte. Hinter dem Esszimmer befand sich die Bibliothek mit unzähligen Büchern und Folianten. Ein großer Schreibtisch stand an der Wand und weitere kleinere vor den Fenstern. Vor dem Kamin sah man ein weinrotes Chesterfieldsofa und passende Sessel, außerdem waren andere Sitzgelegenheiten im Raum verteilt.

Dann führte Edward sie wieder durch die Halle zu einer zweiflügeligen Tür hinter dem Salon. Als er sie aufstieß, erstreckte sich ein Ballsaal vor ihnen. Er war sehr groß, ganz in Gold gehalten und hatte auf einer Seite mehrere Flügeltüren, die auf eine Terrasse führten. Möbel gab es nur wenige, dafür riesige goldverzierte Spiegel an den Wänden, die den ohnehin schon großen Saal geradezu riesig erscheinen ließen.

Sobald sie wieder in der Halle waren, zeigte Edward auf die Türen hinter der Treppe und erklärte, dort befinde sich der Küchentrakt.

Sie stiegen die geschnitzte Eichentreppe hinauf und folgten einem Korridor, der zu den Schlafzimmern führte. Am Ende des Hauptgangs nahm Edward Annas Hand und führte sie in ihr Schlafzimmer. Der Raum lag nach vorne hinaus und hatte Blick auf den See. Außerdem befanden sich an beiden Seiten Erkerfenster. Eine hellblaue Tapete mit feinen goldenen Streifen zierte die Wand. Vor dem Kamin aus weißem Marmor stand eine Couch. Eine Tür führte in die Ankleidezimmer. An der vierten Wand stand ein Himmelbett.

»Nun?«, fragte Edward.

»Es ist genau so, wie ich es wollte. Alles. Die Bilder, die Vorhänge, die Möbel sind genau nach meinem Geschmack.«

»Ich weiß. Ich war ein aufmerksamer Schüler und habe auf jedes Wort von dir gelauscht, um zu erfahren, was du liebst. Und danach habe ich dieses Haus gebaut.«

Angesichts dieser Hingabe wirkte sie fast erschrocken. »Wie soll ich mich je dafür revanchieren?«

»Das hast du schon. Als du mich geheiratet hast«, sagte er.

3. KAPITEL

Nach dem Frühstück saß Anna an ihrem Schreibtisch im Schlafzimmer und schrieb an Georgina.

Edward hatte zum Abendessen Nachbarn und Freunde eingeladen, um sie seiner Frau vorzustellen.

Jetzt kam er herein und lächelte, als er sie sah. »Ich habe gerade mit der Köchin über das Menü gesprochen«, bemerkte er. »Sie hat Rindfleisch vorgeschlagen.«

»Ja, wenn du einverstanden bist?«

Er trat zu ihr und umarmte sie von hinten. »Wenn du dich erst mal eingewöhnt hast, wird es deine Aufgabe sein, den Haushalt und das Personal zu führen.«

»Ich weiß«, lächelte sie. »Das macht mir keine Angst. Ich habe schon den Haushalt meines Vaters geführt. Mehr Sorge macht mir das Dinner heute Abend. Was ist, wenn sie mich nicht mögen?«

»Sie werden dich lieben! Etwas anderes ist gar nicht möglich!«

Er ließ sie los und ging zum Fenster.

»Ich dachte, wir könnten heute einen Spaziergang über das Grundstück machen. Ich wollte dir alles zeigen.«

»Der Tag ist wie gemacht dafür«, erwiderte sie und warf einen Blick auf den blauen Himmel.

»Wem schreibst du denn da?«

»Georgina. Ich mache mir Sorgen um sie. Bislang hat sie auf keinen meiner Briefe geantwortet, und obwohl sie Tom bald heiraten will, haben sie noch keinen konkreten Termin genannt.«

»Sie lassen sich ziemlich Zeit.« Edward runzelte die Stirn. »Wie auch immer, wir treffen uns zu unserem Spaziergang in einer halben Stunde unten.« Er küsste sie auf die Stirn, und Anna widmete sich wieder ihrem Brief.

Anna ging die Treppe hinunter, band die Bänder ihrer Haube zu einer Schleife und sah sich nach Edward um.

»Verzeihung, Mylady«, sagte Barton, der Butler. »Lord Edward wurde wegen dringender geschäftlicher Angelegenheiten in den Ort gerufen. Er lässt sich entschuldigen und sagte, er würde Sie heute Abend sehen.«

»Ach, verstehe«, antwortete Anna enttäuscht. »Nun gut. Danke, Barton.«

Dann blickte sie hinaus in den Sonnenschein und beschloss, das Grundstück auf eigene Faust zu erkunden.

Sie schlenderte durch den Park und anschließend über die schmalen Straßen, die die Ländereien durchzogen. Je weiter sie sich vom Haus entfernte, desto rauer wurde die Landschaft, doch sie war atemberaubend schön. Nun verstand sie, warum Edward seinen Besitz so liebte. Sie war sehr nervös gewesen bei der Vorstellung, Dublin und ihr altes Leben hinter sich zu lassen und nur darauf zu vertrauen, dass ihre Liebe zu Edward alles wieder aufwiegen würde. Aber jetzt wusste sie, dass sie die richtige Entscheidung getroffen hatte.

Doch auf einmal sah sie auf einem Hügel ein Pferd mit einem gut gekleideten dunkelhaarigen Reiter auftauchen. Als das Pferd dicht an ihr vorbeischoss, schrak sie zusammen.

»Was machen Sie hier?«, schrie der Reiter sie wütend an.

»Ich – ich«, stotterte Anna.

»Sie befinden sich auf Privatgelände. Sie dürfen hier nicht sein.«

»Ich – es tut mir leid. Ich muss mich verlaufen haben. Ich dachte, ich wäre noch auf dem Land der Armstrongs.«

»Das sind Sie auch. Und zwar unbefugt. Jetzt verschwinden Sie, verdammt noch mal, bevor ich Sie verjagen muss.«

Eingeschüchtert blickte Anna den wütenden, feindseligen Mann an.

»Aber ich bin –«, versuchte sie zu erklären.

Aufgebracht lehnte sich der Mann zu ihr. »Verschwinden Sie! Weg von meinem Land!« Dann gab er dem Pferd die Sporen, so dass es sich aufbäumte, und ließ Anna in einer Staubwolke zurück. Zitternd sah sie ihm nach, wie er sich immer weiter entfernte und dann verschwand. Daraufhin machte sie kehrt und floh so schnell sie konnte ins sichere Haus zurück. Noch nie hatte jemand so mit ihr geredet. In den Salons von Dublin regierte die Höflichkeit, und Feindseligkeit war dort fremd. Der Mann mit seiner riesigen Gestalt, dem rabenschwarzen Haar und den dunklen, drohenden Augen war ihr geradezu unheimlich gewesen. Doch vor allem war sie verwirrt. Wenn sie unwissentlich auf ein benachbartes Anwesen geraten wäre, hätte sie seinen Zorn verstanden, aber er hatte behauptet, es wäre das Land der Armstrongs gewesen. Edwards Land. Sie würde darüber später mit ihrem Mann reden und hoffentlich aufgeklärt werden. Schließlich wollte sie nicht schon in ihrer ersten Woche die Nachbarn gegen sich aufbringen.

4. KAPITEL

Aus dem sonnigen Tag wurde ein stürmischer Abend. Anna hatte sehnlichst auf Edwards Rückkehr gewartet, und nun war es kurz vor acht, und noch immer gab es keine Spur von ihm, obwohl doch die Gäste bald kommen sollten. Nach der Begegnung mit dem Reiter kam sie sich seltsam allein und angreifbar vor. Als sie nun eine Kutsche hörte, stürzte sie zum Schlafzimmerfenster und sah mit großer Erleichterung, dass es Edward war. Er eilte durch den Regen zum Eingang. Sie warf kurz einen prüfenden Blick in den Spiegel über dem Kamin, und ein paar Minuten später ging die Schlafzimmertür auf und Edward trat ein.

»Verzeih, dass ich so spät bin.« Er wirkte angespannt. »Auf der anderen Seite meiner Ländereien gab es großen Ärger. Eine Zwangsräumung wurde angeordnet, und ich musste dorthin.«

»Eine Zwangsräumung? Wieso denn das?«

»Das Ganze war ein Missverständnis. Ich erzähle dir später davon. Jetzt beeile ich mich lieber, um fertig zu sein, wenn die Gäste kommen.« Er ging ins angrenzende Ankleidezimmer.

Sie folgte ihm und blieb auf der Türschwelle stehen. »Edward, ich wollte dir etwas Merkwürdiges erzählen, das mir heute passiert ist. Ich glaube, ich habe einen unserer Nachbarn gegen mich aufgebracht. Ich bin wohl auf einem Spaziergang auf seinen Besitz geraten.«

Er kam zu ihr und sah sie, während er sich die Haare trocknete, verwirrt an.

»Unmöglich, Schatz. Weißt du, wie groß dieser Besitz ist? So weit hättest du nicht laufen können!«

»Aber ich bin einem Mann begegnet, der sagte –«

Da drang das Klingeln der Türglocke durchs Haus.

Er trat zu ihr und gab ihr einen Kuss auf die Stirn. »Das kannst du mir alles später erzählen. Jetzt kommen die Gäste. Könntest du schon vorgehen und sie unterhalten, während ich mich umziehe? Und entschuldige dich für mich.«

Sie nickte lächelnd. »Ist gut.«

Sie ließ ihn zurück und ging nach unten.

5. KAPITEL

»Mylady, Mr und Mrs Foxe sind im Salon«, verkündete Barton, als Anna von der Treppe in die Eingangshalle kam.

»Danke, Barton«, sagte sie nickend, aber sie spürte, wie ihr mulmig wurde. Sie wusste, die Foxes waren Edwards direkte Nachbarn, und befürchtete, Mr Foxe wäre der Reiter, der sie angeschrien hatte. Doch als Barton die Tür des Salons für sie öffnete, sah sie im Salon ein freundlich wirkendes Paar in den Fünfzigern sitzen, das ihr erwartungsvoll entgegenblickte. Sie war erleichtert. Mr Foxe war nicht der Reiter.

»Guten Abend«, sagte sie und erwiderte ihr Lächeln. »Bitte entschuldigen Sie meinen Mann, er wurde geschäftlich aufgehalten und kommt in ein paar Minuten.«

»Sie müssen Anna sein«, sagte Mrs Foxe, stand auf, trat zu ihr und küsste sie auf die Wange. »Eigentlich geht es nicht an, dass ich Sie in Ihrem eigenen Haus willkommen heiße. Aber ich möchte doch sagen, dass Sie hier sehr willkommen sind.«

»Danke«, antwortete Anna.

»Ich kenne Ihren Vater«, ergänzte Mr Foxe lächelnd. »Ich bin ihm schon mehrfach begegnet. Und ich habe ihn bei ein paar politischen Versammlungen sprechen hören.«

»Wirklich?«, fragte Anna und freute sich über den herzlichen Empfang.

»Und ich kannte Ihre Mutter«, sagte Mrs Foxe, führte Anna zum Sofa und nahm mit ihr Platz.

»Ach ja?«, fragte Anna überrascht.

»Ja, als ich noch jünger war, besuchte meine Familie die ihre oft auf ihrem Anwesen in Tullydere.« Mrs Foxe ließ ihre Hand nicht los. »Wir standen uns ziemlich nahe.«

Da klopfte Barton und verkündete: »Lord und Lady Fitzherbert, Ma'am.«

Woraufhin ein weiteres freundlich wirkendes Paar den Salon betrat und Anna begeistert begrüßte.

Als Edward schließlich eintrat, war der Salon voller Menschen und Anna befand sich im Mittelpunkt der allgemeinen Aufmerksamkeit. Sie erkannte, dass sie sich grundlos Sorgen gemacht hatte, denn die meisten Gäste waren Freunde ihrer eigenen Bekannten und Verwandten. Die wenigen, die keinerlei Verbindung zu ihr hatten, waren langjährige Freunde von Edwards Familie und hießen sie mit offenen Armen willkommen.

»Siehst du, ich hab doch gesagt, dass sie dich lieben werden«, flüsterte Edward ihr zu und drückte ihre Hand.

Als verkündet wurde, es sei aufgetragen, führten Edward und Anna die Gesellschaft ins Esszimmer.

Edward setzte sich an den Kopf des Tisches, während Anna sich zu seiner Rechten niederließ. Während des ersten Ganges betrachtete sie ihre Gäste genauer. Es gefiel ihr, dass alle lebhaft miteinander plauderten. Dann fiel ihr Blick auf eine Frau, der sie nur kurz vorgestellt worden war und die nun am hinteren Ende des Tisches saß. Sie war eine schöne, etwa dreißigjährige Frau mit blonden Haaren und selbstbewusster, aber ruhiger Haltung.

»Wer ist die Frau da?«, fragte Anna flüsternd und nickte in die entsprechende Richtung.

»Das ist Diana Hunter«, erwiderte Edward. »Sie hat

Hunter's Farm von uns gepachtet und züchtet dort Pferde. Wahrscheinlich ist sie die beste Pferdekennerin des gesamten Landkreises. Und sie ist Witwe. Ihr Mann war in der Armee und hat sie gut versorgt zurückgelassen.«

Als hätte Diana gespürt, dass man über sie sprach, wandte sie plötzlich den Kopf und sah Anna direkt an. Anna fühlte sich ertappt und wurde rot. Diana nickte ihr kühl zu, bevor sie sich wieder ihrem Gesprächspartner zuwandte.

Das Dinner nahm seinen Gang, und je mehr Speisen aufgetragen und Wein ausgeschenkt wurde, desto lauter und munterer wurde das Gespräch bei Tisch.

Doch alle verstummten und wandten sich um, als plötzlich die Tür zum Esszimmer aufflog und ein Mann mit triefend nassem Hut und Umhang hereinschritt. Anna erschrak, denn sie erkannte den finsteren Reiter.

»Das verdammte Unwetter hat mich aufgehalten!«, donnerte der Mann, riss sich Hut und Umhang ab und warf sie Barton zu. »Bringen Sie das zum Trocknen raus!«

»Ich dachte schon, du schaffst es nicht«, bemerkte Edward.

»Nichts kann mich davon abhalten, deine Frau kennenzulernen«, entgegnete der Mann grinsend und trat forsch zum Tisch.

Anna blickte rasch zu Edward, der sich erhob.

»Und – wo ist sie?«, fragte der Mann, als er den Tisch erreicht hatte.

»Sinclair, dies ist meine Frau Anna. Anna, mein Cousin Sinclair«, verkündete Edward.

Als Sinclair seinen Blick auf Anna senkte, huschte etwas wie Erkennen über sein Gesicht. Dann grinste er breit.

»Lady Anna«, sagte er und verneigte sich leicht.

»Komm schon. Nicht so förmlich. Sie ist jetzt deine Cousine«, drängte Edward.

Sinclair lächelte leicht und nickte. »In diesem Fall: Cousine Anna.«

Anna erwiderte sein Nicken.

Daraufhin lehnte sich Sinclair zu Edward. »Ich muss später mit dir reden. Es ist ziemlich dringend.«

»Ja, später, Sinclair. Aber solltest du dich jetzt nicht langsam zu uns gesellen?«

Sinclair verneigte sich ein zweites Mal vor Anna und durchquerte dann den Raum, um sich auf den Platz neben Diana Hunter zu setzen, der für ihn freigehalten worden war.

Während die Tischgespräche wieder aufgenommen wurden, versuchte Anna, nicht zu ihrem neuen Verwandten zu starren. Doch sie war so bestürzt darüber, wer der finstere Reiter war, dass ihr Blick immer wieder von Sinclair angezogen wurde. Sie bemerkte, dass er seine Meinung laut kundtat, schnell und schlagfertig auf jeden seiner Gesprächspartner reagierte. Er senkte nur die Stimme, wenn er sich im Zwiegespräch mit Diana Hunter befand. Ganz offensichtlich waren sie sehr vertraut miteinander.

Anna fragte sich, worüber die beiden sprachen, und ertappte Diana mehrfach dabei, wie sie sie kühl musterte.

»Sagen Sie, Edward: Da Sie nun glücklich verheiratet sind und ein eigenes Heim haben, wann werden Sie sich zur Wahl stellen?«, fragte Mrs Foxe.

»Das wird niemals geschehen. Ich habe nicht die Absicht, mich zur Wahl zu stellen. Zu viel vergebliche Liebesmüh.«

»Aber ich finde, Sie wären ein ausgezeichneter Abgeordneter und könnten in der Politik eine große Karriere machen«, beharrte Mrs Foxe.

»Das ist nichts für mich. Sie werden sich nach einem anderen Kandidaten umsehen müssen.« Edward sah sie mit wissendem Blick an. Die Foxes waren bekannt dafür, verschiedene Politiker zu protegieren, und hielten ständig Ausschau nach einem neuen aufgehenden Stern.

»Außerdem müsste er als Parlamentsmitglied ständig nach London«, mischte Anna sich ein. »Und wann würde ich ihn dann sehen?«

»Das wäre allerdings kein guter Start für eine Ehe«, gab Mr Foxe zu. »Aber vielleicht denken Sie noch mal darüber nach, wenn wir wieder ein Parlament in Dublin haben.«

Am anderen Ende des Tischs lachte Sinclair laut auf. »Da können Sie lange warten. Das wird nie mehr passieren.«

Anna konnte ihren Ärger über Sinclair nicht länger unterdrücken, daher räusperte sie sich und sagte: »Mein Vater meint aber, dass es nur noch eine Frage der Zeit wäre. Und dass es Irland am besten mit einem eigenen Parlament ginge.«

»Was versteht Ihr Vater schon davon?«, entgegnete Sinclair abschätzig.

»Mein Vater ist Lord John Stratton und war zwanzig Jahre lang Mitglied des Parlaments«, erwiderte Anna stolz.

Sinclair stutzte kurz, dann hob er grinsend sein Weinglas und trank einen Schluck. »Ich weiß, wer Ihr Vater ist, Anna … ich fragte nur, was er denn von Politik versteht.«

Als Anna aufging, dass er sie gerade beleidigt hatte, starrte sie ihn finster an.

Doch Sinclair ignorierte das und sah sich um. »Ich glaube, ich spreche hier für fast alle, wenn ich behaupte, dass ein Home-Rule-Gesetz unnötig ist. Wir sind keine Kolonie, die eine lokale Volksvertretung braucht. Wir gehören zum Vereinigten Königreich und sollten daher von London aus regiert werden.«

»Ach du meine Güte, ich wollte keine politische Debatte vom Zaun brechen, noch bevor das Dessert serviert ist. Ich meinte lediglich, dass Edward sich gut als Politiker machen würde«, lachte Mrs Foxe.

»Ja, bestenfalls langweilt mich die Politik«, sagte Edward rasch. »Ich würde viel lieber etwas über die Jagd im nächsten Monat hören.«

Daraufhin wandte sich das Gespräch der Jagd zu. Anna sah zu Sinclair, der ihr einen triumphierenden Blick zuzuwerfen schien, ehe er seine Aufmerksamkeit erneut Diana zuwandte.

Nach dem Essen begab sich die Gesellschaft in den Salon, wo Diana Hunter etwas auf dem Cembalo vorspielte.

»Sie spielt ausgezeichnet«, bemerkte Anna zu Mrs Foxe, die neben ihr saß.

»Ja, nicht wahr? Mrs Hunter hat viele Talente. Sie sollten sie mal mit Pferden sehen.«

»Davon habe ich schon gehört … Außerdem ist sie noch sehr schön. Wie lang ist sie schon Witwe?«

»Nun, sie kam nach dem Tod ihres Mannes her, und das war, wenn ich mich recht erinnere, vor etwa vier Jahren. Ursprünglich kommt sie aus Yorkshire, und seitdem hat sie Hunter's Farm gepachtet.«

»Ich frage mich, warum sie ausgerechnet hier gelandet ist.«

»Sie sagt, es sei ideal für die Pferde, die sie züchtet. Mrs Hunter stammt aus einer angesehenen Familie. Ich glaube, ihr Vater war ein wohlhabender Gutsherr in Yorkshire.«

Während Diana die Gäste am Cembalo verzauberte, sah Anna, wie Sinclair durch den Raum zum Kamin ging, wo Edward stand. Er legte ihm die Hand auf die Schulter und flüsterte ihm etwas ins Ohr. Daraufhin nickte Edward, und die beiden verließen den Salon.

Anna wartete kurz, dann entschuldigte auch sie sich. Sie

wollte unbedingt wissen, ob Sinclair irgendwas von ihrer heutigen Begegnung erzählen würde.

Als sie durch die Halle ging, sah sie, dass niemand im Ess- oder Wohnzimmer war, daher steuerte sie die Bibliothek an. Da sie dort Stimmen hörte, schlich sie sich zur Tür, die nur angelehnt war.

»Was hast du dir nur dabei gedacht?«, fragte Sinclair. »Einfach die Zwangsräumung zu stoppen, die ich angeordnet hatte.«

»Ich wusste nicht, dass sie den Doyles galt. Das hätte ich niemals zugelassen«, erwiderte Edward mit Nachdruck.

»Sie haben seit vier Monaten ihre Pacht nicht bezahlt. Mir blieb nichts anderes übrig.«

»Ihr Vater war der oberste Stallknecht meines Vaters. Sie haben seit Generationen auf diesem Land gelebt und gearbeitet. Ich kann sie nicht einfach rausschmeißen.«

»Was schlägst du dann vor? Sollen sie etwa pachtfrei wohnen?«

»Natürlich nicht. Lass ihnen nur etwas mehr Zeit. Sie werden das Geld schon auftreiben.«

»Aber ihre Schulden werden größer und größer, und damit steigt die Wahrscheinlichkeit, dass sie niemals bezahlt werden. Und wir statuieren ein Exempel für die anderen Pächter: Die glauben dann, sie müssten auch nicht zahlen. Nicht lange und auf deinen Ländereien herrscht Anarchie.«

»Nein, so weit wird es nicht kommen. Sie müssen nur wieder auf die Füße kommen, mehr nicht.«

»Edward, ohne die Pachterträge haben wir kein Einkommen. Die Pacht ist das, was hier alles am Laufen hält. Was dir deinen Lebensstil erlaubt. Was dir diesen Palast für deine Frau ermöglicht hat. Womit deine Hypotheken bezahlt werden. Hier geht's ums Geschäft, nicht um Wohltätigkeit, und das solltest du nicht vergessen!«

»Das ist mir alles klar … Hör mal, gewähre ihnen noch einen Monat. Mehr verlange ich nicht. Einen weiteren Monat für die Familie Doyle. Wenn sie dann immer noch nicht die Pacht aufbringen können, müssen sie gehen.«

Edward seufzte laut.

»Also dann, ein Monat und keinen Tag mehr.« Sinclair wandte sich ab und setzte sich in Bewegung.

Als Anna hörte, wie seine Schritte sich näherten, eilte sie die Halle hinunter und versteckte sich unter der Treppe. Sie sah, wie Sinclair zielstrebig in den Salon zurückging. Kurz darauf erschien Edward. Er wirkte verwirrt und niedergeschlagen und kehrte ebenfalls in den Salon zurück.

6. KAPITEL

Es war nach Mitternacht, und die Gäste befanden sich im Aufbruch. Da es regnete und Diana Hunter allein mit einem Landauer gekommen war, schlug ihr Sinclair vor, sie heimzubringen, mit der Kutsche zu sich zu fahren und sie ihr am nächsten Morgen zurückzubringen. Ein Angebot, das sie dankend annahm.

»Dann sehen wir uns morgen«, sagte Sinclair zu Edward, bevor er sich an Anna wandte. »Was soll ich sagen? Es war schön, Sie kennenzulernen.«

Anna nickte. Sinclair und Diana hielten sich schützend ihre Umhänge über den Kopf und rannten die Treppe hinunter zur Kutsche.

Edward schloss die Eingangstür. »Das waren die Letzten.«

Arm in Arm gingen sie in den Salon zurück.

»Wie fandest du sie?«, fragte er sie lächelnd.

»Alle sehr nett.« Sie setzte sich auf das Sofa. »Diese Diana Hunter ist eine höchst erstaunliche Frau. Man stelle sich vor: an solch einem Abend selbständig eine Kutsche zu steuern!«

»Ja, aber sie hat es nicht weit.«

»Trotzdem: Ich kenne keine andere Frau, die so etwas wagen würde.«

»Nun, sie ist eben sehr unabhängig. Du solltest sehen, was für prächtige Pferde sie züchtet!«

»Und sie kümmert sich auch um die Finanzen und alles?«, fragte Anna staunend.

»Ich glaube, sie ist ziemlich wohlhabend.«

»Edward, warum war Sinclair eigentlich nicht auf unserer Hochzeit? Schließlich ist er doch dein Cousin?«

»Er hatte zu viel zu tun und hat es einfach nicht geschafft. Er ist ein ausgezeichneter Verwalter. Seit er sich um alles kümmert, sind die Erträge stark angestiegen.«

»Sag mir noch mal: Wie genau seid ihr verwandt?«

»Sein Vater war der jüngere Bruder meines Vaters. Jamie Armstrong«, erklärte Edward.

»Ach so, natürlich!« Anna nickte, als ihr die Verbindung klar wurde.

»Hast du schon mal von ihm gehört?«

»Ja, mein Vater hat von ihm gesprochen. Er hatte einen ziemlich fragwürdigen Ruf.«

»Ja, er wurde *Bad Black Jamie* genannt und war das schwarze Schaf unserer Familie. Mein Großvater hat ihn wegen seiner Eskapaden ohne einen Penny verbannt. Daraufhin heiratete er eine vermögende Landbesitzerin in Meath und bekam mit ihr einen Sohn – Sinclair.«

»Und was geschah dann?«

»Er war unverbesserlich. In Meath fuhr er mit seinen Eskapaden fort. Ich glaube, er hat der armen Mutter von Sinclair das Herz gebrochen. Jedenfalls hat er sie ruiniert. Er trank, er spielte und verschleuderte sein Geld bei leichten Mädchen.«

»Ich erinnere mich, davon gehört zu haben. Als er starb, schuldete er den Casinos von Dublin ein Vermögen.«

»Als Sinclair volljährig wurde, war alles verloren. Er und ich waren zusammen auf der Trinity-Universität. Er war ein brillanter Student, ein sehr kluger Kopf. Und immer mein bester Freund. Als ich den Besitz erbte, erklärte er sich einverstanden, ihn zu verwalten. Ich weiß nicht, was ich ohne ihn machen würde«, schloss Edward mit dankbarer und ehrfürchtiger Miene.

»Edward, ich bin Sinclair heute auf meinem Spaziergang begegnet.«

»Wirklich? Das habt ihr gar nicht erwähnt«, sagte Edward überrascht.

»Nun, ich glaube, ihm war es zu peinlich, und mir wohl auch.«

»Gibt es etwas, das du mir sagen willst?«, fragte Edward mit besorgter Miene.

»Eigentlich habe ich es schon erwähnt – als du dich umgezogen hast. Nun, er galoppierte mit dem Pferd auf mich zu, als wollte er mich angreifen.«

»Dich angreifen?«, wiederholte Edward mit ungläubiger Miene.

»Natürlich nicht wirklich. Aber verbal schon. Er schrie mich an, ich wäre unbefugt auf seinem Land, und befahl mir, mich davonzumachen.«

»Hast du ihn denn aufgeklärt, wer du bist?«

»Das nicht. Aber er gab mir auch nicht die Gelegenheit.«

»Du hättest ihm sagen sollen, dass du meine Frau bist. Dann hätte er sich anders verhalten. Er war nur besorgt, eine Fremde auf dem Anwesen zu sehen.«

Anna zeigte auf ihr teures Kleid und sagte: »Ich sehe doch wohl kaum aus wie eine Diebin oder Herumtreiberin. Er muss doch geahnt haben, wer ich bin. Zumindest hätte er davon ausgehen können, dass ich eine Bekannte deiner Frau bin.«

Edward wirkte perplex, verteidigte seinen Cousin jedoch weiterhin. »Aber es bestand die Möglichkeit, dass du irgendwo ein Gatter aufgelassen hast oder irgendwelchen Unsinn geplant hattest.«

»Hatte ich aber nicht.«

»Aber das konnte er nicht wissen.«

»Aber er behauptete, es sei sein Land, sein Anwesen.«

»Ich bin sicher, damit meinte er Armstrong-Land. Du hast ihn bestimmt missverstanden.«

Nein, dachte Anna, er hat es anders ausgedrückt.

»Möglich«, seufzte sie dann.

»Ich würde mir darüber keine Gedanken mehr machen. Er hat nur versucht, unseren Besitz zu schützen. Sinclair ist ein guter Mann. Das genaue Gegenteil seines Vaters.«

7. KAPITEL

Anna und Edward saßen beim Frühstück im Esszimmer.

»Noch Kaffee, Mylady?«, fragte Barton.

»Äh, ja, danke, Barton«, antwortete Anna, die gerade die Briefe durchsah, welche für sie angekommen waren.

Barton schenkte ihr aus der silbernen Kaffeekanne ein.

»Ich weiß, von wem der ist!«, rief Anna aufgeregt und hielt einen versiegelten Brief in die Höhe. »Das ist Georginas Schrift. Wurde auch Zeit, dass sie mir antwortet.«

Eifrig riss sie den Umschlag auf.

»Wahrscheinlich schreibt sie Genaueres über die Hochzeit«, bemerkte Edward.

Annas Miene verdüsterte sich, als sie zu lesen anfing. »Nein …« Rasch überflog sie den Brief. »Sie möchte im nächsten Monat eine Woche hierherkommen … aber das verstehe ich nicht … im nächsten Monat heiratet sie doch!«

»Vielleicht will sie dich vor der Hochzeit noch einmal sehen und etwas Zeit mit dir verbringen.«

»Aber sie erwähnt die Hochzeit mit keinem Wort … bist du einverstanden mit ihrem Besuch?«

»Wie kannst du das noch fragen?«, sagte Edward und nickte.

Er sah, dass Sorge ihre Miene verdüsterte.

»Ich habe ein Geschenk für dich«, bemerkte er, stand auf, nahm ihre Hand und führte sie in die Halle.

»Noch ein Geschenk? Was denn?«, fragte sie aufgeregt.

»Komm mit«, forderte er sie auf und führte sie aus dem Haus. Draußen wartete ein junger Mann am Fuß der Treppe auf sie.

Anna sah sich verwirrt um.

»Das ist Seán Hegarty, dein persönlicher Diener«, erklärte Edward. »Begrüße Lady Anna, Seán.«

Seán neigte lächelnd den Kopf.

»Aber wir haben doch ein ganzes Haus voller Diener! Und ich habe meine Kammerzofe.«

»Aber die Hausdiener haben alle andere Pflichten, und die Zofe ist für deine Bedürfnisse im Haus da. Seán wird dich begleiten, wenn du unterwegs bist. Wenn du etwas möchtest, musst du nur fragen, dann holt Seán es dir. Er wird dich jederzeit überallhin fahren und alles für dich besorgen oder bringen.«

Anna betrachtete den hübschen hellhaarigen Jungen mit dem lächelnden Gesicht und den strahlenden blauen Augen.

»Nun wirst du dich nicht mehr auf deinen Spaziergängen verirren – Seán wird dich immer begleiten, nicht wahr, Seán?«

»Ja, Sir«, nickte Seán.

»Aber, Edward, ich glaube wirklich nicht, dass das nötig ist. Hast du keine andere Verwendung für ihn?«

Beklommen sah Anna Seán an und fragte sich, ob ihr Zusammenstoß mit Sinclair in Edward die Angst vor ähnlichen Situationen geweckt haben mochte. Sie wünschte, sie hätte ihm nicht davon erzählt.

»Nein, aber wenn du mich jetzt entschuldigen würdest, ich habe heute viel zu tun. Äh, Seán, kümmere dich um meine Frau.« Mit einem Lächeln zog sich Edward wieder ins Haus zurück.

Verstört sah Anna den Jungen an. »Nun, ich denke, du wirst dich ziemlich bei mir langweilen.«

»Das ist schon in Ordnung, Ma'am. Damit habe ich gerechnet«, antwortete Seán.

Sie fuhr auf und sah ihn forschend an, konnte jedoch keinerlei Anzeichen von Unverschämtheit bei ihm entdecken. »Also gut, da ich in etwa einer Stunde nach Castlewest möchte, kannst du schon mal die Kutsche bereitmachen und auf mich warten.«

Zögernd wandte sie sich um und ging ins Haus zurück.

Dann eilte sie zur Bibliothek, wo Edward normalerweise seine Briefe schrieb und arbeitete. Er saß bereits am Schreibtisch.

»Edward, ich wünschte, du hättest mich vorher gefragt! Ich möchte keinen Diener, der mir rund um die Uhr zur Verfügung steht, sonst käme ich nur unter Druck, ihn ständig beschäftigen zu müssen!«

Edward lachte. »Wenn du nichts für ihn hast, wird der oberste Stallknecht ihn beschäftigen. Ich dachte, du würdest dich freuen.«

»Das tue ich auch. Aber er wirkt etwas zu – freimütig.«

Jetzt lachte Edward noch lauter. »Er ist ziemlich geradeheraus und kann sehr witzig sein, aber er ist gutmütig. Ich habe ihn eigens für dich ausgesucht.«

Anna biss sich auf die Lippen. Offenbar blieb ihr nichts anderes übrig, als das Beste aus der Situation zu machen.

8. KAPITEL

So fuhr Anna mit Seán kurz darauf in einem offenen Landauer nach Castlewest, dem hiesigen Marktflecken. Sie verbrachte den gesamten Nachmittag damit, die Läden zu erkunden und einige Einkäufe zu tätigen. Zwar war Castlewest nicht Dublin, schien aber alles für ihre Bedürfnisse zu bieten, und in den Geschäften begegnete man ihr freundlich und zuvorkommend.

So war sie sehr zufrieden, als sie sich schließlich wieder auf den Heimweg machten.

»Also haben Sie sich schon in Ihrem neuen Haus eingewöhnt?«, fragte Seán auf dem Weg.

»Ja, habe ich«, antwortete sie, überrascht, dass ein Diener ihr eine derart persönliche Frage stellte.

»Das ist gut. Lord Edward wäre wohl mächtig aufgebracht, wenn es Ihnen nicht gefallen würde – nach der ganzen Arbeit, die er in das Haus gesteckt hat.«

»Wem sollte dieses Haus nicht gefallen?!«

»Ich hab zwar gesagt, Lord Edward hätte die ganze Arbeit ins Haus gesteckt, aber eigentlich war es Mr Sinclair.«

»Mr Sinclair?« Anna lehnte sich vor. Jetzt war ihr Interesse geweckt.

»Ja. Mr Sinclair hat alle rund um die Uhr auf Trab gehalten, damit es rechtzeitig fertig wird. Lord Edward hat sich um die Pläne, die Gestaltung und die Treffen mit den tollen

Architekten gekümmert. Aber seien Sie nicht böse: Eigentlich hat Mr Sinclair dafür gesorgt, dass das Haus gebaut werden konnte.«

»Doch, jetzt bin ich böse«, erwiderte Anna. Denn eigentlich hätte sie gerne weiterhin an der Vorstellung festgehalten, dass ihr Ehemann es liebevoll errichtet hatte – und nicht der Sklaventreiber Sinclair.

»Tut mir leid, Ma'am, dann halte ich den Mund.« Seán wirkte recht beschämt und blickte starr geradeaus.

Schweigend fuhren sie weiter.

»Wie lange ist Mr Sinclair eigentlich schon hier?«, fragte sie schließlich, von Neugier überwältigt.

»Etwa fünf Jahre. Seit Lord Edward und er von der Universität kamen.«

»Und leistet Mr Sinclair auch auf dem Anwesen die eigentliche Arbeit und sorgt wie beim Haus dafür, dass die Dinge getan werden?«

»Ja, er arbeitet schon hart, unser Mr Sinclair«, antwortete Seán. Dann warf er Anna einen unschuldigen Blick über die Schulter zu. »Damit will ich natürlich nicht sagen, dass Lord Edward nicht auch hart arbeitet.«

»Natürlich nicht.« Sie sah ihn ironisch an.

Wieder trat Schweigen ein, während Anna die Landschaft bewunderte und darüber nachdachte, wie Sinclair den Bau ihres wunderschönen Hauses beaufsichtigt hatte.

»Seán?«

»Ja, Ma'am?«

»Kennst du ein Gehöft namens Hunter's Farm?«

»Na klar, Ma'am. Das ist doch an die Engländerin verpachtet.«

»Ist es weit von hier?«

»Nein, nicht besonders. Wieso? Wollen Sie Mrs Hunter besuchen?«

»Nein, ich … hörte nur, es sei schön, und wollte mal einen Blick darauf werfen. Könnten wir daran vorbeifahren?«

»Ihr Wunsch ist mir Befehl, Ma'am.«

Er bog von der Hauptstraße ab.

»Weißt du viel über Mrs Hunter?«, wagte Anna sich vor. Seán schien ein unerschöpflicher Quell an Informationen zu sein, die er offensichtlich gern mit anderen teilte.

Seán verzog das Gesicht. »Sie ist kein netter Mensch, Ma'am. Behandelt ihre Diener und Arbeiter sehr schlecht. Seit sie aus England gekommen ist, benimmt sie sich wie Königin Victoria höchstpersönlich. Niemand weiß etwas über sie, ihren toten Mann oder ihre Familie. Aber eins kann ich Ihnen sagen, Ma'am …«

»Und das wäre?«

»Ich weiß zwar nicht, wo sie herkommt, aber ganz sicher nicht aus einem guten Stall. Vielleicht konnte sie ihrem Mann und allen anderen Sand in die Augen streuen, aber mir nicht. Wirklich vornehme Leute benehmen sich nicht so. Sie hat Launen und Wutanfälle, allerdings überhaupt keine noble Art. Dafür eine grausame Ader.«

»Sehr beruhigend, dass du dich mit der Herkunft von Menschen so gut auskennst«, bemerkte Anna spöttisch.

Schließlich kam Hunter's Farm in Sicht. Es war ein kleines georgianisches Landhaus mit schönen Proportionen, das am Ende einer langen Auffahrt stand. Es war von sanften Hügeln umgeben. Große Bäume flankierten das Haus, und da der Abend nahte, schien vom Boden aufsteigender Nebel es einzuhüllen.

»Halt mal kurz an«, befahl Anna.

Dann betrachtete sie das Haus, um ihre Neugier zu befriedigen.

Plötzlich öffnete sich die Vordertür, und heraus trat die

unverwechselbare Gestalt von Sinclair, gefolgt von Diana Hunter.

Anna erschrak, und als sie sah, wie die beiden sich vor dem Haus vertraulich unterhielten, geriet sie in Panik. Sie wollte nicht von Sinclair gesehen werden. Hunter's Farm lag nicht auf ihrem Heimweg, daher würde offenbar werden, dass sie herumspioniert hatte.

»Schnell, Seán, fahr los!«, befahl Anna.

Die Kutsche setzte sich in Bewegung. Anna sah, wie Sinclair die Treppe hinuntereilte, auf sein Pferd sprang und die Einfahrt hinunter zur Straße ritt. In kürzester Zeit würde er ihre Kutsche sehen.

»Seán, kannst du uns mit der Kutsche irgendwo verstecken?«, rief Anna drängend.

Seán drehte sich um und sah sie an, als wäre sie verrückt geworden. »Verstecken? Wovor?«

»Das ist ganz gleich! Tu es!«, befahl Anna.

»Wollen Sie Mr Sinclair nicht begegnen?«, fragte Seán neugierig.

»Seán, bitte!«, flehte Anna.

Der Junge nickte und schwang die Peitsche, worauf sie die Straße hinunterrasten und in ein kleines Wäldchen gerieten. Dort sprang Seán von der Kutsche und ging das Pferd beruhigen. Mit angehaltenem Atem blickte Anna sich um und bemerkte, dass das dichte Laub der Bäume sie verdeckte. Sie hörte Sinclairs Pferd herangaloppieren und sah seinen schwarzen Umhang im Wind flattern, als er vorbeiritt.

Allein sein Anblick erfüllte sie mit unerklärlicher Furcht. Es war das Anwesen ihres Mannes. Obwohl Sinclair ein Verwandter war, blieb er doch ein Angestellter. Aber wie er sich verhielt und mit ihr redete, schüchterte sie ein.

»Sehr schön«, sagte Anna zu Seán. »Jetzt kannst du mich nach Hause bringen.«

Seán nickte und sprang wieder auf die Kutsche.

Es wurde schon Abend, als sie vor dem Haus hielten.

»Du kannst die Einkäufe zur Hintertür tragen und von einer der Dienerinnen zu mir bringen lassen«, befahl sie beim Aussteigen.

»Ist gut«, sagte Seán. »Werden Sie mich morgen brauchen?«

»Das weiß ich noch nicht. Frag morgen früh bei Barton nach, der sagt dir Bescheid, was ich vorhabe.«

»Ist gut. Wissen Sie, ich glaube, es ist doch nicht so langweilig, für Sie zu arbeiten, wie ich anfangs dachte«, bemerkte Seán und zeigte wieder sein mutwilliges Lächeln.

Kommentarlos ging Anna ins Haus und wandte sich direkt zum Wohnzimmer, wo Edward Pfeife rauchte und dabei ein Buch las.

»Schönen Tag gehabt?«, fragte er lächelnd, als sie ihn küsste. Er klappte das Buch zu.

»Ja, ich war in der Stadt, ein paar Einkäufe machen.«

»Wie fandest du Seán?« Jetzt lächelte er sie wissend an.

»Ziemlich frech, soweit ich das beurteilen kann.«

Edward lachte laut. »Wie ich schon sagte: witzig.«

Sie ging zum Klingelzug und betätigte ihn.

»Ich weiß nicht, ob ›witzig‹ das richtige Wort ist. Ich glaube, er könnte mir schnell auf die Nerven gehen.«

Ein Dienstmädchen kam herein.

»Zieh bitte die Vorhänge zu«, befahl Anna.

Die Angestellte gehorchte eilends.

»Ich, äh, bin heute an Hunter's Farm vorbeigefahren«, sagte Anna und zog sich die Handschuhe aus.

»Wirklich?« Edward schlug sein Buch wieder auf.

»Ja, ein schönes Haus, findest du nicht?«

»Eines der besten in der Gegend. Nach unserem wahrscheinlich das schönste.«

»Hm. Ich hab sie gesehen – Mrs Hunter – vor dem Haus.«

»Hast du angehalten, um sie zu grüßen?«

»Nein. Ich fuhr auf der Straße vorbei. Aber sie sprach mit jemandem. Ich glaube, es war Sinclair.«

Da blickte Edward auf und runzelte die Stirn. »Im Ernst? Ich hoffe doch, dass alles in Ordnung ist und es kein Problem mit einem Pferd gibt oder so.«

»Wahrscheinlich war es so was«, sagte Anna und starrte auf eine Kerze. »Bitte erwähne ihm gegenüber nicht, dass ich ihn gesehen habe. Sonst glaubt er vielleicht, ich spionierte ihm nach.«

Edward warf ihr einen forschenden Blick zu. »Natürlich nicht.«

9. KAPITEL

Anna hatte die Tage gezählt, bis ihre Cousine Georgina endlich kam. Als es so weit war, holte sie sie mit Seán aus Castlewest ab. Sofort fiel ihr auf, dass sie sich verändert hatte – stiller, bedrückter, trauriger wirkte –, mochte aber vor Seán nicht nach dem Grund fragen. Also sprachen sie während der Heimfahrt nur über Edward und das neue Haus.

Daheim angekommen, veranstaltete Anna mit Georgina eine große Besichtigungstour, bis sie schließlich in dem Gästezimmer landeten, wo ihre Cousine wohnen sollte.

Georgina ging zum Fenster und blickte hinaus. »Ich kann verstehen, warum du dieses Haus liebst. Es ist genau so wie auf dem Bild, das Edward dir zu Weihnachten geschenkt hat.«

»Das Bild hängt jetzt in der Bibliothek.« Anna ging zu ihr und legte ihr sanft die Hand auf die Schulter. »Georgie, was ist denn los? Irgendwas stimmt doch nicht. Du kannst es mir doch sagen.«

Da füllten sich Georginas Augen mit Tränen. »Die Hochzeit ist abgesagt, Anna. Tom hat mich sitzen gelassen.«

»Was? Aber wieso? Er hat dich doch geliebt!« Anna war fassungslos.

Georgina fing an zu schluchzen. »Er hat eine andere kennengelernt. Frances Westworth, aus King's County.«

»Ach, Lady Frances? Ich hab sie öfter bei Empfängen und Festen getroffen.«

»Genau wie Tom! Und zwar so oft, bis er entschied, dass er sie mehr liebt als mich!«

Anna führte Georgina zum Bett, wo sie sich setzen konnten.

»Sie werden nächsten Monat in Cork heiraten!«

»Nein!«

»Und in die Flitterwochen nach Rom fahren!«

»Aber genau dorthin wolltet ihr doch auch!«

»Ich weiß! Er hat nicht seine Hochzeitspläne geändert, sondern nur die Braut ausgetauscht!«

»Oh, Georgina! Aber kannst du ihn denn nicht verklagen, weil er die Verlobung gelöst hat?«

»Nein, das würde ich nicht ertragen. Und meine Familie auch nicht. Nein, da ist nichts zu machen. Mein Leben ist vorbei. Ich bin ruiniert.«

»Aber nein. Du wirst schon jemand anderen kennenlernen.«

»Nein, werde ich nicht. Mein Ruf ist ruiniert. Alle reden darüber, dass ich sitzen gelassen wurde. Ich bin beschädigte Ware, mit der kein Mann sich sehen lassen kann. Ich bin zweite Wahl, abgelehnt von einem anderen. Nie werde ich ein eigenes Heim haben, keinen Mann und keine Familie! Ich werde den Rest meines Lebens in Tullydere verbringen, im Haus meines Bruders, wo Joanna mir täglich das Gefühl gibt, nicht willkommen zu sein. In meinem eigenen Elternhaus! Sie genießt es geradezu, mich zu demütigen!«

Anna seufzte. Sie wusste, dass Georgina und ihre Schwägerin sich nie gut verstanden hatten.

»Nun, dann lebst du eben bei Edward und mir.«

»Wie soll das denn gehen?«, schnaubte Georgina.

»Ganz einfach. Wir haben hier mehr als genug Platz, und du wärst uns höchst willkommen.«

»Das kann ich nicht, Anna. Das würde mein Bruder niemals erlauben. Schließlich unterliege ich seiner Verantwortung, bis ich verheiratet bin. Und das wird jetzt nie mehr geschehen. Ich werde den Rest meines Lebens seiner Verantwortung unterliegen. Und wenn ich zu dir käme, würde es ein schlechtes Licht auf ihn werfen. So als wollte er sich seiner Verantwortung entziehen.«

Wieder seufzte Anna. Sie wusste, dass Georgina recht hatte.

»Nun, du könntest aber auch unabhängig sein. Wir haben hier eine Frau, die von Edward ein Haus gemietet hat, eine gewisse Mrs Hunter. Ziemlich beeindruckend, wenn auch etwas einschüchternd. Sie hat ihr eigenes Gestüt, das sie auch selbständig leitet. Nichts spricht dagegen, dass du das Gleiche unternimmst.«

»Mrs Hunter. Also eine Witwe? Bestimmt hat ihr Mann sie gut abgesichert zurückgelassen. Aber ich besitze gar nichts.« Georgina stand auf, ging wieder zum Fenster und starrte hinaus. »Ich habe nichts Eigenes. Und du hattest vor deiner Heirat auch nichts Eigenes. Unser Schicksal war es, Ehefrau und Mutter zu sein. Ohne das sind wir gar nichts.«

10. KAPITEL

Im Verlauf der nächsten Tage versuchte Anna, Georgina so gut sie konnte aufzumuntern. Aber ihre Cousine blickte weiterhin vollkommen hoffnungslos in die Zukunft. Sie war nicht mehr das sorglose Mädchen von einst, sondern wirkte, als hätte das Unglück ihren gesamten Charakter verändert. Sie war jetzt sehr zynisch und ließ an kaum jemandem ein gutes Haar.

Eines sonnigen Nachmittags während einer Ausfahrt erzählte Anna Georgina mehr über Diana Hunter und verriet, dass sie Sinclairs Pferd oft vor ihrem Haus gesehen hatte.

»Glaubst du, sie sind ein Liebespaar?«, fragte Georgina.

»Ich bin mir nicht sicher. Aber offenbar verbringt er viel Zeit bei ihr, dabei muss er doch nur einmal im Monat die Miete einkassieren.«

»Das klingt, als hättest du ihnen nachspioniert«, sagte Georgina und lachte leicht.

»Aber ganz und gar nicht!« Anna wurde rot. »Hunter's Farm liegt auf dem Weg zur Stadt, daher fahre ich ständig vorbei.«

Als Seán das hörte, blickte er über die Schulter und sah Anna scharf an. Dann schaute er grinsend zum Himmel.

»Sieh auf die Straße, Seán! Wir wollen doch nicht im Graben landen«, fauchte Anna.

»Ja, Ma'am.«

»Bei Gesellschaften in unserem Haus sind sie auch ständig zusammen.«

»Und wie findest du sie?«

»Kühl und distanziert. Ich glaube, ich habe mich noch nie richtig mit ihr unterhalten. Sie scheint lieber mit Männern zu reden.«

»Und die sprechen wohl auch lieber mit ihr, wenn sie wirklich eine so umwerfende Schönheit ist, wie du behauptest. Ich will sie unbedingt kennenlernen. Und natürlich auch deinen neuen Cousin Sinclair.«

»Da werden Sie vielleicht nicht lange warten müssen! Da ist er, da vorne!«, sagte Seán.

»Seán! Musst du eigentlich ständig lauschen?«, schalt Anna ihn und lehnte sich vor, um Sinclair zu sehen.

Tatsächlich war Sinclair auf dem Feld, dem sie sich näherten. Stolz saß er auf seinem Pferd, während er mit einer Gruppe Pächter zu streiten schien. Anna lief ein Schauer über den Rücken, als sie ihn brüllen hörte. Dann sah sie, wie er seine Reitpeitsche hob und einem der Männer heftig auf den Kopf schlug.

Schockiert schrie Georgina auf, als der Mann zu Boden fiel.

»Halt die Kutsche an, Seán!«, rief Anna.

»Nein, Ma'am, wir fahren besser weiter«, widersprach Seán und ließ das Pferd einfach weiterlaufen.

»Seán, das ist ein Befehl! Halt sofort die Kutsche an!«

»Seine Lordschaft bringt mich um, wenn er hört, dass ich angehalten habe«, warnte sie Seán.

»Und ich bringe dich um, wenn du nicht anhältst!«

Daraufhin zog Seán die Zügel an, und die Kutsche hielt.

»Was willst du jetzt tun, Anna?«, fragte Georgina.

»Ich sehe nach, ob mit dem armen Mann alles in Ordnung ist«, antwortete Anna und stieg aus der Kutsche.

»Sie sollten sich nicht einmischen«, warnte Seán sie noch einmal, als Anna durch das Gatter aufs Feld lief.

»Sei still, Seán!«

Als Anna bei der Gruppe ankam, schrie Sinclair immer noch auf die Bauern ein.

»Was ist hier los?«, fragte Anna.

Geschockt sah Sinclair sie an.

»Nichts, was Sie etwas anginge, gehen Sie zur Kutsche zurück«, erwiderte er.

»Der arme Mann ist verletzt. Er braucht umgehend ärztliche Versorgung«, sagte Anna, nachdem sie sich zu dem Bauern hinuntergebeugt hatte und sah, dass er am Kopf blutete.

»Er kann seine Pacht nicht zahlen, da wird er auch kein Geld für ärztliche Versorgung haben.«

»Sinclair, ich habe gesehen, wie Sie diesen Mann geschlagen haben. Warum haben Sie das getan?«, verlangte sie zu wissen.

»Anna, gehen Sie zurück in die Kutsche, das ist nicht Ihre Angelegenheit.«

»Nein, es ist nicht Ihre Angelegenheit. Dies ist die Angelegenheit meines Mannes und damit auch meine.«

Rot vor Zorn sah Sinclair sie an und zeigte mit seiner Reitpeitsche auf sie.

»Sie mischen sich in Dinge, die Sie nichts angehen, Madam.«

»Wenn sie auf dem Land meines Mannes geschehen, gehen sie mich sehr wohl etwas an!«

Wütend starrten sie sich an.

»Das werden Sie bereuen, das garantiere ich Ihnen«, sagte Sinclair schließlich, gab seinem Pferd die Peitsche und ritt davon.

Anna wandte sich zu den Umstehenden. »Bringen Sie

diesen Mann zu Dr. Robinson im Ort und sagen Sie, ich hätte ihn geschickt, er solle sich um ihn kümmern.«

Die Männer starrten ihr erstaunt nach, als sie das Feld wieder verließ. Erst als sie in der Kutsche saß, merkte sie, wie sehr sie zitterte.

»Alles in Ordnung?« Georgina legte ihr den Arm um die Schultern.

»Mir schwirrt ziemlich der Kopf.«

»Das hätte ich dir gar nicht zugetraut«, sagte Georgina.

»Ich auch nicht«, flüsterte Seán.

»Ich – hab gar nicht lange überlegt. Angesichts dieser Grausamkeit ist es einfach so aus mir herausgeplatzt.«

»Ich verstehe jetzt, was du in Bezug auf ihn gemeint hast. Er ist eine übermächtige Erscheinung«, sagte Georgina.

»Seán, bring uns zurück zum Haus!«, befahl Anna.

11. KAPITEL

Sinclair stürmte, immer zwei Stufen auf einmal nehmend, die Eingangstreppe hinauf, stieß die Tür auf und marschierte durch die Halle.

»Edward!«, schrie er und strebte zum Wohnzimmer. Nachdem er sich vergewissert hatte, dass es leer war, prüfte er den Salon gegenüber und schritt dann weiter zur Bibliothek. Als er dort die Tür aufstieß, sah er, dass sein Cousin an seinem Schreibtisch saß und etwas schrieb.

Edward sah auf und starrte überrascht auf seinen wütenden Cousin. »Sinclair, was ist los?«

»Deine Frau ist los, Edward.«

»Anna?« Edward runzelte verwirrt die Stirn.

Sinclair begann, vor seinem Schreibtisch auf und ab zu gehen. »Ich werde mich nicht von deiner Frau demütigen lassen, Edward. Ich werde nicht öffentlich vorgeführt werden, und das auch noch von einem dummen Ding, das von nichts eine Ahnung hat!«

Er blieb abrupt stehen und donnerte seine Faust auf den Schreibtisch. Edward fuhr auf.

»Bitte, Sinclair, beruhige dich doch und erkläre mir, was passiert ist.«

»Ich habe heute einen Pächter bestraft, und zwar weil er die Pacht nicht bezahlt hat und obendrein unverschämt geworden ist – und sie hat sich eingemischt, Edward! Sie hat es gewagt, sich einzumischen!«

»Anna?«

»Sie tauchte aus dem Nichts auf und befahl mir aufzuhören. Es wäre ihre Angelegenheit und ihr Land, und ich sollte mir überlegen, wo mein Platz sei.«

»Sinclair, Anna würde dich niemals so bloßstellen oder beleidigen.«

Sinclair drehte sich zu Edward um. »Und ist das keine Beleidigung? Nennst du mich etwa einen Lügner?«

»Aber nicht doch! Das alles ist bestimmt nur ein Missverständnis.«

»Ja, ganz genau, Edward. Deine Frau hat da etwas gründlich missverstanden. Ich verwalte diesen Besitz. Das ist meine Aufgabe, es ist meine Position. Ich verwalte ihn so gewinnbringend wie immer möglich. Und deine Frau wird nie wieder in diesem Ton mit mir reden, Edward. Das lasse ich nicht zu!«

Sinclairs Blick bohrte sich in Edwards Augen.

Als Anna und Georgina zurückkamen, wartete Edward schon vor dem Wohnzimmer auf sie. Er hatte die Hände auf dem Rücken verschränkt und sah sie ernst an.

»Edward!«, rief Anna überrascht aus.

»Anna, ich muss mit dir sprechen. Bitte entschuldige uns, Georgina.«

»Natürlich«, nickte Georgina, sah Anna ermutigend an und stieg die Treppe hinauf.

Da Anna ihren Mann noch nie so gesehen hatte, ging sie etwas nervös an ihm vorbei, während er ihr die Tür zum Wohnzimmer aufhielt. Dann schloss er die Tür.

»Anna, ich habe eben mit Sinclair gesprochen. Was ist zwischen euch vorgefallen? Er ist sehr aufgebracht.«

»Er ist aufgebracht? Und ich? Ich bin aufgebracht!«, verteidigte sie sich und nahm auf dem Sofa Platz.

»Sinclair meinte, du hättest dich eingemischt, als er etwas wegen des Anwesens regelte. Du hättest ihn vor den Pächtern zurechtgewiesen und seine Autorität untergraben. Stimmt das?«

»Da hat er dir aber nicht alles erzählt, Edward!«

»Hast du dich in seine Arbeit eingemischt und ihn vor den Pächtern kritisiert? Ja oder nein?«

»Das ja, aber ich hatte gute Gründe«, antwortete Anna.

Edwards Gesicht wurde rot vor Zorn. Er ging zum Fenster und starrte hinaus auf den See.

»Anna, das darfst du nie wieder – niemals mehr – tun. Es steht dir nicht zu. Du darfst dich nicht in Sinclairs Aufgaben einmischen, hast du das verstanden?«

»Edward!«, flehte Anna. »Sinclair hat einen Mann mit seiner Peitsche geschlagen. Auf den Kopf, und der Arme fiel zu Boden, schwer verletzt, von dem, was ich sehen konnte. Ich – ich musste einfach eingreifen.«

Da drehte Edward sich um, überrascht und etwas besänftigt, als er Annas Gründe hörte.

»Der Mann war ernsthaft verletzt?«

»Soweit ich sehen konnte, ja. Wenn du mir nicht glaubst, dann frag Georgina – sie war dabei.«

»Georgina!«, sagte Edward mit leichtem Spott. »Sie würde auch sagen, dass der Himmel rot ist, wenn du sie darum bätest.«

»Also glaubst du jetzt weder mir noch meiner Familie?« Erstaunt und verletzt riss Anna die Augen auf.

Edward trat zu ihr. »Damit will ich nicht sagen, dass ich dir nicht glaube.«

»Aber für mich hört es sich so an.«

»Ich sage nur, dass es dir nicht zusteht, Sinclair zurechtzuweisen. Ein Besitz wie dieser erfordert viel Arbeit und kluge Verwaltung. Er muss mit eisernem Willen und fester

Hand geleitet werden, sonst bricht schnell das Chaos aus. Sinclair weiß das besser als alle anderen. Schließlich ist der Besitz seiner Familie wegen schlechter Verwaltung verloren gegangen.«

»Nicht deswegen, sondern weil sein Vater sich lieber in Kneipen, Spielhöllen und Bordellen herumtrieb!«

»Anna!«, rief Edward empört.

»Was denn, stimmt doch!«, fauchte Anna.

»Ich weiß nicht mal, woher du das hast. Wahrscheinlich von Georgina.«

»Du selbst hast mir das erzählt! Weißt du nicht mehr?« Anna kamen die Tränen, so ungerecht war das alles.

Da setzte sich Edward zu ihr und nahm ihre Hand. »Das alles ist doch nur zu deinem Besten. Das Haus ist dein Bereich, aber alles außerhalb des Hauses ist Sinclairs Bereich. Wenn du dich an diese Regel hältst, wird es keine Probleme mehr geben.«

Wie gerne hätte Anna ihm jetzt erklärt, dass sie Sinclair verachtete, weil er kalt, grausam und hinterhältig war. Dass sie ihm nicht traute. Doch als sie Edwards sanften Blick sah, während er sie anflehte, die Gegebenheiten zu akzeptieren, wollte sie ihn nicht wieder gegen sich aufbringen.

»Ist gut. Wenn du mich darum bittest, will ich mich daran halten. Aber es gefällt mir nicht, wie die Leute hier behandelt werden, Edward.«

»Es sind Bauern, Anna. Die sind das gewohnt. Wenn man sie anders behandelte, würden sie es ausnutzen. Das ist die natürliche Ordnung, die können wir nicht ändern, sonst würden wir unsere eigene Position gefährden.«

»Nun, ich will nichts mehr davon hören«, erklärte Anna, weil sie nicht dulden wollte, dass Sinclair weiterhin zwischen ihnen stand.

Plötzlich kam Edward ein Gedanke. »Der verdammte Seán! Wo war der eigentlich?«

»In der Kutsche«, erwiderte Anna.

»Dieser nutzlose Bursche! Ich hatte ihm doch gesagt, er sollte auf dich aufpassen!«

Also hatte Seán den Auftrag, sie im Auge zu behalten.

»Ich hätte gute Lust, ihm selbst mal eine Tracht Prügel zu verabreichen.«

»Nein, Edward, lass ihn in Ruhe. Er hat wirklich versucht, mich davon abzubringen, aber ich ließ mich nicht aufhalten.«

»Du kannst ganz schön stur sein, wenn du dir etwas in den Kopf gesetzt hast, nicht wahr?« Edward sah sie belustigt an.

»Mehr als du denkst«, lächelte sie zurück.

»Nun, wenn das Haus erst mal voller Kinder ist, dann kannst du all deine Energie darauf richten.«

12. KAPITEL

»Es war richtig von dir, das Thema fallen zu lassen«, nickte Georgina, als Anna und sie durch die riesigen Parkanlagen des Hauses spazierten.

»Ich habe Edward noch nie so gesehen. Er wirkte so wütend auf mich und schien meine Version gar nicht hören zu wollen.«

»Wahrscheinlich darfst du dich nicht in solche Angelegenheiten mischen.«

»Ich dachte nur, er würde eher für mich Partei ergreifen«, seufzte Anna.

»Offensichtlich hat Sinclair großen Einfluss auf ihn.«

»Sinclair ist ein Lügner und hat die Wahrheit verdreht, weil er mit keinem Wort verraten hat, dass er den Mann geschlagen hat.«

»Und er hat dafür gesorgt, dass Edward zuerst seine Version hört. Du musst bei diesem Mann vorsichtig sein, Anna. Er ist schlau und unleugbar brutal.«

»Ich gehe ihm einfach aus dem Weg, genau wie Edward gesagt hat«, erklärte Anna.

»Hör mal, du und Edward, ihr seid frisch verheiratet, da müsst ihr euch erst aneinander gewöhnen.«

»Er wünscht sich Kinder«, lächelte Anna.

»Du wirst sehen, sobald ein Kind da ist, wird Sinclair ihm nicht mehr so viel bedeuten. Edward ist ein Einzelkind und hat nur noch wenige Verwandte. Ich verstehe, dass er sich ein bisschen zu sehr auf Sinclair verlässt. Aber mit einem Haus voller Kinder wird das anders!«

Es war Abend, und ein paar Freunde waren zu Besuch gekommen. Man hatte sich im Wohnzimmer versammelt, wo man Karten oder Scharaden spielte und sich am Kamin Geschichten erzählte.

Anna und Georgina saßen am Kartentisch und spielten Poker. Beide achteten gleichzeitig auf ihre Karten und auf Diana Hunter, die Scharade spielte.

»Und, wie findest du sie?«, fragte Anna und legte eine Karte ab.

»Wie du schon sagtest: beeindruckend. Sie ist sehr schön und selbstbewusst. Allerdings nicht mehr die Jüngste.«

»Bestimmt schon über dreißig«, bestätigte Anna.

Georgina zeigte ihr Blatt. »Ich kenne ein paar Familien aus Yorkshire und werde mich mal erkundigen, ob sie sie kennen.«

Da ging die Tür auf, und Sinclair kam herein. Als Anna ihn sah, erstarrte sie.

»Ich bitte um Entschuldigung, ich wurde geschäftlich aufgehalten«, verkündete er laut.

»Wahrscheinlich musste er wieder mal ein paar wehrlose Bauern verprügeln«, flüsterte Georgina Anna zu.

Sinclair hielt einen Strauß wunderschöner Bergblumen in der Hand.

»Sind die Blumen für mich, Sinclair? Ich wusste gar nicht, dass ich dir so am Herzen liege«, spottete Edward, worauf die Gäste lachten.

Diana Hunter strich sich mit der Hand über ihre Haare und trat lächelnd auf ihn zu. Sinclair kam ihr zwar entgegen, ging aber zu ihrer offensichtlichen Verblüffung vorbei und strebte zu dem Tisch, an dem Anna saß.

»Für Sie, Anna«, sagte Sinclair mit einer Verneigung.

Anna war verwirrt. Sie warf einen Blick zu Georgina, die ebenfalls überrascht wirkte.

»Oh, äh, danke, Sinclair. Sehr freundlich von Ihnen.« Sie nahm den Blumenstrauß entgegen.

Obwohl Sinclair sie anlächelte, funkelten seine Augen kalt und zornig. Sie erschauerte.

Anna reichte die Blumen weiter an Barton, während Sinclair sich zu Edward und anderen Männern gesellte, die am Kamin standen und sich lachend unterhielten.

»Was sollte das denn?«, flüsterte Anna.

»Ein geschickter Schachzug. Er will vor Edward nicht schlecht dastehen und tut so, als wäre zwischen euch alles bereinigt.«

Später am Abend saßen alle am knackenden Kaminfeuer, während Diana Hunter sie mit ihrem Gesang verzauberte. Ihr Gesicht wurde nur vom Feuer erhellt, und sie schien auf den Widerschein der tanzenden Flammen auf den Wänden konzentriert, als sie *She moves through the fair* sang. Doch in Wahrheit sah sie Sinclair an, dessen dunkle Augen starr auf sie gerichtet waren, als sie das Lied beendete: »*It will not be long love, till our wedding day.*«

13. KAPITEL

Als Georgina nach Tullydere zurückkehrte, fühlte sich Anna eine ganze Weile sehr einsam. Doch mit Edward nahm nach dem Streit alles rasch wieder seinen gewohnten Gang. Offenbar hielt er Sinclairs Geste mit den Blumen für ein passendes Friedensangebot und meinte, Anna und Sinclair wären jetzt beste Freunde. Zwar war ihr Umgang freundlich, aber Anna versuchte Sinclair möglichst aus dem Weg zu gehen.

Dafür schloss sie Seán immer mehr ins Herz, obwohl er ihr oft auf die Nerven ging. Er war nach Georginas Abreise eine willkommene Abwechslung, da er sie immer irgendwohin fahren und ihr unterhaltsame Geschichten aus der Gegend erzählen konnte. Da den gesamten Winter scharfer Frost herrschte, war Anna oft mit ihm im Park und zeigte ihm, wie man die Sträucher und Blumen gegen die Kälte schützte. Sie liebte die Anlagen und interessierte sich sehr für sie.

»In welchem Teil der Ländereien wohnst du, Seán?«, fragte sie eines Tages.

»Drüben bei Knockmora«, antwortete Seán und beschnitt eine Stechpalme an einem Treppchen, das zu einem Brunnen führte. »Ich habe dort ein schönes Cottage und vier Hektar Land mit Blick auf den See. Es gefällt mir sehr gut.«

»Lebt deine Familie auch hier? Deine Eltern?«

»Nein. Ich komme ursprünglich vom Land der Hamiltons.«

»Und warum bist du nicht dortgeblieben?«

»Ach, weil die Hamiltons alle wie Dreck behandeln. Ich bin auf der Stelle abgehauen, sobald sich die Gelegenheit bot. Als es hier eine Stelle im Stall gab, hab ich sie mir sofort geschnappt. Und jetzt habe ich ein Stück Land gepachtet.«

»Ist Lord Edward denn ein angenehmerer Grundbesitzer als die Hamiltons?«

»Lord Edward ist ein Gentleman, durch und durch. Er kann keiner Fliege etwas zuleide tun. Er wird von allen auf dem Land und in der Stadt geschätzt.«

»Sehr beruhigend zu wissen«, sagte sie und bemühte sich, nicht zu sarkastisch zu klingen.

»Der Gerechtigkeit halber muss man aber auch sagen, dass er versucht, Mr Sinclair so weit wie möglich zu bremsen. Was wegen seines Charakters nicht leicht ist.«

»Wie meinst du das?«

»Wie Sie gesehen haben, kann Mr Sinclair sehr hart sein. Er zeigt keinerlei Gnade bei Leuten, die ihn ärgern. Lord Edward versucht schon, ihn dazu zu bringen, ein bisschen Mitgefühl zu zeigen. Den Leuten eine Chance zu geben, wenn sie mit der Pacht im Rückstand sind oder nicht so schnell arbeiten, wie Sinclair will.«

Eine Welle der Zuneigung zu ihrem Mann überkam Anna, weil er versuchte, seinen herrschsüchtigen Cousin auf den rechten Weg zu bringen.

»Und willst du länger hierbleiben, Seán? Mit deinen vier Hektar Land?«, fragte sie, konnte aber ihren leicht spöttischen Ton nicht verbergen.

»Wieso nicht, ist hier doch so gut wie überall. Wohin sollte ich sonst? Ich suche mir ein nettes Mädchen aus der

Stadt, dann wohnen wir im Cottage und gründen eine große Familie.«

»Wie alle guten katholischen Pächter«, spottete sie jetzt offen.

»Sie können über uns Katholiken lachen, wie Sie wollen. Aber wenn wir nicht wären, hätten Sie gar nicht genug Geld, um diesen großen Besitz und Ihr Herrenhaus zu unterhalten. Wir Pächter ermöglichen Ihnen Ihren Lebensstil.«

Plötzlich war Anna wütend über Seáns Frechheit. »Wenn du dich ungerecht behandelt fühlst, wirst du sehen, dass es noch viele andere Pächter gibt, die sehr gerne deine vier Hektar übernehmen würden.«

»Sicher, aber das wären auch Katholiken, und Sie wären immer noch abhängig von Ihrer Pacht, oder nicht?«

»Ich glaube nicht, Seán, dass das Geschlecht der Armstrongs jemals von Leuten wie dir abhängig sein wird«, erwiderte sie hochmütig. »Und wenn du mit der Stechpalme fertig bist, dann entferne das Efeu von der Mauer.« Sie machte kehrt und wollte zum Haus zurückgehen.

»Ja, Mylady, wie Sie wünschen, Mylady«, rief Seán ihr nach und grinste, während er weiter die Stechpalme beschnitt.

14. KAPITEL

Die Wintersaison verflog in einem Wirbel von Bällen und Festen, bei denen jede der adligen Familien sich gegenseitig zu übertreffen versuchte. Da Edward von allem immer nur das Beste bot, konnte Anna sich mühelos in die Rolle finden, für die sie erzogen war, und als Gastgeberin glänzen.

Nachdem Edward und Anna eine Woche in Kildare verbracht hatten, um den bislang größten Ball des Jahres zu besuchen, machten sie sich in ihrer Kutsche auf den langen Rückweg.

Anna saß sinnierend neben ihrem Mann, der immer wieder eindöste.

»Edward?«

»Ja, mein Schatz?«

»Warum wird Diana Hunter eigentlich nur von uns eingeladen?«

Edward schlug die Augen auf und sah sie an. »Sei doch nicht so naiv, Anna. Viele protestantische Farmer werden vom Grundbesitzer eingeladen. Aber sie sind nicht gesellschaftsfähig genug, um darüber hinaus eingeladen zu werden.«

»Ich kann mir vorstellen, dass Diana Hunter sehr gerne darüber hinaus kommen würde«, bemerkte Anna.

»Du magst sie nicht besonders, oder?«

»Nein, eigentlich werde ich nicht warm mit ihr. Müssen

wir sie eigentlich bei jeder Gelegenheit einladen? Mir wäre es lieber, sie wäre nicht immer dabei.«

»Das wäre unhöflich. Außerdem wäre Sinclair sicher nicht erfreut, wenn wir sie von unserer Gästeliste nähmen.«

»Sinclair?«

»Ich glaube, er ist von ihr ziemlich angetan.«

»Bahnt sich da etwas zwischen ihnen an?«, fragte sie in der Hoffnung, ihr Verdacht würde erhärtet.

»Nein, es ist nur ein Flirt. Ich glaube, Sinclair will höher hinaus.«

»Höher hinaus?«, wiederholte Anna verwirrt.

»Nun, wie du selbst schon sagtest, ist Diana Hunter nicht adlig. Sinclair hingegen ist der Enkel eines Lords. Und da er ehrgeizig ist, kann ich mir vorstellen, dass er eines Tages sein eigenes Land haben will – wie auch immer er daran kommen will. Wahrscheinlich durch eine Heirat.«

Anna nickte. »Ja, er könnte sicher etwas Besseres finden als Diana Hunter.«

15. KAPITEL

Diana Hunter saß auf der Couch im Salon und lächelte strahlend. Sinclair stand dicht neben ihr und hielt ihre Hand.

»Ihr solltet es als Erste erfahren«, sagte Sinclair zu Edward und Anna. »Wir haben uns verlobt.«

»Na, das ist aber eine Überraschung«, erwiderte Edward verblüfft, aber erfreut.

»Ja wirklich«, bestätigte Anna.

Edward schüttelte Sinclair die Hand und umarmte ihn fest, dann gab er Diana einen Kuss auf die Wange.

»Herzlichen Glückwunsch«, sagte Anna und küsste Sinclair ebenfalls auf die Wange.

Diana erhob sich, lächelte Anna strahlend an und verkündete: »Ich bin so glücklich. Wir werden wie Schwestern sein.« Sie umarmte und küsste Anna.

»Ja, ich würde mich freuen«, brachte Anna hervor und zwang sich zu lächeln.

»Das muss gefeiert werden«, rief Edward und läutete, worauf Barton erschien.

»Eine Flasche Champagner aus dem Weinkeller, Barton«, befahl Edward. Barton zog sich zurück. Man sah ihm an, dass er sich bemühte, nicht die Miene zu verziehen.

»Wo werden Sie wohnen?«, fragte Anna, neugierig auf die praktischen Folgen der Verbindung.

»Ich ziehe nach Hunter's Farm«, erklärte Sinclair.

»Eine gute Entscheidung«, bestätigte Edward. »Es ist ein schönes Haus.«

»Ich war dort sehr glücklich und hoffe, es weiterhin zu sein«, sagte Diana und strahlte ihren Verlobten an.

Im Gegensatz zu deinem Personal, dem du, Seán zufolge, arg zusetzt, dachte Anna.

Barton kehrte mit einer Flasche Champagner zurück, öffnete sie und füllte vier Gläser.

Kaum hatte er den Salon verlassen, verteilte Edward die Gläser und fragte: »Wisst ihr schon das Datum?«

»Wir dachten an Montag in einer Woche«, antwortete Diana entschieden.

»Montag in einer Woche?«, fragte Anna zutiefst erstaunt.

»Warum noch länger warten, oder?«, erwiderte Diana und bedachte Sinclair mit einem kühlen Lächeln.

»Wir hatten gehofft, die Kapelle auf dem Anwesen nutzen zu können, und für den Empfang dieses Haus«, sagte Sinclair.

»Aber selbstverständlich! Das ist mein Hochzeitsgeschenk für euch!«, erklärte Edward und hob sein Glas. »Auf Sinclair und Diana!«

»Auf Sinclair und Diana!« Anna hob nickend ihr Glas, verdrehte innerlich aber bei der bloßen Vorstellung die Augen.

Als Anna ein paar Tage später in der Stadt einkaufen ging, bemerkte Seán, der ihre Päckchen trug: »Jimmy Callan hat gesagt, letzte Woche hätte es auf Hunter's Farm einen Riesenkrach gegeben.«

»Und wer ist Jimmy Callan?«, fragte Anna.

»Ein guter Freund von mir, der bei Diana Hunter als Stallbursche arbeitet.«

»Habt ihr Dienstboten eigentlich nichts Besseres zu tun,

als den ganzen Tag Gerüchte über eure Herrschaften zu verbreiten?«

»Tut mir leid, Ma'am«, sagte Seán mit angemessen beschämter Miene. Dann schwiegen sie eine Weile, während sie weiter die Straße hinuntergingen.

»Nun, dann erzähl mal«, sagte Anna schließlich. »Was hatte dieser Jimmy Callan zu berichten?«

»Tja, Jimmy sagt, das Zimmermädchen und die Köchin von Hunter's Farm hätten erzählt, zwischen Mrs Hunter und Mr Sinclair hätte es einen schrecklichen Krach gegeben.«

»Wann denn genau?«, fragte Anna.

»Am Wochenende.«

»Am Wochenende? Aber da haben sie sich doch verlobt?«

»Kann ja sein. Aber dann gab es wohl vorher Verhandlungen, denn von dem Geschrei der beiden ist fast das Dach von Hunter's Farm weggeflogen.«

»Sehr, sehr merkwürdig«, befand Anna und dachte über das Gehörte nach.

16. KAPITEL

Am Tag der Hochzeit saß Anna leicht missmutig in ihrem Zimmer und ließ sich frisieren und ankleiden. Es gefiel ihr gar nicht, dass der Hochzeitsempfang in ihrem Haus stattfinden sollte, und noch weniger gefiel es ihr, jetzt mit Diana Hunter verwandt zu sein. Zwar war Georgina zum Fest angereist, doch hatten sie noch keine Zeit gehabt, sich länger zu unterhalten. Allerdings kam sie ihr noch verbitterter vor als beim letzten Mal.

Als Anna fertig frisiert und angezogen war, ging sie nach unten.

»Lord Edward und Ihre Cousine warten bereits in der Kutsche, Mylady«, verkündete Barton und hielt die Tür für sie auf.

Anna trat hinaus in den sonnigen Morgen. Edward und Georgina saßen im Festtagsstaat in der offenen Kutsche.

Seán, der die Kutsche fuhr, sprang vom Kutschbock und hielt die Tür für sie auf. Selbst er hatte seine guten Sachen angezogen.

Nachdem Anna eingestiegen war, fuhren sie los. Auf den Ländereien gab es mehrere Weiler, doch in unmittelbarer Nähe zum Armstrong House gab es ein Modelldorf, das Edward von einem Architekten hatte entwerfen lassen. Es war um eine kleine Grünfläche herum gruppiert, in deren Mitte die Kirche stand. Als sie dort vorfuhren, sah man bereits einige Kutschen. Seán öffnete ihnen.

»Danke, Seán«, sagte Edward und geleitete die beiden Frauen den Weg zur Kirche hinauf. »Offenbar ist er diesmal deinen Anweisungen gefolgt und hat sich feingemacht«, bemerkte er spottend zu seiner Frau.

Anna warf einen Blick zu ihrem Stallburschen. »Dann scheint er doch ab und zu gehorchen zu können.«

Edward lachte leise. Er fand es amüsant, dass seine Frau sich über ihren Diener aufregte.

»Ich hab gehört, dass viele Mädchen ihn hier als gute Partie betrachten.«

»Was? Ihn mit seinem vier Hektar großen Kartoffelacker?«, fragte Anna abschätzig, lächelte aber gleichzeitig der Menge entgegen, die sich vor der Kirche versammelt hatte.

Natürlich sah Diana Hunter an ihrem Hochzeitstag so hinreißend aus, wie Anna erwartet hatte. Die Trauzeremonie war angenehm kurz und wurde begleitet von wunderschöner Musik, die die Braut ausgesucht hatte.

»Wo sitzt denn ihre Familie?«, flüsterte Georgina Anna zu, als sich alle zum Singen erhoben. Sie hatte die anwesenden Gäste überflogen, doch die meisten schienen zum Dunstkreis der Armstrongs zu gehören.

»Ach, hatte ich das nicht erzählt? Sie haben es nicht rechtzeitig von Yorkshire geschafft.«

»Aber warum musste die Heirat dann so schnell stattfinden?«

»Ich weiß nicht. Seltsam, oder?«

»Noch seltsamer ist«, sagte Georgina, »dass keiner meiner Bekannten aus Yorkshire jemals von einer Diana Hunter gehört hat.«

»Im Ernst?« Anna riss die Augen auf, während die Musik verstummte und alle Platz nahmen.

»Nicht ein Einziger hat jemals etwas von ihr gehört.«

»Sie ist schon wirklich eine geheimnisumwitterte Frau«, sagte Anna und sah zu, wie Sinclair und sie das Ehegelübde sprachen.

»Und eine, die du am Hals hast«, murmelte Georgina, als Diana sagte: »Ich will!«

Im Haus waren große Tische im Ballsaal aufgestellt worden, an dem die Gäste feiern konnten. Immer wieder brachten die Diener Schinken, Ente und Fasan herein.

»Wer zahlt eigentlich für all das?«, fragte Georgina.

»Es ist ordinär, über Geld zu sprechen«, zischte Anna.

»Nur, wenn man viel Geld hat. Da ich überhaupt keins habe, ist es auch nicht ordinär. Aber deiner Reaktion entnehme ich, dass Edward dafür bezahlt?«

Anna sagte nichts, bemerkte aber sehr wohl, wie Diana das Personal schikanierte, klagte, der Wein sei nicht gut genug, und sogar Essen in die Küche zurückschickte.

Später beobachtete sie, wie Diana und Sinclair in der Mitte des Ballsaals tanzten. Obwohl Sinclair weder Geld noch Grundbesitz hatte, war Mrs Hunter durch ihre Heirat mit ihm unwiderruflich in ihre Kreise aufgenommen worden. Und wie sich die ehemalige Mrs Hunter und jetzige Mrs Armstrong verhielt, plante sie, ganz nach oben zu kommen.

In dieser Nacht hielt Edward Anna ganz fest, während die Schattenflammen des Kaminfeuers an den Schlafzimmerwänden tanzten. Das Hochzeitsfest war vorbei, und die Gäste hatten sich entweder in ihre Zimmer zurückgezogen oder übernachteten bei den benachbarten Familien.

»Ich war froh, Sinclair so glücklich zu sehen«, sagte Edward, während er seine Frau liebkoste.

»Ich fand nicht, dass er glücklich wirkte. Eigentlich habe

ich Sinclair noch nie glücklich gesehen. Er hat gewirkt wie immer, nämlich entschlossen und selbstzufrieden.«

»Aber wann soll er denn selbstzufrieden wirken, wenn nicht an seinem Hochzeitstag?«

Anna zögerte kurz, entschied dann aber, ihre Befürchtungen zu äußern. »Es hat mir nicht gefallen, wie sie den ganzen Tag die Diener herumgeschickt haben, Edward.«

»Was meinst du damit?«, fragte Edward und setzte sich verwirrt auf.

»Dies ist unser Haus und unser Personal, aber Diana und Sinclair haben sich benommen, als gehörte das alles ihnen.«

»Ich finde an ihrem Benehmen nichts auszusetzen.«

»Ich aber schon, und Georgina auch.«

»Georgina!«, rief Edward aus und lachte zynisch. »Georgina hat an allem etwas auszusetzen, seit ihr Verlobter sie sitzen gelassen hat.«

»Sei nicht so gemein, Edward!«, sagte Anna wütend.

»Wieso? Ist doch wahr! Sie ist hier immer willkommen, aber es gefällt mir gar nicht, wie sie versucht, dich gegen alles aufzubringen.«

»Gegen Sinclair, meinst du doch wohl!«

»Genau!« Edward sprang aus dem Bett und fing an, unruhig hin- und herzulaufen.

»Sie muss mich gar nicht gegen ihn aufbringen, weil ich den Mann nicht ausstehen kann – und seine Frau auch nicht, wenn wir schon dabei sind.«

»Aber wieso denn?«, fragte Edward bestürzt.

»Weil er kein netter Mensch ist.« Sie war versucht, ihm all die Geschichten zu erzählen, die sie von Seán gehört hatte, wollte allerdings nicht, dass der junge Mann Ärger bekam.

»Du hast keinen Grund für deinen Rachefeldzug.«

»Das ist kein Rachefeldzug. Ich gehe ihm so weit wie möglich aus dem Weg. Wie vereinbart leitet er das Anwesen und ich mische mich nicht ein. Aber jetzt versucht er, auch mein Haus zu übernehmen, Edward!«

»Er wollte nur sicherstellen, dass seine Hochzeit reibungslos über die Bühne geht und die Gäste sich wohl fühlen.«

»Die Hochzeit, für die wir bezahlt haben!«, fauchte Anna.

Edward sah sie leicht angewidert an. »Jetzt wirst du aber gemein. Ich glaube, ich schlafe lieber im Gästezimmer – wenn ich ein freies finde.« Er warf sich seinen Morgenmantel über und marschierte zur Tür.

»Edward!«, rief sie ihm nach, als er die Tür hinter sich zuknallte.

Doch er kam nicht zurück.

»Aaaaah!«, schrie Anna frustriert und ließ sich zornig in die Kissen zurückfallen.

17. KAPITEL

Schon bald nach der Hochzeit wurde Diana schwanger. Edward wunderte sich, dass es so schnell gegangen war, schließlich nahte Annas und sein zweiter Hochzeitstag und bei ihnen war immer noch kein Nachwuchs in Sicht.

Dann, acht Monate nach der Trauung, erreichte Edward und Anna die Nachricht, dass bei Diana vorzeitig die Wehen eingesetzt hatten.

Edward konnte es kaum erwarten, endlich eigene Kinder zu bekommen. Söhne und Erben, die er verwöhnen, denen er die Liebe zu seinem Besitz vermitteln konnte. Aber jetzt bekam Sinclair als Erster einen Nachkommen.

Als Edward sich von einem Ausritt dem Haus näherte, sah er, dass Sinclair mit fliegendem Umhang die Auffahrt entlanggaloppierte.

»Guten Tag, Edward«, grüßte er ihn.

»Ich dachte, du bliebest heute auf Hunter's Farm«, erwiderte Edward. Obwohl Diana Hunter jetzt Mrs Armstrong war, war es beim Namen der Farm geblieben.

»Es kann noch Stunden dauern, bis es so weit ist. Also besteht kein Grund, dort zu sein und den ganzen Tag auf ihn zu warten.«

»Auf ihn? Bist du denn sicher, dass es ein Sohn ist?«

»Selbstverständlich«, sagte Sinclair arrogant. »Zweifellos der erste von vielen. Ich wollte gerade zu den Millers. Dort wird heute zwangsgeräumt.«

»Schon wieder eine Familie?« Edward runzelte bekümmert die Stirn.

»Ja«, sagte Sinclair sarkastisch. »Willst du mitkommen?«

»Nein, danke. Es ist mir unangenehm, das Elend anderer Menschen mit anzusehen.«

Sinclair grinste über das, was er als Schwäche betrachtete. »Du musst dich mal langsam wie ein Mann benehmen, Edward!«

Da kam eine Dienstmagd von Hunter's Farm auf sie zugerannt.

»Mr Sinclair! Mr Sinclair!«, rief sie.

»Was ist?«, knurrte Sinclair.

»Ihre Frau, Mr Sinclair«, keuchte die Magd und versuchte, wieder zu Atem zu kommen. »Sie hat einen kleinen Sohn bekommen!«

Sinclair grinste breit. »Hab ich's nicht gesagt?« Er zwinkerte seinem Cousin zu.

»Herzlichen Glückwunsch«, gratulierte Edward. »Dann lass uns zu dir fahren und deinen Sohn begrüßen.«

»Später«, entgegnete Sinclair. »Du fährst schon vor, ich komme nach. Wenn ich das Geschäftliche hinter mir habe.« Dann trieb er sein Pferd an und ritt davon.

In ihrer gesamten Zeit hier war Anna noch nie auf Hunter's Farm gewesen. Als Edward und sie vor der Eingangstür standen, war sie daher mehr als neugierig auf das Haus, in dem ihre Widersacherin wohnte. Nachdem ein Dienstbote ihnen geöffnet hatte, traten sie ein.

»Hierher!«, rief Sinclair aus dem kleinen Wohnzimmer, und der Diener führte sie hinein.

Anna war beeindruckt von Hunter's Farm. Obwohl es im Vergleich zu ihrem Haus klein wirkte, war es wunderschön gestaltet und eingerichtet.

Sinclair schenkte jedem von ihnen hocherfreut ein Glas Wein ein.

»Auf meinen Sohn und Erben, Harry Armstrong!«, erklärte er dann, hob sein Glas und ließ anstoßen.

Erbe wovon?, dachte Anna und nippte an ihrem Glas.

»Und wie geht es dem Säugling?«, fragte sie.

»Wir müssen sehr vorsichtig sein, weil er zu früh gekommen ist. Daher wird er Tag und Nacht von einer Krankenschwester versorgt.«

»Aber es geht ihm doch gut, oder?«, fragte Edward besorgt.

»Der Arzt meint, er würde sich gut entwickeln, wenn er die nötige Pflege bekommt.«

»Und Diana? Wie geht es Diana?«

»Diana ist wohlauf und glücklich, so wie es sein sollte.« Sinclair hob erneut sein Glas.

Anschließend durften Anna und Edward zum Kinderzimmer, wo eine Krankenschwester an der Wiege stand.

»Ich fürchte, er ist so zart, dass Sie nur eine Minute bleiben dürfen«, warnte sie sie.

»Und ihr dürft auch nicht zu nah heran«, fügte Sinclair hinzu und hielt sie davon ab, sich der Wiege zu nähern.

Daher erhaschten sie nur einen Blick auf das Köpfchen des Säuglings, das in unzählige Decken gewickelt war, bevor sie von Sinclair wieder hinausgedrängt wurden.

Während die Männer dann noch einmal auf Sinclairs Glück anstießen, stattete Anna Diana einen Besuch ab. Sie war wohlauf und guter Dinge. Dennoch blieb Anna nur ein paar Minuten, um die Wöchnerin nicht zu ermüden – und ehrlich gesagt auch, weil Diana so unfreundlich war wie immer und doppelt so selbstgefällig.

»Haben Sie das Neugeborene gesehen?«, fragte Seán, als er Anna zu einem Besuch bei den Foxes fuhr.

Sinclairs und Dianas Säugling hatte sie leicht aus der Fassung gebracht. Alle sagten, jetzt wäre sie an der Reihe. Aber eigentlich hätte sie doch schon längst Nachwuchs bekommen müssen. Schließlich war sie so viel länger als die beiden verheiratet.

»Ja, ich habe es gesehen«, antwortete sie.

»Da haben Sie Glück. Im Moment sind Besucher auf Hunter's Farm nicht willkommen.«

»Ja, da der Säugling so früh gekommen ist, besteht die Gefahr, dass er sich bei jemandem ansteckt. Selbst Lord Edward und ich durften nur ein paar Sekunden ins Kinderzimmer.«

Nun hatte Seán wieder das Grinsen auf dem Gesicht, das Anna gleichzeitig abscheulich und faszinierend fand, weil es normalerweise die Enthüllung pikanter Geheimnisse ankündigte.

»Jeder, der den Säugling gesehen hat, behauptet, es wäre das seltsamste Frühgeborene aller Zeiten.«

»Und wen kennst du, der es gesehen hat?«, fragte sie abschätzig.

»Alle Diener, die auf Hunter's Farm arbeiten, natürlich.«

»Und was meinst du mit seltsam? Was stimmt mit dem Säugling nicht?«, fragte sie besorgt.

»Ich sagte, es sei das seltsamste Frühgeborene«, erklärte er und grinste wieder.

»Das verstehe ich nicht. Was ist denn seltsam daran?« Verwundert schüttelte sie den Kopf.

»Tja, es ist ein prächtiger, gesunder, kräftiger Säugling. Man sieht ihm die Frühgeburt nicht an.«

Verwirrt starrte Anna Seán an. Doch dann fügte sich alles wie ein Puzzle zusammen. Der Krach zwischen Sinclair und Diana am Tag ihrer Verlobung. Die überstürzte Heirat. Die rasche Ankündigung der Schwangerschaft. Und dann die angebliche Frühgeburt des Säuglings. Als sie den Skandal erfasste, den Sinclair und Diana so eilends vertuscht hatten, wurde ihr übel. Das Kind war vor der Hochzeit empfangen worden.

18. KAPITEL

Für die Armstrongs verflogen die Monate im üblichen Wirbel gesellschaftlicher Verpflichtungen. Anna sah zu, wie der kleine Harry täglich größer und kräftiger wurde. Und Sinclair immer ähnlicher. Ihre Abneigung gegen Diana wuchs im gleichen Maße wie deren Selbstbewusstsein und Arroganz. Diese besuchte sie oft im Haus, und dann war Anna gezwungen, mit ihr höflich Konversation zu betreiben, während ihr kleiner Sohn neben ihr im Kinderwagen lag.

Diana entwickelte auch Ambitionen als Gastgeberin. Offensichtlich war sie durch ihre Ehe mit Sinclair vollkommen in die Gesellschaft aufgenommen worden. Obwohl Hunter's Farm vergleichsweise klein war, wurde es langsam berühmt für seine Feste und Empfänge, denen Diana als Gastgeberin vorstand. Neuerdings waren die Foxes öfter auf Hunter's Farm als im Herrenhaus, was Anna ins Grübeln brachte. Im gleichen Maße, wie Dianas Selbstbewusstsein zunahm, nahm Annas ab. Langsam begann sie Festivitäten im eigenen Haus zu fürchten, da sie ständig gefragt wurde, wann denn mit einem Erben zu rechnen sei. Edward und sie standen sich so nahe wie eh und je. Sie liebte ihn mehr, als sie für möglich gehalten hatte, und wusste, dass er ihre Liebe erwiderte. Doch auch er war nicht mehr so fröhlich und unbekümmert wie früher. Er wirkte besorgt, manchmal sogar abwesend. Und sie wusste nur zu gut, wo er mit seinen Gedanken war: bei dem Kind, das sie beide sich so sehnlichst wünschten, aber nicht bekamen.

Eines Nachmittags saß Anna in ihrem Zimmer und schrieb einen Brief an ihren Vater, als sie Dianas Kutsche vor dem Haus halten hörte. Seufzend unterbrach sie den Brief, um den Tee mit Diana einzunehmen. Sie begab sich in den Salon, doch als Diana nach einer halben Stunde immer noch nicht erschien, ging sie in die Halle, um nach ihr zu sehen. Es überraschte sie, dass sie weder dort noch in einem der angrenzenden Zimmer zu finden war. Schließlich fragte sie Barton, der aus dem Esszimmer auftauchte. Zögernd bekannte dieser, dass Diana in den Küchentrakt gegangen war.

»Wozu denn das?«

»Das weiß ich nicht, Ma'am.«

Anna machte sich auf den Weg in den riesigen Küchentrakt. Dort fand sie Diana, die verschiedene Stücke Fleisch begutachtete, welche die Köchin und die Küchenmädchen für sie aus der Vorratskammer brachten.

»Das sollte weggeworfen werden«, sagte sie gerade und musterte kritisch ein Stück Rindfleisch. »Das kann man nicht mehr anbieten.«

»Aber das ist doch erst heute Morgen gekommen!«, rief die Köchin verblüfft und entrüstet.

»Widersprechen Sie nicht«, zischte Diana unfreundlich. »Ich sagte, Sie sollten mir Ihr bestes Fleisch zeigen, nicht den Ausschuss!«

Erstaunt betrat Anna die Küche. Daraufhin fuhren alle zusammen.

»Diana, kann ich dir irgendwie helfen?«

»Oh, äh, nein. Ich komme zurecht. Wir haben heute Abend eine Dinnerparty, und Edward bestand darauf, etwas von eurem Fleisch beizusteuern.«

»Verstehe«, sagte Anna. Sie war wütend, versuchte aber, es zu verbergen.

»Ihr werdet doch hoffentlich kommen können?«, fragte Diana.

»Es ist ein bisschen kurzfristig«, erwiderte Anna. »Ich frage mal Edward.«

»Es ist einfach nicht richtig, Edward«, wütete Anna am gleichen Abend im Salon. »Einfach herzukommen, sich von unseren Vorräten zu bedienen und die Diener zu schikanieren.«

»Ach, was ist schon eine halbe Lammkeule für uns?«, versuchte Edward sie zu beschwichtigen.

»Darum geht es nicht! Dies ist nicht ihre persönliche Vorratskammer!«

»Ich weiß gar nicht, was du gegen sie hast.«

»Wir wissen gar nichts von ihr, Edward. Sie hat Sinclair mit diesem Kind zur Ehe gezwungen!« Kaum hatte sie das gesagt, bereute sie es schon wieder.

»Was soll das heißen?«, verlangte er zu wissen.

»Ich hab Gerüchte über den kleinen Harry gehört. Dass er gar keine Frühgeburt war. Dass Diana schon vor der Hochzeit schwanger war.«

Edward sah sie an. »Wenn du solche Lügen über sie verbreitest, wirst du sie ruinieren, Anna. Ich bin schockiert.«

»Ich verbreite keine Lügen, sondern vertraue meinem Mann die Wahrheit an.«

»Ich will nicht, dass unsere Familie auch nur in die Nähe eines Skandals kommt, Anna. Ich lasse einfach nicht zu, dass der Name meines Cousins oder seines Kindes besudelt wird, bloß weil du neidisch bist.«

Anna war empört. »Neidisch? Ich, mit meiner Herkunft

und meiner Erziehung? Worauf sollte ich denn bei jemandem wie ihr neidisch sein?«

»Auf ihr Kind«, brüllte Edward. »Du bist neidisch, dass sie ein Kind hat!«

Seine Worte trafen sie wie ein Schlag ins Gesicht.

Er senkte die Stimme. »Ein Kind ... Anna ... ein Kind ... ganz gleich, wann es empfangen wurde.«

Dann stürmte er hinaus und ließ Anna zutiefst bestürzt zurück.

19. KAPITEL

Nach diesem Streit kühlte Annas und Edwards Beziehung merklich ab. Sie war verletzt, und er schien nicht gewillt, darüber zu sprechen oder etwas zu klären. Seine Worte gingen ihr nicht mehr aus dem Kopf, so dass sie ständig Kopfschmerzen hatte.

Sie fingen an, sich aus dem Weg zu gehen. Schließlich beschloss sie, erst ihre Familie in Dublin und dann Georgina auf Tullydere zu besuchen.

Am Tag ihrer Abreise standen sie zum Abschied an der Kutsche, während Seán die Koffer herunterbrachte. Es war das erste Mal seit ihrer Hochzeit, dass sie getrennt sein sollten. Als sie in die Kutsche stieg, wirkte Edward auf einmal tieftraurig. Kaum sah sie, dass ihm Tränen in die Augen traten, verflog ihr Groll, und plötzlich musste auch sie schlucken.

»Wir sehen uns in ein paar Wochen«, sagte er. »Pass auf dich auf, meine Liebe.«

Sie nickte lächelnd und versuchte zu verbergen, wie aufgewühlt sie war.

Daraufhin sagte sie zu Seán: »Versuch, nicht in Schwierigkeiten zu geraten, während ich weg bin, hörst du?«

»Ja, Lady Anna!« Er nickte grinsend.

»Und kümmere dich um Lord Armstrong, hörst du?«

»Ich sorg dafür, dass er Sie kaum vermisst«, erwiderte Seán.

Sie lächelte, dann setzte sich die Kutsche in Bewegung. Als sie die Auffahrt hinunterfuhr, blickte sie zurück zu Edward – der einsamen Gestalt, die ihr nachwinkte.

Als sie zwei Tage später in Dublin eintraf, kam ihr die Stadt ihrer Kindheit überaus großstädtisch und geschäftig vor. Zwar freute sie sich, wieder bei ihrem Vater und ihrer Familie zu sein, dennoch spürte sie, wie sehr sie sich verändert hatte.

Die ersten Tage vergingen mit Besuchen und Einkäufen, doch am vierten Tag hatte sie eine Verabredung, von der sie niemandem erzählt hatte. Nervös und voller Befürchtungen suchte sie Dr. Malcolm LaSalle auf, einen der besten Mediziner des Landes, der auch schon der Arzt ihrer Mutter gewesen war.

Er stellte ihr unzählige Fragen, die sie zwar zutiefst peinlich fand, deren Notwendigkeit sie aber einsah: über ihre Menstruation, über etwaige Infektionen und sogar über die Häufigkeit ihrer intimen Begegnungen mit Edward.

»Nun, das hört sich doch alles gut an«, verkündete er schließlich. »Dann kommen wir jetzt zur eigentlichen Untersuchung.«

Diese war noch peinlicher, aber Anna biss die Zähne zusammen. Für eigenen Nachwuchs würde sie alles über sich ergehen lassen.

Nach der Untersuchung sagte der Arzt: »Sie sind eine gesunde junge Frau, Anna. Ich sehe keinen Grund, warum Sie nicht schwanger werden und ein Kind bekommen sollten.«

Als sie das hörte, atmete sie erleichtert auf.

»Das ist beruhigend, Doktor, sehr beruhigend. Ich hatte schon befürchtet, es könnte ein Problem geben.«

»Nein, soweit ich sehen kann, sind Sie vollkommen gesund, Anna.«

»Aber warum werde ich dann nicht schwanger? Mein Mann und ich wünschen uns sehnlichst ein Kind. Wir brauchen einen Erben. Wenn bei mir alles in Ordnung ist, warum bekommen wir dann keinen Nachwuchs?«

»Dafür kann es viele Gründe geben. Das Problem muss nicht unbedingt bei Ihnen liegen.«

»Das verstehe ich nicht«, sagte sie verwirrt.

»Es könnte auch bei Ihrem Mann liegen.«

»Bei Edward?«

»Ja.«

»Tatsächlich?« Das war ihr noch nie in den Sinn gekommen.

»Während meiner langen Jahre als Arzt habe ich mich um einige der angesehensten Familien Irlands gekümmert, unter anderem um die Armstrongs. Und eines kann ich Ihnen über diese Familie anvertrauen: Kinderreich ist sie nicht.«

»Was?«

»Edwards Eltern hatten die gleichen Schwierigkeiten. Sie hatten nur ein Kind: Edward, obwohl sie mehrere wollten. Seine Mutter suchte mich oft auf. Viele aus Edwards Familie sind kinderlos geblieben oder hatten nur ein Kind.«

Anna ging im Stillen Edwards Familie durch. Es stimmte, was der Doktor gesagt hatte. Selbst Sinclair war ein Einzelkind. Im Vergleich dazu war ihre eigene Familie und die ihrer Verwandten groß.

»Damit will ich nicht sagen, dass Edward kein Kind zeugen könnte. Ich meine nur, wenn das Problem nicht bei Ihnen liegt, könnte es bei ihm liegen.«

Benommen ging Anna zu ihrem Elternhaus am Merrion Square zurück. Durch den Arztbesuch war sie gleichzeitig beruhigt und aufgewühlt. Es war ihr nie in den Sinn gekommen, dass es mit ihrem Mann ein Problem geben könnte. Sie war immer davon ausgegangen, dass es bei ihr läge. Plötzlich empfand sie große Zärtlichkeit für Edward und hatte das Bedürfnis, ihn zu beschützen. Aber vor allem hatte sie Angst um die Zukunft, ihre gemeinsame Zukunft.

20. KAPITEL

Sie verbrachte noch ein paar ausgefüllte Tage in Dublin, bis es Zeit war, Georgina und ihre Verwandten auf Tullydere zu besuchen. Ihre Kutsche verließ Dublin am Morgen und erreichte ihr Ziel am frühen Abend. Anna hatte Tullydere Castle, das wie ein Märchenschloss aussah, immer gerne besucht. Da ihre Mutter dort aufgewachsen war, hatte sie sich immer damit verbunden gefühlt.

Als der Wagen unter einem Uhrenturm in den Vorhof des Schlosses fuhr, flog schon die Eingangstür auf und Georgina stürzte heraus. Sie sprang in die Kutsche und umarmte sie fest.

»Ich habe dich so vermisst!«, sagte sie.

Dann kamen Georginas Bruder Richard und seine Frau Joanna heraus.

»Willkommen auf Tullydere!«, sagte Richard und umarmte sie, als sie aus der Kutsche stieg.

»Danke«, erwiderte Anna. »Ich freue mich, wieder hier zu sein.«

»Und wir freuen uns, dich wieder mal hier zu haben«, lächelte Joanna, nahm ihre Hand und führte sie die Treppe hinauf ins Haus.

Es war schwer für Anna, Georginas Schwägerin unvoreingenommen zu begegnen, hatte sie doch schon so viel Schlechtes über sie gehört. Zwar wirkte sie immer freundlich und zuvorkommend, aber Anna wusste sehr gut, dass viele Menschen Masken trugen. Als sie durch die große Eingangshalle geführt wurde, blickte sie zu den Porträts ihrer Vorfahren auf, die an den holzvertäfelten Wänden hingen. Das riesige, weit verzweigte und vorsintflutliche Tullydere befand sich seit dem siebzehnten Jahrhundert im Besitz der Familie ihrer Mutter und hatte nichts vom Komfort ihres eigenen Hauses. Georgina beklagte sich ständig, es würde niemals warm, ganz gleich, wie viele Feuer in den Kaminen entzündet würden.

Aber für Anna brachte Tullydere die Erinnerung an die Ferien ihrer Kindheit zurück, an die Freiheit und Sorglosigkeit, die es ihr immer geboten hatte. Sie hoffte nur, jetzt ihre ehelichen Probleme hinter sich lassen zu können.

»Sieh dir an, wie sie sich benimmt, wenn du dabei bist«, bemerkte Georgina zu Anna, als sie sich ungestört in ihrem Schlafzimmer unterhalten konnten.

»Die Joanna, über die du dich ständig beklagst, habe ich noch nie zu Gesicht bekommen«, erwiderte Anna.

»Aber nur, weil sie vor Gästen immer die Fassade wahrt. Vor allem vor Verwandten. Wenn wir allein sind, ist sie ganz anders.«

»Und was sagt Richard dazu?«

»Meine Anwesenheit ist ihm genauso lästig wie ihr.«

»Aber zumindest ist das Anwesen so riesig, dass ihr euch gut aus dem Weg gehen könnt.«

»Darum geht es doch nicht! Diese Diana Hunter wohnt auch in einem anderen Haus und wirft trotzdem einen Schatten über euer Leben, oder nicht?«

Anna seufzte, stand auf und ging zu den hohen Bleiglasfenstern, von denen aus man einen Blick über die Ländereien hatte.

»Ja, das stimmt.«

»Und wie geht es Edward und dir?«

»Als ich abreiste, nicht besonders gut. Eigentlich schon seit dem Streit nicht mehr, von dem ich dir geschrieben habe.«

»Tja, wie du sagtest: die Kinderfrage. Offensichtlich bereitet sie ihm große Sorgen.«

Anna wandte sich rasch um. »Mir auch! Georgina ... ich war in Dublin bei einem Arzt.«

»Und?«

»Er meint, er sehe keinen Grund, warum ich nicht schwanger werden und ein Kind bekommen sollte.«

»Aber das sind doch wunderbare Nachrichten!«

»Allerdings meint er auch, das Problem könnte bei Edward liegen.« Anna verzog besorgt das Gesicht.

»O nein!« Georgina riss die Augen auf. »Hast du es Edward schon erzählt?«

»Natürlich nicht. Ich könnte ihn doch niemals so demütigen!«

»Was willst du dann tun?«

»Was kann ich schon tun? Nichts, außer unser Schicksal akzeptieren.« Damit ließ sie sich in Georginas tröstende Umarmung sinken.

Später machten sie einen Spaziergang durch die sanft geschwungene Landschaft und suchten hier und da Schatten unter einer riesigen Esche.

»Ich finde, du solltest Edward von deinem Besuch beim Arzt erzählen«, sagte Georgina.

»Nein, das kann ich nicht!«

»Aber dann glaubt er weiterhin, das Problem läge bei dir.«

»Das ist mir lieber, als wenn er denkt, er wäre ... unfähig.«

»Du liebst ihn sehr, oder?«

Anna nickte und lächelte traurig. »Ich kann es gar nicht erwarten, ihn wiederzusehen. Trotzdem habe ich Angst davor, weil ich weiß, dass es für uns vielleicht keine Lösung gibt.«

Eine Weile gingen sie schweigend weiter.

»Es könnte aber doch eine Lösung geben«, sagte Georgina schließlich.

»Wie? Welche denn?«, fragte Anna überrascht.

»Eine sehr einfache und unkomplizierte Antwort.«

»Ja? Erzähl!« Anna sah ihre Cousine skeptisch an.

»Dir ist doch gesagt worden, du könntest ohne Probleme schwanger werden … dann werde eben schwanger.« Georgina war stehen geblieben und sah Anna durchdringend an.

Aufgebracht ging Anna um sie herum. »Hörst du denn nicht zu? Edward und ich können keine Kinder bekommen! Es ist …« Dann hielt sie inne und musterte Georginas bedeutsame Miene. »Du schlägst doch nicht im Ernst das vor, woran ich jetzt denke, oder?« Sie war entsetzt und angewidert.

»Ich zeige dir lediglich eine Möglichkeit auf. Edward würde nie davon erfahren. Das müsste er auch nicht. Nur du würdest es wissen. Auch das Kind würde niemals davon erfahren. Selbst der Vater deines Kindes würde nie davon erfahren.«

Anna hob die Hand und schlug Georgina heftig ins Gesicht.

Dann raffte sie ihr Kleid und schritt rasch zum Castle zurück.

»Anna! Anna!«, rief Georgina und rannte hinter ihr her. Als sie sie eingeholt hatte, packte sie ihren Arm und wirbelte sie zu sich herum.

»Lass mich los! Ich will dich nicht mehr sehen!«, schrie Anna.

»Hör mir doch zu! Ich zeige dir lediglich eine Möglichkeit auf.«

»Offensichtlich hat dir die geplatzte Verlobung mehr zugesetzt, als ich dachte. Du bist ja verrückt geworden!«

»Nicht verrückt, sondern realistisch!« Nun schrie auch Georgina. »Ich weiß jetzt, wie es zugeht in der Welt, Anna, und das ist nicht besonders schön. Du glaubst, wenn man nur ehrbar und anständig und respektabel ist, dann wird man auch glücklich, aber das stimmt nicht! Genau dadurch habe ich meinen Verlobten verloren – er wurde mir durch ein intrigantes Miststück vor der Nase weggeschnappt! Und du wirst deinen Mann, dein Land und das schöne Haus verlieren, auf das du so stolz bist.«

»Lass mich los!«, verlangte Anna und versuchte, sich aus dem festen Griff ihrer Cousine zu lösen. Aber Georgina hielt sie fest. »Du hast keine Ahnung, wie es ist, im eigenen Haus nur Gast zu sein. Du und Edward werdet nur Hüter eures Hauses sein, bis es auf den nächsten Verwandten übergeht, der alle Macht hat. Und nur so aus Neugier: Wer erbt denn das Land und den Titel, wenn ihr keinen Sohn bekommt?«

»Keine Ahnung! Darüber haben wir nie gesprochen. Edward hat einige Verwandte, die erben könnten, wenn wir nicht mit Kinder gesegnet würden.«

Georginas Blick bohrte sich in ihre Augen, und sie flüsterte heiser: »Ich wette, Sinclair ist der Nächste in der Erbfolge und danach sein Sohn!«

»Nein!«, schrie Anna und konnte sich endlich losreißen. Aber sie rannte nicht weg, sondern blieb reglos wie eine Statue stehen und starrte sie an.

»Du musst das herausfinden«, erklärte Georgina jetzt

mit normaler Stimme. »Doch nach dem zu urteilen, wie Sinclair und seine Frau sich verhalten, wissen sie, dass sie die Nächsten in der Erbfolge sind. Sie benehmen sich ja schon so, als hätten sie den Titel. Und du und Edward seid nur Hindernisse, bis sie ihn übernehmen. In ein paar Jahren wird feststehen, dass ihr beide keine Kinder bekommen könnt und dass Sinclair oder sein Sohn der nächste Lord Armstrong wird. Und dann kannst du sehen, wie es ist, im eigenen Haus nur noch geduldet zu werden!«

Die restliche Zeit auf Tullydere stand unter keinem glücklichen Stern. Edward hatte recht: Georgina war zu verbittert. Allein ihr Vorschlag hatte in Anna den Verdacht geweckt, dass sie wirklich verrückt wurde. Als sie abreiste, konnte sie es kaum erwarten, ihren Mann wiederzusehen. Und als die Kutsche durch das Haupttor des Anwesens und am Pförtnerhaus vorbei fuhr, steckte sie mit laut pochendem Herzen den Kopf aus dem Fenster, um zu sehen, wann das Haus in Sicht kam. Und da stand Edward und wartete auf sie! Sie sprang fast aus der Karosse und rannte in seine ausgebreiteten Arme.

»Es tut mir leid«, flüsterte er und küsste sie. »Es tut mir leid, was ich gesagt habe.«

»Halt mich nur fest«, flüsterte sie zurück.

21. KAPITEL

Anna saß auf dem Sofa in der Bibliothek und las. Da es Zeit für den Tee war, stand sie auf, betätigte die Klingel, um Barton zu rufen, und las dann weiter. Doch als nach ein paar Minuten noch keiner der Diener gekommen war, klingelte sie erneut. Wieder verstrichen einige Minuten, ohne dass jemand kam. So klappte sie schließlich verärgert ihr Buch zu und ging hinaus in den Flur.

»Barton!«, rief sie laut.

Aber im ganzen Haus blieb es still.

»Hallo! Barton!«, rief sie noch lauter.

Keine Antwort. Sie sah in den Räumen nach, die von der Halle abgingen, entdeckte allerdings niemanden. Anschließend ging sie ins Hinterhaus und hinunter zum Dienstbotentrakt. Doch zu ihrer Verwunderung war auch dort niemand. Selbst in der Küche war es unheimlich still.

»Wo sind denn alle?«, rief sie laut und ging durch den Flur neben der Küche zur Hintertür. Sie trat hinaus, ging über den gefliesten Gang und dann die Treppe hinauf, die zum großen Hof hinter dem Haus führte. Auf der linken Seite befand sich der Küchengarten, und dahinter lagen die Stallungen und die Garage für die Kutsche.

»Ist jemand da?«, rief sie laut.

Da kam Seán mit einem Pferd am Zügel aus dem Stall.

»Seán, wo sind denn alle? Das gesamte Personal ist verschwunden.«

»Sie sind unten auf Hunter's Farm, Lady Anna.«

Anna sah ihn ungläubig an. »Auf Hunter's Farm? Was machen sie denn da?«

»Das weiß ich nicht. Mr Sinclair hat vor etwa drei Stunden nach ihnen geschickt, da sind sie alle los.«

Anna traute ihren Ohren nicht.

»Seán, spann die Kutsche an und fahr sie sofort vors Haus!«

Als Anna vor Hunter's Farm hielt, wusste sie nicht, was sie mehr quälte: Verwirrung oder Zorn. Sie stieg aus, marschierte zur Haustür und klopfte laut.

Kurz darauf öffnete ihr Barton.

»Barton!«, rief sie aus.

»Mylady!«, erwiderte er mit überraschter Miene.

»Was in aller Welt machen Sie hier?«, fragte sie.

Sie blickte an ihm vorbei und entdeckte, dass einige ihrer Diener sich im Haus zu schaffen machten.

»Was geht hier vor?«, wollte sie wissen, schob ihn beiseite und trat ein.

Im Haus waren ihre Diener emsig dabei, alles auf Hochglanz zu bringen. Durch die halb geöffnete Küchentür konnte sie sehen, dass ihre Köchin und die Küchenmädchen damit beschäftigt waren, ein riesiges Essen vorzubereiten. Als sie in das kleine Esszimmer mit den Erkerfenstern trat, entdeckte sie, dass Diana Hausmädchen beim Decken des Tisches überwachte – mit Geschirr und Besteck, das verdächtig nach dem des Armstrong-Haushalts aussah.

»Diana?«, fragte Anna. Zu mehr fehlten ihr die Worte.

Diana sah sie unbekümmert an. »Ach, hallo, Anna. Bist du zum Helfen gekommen?«

Anna trat weiter ins Zimmer. »Diana, was geht hier vor?«

»Wir empfangen heute Abend den Earl of Kilronin und seine Familie zum Essen.«

»Und was hat das mit meinem Personal zu tun?«, fragte Anna aufgebracht.

»Nun, man kann wohl kaum von mir erwarten, dass ich das mit meinen Dienern schaffe, daher habe ich mir deine ausgeliehen.«

»Ausgeliehen?«

Diana wirkte gleichzeitig erstaunt und entnervt. »Ja. Ist das ein Problem?«

Anna schaffte es, über die Dreistigkeit dieser Frau zu lachen. »Aber ja doch! Du kannst nicht einfach ohne zu fragen mein Personal ausleihen und es für irgendeine alberne Dinnerparty einspannen.«

»Aber das ist keine alberne Dinnerparty. Es war recht schwer, den Earl of Kilronin und seine Gattin zum Kommen zu bewegen. Mir ist aufgefallen, dass sie keine deiner Einladungen angenommen haben.«

Da platzte Anna der Kragen. »Wenn du meinst, das wäre für mich von Bedeutung, irrst du dich!«, schrie sie.

Die Diener fuhren erschrocken zusammen und hielten mit ihrer Arbeit inne.

Diana beäugte sie kühl.

Als Sinclair plötzlich auftauchte, schrak Anna zusammen.

»Was soll das Geschrei?«, fragte er.

»Das war Cousine Anna«, erklärte Diana. »Sie scheint etwas verstört.«

»Ich bin nicht deine Cousine«, widersprach Anna. »Du bist mit dem Cousin meines Mannes verheiratet. Weiter reicht die Verwandtschaft nicht.«

»Was ist dein Problem, Anna?«, fragte Sinclair.

»Dass ihr einfach unser ganzes Personal abzieht, ohne zu

fragen und ohne euch zu bedanken. Für wen haltet ihr euch eigentlich?«

»Beruhige dich. Edward hat mir die Erlaubnis gegeben«, erklärte Sinclair.

»Hat er nicht!«, widersprach Anna.

»Wie bitte?« Sinclairs Augen blitzten unheilverkündend.

»Auf gar keinen Fall würde dir Edward das gesamte Personal überlassen, so dass unser Haus leer und unbeaufsichtigt bleibt, ohne mich darüber zu informieren.«

»Du nennst mich also einen Lügner? Das betrachte ich als ungeheure Beleidigung«, sagte Sinclair leise, aber entschieden.

»Du hast mich ebenfalls beleidigt, Sinclair. Wage es nicht noch einmal, meine Diener ohne meine ausdrückliche Erlaubnis in Anspruch zu nehmen … Barton!«

Der Butler erschien auf der Türschwelle. »Ja, Mylady.«

»Barton, Sie und die anderen kehren unverzüglich auf ihre Posten im Herrenhaus zurück.«

»Ja, Mylady«, nickte Barton.

»Auf gar keinen Fall, Barton!«, warnte Sinclair laut und entschieden. »Sie kümmern sich hier um die Aufgaben, die Mrs Armstrong Ihnen gegeben hat.«

Ungläubig starrte Anna Sinclair an. »Sinclair, dies ist mein Personal! Du kannst dich nicht über mich hinwegsetzen!«

»Das kann ich, und ich tue es! Barton, die Dienerschaft bleibt hier«, wiederholte Sinclair und sah sie mit seinen dunklen Augen durchdringend an.

Anna bekam Angst, war aber entschlossen, sie nicht zu zeigen.

Die Diener blickten nervös von Anna zu Sinclair.

»Barton, ich sage es nicht noch einmal. Folgen Sie meiner Anordnung. Kehren Sie in unser Haus zurück«, beharrte Anna, ohne vor Sinclair den Blick zu senken.

»Sehr wohl, Madam«, sagte Barton. Er schnippte mit den Fingern, worauf die Diener sofort alles stehen und liegen ließen und gingen. Barton folgte ihnen. Anna hörte, wie er den anderen in der Eingangshalle Anweisungen gab. Sie spürte, wie Erleichterung sie überkam. Eine Minute lang hatte sie geglaubt, er würde ihre Anordnungen ignorieren.

»Wie kannst du es wagen, hierherzukommen und in meinem Haus Befehle zu erteilen?«, knurrte Sinclair.

»Dein Haus? Vergiss nicht, dass Hunter's Farm meinem Mann gehört. Dies ist unser Haus. Genau wie es unser Personal ist.« Sie nahm eine silberne Gabel vom Tisch. »Und dies ist unser Besteck, das ebenfalls ohne Erlaubnis aus unserem Esszimmer entliehen wurde. Und zweifellos stammt auch das Essen, das unsere Köchin für euren hochgeschätzten Gast zubereitet, aus unserer Vorratskammer.«

»Und wenn schon!«, rief Sinclair. »Edward hat nichts dagegen.«

»Aber ich. Und du wirst dich nicht über mich hinwegsetzen.«

Sinclair beugte sich mit glitzernden Augen zu ihr. »Edward würde seinem Erben nichts verweigern.«

»Seinem Erben?«, fragte sie fassungslos.

»Ich bin Edwards Erbe und nach mir mein Sohn … wenn Edward keine Nachkommen hat.«

»Das werden wir noch sehen«, erwiderte Anna.

»Das ist die natürliche Erbfolge«, mischte sich Diana mit kühler, beherrschter Stimme ein. »Sollte Edward irgendetwas zustoßen, ist Sinclair sein Nachfolger. Und nach ihm unser Harry.«

»Du bist sehr anmaßend«, sagte Anna und drängte ihre Tränen zurück.

»Ich bin nicht anmaßend, sondern vorausschauend«,

entgegnete Sinclair. »Denn da ihr voraussichtlich keinen Sohn und Erben bekommt, bin ich der Erbe.«

Anna ging zur Tür.

»Ach, Sinclair!«, sagte Diana mit süßlicher Stimme. »Wir sollten nett zu ihr sein. Schließlich kann sie nichts dafür, dass sie unfruchtbar ist.«

Anna blinzelte ein paar Mal und verschwand. Als sie zur Haustür ging, hörte sie, wie Sinclair und Diana laut lachten. Laut und höhnisch. Sie lachten sie aus.

Die Tränen strömten ihr übers Gesicht, während sie rasch in die Kutsche stieg.

»Alles in Ordnung, Lady Anna?«, fragte Seán besorgt.

»Bring mich einfach nach Hause«, bat sie und barg ihr Gesicht in ihren Händen.

Anna ging direkt auf ihr Zimmer und warf sich weinend aufs Bett. Immer wieder sah sie die Szene vor sich, sah, wie Sinclair und Diana sie ausgelacht hatten. Sie weinte, bis sie vor lauter Erschöpfung einschlief. Als sie aufwachte, war es dunkel. Wieder musste sie weinen, aber diesmal leise. Da ging die Tür auf, und Edward kam herein. Bedächtig zündete er Kerzen im ganzen Zimmer an und setzte sich dann zu ihr ans Bett.

»Versuche nicht, sie zu verteidigen, Edward. Ich hab genug für heute«, sagte sie mit tränenerstickter Stimme.

»Ich werde sie nicht verteidigen.«

»Hast du ihnen erlaubt, unser gesamtes Personal für ihre alberne Dinnerparty abzuziehen?«

»Nein, natürlich nicht. Ich würde niemals zulassen, dass das Haus derart unbeaufsichtigt ist. Du hattest recht, sie alle zurückzubeordern.«

»Wie können sie es wagen!« Sie setzte sich auf und schaute ihn an. »Lass nicht zu, dass sie die Kontrolle übernehmen, Edward. Siehst du nicht, was du zugelassen hast? Du musst dem ein Ende bereiten.«

»Ich habe mit Sinclair ein ernstes Wörtchen geredet. Er hat mir versichert, dass das nicht wieder vorkommt.«

»Aber er hat mich entsetzlich behandelt. Du hast ja keine Ahnung! Ich weiß, er ist dein Cousin und verwaltet deinen Besitz sicher auch ganz wunderbar. Doch ich will, dass sie gehen, Edward! Ich will, dass sie Hunter's Farm verlassen. Finde etwas anderes für sie, ganz weit weg von uns. Ich ertrage sie hier nicht länger!«

»Aber das kann ich nicht, Liebling.«

»Wieso denn nicht?«, fragte sie aufgebracht.

Verzweifelt sah er sie an. »Weil Sinclair mein Erbe ist. Wenn wir keine Kinder bekommen, sind Sinclair und sein Sohn die Nächsten in der Erbfolge.«

Anna starrte ihn an. Dann stieß sie ein lautes, schmerzliches Stöhnen aus, das aus ihrem tiefsten Inneren zu kommen schien.

»Warum passiert das ausgerechnet uns, Edward?«

Traurig schüttelte er den Kopf. »Ich weiß es nicht.«

»O Edward. Es tut mir leid. Es tut mir ja so leid!« Sie streckte die Arme aus und drückte ihn an sich.

»Nächste Woche treffe ich mich mit unseren Anwälten«, sagte er, »damit alles dafür geregelt ist, dass der Besitz und der Titel auf Sinclair und seinen Sohn übergehen, sollte mir etwas zustoßen.«

22. KAPITEL

Als Weihnachten 1844 näher kam und die Dienerschaft fröhlich das ganze Haus schmückte, wünschte sich Anna, sie könnte an diesem Glück teilhaben. Stattdessen graute ihr davor, dass Georgina und auch Sinclair und Diana zu Besuch kommen sollten. Letzteren war sie seit dem Zusammenstoß aus dem Weg gegangen, doch wann immer sie sie zufällig traf, gaben sie ihr mit ihren wissenden Blicken zu verstehen, dass sie auf Zeit spielten, bis sie eines Tages das Haus und den gesamten Besitz übernehmen würden.

Daher sah Anna dem Weihnachtsfest mit Schrecken entgegen.

Als Georgina und etliche andere Gäste am Heiligabend eintrafen, empfing sie ein festlich geschmücktes Haus mit prasselndem Feuer. Der Brandy floss in Strömen, und bis tief in die Nacht wurden Gesellschaftsspiele gespielt, doch Anna vermied es, mit Georgina allein zu sein. Damit wollte sie die unangenehmen Gespräche, die sich unweigerlich ergeben würden, aufschieben. Vor allem aber wollte sie eine Konfrontation wie auf Tullydere vermeiden. Alles in ihr sträubte sich gegen Georginas Lösung für ihr Problem, und doch nagte das Ganze an ihr wie ein ständiger leiser Schmerz.

Am Weihnachtsabend sorgten Sinclair und Diana dafür, dass sie am hinteren Ende des Tisches zu sitzen kamen – so weit entfernt von Anna wie möglich. Während Truthahn,

Bratkartoffeln und Gemüse serviert wurden, spielte Anna die heitere Gastgeberin und sprühte vor aufgesetzter guter Laune. Lord Browne, ein berüchtigter Schürzenjäger, war auch zu Gast und versuchte wie immer, mit Anna zu flirten.

»Stimmt es, was mein Mann mir erzählt hat, Lord Browne, dass Sie einen katholischen Anwalt engagiert haben?«, fragte Anna.

»Ja, das stimmt. Warum auch nicht? Ich wollte den besten Anwalt von Cork, und den bekam ich. Da ist mir die Religion egal.«

»Mein Vater erzählt, viele Katholiken gingen jetzt in die freien Berufe, aber ich dachte, sie würden unter sich bleiben.«

»Ich habe noch nie einen Anwalt kennengelernt, der Geld ablehnt – ganz gleich, ob er Katholik, Protestant oder Jude war«, gab Lord Browne zurück und brachte damit alle am Tisch zum Lachen.

»Ich glaube, Sie begeben sich da auf gefährliches Terrain, Lord Browne«, meldete sich plötzlich Sinclair vom anderen Ende des Tisches zu Wort. »Es mag ja sehr faszinierend sein, katholische Anwälte oder Ärzte zu beschäftigen, aber wir dürfen ihnen keinerlei Einfluss zugestehen. Wer weiß, wo das endet, wenn wir sie ermutigen?«

Anna blickte Sinclair an. »Du hast ja so recht, Sinclair, wie immer. Wir müssen sehr vorsichtig mit Leuten sein, die nicht wissen, wo ihr Platz ist.« Sie nippte an ihrem Rotwein.

Sinclair starrte sie an. »Wie wir wissen, kann eine Wendung des Schicksals sehr schnell Platz und Rang eines Menschen ändern«, konterte er.

Anna hob ihr Glas und strahlte Lord Browne an. »Nun, ich finde es sehr fortschrittlich von Ihnen. Ich gehe sogar noch weiter und sage, auch wir wollen einen katholischen Anwalt engagieren. Was meinst du, Edward?«

»Ich bin eher dafür, den Status quo zu erhalten, meine Liebe. Katholiken sollten wissen, wo ihr Platz ist. Es kann nur Probleme verursachen, wenn sie Zugang zu den freien Berufen haben.«

Als das Gespräch seinen Fortgang nahm, neigte sich Georgina zu Anna und flüsterte: »Du gehst mir seit meiner Ankunft aus dem Weg.«

Anna sah sie an. »Ich weiß. Es tut mir leid. Lass uns nach dem Essen einen kleinen Spaziergang machen.«

Sie blickte zu Edward, der fast wie in Trance in sein Kristallglas mit dem Burgunder starrte.

Anna und Georgina traten dick eingepackt vor die Tür, überquerten den Vorhof und gingen die Stufen zur ersten Terrasse hinunter. Weiter unten, am Ende des Hügels, sahen sie ein paar Gäste, die am zugefrorenen Ufer des Sees Schlittschuh liefen. Ihre aufgeregten Rufe wehten durch die stille Landschaft.

Von der Terrasse wandten sich Anna und Georgina zum Park und schlenderten dort über die Wege.

»Sinclair und Diana sind hingebungsvolle Eltern, nicht?«, bemerkte Georgina, als sie an einem zugefrorenen Brunnen vorbeigingen.

»Das Verhältnis zwischen Sinclair und mir hat sich dramatisch verschlechtert«, erklärte Anna. »Wir sprechen kaum miteinander, und er beweist mir bei jeder Gelegenheit, wie viel Macht er hat. Und ich kann sie nicht aus unserem Leben streichen. Denn sie sind unsere Erben.«

»Weil du kein Kind bekommst.«

Anna nickte. »Weil ich kein Kind bekomme.«

»Anna, das ist eine sehr gefährliche Lage, nicht nur für dich und Edward, sondern für die Zukunft des gesamten

Besitzes. Was ist, wenn Edward etwas zustößt und Sinclair der neue Lord Armstrong wird? Dann bist du vollkommen seiner Gnade ausgeliefert.«

»Ich weiß. Ich liege nachts wach und bin schon ganz krank vor Sorge.«

Schweigend gingen sie weiter, bis Georgina ihren ganzen Mut zusammennahm. »Hast du noch mal über meinen Vorschlag auf Tullydere nachgedacht? Darüber, ein Kind von einem anderen zu empfangen?«

Darauf antwortete Anna eine Zeitlang nicht. Sie gingen weiter, während die Sonne sank und ihr orangefarbenes Licht über den weihnachtlichen Himmel ergoss.

»Ja, ich habe darüber nachgedacht. Es hat mir sehr zugesetzt. Ich weiß nicht, ob ich das könnte, Georgina.«

Georgina packte sie am Arm und zog sie zu sich herum. »Du musst! Anders geht es nicht. Empfange von einem anderen das Kind und gib es als Edwards aus!«

»Ich glaube nicht, dass ich das durchstehen könnte.«

»Anna, verzweifelte Umstände erfordern verzweifelte Maßnahmen! Lass dich von einem anderen Mann schwängern.«

»Aber wen sollte ich dafür auswählen? Wo sollte ich suchen, wie sollte ich es ansprechen?«

»Du sprichst nichts an! Du tust es einfach!«

»Aber mit wem? Lord Browne? Ihm würde ich es durchaus zutrauen. Willst du, dass ich heute Nacht auf sein Zimmer gehe und im Haus meines Mannes mit ihm Ehebruch begehe?«

»Nein, das will ich nicht. Ich habe nachgedacht. Du kannst es nicht riskieren, mit Lord Browne zu verkehren, obwohl er ein geeigneter Kandidat wäre. Aber damit würdest du riskieren, dass es herauskommt. Denn Männer reden, und Frauen werden ruiniert. Du kannst weder Lord

Browne noch sonst jemanden aus unseren Kreisen nehmen. Ich höre ständig Gerüchte über Skandale. Wenn du Edward mit einem aus unseren Kreisen untreu wärst, müsstest du dein ganzes Leben lang befürchten aufzufliegen.«

»Wen soll ich denn dann nehmen?«, fragte Anna aufgebracht.

»Du musst außerhalb unserer Klasse suchen und jemanden finden, der niemals erfährt, wer du bist, und der niemals mit unseren Kreisen in Berührung kommt. Nur so verhinderst du, dass alles auffliegt.«

»Das verstehe ich nicht. Wen schlägst du vor?«

»Einen Fremden. Einen Katholiken. Jemanden, der keinerlei Verbindung zu dir und deiner Welt hat.«

»Ein Katholik!« Das schrie Anna fast. »Jetzt hast du wirklich den Verstand verloren! Ich kann doch kein Kind von einem Katholiken bekommen! Von wem denn? Von einem dieser Ärzte oder Anwälte, über die wir eben sprachen?«

»Nein, nicht mal das geht. Denn auch hier bestünde das Risiko, dass ihr euch eines Tages begegnet und dein Schwindel auffliegen könnte. Das Wichtigste ist, dass deine Täuschung niemals entdeckt wird, denn das wäre dein und Edwards Ruin.«

»Was genau soll ich also machen?«, fragte Anna.

»Such dir irgendeinen Mann aus irgendeiner Stadt. Oder vom Land.«

»Einen Bauern?« Anna war entsetzt.

»Es wird dein und Edwards Kind sein, Anna. Es ist unwichtig, wer der Erzeuger ist.«

23. KAPITEL

Da Georgina genau zu wissen schien, was zu tun war, überließ Anna die Planung ihr. Sie selbst war hin- und hergerissen zwischen Zweifel, Sorge und Angst. Georgina hingegen war überzeugt, dass Edward und sie nur so gerettet werden konnten. In den nächsten Monaten trafen und schrieben sie sich regelmäßig, und Georgina schmiedete einen Plan.

»Hör zu, wie die Diener sprechen, vor allem untereinander«, riet sie ihr. »Belausche ihre Gespräche. Du kannst nicht auf einen Jahrmarkt gehen und wie üblich sprechen, damit fällst du nur auf. Lerne und übe, wie die Diener zu sprechen, dann fällst du auf dem Jahrmarkt nicht auf und kannst mit möglichen Kandidaten reden.«

»Auf einem Jahrmarkt?«

»Ja. Ein Jahrmarkt ist der perfekte Ort, um einen Mann kennenzulernen. Denn ein Jahrmarkt lockt Besucher aus der gesamten Gegend an. Dann ist die ganze Stadt voller Fremder. Aber du musst dafür sorgen, dass Edward geschäftlich unterwegs ist.«

Bei der Vorstellung empfand Anna nichts als Angst.

Die beste Gelegenheit bot sich im April beim Osterjahrmarkt in Castlewest. Er war einer der größten Jahrmärkte des Jahres, und zufälligerweise musste Edward genau zu diesem Zeitpunkt geschäftlich nach Dublin. Während seiner Abwesenheit besuchte Georgina sie und half ihr bei den letzten Vorbereitungen.

»Wenn jemand fragt, bist du eine Pächterin vom anderen Ende des Countys und willst ein Pferd kaufen«, sagte sie, als sie am Vorabend des Jahrmarkts im Wohnzimmer saßen. »Zwar wird es in der Stadt vor Fremden wimmeln, aber sieh dich um und wähle sorgfältig aus. Such dir den bestaussehenden Mann, damit auch dein Kind gut aussieht.«

»Und wenn der bestaussehende Mann sich nicht für mich interessiert?«, fragte Anna.

»Dann stelle ihm nach. Auf Jahrmärkten wird immer viel getrunken, und wenn es Abend wird, geht es in den Gasthäusern ziemlich schändlich zu. Was normalerweise eine grauenhafte Vorstellung ist, dient jetzt vorzüglich unserem Zweck.«

»Ist je ein Täuschungsversuch so kaltblütig und sorgfältig geplant worden?«, sagte Anna und barg den Kopf in ihren Händen.

Georgina stand auf und betätigte die Klingel. Als Barton erschien, wies sie ihn an, nach Seán zu suchen.

»Ja, Mylady?«, fragte Seán, als er auftauchte.

»Seán, Lady Anna und ich besuchen morgen Freunde. Stellst du bitte morgen Mittag eine Kutsche für uns bereit?«

»Ja, Mylady. Ich werde bereit sein.«

»Nein, deine Dienste benötigen wir nicht. Ich fahre selbst.«

Seán verzog unglücklich das Gesicht. »Aber Lord Armstrong besteht darauf, dass ich Lady Anna fahre und nicht allein lasse.«

»Sie wird nicht allein sein, da ich ja dabei bin.«

»Aber –«

»Bist du jetzt endlich still und tust einmal im Leben, was dir gesagt wird?«, fauchte Georgina.

Seán wirkte wütend, doch er nickte und verließ das Zimmer.

Anna blieb auf dem Sofa sitzen und starrte aus dem Fenster.

»Ehrlich! Ich weiß nicht, wie du es mit diesem Burschen aushältst«, sagte Georgina. »Er hat keinerlei Manieren und meint, er könnte sagen, was er wollte. Sehr aufsässig.«

»Edward findet ihn witzig«, erwiderte Anna abwesend und starrte weiterhin aus dem Fenster.

»Ich fahre dich morgen zum Jahrmarkt, dann machen wir einen Zeitpunkt und einen Ort aus, an dem wir uns danach treffen, und ich fahre dich wieder nach Hause.«

Anna drehte sich um und sah Georgina an. »Und du glaubst wirklich, dass es so einfach ist? Dass ich einfach hierher zurückkommen und ganz normal mein Leben und meine Ehe weiterführen könnte, nachdem ich mit irgendeinem Pferdehändler Ehebruch begangen habe?«

»Ja. Es ist so einfach, wie du es betrachtest.«

»Und wenn es nicht funktioniert, Georgina? Was ist, wenn ich nach dem Akt mit einem Fremden nicht schwanger werde?«

»Dann versuchst du es so lange, bis du schwanger wirst.«

Anna barg das Gesicht in ihren Händen. »Ich bin verdammt.«

»Aber wenn du es nicht tust, bist du auch verdammt.«

24. KAPITEL

Am Morgen des Jahrmarkts betrachtete sich Anna nervös im Spiegel. Georgina hatte aus Tullydere ein Kleid von einem der Dienstmädchen mitgebracht, das Anna jetzt trug.

»Passt perfekt!«, erklärte Georgina. »Ich hatte recht mit der Einschätzung deiner Größe.«

Anna betrachtete sich in dem hübschen, aber billigen Kleidchen, das so ganz anders war als die kostbaren Gewänder aus Satin und Seide, die sie normalerweise trug. Georgina hatte ihr normalerweise gelocktes und frisiertes Haar ausgekämmt, so dass es ihr jetzt glatt über den Rücken fiel.

Sie hatte ihr auch ein schwarzes Tuch aus Tullydere mitgebracht, das sie um Annas Kopf band.

Als Anna sich nun im Spiegel betrachtete, erkannte sie sich selbst nicht mehr.

»Du siehst aus wie eine Schönheit vom Lande«, erklärte Georgina, zufrieden mit ihrem Werk. »So wirst du heute viel männliche Aufmerksamkeit auf dich lenken. Aber nun zieh dich aus, wir verstecken die Sachen, bis wir sie brauchen.«

Nach dem Mittagessen zog Anna das Kleid wieder an, verbarg es aber unter einem langen Umhang und setzte ihr Häubchen auf. Eilig huschten Georgina und sie durchs

Haus und begegneten glücklicherweise keinem Diener. Aber Seán sah sie misstrauisch an, als sie die Kutsche bestiegen und Georgina die Zügel nahm.

Die Fahrt in die Stadt schien ewig zu dauern, doch sie sprachen kein Wort. Annas düstere Vorahnungen verdichteten sich, als sie die Stadt erreichten, in der es tatsächlich vor Menschen wimmelte. Weder die Armstrongs noch ihre Freunde kamen jemals zum Jahrmarkt in die Stadt, da es zu voll und wegen der Saufgelage und Schlägereien zu gefährlich war. Vor dem größten Gasthof des Ortes hielt Georgina.

»Um Mitternacht hole ich dich hier wieder ab«, sagte sie. »Jetzt denk an das, was ich dir gesagt habe. Bald ist alles vorbei und du bekommst alles, was du dir wünschst. Denk einfach immer daran.«

»Worauf habe ich mich da eingelassen?«, fragte Anna und rührte sich nicht.

»Raus jetzt mit dir!«, zischte Georgina.

Anna tauschte ihr Häubchen gegen das schwarze Tuch. Dann stieg sie aus der Kutsche.

Sie blickte zu Georgina auf.

»Ich werde eine gefallene Frau sein«, sagte sie.

»Besser als eine kinderlose«, entgegnete Georgina und ließ die Peitsche knallen, woraufhin sich das Pferd in Bewegung setzte.

Als Anna sah, wie die Kutsche die Straße hinunter verschwand, fühlte sie sich zum ersten Mal in ihrem Leben vollkommen allein.

25. KAPITEL

Während Anna durch die geschäftigen Straßen von Castlewest lief, kam sie sich vor wie unsichtbar. Normalerweise verneigten sich die Leute vor ihr, wenn sie irgendwohin ging, machten ihr auf der Straße Platz oder hielten die Tür für sie auf. Doch heute nicht. Sie erkannte, was es ausmachte, teure Kleidung zu tragen. Wie anders sich die Menschen ihr gegenüber verhielten, wenn sie wussten, wer sie war. Das hatte sie für selbstverständlich gehalten. Ihr ganzes Leben lang war sie es so gewohnt gewesen, und nicht ein einziges Mal war ihr in den Sinn gekommen, wie es wohl wäre, anders behandelt zu werden.

Sie bahnte sich einen Weg durch die dichte Menge von Händlern und Kauflustigen und betrachtete die Männer. Aber es war ganz und gar ausgeschlossen, mit ihnen zu sprechen, geschweige denn mit ihnen zu schlafen. Erschauernd suchte sie weiter.

Ein paar Stunden später kam Anna zu einem großen Feld hinter der Stadt, wo sich die Pferdehändler versammelt hatten. Sie war müde, entmutigt und verängstigt. Zwar hatte sie mehrfach kurz mit ein paar ganz ansehnlichen Männern geflirtet, jedoch schnell kalte Füße bekommen und sich zurückgezogen.

Plötzlich entdeckte sie einen sehr gut aussehenden dunkelhaarigen Mann, der Ponys verkaufte. Er wirkte wie auf der Bühne und hatte eine große Zuschauermenge um sich versammelt, während er seine Ware vorführte.

Wie Georgina ihr geraten hatte, beobachtete sie ihn erst eine Zeitlang, bevor sie eine Entscheidung traf. Der Mann wirkte sehr stark und gesund, selbstbewusst und gewitzt.

»Einen Besseren finde ich wohl nicht«, sagte sie zu sich. Da sie keine Frau in seiner Nähe sah, ging sie zu seinem Gehege und betrachtete die Ponys. Ein einzelnes männliches Pony wurde von den anderen getrennt gehalten. Sie trat zu ihm und fing an, es zu streicheln.

»Haben Sie an einem Gefallen gefunden, Miss?«, fragte der Mann und trat lächelnd zu ihr.

»Äh ja. An diesem hier«, sagte sie und zeigte darauf.

»Der ist nicht zu verkaufen. Der gehört mir«, entgegnete er entschieden. »Aber ich habe eine junge Stute da drüben, die gut zu Ihnen passen würde.«

Sie musste ihn in ein Gespräch verwickeln und seine Aufmerksamkeit wecken.

»Nein, ich hab mir die anderen angesehen, aber die will ich nicht, sondern dieses hier.«

Er runzelte die Stirn und sah sie an. »Und wozu braucht ein Mädchen wie Sie ein Pferd wie dieses?«

»Ich habe zwanzig Hektar Land gepachtet und brauche ein Pferd zum Pflügen.«

Jetzt schien sein Interesse geweckt. »Zwanzig Hektar? Das ist ziemlich viel für eine Frau. Sie haben wohl keinen Ehemann, sonst würde der das Pferd kaufen.«

»Nein, keinen Ehemann«, sagte sie entschieden.

»Wo sind denn die zwanzig Hektar? Und woher haben Sie die?«, fragte er.

»Am anderen Ende des Countys, und ich habe sie von meinem Vater übernommen.«

Nun betrachtete er sie genauer. Und offenbar gefiel ihm, was er da sah.

»Wie ich schon sagte, Ma'am, ich kann Ihnen nicht helfen. Das Pferd steht nicht zum Verkauf.«

»Dann sollten Sie es nicht zum Jahrmarkt mitbringen«, sagte sie.

Er sah sie grinsend an. »Mein Hemd hab ich auch mitgebracht, verkaufe es aber auch nicht!« Er lehnte sich lächelnd zu ihr.

»Sie sehen mir aus wie ein Mann, der alles verkauft, wenn nur der Preis stimmt.« Sie rückte näher zu ihm und lächelte ebenfalls. »Ich will das Pferd, unbedingt.«

»Mit einem Nein geben Sie sich nicht zufrieden, was?«, lachte er.

»Wissen Sie was, ich gebe Ihnen einen aus, dann reden wir darüber«, schlug sie vor.

»Das ist das beste Angebot des Tages«, grinste er.

Er befahl einem Jungen, auf die Ponys aufzupassen, dann gingen sie übers Feld in die Stadt. Anna bemerkte, dass einige Frauen ihm im Vorbeigehen Blicke zuwarfen und sie dann abfällig musterten. Offensichtlich war er ein Mann, der den Frauen gefiel.

»Wie heißt du?«, fragte er, als sie sich in einer Schenke mit zwei Bier an einen Tisch setzten.

»Ann«, antwortete sie.

»Ich bin Clancy«, sagte er und schüttelte ihr die Hand.

Ihr Herz fing laut an zu pochen. Sie hatte es tatsächlich geschafft, die Bekanntschaft eines Mannes zu machen, der ganz passend und an ihr interessiert schien. Im Hinterkopf hörte sie, wie Georgina sie antrieb.

»Warum hat ein hübsches Mädchen wie du keinen Mann, der sich um das Geschäftliche kümmert?«, fragte Clancy.

»Ich kümmere mich lieber selbst darum. Außerdem hab ich noch keinen gefunden, den ich heiraten wollte.«

Er musterte sie. »Aber es hat doch sicher viele Angebote gegeben.«

»Bei dir sicher auch«, erwiderte sie. Sie lehnte sich näher zu ihm und sagte: »Erzähl mir mehr von dir.«

Clancy hatte die übliche Selbstsicherheit eines Mannes, der den Frauen gefällt. Sie spürte, dass ihm Situationen wie diese nicht neu waren. Er zog von Jahrmarkt zu Jahrmarkt, um Pferde zu verkaufen, und hatte sicher in jedem Ort ein Mädchen. Für Clancy war Anna nur eine neue Stute im Stall. Und damit eignete er sich perfekt für ihre Pläne.

Sie blieben endlos im Gasthaus, und Clancy bestellte ein Bier nach dem nächsten. Es war brechend voll, und je näher der Abend rückte, desto lärmender und ausgelassener wurden die Gäste. Auch draußen auf der Straße hörte Anna Musik, Gelächter und Geschrei. Je betrunkener die Gäste um sie herum wurden, desto mehr sehnte sie das Ende des Abends herbei. Ganz gleich, was Georgina gesagt hatte, dies würde ihr einziger Versuch sein. Wenn er nicht funktionierte, würde sie kinderlos bleiben und alle Folgen auf sich nehmen.

Als Clancy ihr plötzlich eine Hand aufs Knie legte und mit heiserer Stimme fragte, ob sie einen kleinen Spaziergang mit ihm machen wollte, blinzelte sie ein paar Mal und nickte dann. Er lächelte sie an, nahm ihre Hand und stand auf. Draußen schlang er seinen Arm fest um ihre Taille und spazierte mit ihr durch die überfüllten Straßen. Überall wurde getrunken, und an jeder Ecke gab es Lagerfeuer, wo Musik gespielt und getanzt wurde. Allerorten hörte man Schreie und Rufe, und irgendwo heulte laut eine Frau. Anna schwirrte der Kopf, als Clancy sie durch die dichte

Menge aus der Stadt und bis zu dem Feld führte, wo seine Ponys standen. Hier war es dunkler.

Plötzlich packte er sie, drückte sie gegen eine Mauer und küsste sie grob. Mit einer Hand umfasste er ihre Brust, während er mit der anderen hastig ihren Körper hinunterfuhr und ihr den Rock hochzog.

Als Anna bewusst wurde, was jetzt folgen würde, geriet sie in Panik. »Oh, bitte nicht!«, flehte sie.

»Was ist los mit dir? Genau das wolltest du doch von Anfang an!«

Er packte ihren Hinterkopf, drückte sie zu sich und presste ihren Mund auf seinen.

»Nein!« Sie versuchte, ihn wegzustoßen. »Ich hab's mir anders überlegt!«

»Nein, hast du nicht!« Er lachte dreckig und versuchte, ihr das Kleid hochzuschieben.

»Hey, Clancy!«, brüllte plötzlich jemand hinter ihnen.

Clancy erstarrte, ließ Anna los und drehte sich um. Hinter ihnen stand eine Gruppe Männer, die sie anstarrte.

»Was willst du?«, fragte Clancy.

»Wo hast du denn die Nutte her?«, wollte einer der Männer wissen.

»Aus dem Puff, wo deine Schwester anschafft«, rief Clancy zurück.

»Du hast wohl auf alles eine Antwort«, zischte der Mann.

»Was willst du?«, wiederholte Clancy.

»Ich will mein Geld zurück für die Mähre, die du mir verkauft hast. Die ist nämlich einen Tag später tot umgefallen.«

»Ich hab's dir schon mal gesagt: Als ich dir das Pferd verkaufte, ging es ihm prächtig. Und du kriegst keinen Penny von mir.«

»Jemand muss dir mal eine Lektion erteilen.«

»Ja, aber du wirst es nicht sein, also hau ab!«, sagte Clancy drohend.

Daraufhin kamen die Männer langsam auf sie zu, und Anna sah, dass sie große Knüppel dabeihatten. Sie traute ihren Augen nicht. Plötzlich stieß Clancy einen lauten, durchdringenden Pfiff aus, und Sekunden später tauchte eine andere Gruppe Männer auf. Anna versteckte sich hinter Clancy, weil sie nicht wusste, was sie sonst tun sollte, bis er und die anderen drohend auf ihre Gegner zugingen. Sie wich zurück und sah wie erstarrt zu, wie die Gruppen sich misstrauisch beäugten. Dann stürzten sie sich plötzlich in eine heftige Prügelei. Ziemlich schnell verlor sie Clancy aus den Augen, denn auf einmal strömten Horden von Menschen von der Hauptstraße aufs Feld und fingen an mitzukämpfen.

Anna wurde klar, dass sie sich in großer Gefahr befand, und versuchte, sich so schnell wie möglich zu entfernen.

Plötzlich tauchte eine Frau vor Anna auf und sah sie voller Hass und Bosheit an.

»Du Nutte!«, schrie sie und schlug Anna mit dem Handrücken quer übers Gesicht.

Von dem Schlag stürzte Anna zu Boden und blieb dort benommen liegen, während der Kampf um sie herum weitertobte. Sie konnte nicht aufstehen, alles verschwamm ihr vor den Augen, und sie merkte, wie sie das Bewusstsein verlor.

Da spürte sie mit einem Mal starke Arme, die sie tröstlich umfingen, und als sie aufsah, erblickte sie Seán.

»Seán«, flüsterte sie, »hilf mir bitte.«

»Ist schon gut, Anna, ich hol Sie hier raus.«

Er hob sie auf seine Arme und trug sie rasch in die Stadt zurück.

»Jetzt sind Sie sicher«, sagte er, doch als er sie ansah, merkte er, dass sie ohnmächtig geworden war.

26. KAPITEL

Anna schlug die Augen auf und blinzelte ein paar Mal. Dann setzte sie sich panisch auf, weil sie Erinnerungen von der Prügelei einholten.

»Hallo?«, schrie sie.

Doch da tauchte Seán vor ihr auf und sagte beruhigend: »Es ist alles gut, Lady Anna. Sie sind bei mir, in Sicherheit.«

Erleichterung und Trost durchströmten sie, als sie Seáns Gesicht sah und ihr wieder einfiel, wie er sie gerettet und mit dem Ponywagen, den er auf dem Anwesen nutzen durfte, aus der Stadt gefahren hatte. Er hatte sie in ein paar karierte Decken gewickelt und sie im Arm gehalten, während er fuhr. Sie war so erschöpft gewesen, dass sie eingeschlafen war. Daher hatte sie auch nicht gemerkt, wie er sie vom Wagen ins Haus getragen hatte.

Sie berührte die Stelle an ihrer Wange, wo die Frau sie geschlagen hatte.

»Sie haben einen ziemlichen Schlag abbekommen. Ich würde sagen, das gibt einen ganz schönen Bluterguss.«

Sie sah sich um und merkte, dass sie nicht wusste, wo sie war.

»Ich hab Sie in mein Cottage gebracht, weil ich nicht wusste, was ich mit Ihnen machen sollte. Ich hielt es nicht für gut, Sie so spät in der Nacht und in Ihrem Zustand – und diesem Kleid – heimzubringen. Wie hätten Sie das der Dienerschaft erklären sollen?«

»Ja, Seán, das hast du gut gemacht. Danke, dass du mitgedacht und mich hierher gebracht hast«, sagte sie erleichtert. Ihr kam kurz Georgina in den Sinn, die sicher in Panik geraten war, als Anna nicht auftauchte. Aber Georgina würde keinen Alarm schlagen. Bei wem denn? Und was sollte sie sagen?

Sie sah sich um. Das Cottage bestand aus einem einzigen Zimmer und war einfach, aber gemütlich eingerichtet. Der Geruch des Torffeuers im Kamin gab ihr ein Gefühl der Geborgenheit. Sie hatte auf dem Bett in einer Ecke neben dem Kamin gelegen, doch nun stand sie auf. Sie war noch nie im Cottage eines Pächters gewesen. Noch nie hatte sie einen Gedanken daran verschwendet, wie Seán wohl wohnen mochte. Aber sie sah, dass er sich mit seinen bescheidenen Mitteln ein Heim eingerichtet hatte, in dem sich eines Tages eines der zahlreichen Dorfmädchen, mit denen er sich angeblich ständig traf, wohl fühlen würde.

Seán ging zum Tisch, nahm einen Becher, füllte ihn bis zum Rand mit einer klaren Flüssigkeit aus einer Flasche und reichte ihn ihr.

»Was ist das?«, fragte sie und blickte in den Becher.

»Schnaps. Trinken Sie!«, wies er sie an.

Sie schnupperte daran. »Nein! Das riecht beißend. Ich bringe es nicht herunter.«

»Doch, trinken Sie. Sie hatten einen Schock und können es brauchen.«

Misstrauisch beäugte sie das Getränk, dann hielt sie sich die Nase zu und trank einen großen Schluck. Zwar überwältigten sie der Geruch und Geschmack, aber er hatte recht, sie wurde ruhiger.

Er setzte sich auf einen Stuhl ihr gegenüber und sah sie an.

»Dir kommt das sicher alles sehr seltsam vor«, sagte Anna schließlich.

»Das können Sie laut sagen …« Er lehnte sich vor und schaute sie verwirrt und fast flehentlich an. »Was wollten Sie da, Anna?«

Verblüfft registrierte sie, dass er sie mit Vornamen anredete, nicht mit »Mylady« oder »Lady Anna«. Da sie an seinem Feuer saß und aus seinem Becher trank, kam ihr das eigentlich ganz natürlich vor.

»Ich kann es nicht erklären. Frag nicht … Wie hast du mich gefunden?«

»Ich bin Ihnen den ganzen Tag gefolgt«, sagte Seán.

»Was?« Sie war entsetzt.

»Als Sie und Ihre Cousine mich gestern entlassen haben, bin ich Ihnen in die Stadt gefolgt.«

»Du hast mir nachspioniert?« Anna wurde wütend.

»Ich habe die Anweisung von Lord Edward befolgt, damit Ihnen kein Haar gekrümmt wird«, verteidigte Seán sich. »Und das war auch gut so, denn wer weiß, was Ihnen sonst noch zugestoßen wäre. Wissen Sie eigentlich, dass in solchen Massenschlägereien ständig Leute umkommen?«

»Es war furchtbar! Warum unternimmt denn die Obrigkeit nichts gegen solche skandalösen, bösartigen Schlägereien?«

Seán lachte abschätzig. »Die Obrigkeit! Der Obrigkeit und Ihrer Klasse ist es doch ganz recht, wenn wir uns untereinander bekämpfen. Dann können wir uns nicht zusammenrotten und gegen Sie kämpfen. Und das ändern, was geändert werden muss!«

»Willst du damit sagen, diese Schlägereien hielten die öffentliche Ordnung aufrecht? Und uns an der Macht?« Sie sah ihn skeptisch an.

»Genau das.«

Sie trank noch einen großen Schluck aus ihrem Becher. Dann saßen sie eine ganze Weile schweigend da.

»Also bist du mir den ganzen Tag gefolgt … und hast alles gesehen? Du hast mitbekommen, was ich getan habe?«, fragte sie, hätte die Antwort aber am liebsten nicht gehört.

Seán nickte.

Anna wurde schwer ums Herz. Sie seufzte laut und fragte: »Was musst du jetzt nur von mir denken?«

»Ist doch egal, was ein Stallbursche von Ihnen denkt.«

»Das sollte es vielleicht … tut es aber nicht.«

Plötzlich lehnte er sich vor und fragte drängend: »War das ein Spielchen? Vertreiben Sie und Ihre Cousine sich damit die Zeit?«

»Nein, so ist es nicht.«

»Viele Männer machen das. Suchen sich eine Nutte in einer Kneipe und kehren danach in ihr schönes Leben zu ihrer feinen Frau zurück. Ich hab noch nicht von vielen Frauen gehört, die das auch machen, wäre aber kein bisschen überrascht, wenn Miss Georgina Sie dazu verleitet hätte.«

»Seán! Für mich war das alles kein Spaß – im Gegenteil: Ich wollte das alles nicht – nicht diesen Ort, nicht diese Leute, nicht diesen … Mann!«

»Und, was wollten Sie dann da?«, fragte er entnervt.

Daraufhin starrte sie wortlos ins Feuer.

»Sie hätten umgebracht werden können. Das war sogar ziemlich wahrscheinlich. Wie hätte ich das Ihrem Mann erklären sollen? Wie hätte er je begreifen sollen, was Sie dort – und in diesem Aufzug – gemacht haben?«

»Ich wünschte, mein Leben wäre so einfach wie deins, Seán. Du würdest nie verstehen, wie kompliziert mein Leben ist. Ich selbst hätte nie mit so etwas gerechnet. Ich bin so glücklich und behütet aufgewachsen. Alles war wie geschaffen für Edward und mich, und ich dachte, wir würden glücklich und zufrieden miteinander leben können.«

»Also ist Ihre Ehe schlecht? Aber Sie wirken immer so glücklich miteinander.«

»Wir sind auch glücklich miteinander.«

»Wissen Sie, was ich denke? Ich denke, Sie wurden Ihr ganzes Leben nur verwöhnt. Sie wissen gar nicht, was wir, das Volk, durchmachen müssen. Sie wünschten, Ihr Leben wäre so einfach wie meines? Wie denn? Sie wissen ja gar nicht, wie es ist, genug Kartoffeln anbauen zu müssen, um überleben zu können. Wie man ständig krank vor Angst ist, dass das Geld für die Pacht nicht reicht. Dass dieser verdammte Sinclair kommt und einen auf die Straße schmeißt. Und dass man niemanden hat, auf den man sich verlassen kann.

Ich hab Sie in diesem riesigen Ballsaal tanzen sehen. Ich hab die Süßigkeiten und die Eiscreme gesehen, mit denen Sie sich vollgestopft haben. Jedes Bonbon, jede Kugel Eis, jeder Cognac, jeder Champagner ist mit dem Blut, dem Schweiß und den Tränen von uns bezahlt – uns Bauern, wie Sie uns nennen. Aber das reicht Ihnen immer noch nicht. Sie sind nicht mal mit einem gütigen und liebevollen Mann wie Lord Edward zufrieden, sondern schleichen sich mit Ihrer verrückten Cousine in die Stadt, um sich mit einem Pferdehändler zu vergnügen. Und Sie wollen was Besseres sein als wir? Die Oberklasse? Lady Armstrong, Sie mögen zwar einen Titel haben, aber Klasse haben Sie nicht.«

Da brach Anna plötzlich in Tränen aus. Sie schluchzte laut, wandte sich ab und verbarg ihr Gesicht in den Kissen.

Seán starrte sie eine Weile nur an, während sie weinte.

»Lady Anna?«, fragte er schließlich, doch sie beachtete ihn nicht.

»Lady Anna … es tut mir leid. Ich hab das alles nicht so gemeint. Das hätte ich nicht sagen sollen.«

Sie hörte nicht auf zu weinen und antwortete nicht. Er

fühlte sich so schuldig, dass er aufstand und zu ihr ging. Eine Weile stand er unschlüssig da, dann setzte er sich neben sie und legte ihr vorsichtig eine Hand auf den Rücken.

»Es tut mir leid, Anna. Ich weiß nicht, warum Sie da waren, aber es geht mich auch nichts an … Sie sind eine gute Lady. Das sagen alle.«

»Nein, bin ich nicht«, schluchzte sie. »Du hast recht. Ich bin eine schreckliche Ehefrau, in jeder Hinsicht. Ich habe Edward so unglücklich gemacht. Er verdient so viel Besseres. Ich hab mich von Georgina verleiten lassen, aus meiner Ehe eine Farce zu machen.«

Sie setzte sich auf und sah ihn tränenüberströmt an.

»Ich glaube nicht, dass ich Edward jemals glücklich machen kann. Ich habe ihm heute großes Unrecht angetan, und mir selbst auch.«

Er schüttelte sacht den Kopf und lächelte sie an, doch vor lauter Mitgefühl füllten sich auch seine Augen mit Tränen. »Nein, das haben Sie nicht. Er betet Sie an. Das sehe ich jedes Mal, wenn Sie zusammen sind. Immer wenn er Sie sieht oder bei Ihnen ist, strahlt er.«

Sie blickte ihn an. »Ich hätte nie gedacht, dass dir so etwas auffällt.«

»Mir fällt so einiges auf, Anna. Ich sehe viel. Auch, dass Sie unglücklich sind. Aber das wird vorbeigehen. Und dann werden Sie mit Ihrem Leben weitermachen, und dieser Tag wird Ihnen nur noch wie ein ferner Alptraum erscheinen.«

»Ich hoffe es«, flüsterte sie. »Danke.« Sie beugte sich zu ihm und umarmte ihn.

Erstarrt ließ er ihre Umarmung über sich ergehen. Doch als sie wieder anfing zu weinen, erwiderte er ihre Umarmung und tröstete sie. So saßen sie eine lange Zeit, bis sie beide müde wurden. Da legten sie sich aufs Bett und schliefen ein.

27. KAPITEL

Vogelgezwitscher weckte Anna. Als sie die Augen öffnete, sah sie, wie Sonnenlicht durch die Gardinen drang. Sie schaute sich um und entdeckte, dass Seán neben ihr lag und fest schlief. Plötzlich strömten Erinnerungen an den vorherigen Abend auf sie ein: ihre Rettung durch Seán, sein Getränk, ihre Angst und Scham und seine Sanftmut und Fürsorge hatten sie zusammengebracht. Doch als sie jetzt aufstand und seinen nackten Körper betrachtete, empfand sie keinerlei Reue. Es war, als wäre sie nicht sie selbst gewesen, nicht Lady Armstrong, sondern eine andere.

»Sie sind früh wach«, ertönte plötzlich eine Stimme hinter ihr.

Als sie sich umdrehte, sah sie, dass Seán aufgestanden war und sich anzog. Er wirkte sehr verlegen.

»Die Vögel haben mich geweckt«, erwiderte sie. Dann ging sie zu ihm, umarmte ihn und hielt ihn eine lange Zeit wortlos umschlungen.

»Zeit heimzufahren«, sagte er schließlich.

Sie nickte.

Auf der Fahrt über das Anwesen erwähnte keiner von ihnen, was in der Nacht zuvor zwischen ihnen vorgefallen war. Wie in einer schweigenden Übereinkunft.

Schließlich hielt er den Wagen in einem Wäldchen nicht weit von ihrem Haus an.

»Kommen Sie von hier aus klar?«, fragte er. »Es wäre nicht so gut, Sie mit dem Ponywagen vorzufahren.«

Sie nickte. »Ich schleich mich ins Haus«, entgegnete sie und hoffte nur, niemand würde sie in ihrem Aufzug sehen.

»Ich lass mich so schnell wie möglich an einen anderen Posten versetzen«, sagte Seán. »Weg vom großen Haus … und von Ihnen.«

Anna nickte. »Das wäre wohl das Beste.«

»Leben Sie wohl, Anna«, sagte er.

»Leb wohl, Seán.«

Sie stieg aus, verbarg das schwarze Tuch unter ihrem Umhang und schlich sich zum Haus. Als sie sich dem Eingang näherte, tat sie so, als käme sie von einem Morgenspaziergang zurück. Zu ihrer Erleichterung war die Haustür nicht abgeschlossen.

Schnell eilte sie in ihr Zimmer und verschloss die Tür hinter sich. Dann huschte sie zum Spiegel, musterte kurz den Bluterguss auf ihrer Wange, schürte das Feuer im Kamin, zog sich aus, warf die Kleider ins Feuer und sah zu, wie sie verbrannten.

28. KAPITEL

Barton füllte Annas Porzellantasse mit Kaffee.

»Wäre sonst noch etwas, Mylady?«, fragte er.

»Nein, danke, Barton«, antwortete Anna.

»Und Sie möchten ganz sicher nicht, dass dieser schlimme Bluterguss behandelt wird, Mylady?«

»Ganz sicher nicht«, erwiderte Anna fest.

Daraufhin räumte Barton ihren Frühstücksteller ab und ging.

Eine Minute später stürzte Georgina ins Speisezimmer.

»Anna, wo warst du?«, rief sie. »Ich war krank vor Sorge!«

»Ich bin eben erst zurückgekehrt.«

»Warum bist du nicht sofort zu mir gekommen?«, fragte Georgina ungläubig und nahm neben ihr Platz. »Ich habe bis weit nach Mitternacht an diesem Gasthof auf dich gewartet. Aber du kamst einfach nicht. Am Ende bin ich gefahren, weil ich Angst um mein Leben hatte. Es gab eine riesige Schlägerei!«

»Ich weiß. Ich bin da hineingeraten.«

Da sah Georgina Annas Bluterguss. »O Anna! Was ist passiert?«

»Eine Frau hat mich geschlagen. Aber ich habe Barton erzählt, ich wäre beim Morgenspaziergang über eine Baumwurzel gestolpert.«

»O Anna! Wenn ich daran denke, in welcher Gefahr du warst! Ich wusste nicht, was ich tun sollte – schließlich konnte ich niemandem erzählen, dass du in der Stadt verloren gegangen warst.«

»Es hätte schlimm enden können, aber Seán hat mich gerettet.«

»Seán? Was hatte der denn in der Stadt zu suchen?«

Anna holte tief Luft und sagte: »Ich will über diese ganze unglückselige Angelegenheit kein Wort mehr verlieren, Georgina.«

Ihre Cousine lehnte sich vor und fragte mit verschwörerischer Stimme: »Hast du denn jemanden gefunden, mit dem du gehen konntest?«

»Wie ich schon sagte: Das Thema ist beendet. Ich bedaure sehr, zum Jahrmarkt gegangen zu sein. Ich bedaure so einiges.«

»Aber was ist mit unserem Plan?«

»Du meinst: mit unserem Täuschungsversuch? Der hat mich fast umgebracht und hätte wahrscheinlich große Schande über meine Familie und das Haus Armstrong gebracht.«

Georgina sah Anna verächtlich an. »Du willst also aufgeben und alles Sinclair, seiner Frau und seinem Sohn überlassen?«

»Dergleichen interessiert mich nicht mehr, Georgina. Es kommt mir vor, als hätte ich lange Zeit in einem Traum gelebt, außerhalb der Wirklichkeit. Mein verzweifelter Wunsch nach einem Kind hat mir eine klare Sicht auf das Leben verstellt. Wenn das Land und der Titel auf Sinclair und seinen Sohn übergehen, dann ist das Schicksal. Ich werde es akzeptieren, sollten Edward und ich kinderlos bleiben. Und irgendwann wird es auch Edward akzeptieren.«

»Bist du dir da so sicher?«, fragte Georgina zornig.

»Haben wir denn eine andere Wahl? Ich weigere mich,

noch einen Gedanken auf deinen Plan zu verschwenden. Von nun an konzentriere ich mich nur noch darauf, meinen Mann glücklich zu machen – und mich, so weit wie möglich.«

»Aber du hast doch gesagt, so könntest du nicht glücklich sein!«, rief Georgina frustriert.

»Georgina, ich habe dich sehr gern, aber ich finde, du solltest nach Tullydere zurückfahren.«

»Jetzt schickst du mich also weg!«

»Ich fürchte, ich muss mich vor deiner Bitterkeit und Heftigkeit schützen. Seit deiner geplatzten Verlobung hast du dich so verändert. Du bist zynisch und unfreundlich geworden. Dir geht es nur noch ums Gewinnen, und darüber verlierst du allen Sinn für Anstand und Würde. Und du hast bewirkt, dass ich dir in den letzten Monaten immer ähnlicher geworden bin.«

»Das Leben hat das bewirkt«, rief Georgina zornig.

»Wie auch immer: Ich glaube, im Augenblick sind wir nicht gut füreinander ... Du wirst hier immer willkommen sein, aber vielleicht lässt du dir mit deinem nächsten Besuch etwas mehr Zeit. Ich muss eine Menge in Ordnung bringen – in meinem Kopf und in meinem Leben. Und dein Einfluss würde mich dabei nur stören.«

»Dann reise ich noch heute Nachmittag mit der Postkutsche ab!« Georgina erhob sich und schritt rasch hinaus.

29. KAPITEL

Anna saß nähend am Wohnzimmerfenster und wartete angespannt auf Edward. Sie konnte es kaum erwarten, ihn wiederzusehen, und zählte die Stunden bis zu seiner Rückkehr aus Dublin. Endlich sah sie seine Kutsche vor dem Haus vorfahren. Sie warf ihr Nähzeug auf das Sofa, rannte in die Halle, stieß die Haustür auf und eilte die Treppe hinunter. Als Edward aus der Kutsche stieg, schlang sie die Arme um ihn und küsste ihn.

»Was für ein Empfang!«, sagte er und küsste sie ebenfalls.

»Du darfst mich nie wieder allein lassen. Nicht mal eine einzige Nacht!«, sagte sie.

»Das werde ich nicht«, versprach er.

Edward öffnete an seinem Schreibtisch in der Bibliothek die Post, während Anna auf dem Sofa vor dem Kamin einen Roman las.

»Noch mehr Rechnungen!«, klagte Edward und warf ein weiteres Schreiben auf den Stapel.

»Hört das denn gar nicht mehr auf?«, fragte Anna, ohne von ihrem Buch aufzublicken.

»Leider nicht … Und der Stallmeister ist gegangen. Er wandert nach Amerika aus … um sein Glück zu machen.« Edward lächelte skeptisch.

Da sah Anna auf. »Vielleicht könnte Seán den Posten übernehmen?«

»Seán?« Edward blickte sie überrascht an.

»Du hast doch immer gesagt, er kenne sich ausgezeichnet mit Pferden aus und sei selbstbewusst.«

»Er hat schon die nötigen Voraussetzungen. Aber brauchst du ihn denn nicht mehr?«

»Eigentlich nicht. Kurz nach meiner Ankunft war er schon nützlich, weil ich mich hier nicht auskannte. Aber jetzt bin ich hier zu Hause, und er nützt mir kaum noch.«

»Tja, wenn du dir sicher bist. Ich werde ihn allerdings vermissen. Irgendwie hatte ich mich an ihn gewöhnt«, bemerkte Edward.

»Aber es wäre doch nicht fair, ihm nur deshalb die Chance vorzuenthalten«, sagte Anna und nickte ihm lächelnd zu.

Eine ganze Weile später gab Anna den Versuch auf, sich auf ihr Buch zu konzentrieren, und starrte ins Feuer.

30. KAPITEL

»Ich habe wunderbare Neuigkeiten für Sie, Lady Armstrong. Sie sind schwanger«, verkündete Doctor Cantwell, der ansässige Arzt.

Anna schlug sich die Hand vor den Mund, so fassungslos und aufgeregt war sie.

»Sind Sie sicher?«, fragte sie.

»Ganz sicher.« Ihre Reaktion belustigte ihn, doch er war von der Neuigkeit ebenfalls begeistert. Denn das Ausbleiben eines Armstrong'schen Erben hatte überall für Gesprächsstoff gesorgt. Er fand, Lord und Lady Armstrong waren so freundliche Menschen, dass sie etwas Glück verdienten.

Anna rannte von Zimmer zu Zimmer, bis sie schließlich in die Bibliothek stürmte und Edward aufschreckte.

»Meine Güte, Anna, was ist denn?«, fragte er und blickte von seinen Unterlagen auf.

»Ein Kind! Edward … wir bekommen ein Kind!«

Wie vom Donner gerührt saß Edward da und starrte sie mit offenem Mund an.

Langsam erhob er sich. Dann stürzte er zu ihr und umarmte sie heftig.

»Anna … ich hatte die Hoffnung schon aufgegeben. Wirklich, ich hatte schon alle Hoffnung aufgegeben!« Er löste sich von ihr und sah sie an.

Sie wischte sich eine Träne aus dem Augenwinkel. »Freust du dich?«

»Du hast mich zum glücklichsten Mann der Welt gemacht.«

Anna staunte, wie begeistert ihre gesamte Umgebung auf die Ankündigung ihrer Schwangerschaft reagierte. Sie wurden geradezu überhäuft mit Glückwunschschreiben von Freunden und Bekannten aus ganz Irland und Britannien. Es war, als hätte man sich damit abgefunden, dass es für die mächtige Familie Armstrong keinen direkten Erben geben würde. Die unerwartete Nachricht stieß daher auf überbordende Freude. Anna ließ es sich nicht nehmen, jeden einzelnen Brief persönlich zu beantworten.

Nur eine Gratulation blieb aus: Sinclair und Diana hatten sich nicht gemeldet, sondern gingen ihr demonstrativ aus dem Weg. Anna konnte sich vorstellen, wie wütend und enttäuscht sie sein mussten, nun nicht mehr die Erben zu sein. Sie hatte versucht, mit Edward darüber zu sprechen, aber dieser hatte die Vorstellung weit von sich gewiesen, Sinclair würde sich nicht über die Nachricht freuen.

Eines Nachmittags saß Anna am Schreibtisch des Wohnzimmers und verfasste Dankesschreiben, als Barton auf der Türschwelle erschien.

»Verzeihung, Mylady, aber da möchte Sie jemand sprechen«, sagte er.

»Ja, wer denn, Barton?«, erwiderte sie, ohne aufzublicken.

»Seán Hegarty.«

Überrascht blickte sie auf. »Seán?«

»Ja, Ihr ehemaliger Diener.«

»Ich weiß schon, wen Sie meinen, aber was will er?«

»Das wollte er nicht sagen, nur dass es dringend sei«, erklärte Barton.

»Wo ist er jetzt?«

»Er wartet in der Küche.«

»Ich fürchte, ich habe keine Zeit für ihn, Barton. Richten Sie ihm aus, ich hätte Gäste und könnte nicht mit ihm sprechen.«

»Sehr wohl, Ma'am.« Barton nickte und wandte sich zur Tür.

»Ach, und Barton … wenn er noch mal kommt, lassen Sie ihn nicht ins Haus. Da er hier nicht mehr arbeitet, hat er auch nichts mehr hier zu suchen.«

»Wie Sie wünschen, Lady Anna.« Barton ging und schloss die Tür hinter sich.

Anna merkte, dass ihr das Herz bis zum Hals schlug. Warum in aller Welt wollte Seán sie sprechen? Seit seinem Weggang hatte sie alle Gedanken an ihn aus ihrem Kopf verbannt. Doch als sie versuchte, sich wieder ihren Dankesschreiben zu widmen, konnte sie sich kaum konzentrieren.

31. KAPITEL

Da Edward seit ihrer Schwangerschaft nur mit einem Lächeln auf den Lippen herumlief, fiel es Anna sofort auf, als er eines Tages mit ernster Miene von einer Besichtigung seiner Ländereien zurückkehrte.

»Ist alles in Ordnung?«, fragte sie, als er ins Wohnzimmer kam.

»Nein, eher nicht. Bei einigen Pächtern ist die Kartoffelernte schlecht ausgefallen.«

Besorgt sah sie auf. Sie wusste, wie abhängig die Pächter von der Kartoffelernte waren – und sie selbst indirekt auch.

»Was meinst du damit?«

»Die Pflanzen sind verfault. Es gibt keine Ernte. Die Kartoffeln sind ungenießbar.«

Anna legte ihr Stickzeug nieder. »Und wie viele Farmen sind betroffen?«

»Das weiß ich noch nicht genau. Sinclair und seine Leute wollen jetzt alle Ländereien inspizieren, um das Ausmaß des Problems abschätzen zu können.« Edward schenkte sich ein Glas Wein ein und leerte es in einem Zug.

Am gleichen Abend noch kam Sinclair zurück. Er marschierte direkt ins Wohnzimmer, wo Anna und Edward warteten, und schenkte sich einen Whiskey ein. Seine anmaßende Art störte Anna zwar immer noch, aber nicht mehr so stark wie früher, weil sie überzeugt war, ihr Kind würde ein Junge werden – und Sinclair niemals Herr ihres Hauses.

»Nun?«, fragte Edward.

»Der gesamte Besitz ist betroffen. Überall gibt es erhebliche Ernteausfälle.«

»Das hatten wir befürchtet. In Europa, in Belgien und Südengland hat es in diesem Sommer Missernten gegeben. Ich hatte schon befürchtet, dass es auch hier dazu kommen würde.« Niedergeschlagen ließ Edward sich aufs Sofa sinken.

»Aber was sollen die Pächter dann essen?«, fragte Anna.

»Das ist uninteressant, die Frage ist: Wie sollen sie ihre Pacht bezahlen?«, knurrte Sinclair. »Ich hab meine Leute zu den Foxes und den anderen Nachbarn geschickt, um zu erfahren, ob sie ebenfalls betroffen sind. Damit wir wissen, wie groß das Problem ist.«

Sie erfuhren rasch, dass nicht nur die Farmer auf den angrenzenden Ländereien betroffen waren, sondern das gesamte Land mit Missernten zu rechnen hatte.

Edward versuchte, optimistisch zu bleiben. »Wir hatten schon andere Missernten. Dieses Jahr wird es furchtbar hart werden, doch im nächsten Jahr wird alles wieder gut.«

»Aber was machen wir jetzt? Dieses Jahr?«, fragte Sinclair.

Edward dachte eine Weile nach, dann sagte er: »Die Pächter dürfen bleiben. Wir stunden ihnen die Pacht. Sie können sie nächstes Jahr nachzahlen.«

»Wenn wir keine Pacht erhalten, kommen wir mit den Zahlungen für die Hypotheken in Verzug«, entgegnete Sinclair. »Du wirst feststellen, dass die Banken nicht so nachsichtig mit uns sein werden wie du mit deinen Pächtern!«

»Und wer soll die Pächter ersetzen, wenn wir sie alle zwangsräumen lassen? Durch die landesweiten Missernten gibt es keine Farmer, die genug Geld hätten, um unsere zu ersetzen«, erwiderte Edward.

Wie recht Edward hatte, erfuhr Anna bald, denn nach den Gratulationsschreiben trafen Briefe von Freunden ein, die von den Problemen auf ihren Ländereien und vom Hunger der Pächter berichteten. Zwar hofften alle wie Edward, die Ernte im nächsten Jahr würde besser ausfallen und die Härten dieses Jahres wären bald überstanden. Doch als der Winter kam, erwies er sich als besonders hart und grausam. Das ohnehin schon von Armut und Mangelernährung geschwächte Volk litt unter der unbarmherzigen Kälte und konnte sich nur noch an die verzweifelte Hoffnung klammern, im nächsten Jahr würde es besser.

Im großen Haus jedoch ging alles seinen normalen Gang. Zwar gab es nicht mehr so viele Feiern, aber Anna genoss die letzten Monate ihrer Schwangerschaft und blickte voller Vorfreude auf die nahende Geburt ihres Kindes. Das Leid der anderen außerhalb ihres Hauses, außerhalb ihres Besitzes, konnte ihr Glück nicht trüben.

32. KAPITEL

Eines Tages Ende Januar 1846 setzten bei Anna die Wehen ein. Der Arzt war vorbereitet und kam zum Haus, als es so weit war. Edward blieb im Wohnzimmer, wo er unruhig hin- und herlief.

»Meinen Glückwunsch, Lord Edward«, sagte der Arzt am nächsten Morgen zu ihm. »Sie haben einen Sohn.«

»Darf ich Mutter und Kind sehen?«, fragte Edward.

»Ja, das dürfen Sie«, nickte der Arzt.

Edward stürzte die Treppe hinauf ins Schlafzimmer, wo Anna mit dem Säugling im Arm lag.

»Dein Sohn und Erbe«, sagte sie, als Edward sanft sein Kind nahm.

Er konnte sein Glück kaum fassen: Sechs lange Jahre hatte er sich nach eigenem Nachwuchs gesehnt, und jetzt endlich hatte er einen Sohn.

Er neigte sich zu Anna und küsste sie.

Ihr Sohn, Viscount Lawrence, wurde Anfang März in der Dorfkirche getauft. Die Einladungen dazu waren in alle Teile des Landes verschickt worden. Angesichts der vom Schicksal gebeutelten Pächter hatten Edward und Anna beschlossen, nicht so aufwendig wie sonst zu feiern, dennoch wollten sie die Taufe ihres Kindes mit einem großen Bankett abschließen. Als Lawrence in der Kirche getauft wurde, sah Anna, wie sehr sich ihre Gäste mit ihr freuten.

Ihr Vater und ihre Geschwister waren mit ihren Familien aus Dublin gekommen. All ihre Cousins und Cousinen aus Tullydere waren da, auch Georgina, die allerdings kaum mit ihr gesprochen hatte. Nur Sinclair und Diana gaben sich nicht mal die Mühe, erfreut zu wirken, sondern zeigten ihre Enttäuschung ganz offen. Doch für Anna stellten sie keine Bedrohung mehr dar: Sie hatte jetzt ihren Sohn.

Nach dem Gottesdienst strömten die Gäste in ihre Kutschen. Anna bemerkte, dass niemand aus der Bevölkerung draußen wartete, um ihnen zuzujubeln. Aber als sie am anderen Ende der Grünfläche ein paar magere, schmutzige Kinder sah, wurde ihr klar, dass ihre Pächter ganz andere Sorgen hatten. Alle stiegen rasch in ihre Kutschen. Anna wollte gerade einsteigen, da entdeckte sie Seán, der ebenfalls an der Grünfläche stand und sie anstarrte. Sie erschrak. Sein Blick beunruhigte sie. Rasch stieg sie ein und drückte Lawrence an sich, während die Kutsche sich in Bewegung setzte.

Als das Bankett beginnen sollte, befand sich Annas Vater gerade mit Edward und einer Gruppe Männer im Gespräch.

»Auf unserer Reise von Dublin sah ich mit eigenen Augen, was die Bevölkerung durchmachen muss«, sagte er. »Überall auf den Straßen bettelten Leute. Es ist eine Tragödie.«

»Einige Gutsbesitzer haben ihre Pächter einfach auf die Straße gesetzt, weil sie ihre Pacht nicht zahlen konnten«, erwiderte Edward.

»Jetzt sind sie völlig mittellos. Ich bin nächste Woche im Parlament in London und werde die Lage hier als dringenden Notfall schildern. Wir brauchen Gelder, um Lebensmittel für die Bevölkerung kaufen zu können.«

»Ich bitte darum«, sagte ein anderer Gutsbesitzer, der

für die Taufe aus dem Süden des Landes angereist war. »Auf unserem Besitz ist die Lage verzweifelt. Und wegen unserer Hypotheken haben wir keinerlei Mittel, um unsere Pächter zu unterstützen. Im Ort herrscht Chaos wegen der vielen Obdachlosen. Ich musste meiner Frau verbieten, dorthin zu gehen.«

»Bis zur Ernte in diesem Sommer ist uns jede Hilfe aus London höchst willkommen«, nickte Edward.

Da trat Anna lächelnd in ihren Kreis. »Gentlemen, ich verbitte mir heute jedes weitere Wort über diese schreckliche Hungersnot. Dies ist die Taufe unseres Sohnes, und ich möchte, dass Sie den Tag so weit wie möglich genießen. Morgen wird uns die Wirklichkeit wieder einholen, aber heute ist ein Tag zum Feiern.«

Ihr Vater beugte sich zu ihr und gab ihr einen Kuss. »Das stimmt. Und wo ist der kleine Lawrence?«

»Er war müde, ich habe ihn im Kinderzimmer schlafen gelegt. Aber vielleicht sollte ich mal nach ihm sehen.«

Lächelnd ging sie durch die Menge in die Halle und dann die Treppe hinauf. Oben angekommen, öffnete sie die Tür zum Kinderzimmer, trat ein und schloss die Tür wieder.

Als sie sich umwandte, erschrak sie, weil Georgina über die Wiege gebeugt stand.

»Georgina! Was machst du hier? Warum bist du nicht unten und feierst mit den anderen?«

»Ich wollte ihn nur mal aus der Nähe sehen. Es haben sich ständig so viele um ihn geschart, dass ich keinen richtigen Blick auf ihn werfen konnte. Wenn man bedenkt, wie nahe wir uns einmal standen, ist es schon enttäuschend, derart ausgeschlossen zu werden.«

»Du bist nicht ausgeschlossen worden, Georgina.«

»Ich habe schon seit Monaten nichts mehr von dir gehört.«

»Nun, ich hatte mit der Schwangerschaft und der Missernte genug zu tun.«

»Natürlich …« Georgina blickte zu Lawrence hinunter und betrachtete ihn. »Er sieht dir nicht besonders ähnlich, nicht wahr?«

»Ich finde, er hat meine Augen«, antwortete Anna.

»Nein, hat er nicht … und er sieht auch Edward nicht besonders ähnlich.«

»Das ist Ansichtssache.«

»Neugeborene sollen in den ersten Monaten doch immer aussehen wie ihre Väter. Damit sorgt die Natur dafür, dass die Bindung zwischen Vätern und Söhnen zustande kommt.«

»Das ist doch ein Ammenmärchen. Alle Eltern glauben, ihr Kind wäre besonders und einzigartig, aber Tatsache ist, dass alle Kinder zwei Augen, eine Nase und einen Mund haben und sich ansonsten ziemlich ähnlich sehen.«

»Ach, ich erkenne immer die Ähnlichkeit zwischen einem Kind und seinen Eltern. Und wie ich schon sagte, zwischen Lawrence und Edward besteht keinerlei Ähnlichkeit.« Sie blickte auf und sah Anna durchdringend an. »Genauer gesagt sieht Lawrence aus wie Seán.« Sie streckte die Hand aus und berührte das feine blonde Haar des Säuglings.

Anna spürte, wie ihr flau im Magen wurde. »Was willst du damit sagen, Georgina?«

»Du kannst vielleicht alle anderen täuschen, aber mich nicht. Du vergisst, dass ich mitgemacht habe, dass es mein Vorschlag war.«

»Georgina, jetzt glaube ich wirklich, dass du verrückt bist.«

»Du hast gesagt, dass Seán dich bei der Schlägerei auf dem Jahrmarkt gerettet hat – neun Monate vor Lawrence’

Geburt. Wenn ich mir den Jungen jetzt so ansehe, glaube ich, dass er noch viel mehr getan hat.«

Anna wurde zornig. »Ich denke, du solltest uns nicht mehr besuchen, Georgina. Ich möchte dich nicht mehr in meinem Haus haben.«

»Wirklich?«

»Nein, heute muss ich dich noch ertragen, aber morgen früh solltest du direkt nach Tullydere zurückfahren.«

»Aber ich bin von meinem Bruder und seiner Frau abhängig und kann erst fahren, wenn sie aufbrechen!«

Da beugte Anna sich vor und schrie fast: »Ich schicke dich mit meiner eigenen Kutsche nach Tullydere, wenn ich dich dann früher los bin!«

Das Neugeborene fing an zu weinen.

»Jetzt sieh, was du angerichtet hast! Du hast Seáns Sohn aufgeweckt«, bemerkte Georgina.

»Raus hier!«, schrie Anna. »Weg von meinem Säugling! Raus aus meinem Haus! Du bist hier nicht mehr willkommen! Und mir tut die arme Joanna leid, die mit dir unter einem Dach leben muss!«

»Nun gut, dann gehe ich«, sagte Georgina.

Anna nahm Lawrence auf den Arm und tröstete ihn.

Georgina ging langsam zur Tür und sagte: »Du kannst mich anlügen, Anna. Du kannst Edward anlügen und alle anderen auch. Aber nicht dich selbst.«

Anna wartete, bis Georgina verschwunden war. Erst dann brach sie weinend zusammen und drückte ihren kleinen Sohn fest an sich.

33. KAPITEL

Eines Tages hatte Anna sich nach dem Essen zurückgezogen, um ein paar Briefe zu schreiben, während Lawrence sein Mittagsschläfchen machte, als sie in der Halle Geschrei hörte. Da Edward unterwegs war und sie sich fragte, woher der Aufruhr kam, verließ sie das Wohnzimmer.

Sie erschrak heftig, denn am Eingang zum Dienstbotentrakt stand Seán, zurückgehalten von Barton.

»Was geht hier vor?«, fragte sie.

»Verzeihung, Mylady, doch er wollte zu Ihnen, und als ich ihm den Eintritt verwehrte, stürmte er einfach an mir vorbei«, erklärte Barton, während er weiterhin versuchte, Seán festzuhalten.

»Was willst du?«, fragte Anna Seán entsetzt.

»Ich will mit Ihnen reden. Und ich gebe erst Ruhe, wenn ich das kann!«, schrie Seán, der sich schließlich von Barton losreißen konnte und in die Mitte der Eingangshalle stürzte.

»Das habe ich ja noch nie erlebt«, sagte Barton. »Bist du noch bei Sinnen, Mann? Du wirst ernsthaft Schwierigkeiten bekommen.«

»Entweder wir unterhalten uns privat, oder ich sage das, was ich zu sagen habe, vor ihm und allen anderen«, drohte Seán und blickte Anna trotzig an.

»Komm mit ins Wohnzimmer«, sagte Anna, drehte sich um und ging wieder ins Zimmer.

»Aber Lady Anna!«, wandte Barton ein.

»Es ist schon gut, Barton. Ich kümmere mich darum«, versicherte Anna ihm und hielt die Tür für Seán auf.

Er kam langsam ins Zimmer, worauf sie die Tür hinter ihm schloss.

»Wie kommst du dazu, hier so hereinzuplatzen?«, fragte Anna, ging an ihm vorbei und nahm auf einem der Sofas Platz.

»Es ging nicht anders! Nur so konnte ich mit Ihnen reden! Man wollte mich einfach nicht zu Ihnen vorlassen!«

»Was haben wir uns denn noch zu sagen?«

»Eine Menge!«

»Nun, ich höre zu, also sag, was du zu sagen hast, und verschwende nicht weiter meine Zeit.«

Eine ganze Weile starrte er sie nur an. Da sie seinen Blick nicht ertrug, stand sie auf und ging zum Kamin. »Nun, was willst du?«

»Meinen Sohn!«, rief er.

Sie spürte, wie ihr ganzer Körper vor Schreck zu zittern begann. »Was redest du denn?«

»Den kleinen Lawrence. Er ist mein Sohn. Ich weiß es, und Sie wissen es auch.«

»Ich weiß nicht, ob das ein Spiel oder ein Witz sein soll, aber du hörst jetzt sofort auf damit! Herrgott, du warst schon immer unverschämt, aber das jetzt ist einfach nur Wahnsinn.«

»Ich habe ihn gesehen! Ich habe unseren Sohn gesehen und weiß, ich bin der Vater.«

Als Anna das hörte, erschrak sie noch mehr. »Wieso hast du ihn gesehen?«

»Sie vergessen wohl, dass ich mich in diesem Haus besser auskenne als Sie. Schließlich habe ich es mit aufgebaut. Ich kenne hier jede Treppe und jede Tür. Ich bin durch den Dienstbotentrakt bis ins Kinderzimmer gekommen, ohne dass mich jemand sah … Ich habe ihn im Arm gehalten.«

Nun war Anna starr vor Schreck, sie fürchtete um die Sicherheit ihres Sohnes – und um das, was hätte passieren können. Aber sie war entschlossen, keine Furcht zu zeigen.

»Das ist doch lächerlich. Ich will, dass du jetzt gehst.«

»Lächerlich? Neun Monate, nachdem wir zusammen waren, wird Lawrence geboren und sieht genauso aus wie ich?«

»Wir waren zusammen?«, wiederholte Anna gespielt ungläubig und lachte spöttisch auf.

»Ach, nun tun Sie so, als wäre gar nichts passiert, wie? Wieso denn nicht? Wenn Sie schon im Land der Phantasie leben, dann können Sie Ihren Phantasien auch freien Lauf lassen.«

Anna ging zum Schreibtisch und nahm dort Platz. »Ich habe diese Farce jetzt satt. Du gehst mir auf die Nerven.« Sie nestelte am Verschluss der Goldkette mit der Uhr. Es war ihr erstes Geburtstagsgeschenk von Edward, das er ihr aus Russland mitgebracht hatte. Nun nahm sie die Kette ab und hielt sie Seán hin. »Hier, nimm das. Die ist ein kleines Vermögen wert. Nimm sie und verschwinde. Ich will dich nie wiedersehen.«

Zornig trat er auf sie zu. »Sie können sich nicht freikaufen! Für wen halten Sie sich eigentlich!«

Sie sah ihn streng und hochmütig an. »Ich bin Lady Armstrong, Seán. Herrin dieses Hauses. Herrin von achttausend Hektar Land. Ehefrau von Lord Edward Armstrong. Und unser Kind Lawrence wird eines Tages der Herr und Besitzer all dessen sein. Die Frage lautet doch eher: Für wen hältst du dich? Du bist ein Nichts, ein Niemand. Du bist ein Bauer, der vier Hektar Kartoffelacker von meinem Mann gepachtet hat. Und du kommst einfach hierher und verlangst – ich weiß nicht mal, was du verlangst, Seán!«

»Ich weiß, wie wichtig Ihre Familie ist. Aber es ist ganz egal, was Sie und Ihr Mann besitzen. Das Kind nämlich ist meines, und es muss bei seinem Vater aufwachsen.«

Plötzlich überkam Anna der fast unbezwingbare Drang, ihn zu schlagen.

»Seán, Lawrence wird in einer völlig anderen Welt als du aufwachsen! Ihr beide werdet nicht das Geringste gemeinsam haben. Ihr gehört verschiedenen Gesellschaftsschichten an. Das ist die Realität.« Sie hielt ihm noch einmal die Kette hin. »Nimm mein Angebot an, Seán. Dies ist deine einzige Chance, dein Leben zu verändern, woanders hinzugehen. Du bist klug und vernünftig. Du bist nicht wie die anderen, die ich an jenem Tag in der Stadt sah, du bist kein Säufer und kein Schläger. Du bist sanfter und empfindsamer. Du siehst die Menschen so, wie sie sind. Mit dieser Kette hier könntest du nach Amerika gehen. Noch einmal neu anfangen, mit etwas auf der hohen Kante …«

»Nein!«

»Ist es nicht genug? Dann gehe ich sofort in mein Zimmer und hole mehr. Ich habe Diamanten und Smaragde –«

»Ich nehme den ganzen Schmuck nur … wenn Sie und Lawrence mit mir kommen. Wir könnten woanders noch mal ganz neu anfangen. Wie Sie gesagt haben, nach Amerika gehen.«

»Ich mit dir? Seán, jetzt gibst du dich aber Phantastereien hin! Ich würde nicht mal die Straße mit dir überqueren, geschweige denn den Atlantik! Soll ich etwa den Mann, den ich liebe, aufgeben, und meinen Titel, meine Position? Für was denn? Einen Bauernjungen, mit dem ich nichts gemeinsam habe? Allein bei der Vorstellung wird mir übel!«

»Aber als Sie in jener Nacht in mein Bett kamen, war Ihnen nicht übel, oder? Ich nehme keinen Penny von Ihnen! Aber ich will meinen Sohn. Was es auch kostet. Er wird mich kennenlernen, und ich werde ein Teil seines Lebens sein. Lord Armstrong ist ein guter Mensch, er wird erkennen, wie ungerecht das alles ist, wenn ich ihm die Wahrheit erzähle.«

»Er würde dir kein Wort glauben, du Narr!«, zischte sie.

»Das werden wir ja sehen.« Seán drehte sich um und stürmte hinaus.

Erst als er fort war, fing Anna an zu zittern.

34. KAPITEL

Niemals hatte Anna sich den Gedanken erlaubt, Seán könnte Lawrence' Vater sein – aus Angst vor den Konsequenzen. Sie hatte sich anlügen und niemals auf die Wahrheit in ihrem Herzen hören wollen. Doch jetzt war Seán eine tickende Zeitbombe. Zwar würde ihm niemand glauben, selbst wenn er allen die Wahrheit erzählte. Niemand würde es für vorstellbar halten. Aber wenn ihre Cousine Georgina bestätigte, was Seán sagte, wäre Anna ruiniert – genau wie ihr Mann und ihr Sohn. Die eigentliche Gefahr ging von Georgina aus, und die hatte sie sich zur Feindin gemacht.

Sie konnte diese Bedrohung nicht einfach ignorieren. Es hatte ihr auch Angst eingejagt, dass Seán einfach ins Kinderzimmer gegangen war und Lawrence auf den Arm genommen hatte. Wenn Seán so entschlossen war, Anspruch auf seinen Sohn zu erheben, dann würde ihn vielleicht auch nichts davon abhalten, ihn zu entführen. Sie konnte ihm nicht mehr trauen. Er musste weg, damit er nie wieder Zugang zu ihrem Sohn oder zu ihr haben konnte. Sie wusste, was sie zu tun hatte. Sie würde Seán loswerden, damit Edward, Lawrence und sie ihr Leben glücklich und ohne Angst weiterleben konnten.

Sie nahm die Goldkette mit der Uhr und hielt sie fest umklammert.

Anna galoppierte mit ihrem Pferd quer über ihr Land nach Knockmora, wo Seáns Cottage stand. Es war Nachmittag, und er arbeitete in den Stallungen. Als sie sich dem Cottage näherte, vergewisserte sie sich, dass niemand sie sah, dann sprang sie vom Pferd und ging zur Tür. Sie stieß sie auf und trat ein.

»Hallo?«, rief sie.

Als keine Antwort kam, schloss sie die Tür hinter sich und sah sich rasch nach einem Versteck um. Sie nahm einen Stuhl, schob ihn vor den Schrank, stellte sich darauf und versteckte die Kette dort. Dann verließ sie schnell das Cottage, stieg aufs Pferd und stürmte nach Armstrong House zurück.

»Alles in Ordnung, mein Schatz? Du bist heute Abend so still«, sagte Edward, als sie im Wohnzimmer saßen.

»Ja, aber – eigentlich nein. Ich bin so dumm – offenbar habe ich meine Goldkette verloren. Die mit der Uhr, die du mir aus Russland mitgebracht hast.«

»Du? Etwas verloren? Das glaube ich nicht!«, sagte Edward alarmiert. Er hatte noch nie erlebt, dass seine Frau etwas verlegte. Dazu war sie viel zu penibel.

»Ja, aber anders kann es nicht sein. Ich habe schon überall nach ihr gesucht«, sagte sie niedergeschlagen.

Edwards Miene verfinsterte sich, als er aufstand und an der Klingel zog.

Kurz darauf kam Barton.

»Barton, Lady Anna hat ihre Goldkette verloren. Ich möchte, dass das gesamte Haus durchsucht wird – auch die Zimmer der Dienstboten.«

Barton verzog besorgt das Gesicht. »Natürlich, Sir! Sofort.«

»Komm, wir sehen noch mal in unserem Zimmer nach«, sagte Edward und nahm Anna bei der Hand.

»Ich fürchte, es gibt keinerlei Spur von der Kette, Lord Armstrong, obwohl wir überall gesucht haben«, verkündete Barton.

»Haben Sie auch in allen Dienstbotenzimmern nachgesehen?«, fragte Edward.

»Ja.«

»Es freut mich, dass sie dort nicht gefunden wurde. Es wäre mir sehr unangenehm, wenn jemand vom Hauspersonal, dem wir vollkommen vertrauen, etwas genommen hätte. Aber es sind harte Zeiten, und man kann nie wissen.«

»Es wäre denkbar, dass einer von ihnen sie bereits hinausgeschmuggelt hat«, bemerkte Barton.

Edward drehte sich zu Anna um. »Anna, denk genau nach. Wann hast du die Kette das letzte Mal getragen? Wo warst du?«

Anna stand auf und ging hin und her. »Gestern hatte ich sie ganz sicher noch, ich erinnere mich, dass ich sie angelegt habe … nachmittags war ich hier und habe Briefe geschrieben …« Plötzlich hellte sich ihre Miene auf. »Jetzt erinnere ich mich! Ich habe sie abgenommen und auf den Schreibtisch gelegt, um beim Schreiben zu sehen, wie viel Uhr es ist.«

Edward stürzte zum Schreibtisch. »Dann muss sie hier irgendwo sein.«

»Dort haben wir schon nachgesehen, Edward.«

Dennoch überprüfte er es noch mal und untersuchte dann den Fußboden rund um den Schreibtisch, während Barton in den Falten der Vorhänge am nahen Fenster nachsah.

»Nun, wer war seit gestern in diesem Zimmer, Barton?«, fragte Edward dann, leicht gereizt. Ihm behagte die Vorstellung, dass jemand aus dem Haus ein Dieb sein könnte, ganz und gar nicht. »Das verdammte Ding kann sich doch nicht in Luft aufgelöst haben.«

»Tja, niemand … nur das Hauspersonal. Ich, das erste Hausmädchen, um den Kamin anzuzünden – meiner Meinung nach ein sehr vertrauenswürdiges Mädchen – und …« Barton verstummte und sah Anna plötzlich besorgt an.

»Ach ja, das hatte ich ganz vergessen!«, rief Anna. »Seán Hegarty war auch hier.«

»Sean Hegarty«, wiederholte Edward. »Was in aller Welt hatte der hier zu suchen? Er arbeitet doch in den Stallungen.«

»Aber er kam gestern, Mylord, und sorgte ziemlich für Aufruhr, weil er unbedingt Lady Anna sehen wollte«, erklärte Barton.

»Anna?« Edward drehte sich mit fragender Miene zu seiner Frau um.

»Wie Barton schon sagte … er bestand darauf, mich zu sprechen, also habe ich ihn hier im Wohnzimmer empfangen.«

»Und was wollte er? Seine alte Stellung?«

»Nein … Er erzählte, er hätte Spielschulden, die er wegen der Missernte nicht bezahlen könnte. Er bat, nein, er verlangte ein Darlehen, um sie zurückzuzahlen.«

»Das hat er gewagt? Ich fasse es nicht!«, entgegnete Edward aufgebracht. »Warum hast du mir nicht davon erzählt, Anna?«

»Ich wollte dich nicht beunruhigen. Ich habe es nur abgelehnt und ihn dann fortgeschickt.«

»Er kommt einfach hierher und verlangt Geld?« Edward war empört.

»Könnte er die Gelegenheit genutzt haben, die Kette zu entwenden?«, fragte Barton.

Anna ging zum Schreibtisch. »Sie lag hier, also ja, er

könnte sie eingesteckt haben, als ich nicht hinsah. Ehrlich gesagt war ich so außer mir wegen seines Eindringens, dass ich wahrscheinlich deswegen nicht sofort bemerkt habe, dass sie fehlt.«

»Wenn ich das so sagen darf, Mylord, dann glaube ich, wir haben unseren Schuldigen gefunden. Er hatte die Gelegenheit und einen Grund«, erklärte Barton.

»Nein, nicht Seán!«, sagte Edward entsetzt. »Das hätte ich ihm niemals zugetraut.«

»Aber wir müssen schon der Sache nachgehen«, drängte Anna.

»Natürlich. Barton, lassen Sie unverzüglich nach Sinclair schicken.«

Sinclair marschierte ins Wohnzimmer, wo Edward und Anna angespannt warteten.

»Das ist deins – glaube ich«, sagte Sinclair und überreichte Anna die Kette. »Sie war wie vermutet in Seán Hegartys Cottage. Auf einem Schrank.«

»Das hätte ich niemals erwartet«, sagte Edward erschüttert.

»Ich schon! Das ganze Land spielt wegen dieser Missernte verrückt! Für Geld würden sie alles tun«, erklärte Sinclair.

»Aber Seán!«, sagte Edward. »Wo ist er jetzt?«

»Meine Männer haben ihn in einem der Ställe eingeschlossen. Da kommt er nicht raus. Er bleibt dort bis morgen, dann bringen wir ihn in die Stadt, vor den Friedensrichter.«

»Den Friedensrichter? Du meinst, er kommt vor Gericht?« Alarmiert sah Anna auf.

»Natürlich, was hast du denn gedacht! Er wird deportiert, nach Australien oder Van-Diemens-Land«, antwortete Edward.

Anna hatte schon viele schreckliche Geschichten über die Gräuel gehört, die die Verurteilten in den Strafkolonien erwarteten. Sie hatte angenommen, wenn die Kette erst wieder da wäre, würde Seán einfach von ihrem Besitz verbannt und damit wäre die Sache erledigt.

Sie hatte sich auf Edwards Güte und seine Zuneigung zu Seán verlassen und erwartet, dass er nicht weiter gehen würde.

»O nein! Das will ich nicht«, beharrte sie.

»Ja, aber anders geht es nicht. Dem Gesetz muss Genüge getan werden«, erwiderte Sinclair.

»Doch, es geht wohl anders, Edward«, bedrängte Anna ihren Mann. »Wir zeigen ihn einfach nicht an, sondern lassen ihn morgen frei und verbannen ihn von unserem Land. Offensichtlich hat er aus reiner Verzweiflung die Kette genommen. Es wird Strafe genug sein, wenn er seine Stelle und sein Zuhause verliert.«

»Auf gar keinen Fall! Wenn meine Diana bestohlen worden wäre, würde sie –«, setzte Sinclair an.

»Ja, aber ich bin nicht deine Diana!«, fauchte Anna Sinclair an. »Glücklicherweise! Und jetzt möchte ich allein mit meinem Mann sprechen. Bitte geh, Sinclair.«

Daraufhin nickte Sinclair knapp und verschwand.

Anna stürzte zu Edward. »Edward, bitte! Du hast Seán doch immer gemocht! Sei gnädig!«

Edward seufzte und nickte. »Wir bringen ihn nicht vor Gericht, sondern verbannen ihn morgen. Ach, warum hat er nur so etwas getan?«

Anna starrte ins Feuer. »Aus Verzweiflung. Wir bringen alles fertig – wenn wir nur verzweifelt genug sind.«

Als Anna am nächsten Tag die Nachricht überbracht wurde, dass Seán verbannt worden war, atmete sie erleichtert auf.

Nun war sie sicher vor Seán und der Aufdeckung ihrer Tat. Seán würde nie wieder in die Nähe ihres Sohnes kommen.

Allerdings wartete eine weitere schlechte Nachricht auf sie, die nicht nur sie betraf. Die diesjährige Kartoffelernte fiel noch schlechter aus als im Vorjahr und ließ alle in Verzweiflung geraten.

35. KAPITEL

Da die Türen zur Bibliothek offen standen, konnte Anna klar und deutlich hören, wie Edward und Sinclair sich unterhielten. Sie erstarrte und lauschte.

»Langsam sterben die Leute wie die Fliegen«, verkündete Sinclair. »Viele haben nur noch auf diese Ernte gewartet, aber da sie wieder verdorben ist, können sie einfach nicht mehr.«

»Was können wir nur tun?«, fragte Edward verzweifelt.

»Wir befinden uns in einer heiklen Lage, da wir bereits im zweiten Jahr keinerlei Pachterträge haben. Damit riskieren wir unseren finanziellen Ruin. Für die Pacht der Farmen mit weniger als vier Hektar sind wir haftbar. Ich sage, wir räumen das Land von diesen Farmern und ihren Familien und fassen die Farmen zusammen. Dann sind wir nicht mehr für ihre Pachtzahlungen haftbar und können mehr Vieh züchten, was ich ohnehin schon längst vorhatte.«

»Und was sollen wir mit all den Farmen und ihren Familien machen?«, fragte Edward mit erhobener Stimme.

»Wenn die erst mal unser Land verlassen haben, ist das nicht mehr unser Problem. Sie können ja emigrieren oder anderswo arbeiten –«

»Oder einfach verhungern!« Jetzt schrie Edward fast. »Und wenn wir sie auf die Straße werfen, könnten wir doch gleichzeitig einen Ball veranstalten! Ein Fest, ein Bankett, um uns zu amüsieren, während die Armen sterben!«

Sinclair ignorierte seinen Sarkasmus. »Was schlägst du denn vor, lieber Cousin?«

Edward ließ sich wieder an seinen Schreibtisch sinken. »Ich schlage vor, dass wir versuchen, irgendwie zurechtzukommen. Ich schreibe an die Banken und bitte sie um einen Aufschub der Hypothekenrückzahlung. Selbst wenn unsere Pächter bleiben können, ohne Pacht zu zahlen, müssen wir Lebensmittel für sie organisieren, damit sie den Winter überstehen.«

»Nur so als Hinweis, Edward: Ich empfehle dringend, bewaffnete Männer am Eingang dieses Grundstücks zu postieren.«

»Ist das denn nötig?«, fragte Edward schockiert.

»Als ich heute Morgen hierher ritt, sah ich ein paar üble Gesellen, die plündernd durch die Gegend zogen. Da es jetzt nur so vor verzweifelten Obdachlosen wimmelt, müssen wir uns davor schützen, überrannt zu werden.«

»Mein Haus ist doch keine Festung!«, protestierte Edward.

Sinclair knallte beide Hände auf die Schreibtischplatte und brüllte Edward an: »Herrgott noch mal, sei doch vernünftig, Mann! Willst du wirklich, dass ein paar hundert verhungernde Bauern hier durch die Haustür stürmen? Wenn dir deine Frau und dein Kind schon egal sind, dann nimm doch zumindest auf uns Rücksicht! Schütze deine Dienerschaft und alle anderen vor dem verzweifelten Pöbel.«

Edward war fassungslos. »Ist gut.«

»Danke!«, zischte Sinclair, machte auf dem Absatz kehrt und verschwand.

Anna wartete, bis sie die Haustür knallen hörte, dann ging sie in die Bibliothek, wo Edward am Schreibtisch saß und den Kopf in den Händen vergraben hatte. Tröstend legte sie ihm den Arm um die Schultern.

»Ist es wirklich so schlimm?«

»Ich fürchte ja. Kannst du noch mal deinem Vater schreiben und ihm schildern, wie verzweifelt die Lage hier ist? Wir brauchen die Hilfe des Parlaments. Sag ihm, er soll nach Westminster fahren, und wenn es sein muss, um Hilfe betteln.«

»Natürlich. Aber ich glaube, er weiß schon, wie die Dinge stehen. Gestern bekam ich einen Brief von ihm, in dem stand, Dublin würde überflutet von Flüchtlingen, die vor der Hungersnot auf dem Land geflohen wären ... ja, er schrieb Hungersnot. Er meinte, überall auf den Straßen säßen hungernde Bettler, und fragte, ob die Hilfslieferungen bei uns angekommen wären.«

»Schreib ihm, dass sie nicht mal annähernd reichen. Schreib ihm auf der Stelle.«

»Natürlich.«

Am Abend stand Anna mit Lawrence im Arm am Kinderzimmerfenster und blickte hinaus auf den See. Sie versuchte, nicht an das Elend jenseits der Grenzen ihres Zuhauses zu denken.

»Du bist hier sicher, Schatz. Hier kann dir nichts passieren«, flüsterte sie.

Annas geschlossene Kutsche ruckelte nach Castlewest. Zwar hatte Edward Anna verboten, ihren Besitz zu verlassen, da sie sonst Schreckliches zu sehen bekäme, doch sie brauchte Stoff für Lawrence' Kleidung. Außerdem hatte sie solche furchtbaren Geschichten gehört, dass sie sich selbst überzeugen wollte, was vorging. Als sie jetzt aus dem Kutschenfenster blickte, sah sie überall ausgemergelte Gestalten am Straßenrand, die sich kaum auf den Beinen halten konnten. Kraftlos streckten sie die Hände vor, in einer verzweifelten Bitte um Hilfe. In einem Graben lag eine verhungernde Frau, die ihr Neugeborenes an sich drückte, und daneben mehrere Körper, die bereits wie tot zu sein schienen.

Die Stadt war erstaunlich leer – fast wie ausgestorben. Man sah nur zahlreiche Ordnungshüter und ein paar ausgezehrte Bürger, die durch die Straßen schwankten. Als Anna vor dem Stoffladen aus der Kutsche stieg, wurde ihr unheimlich zumute. Schnell ging sie zur Ladentür und wollte sie aufdrücken, aber sie war verschlossen, obwohl ein Schild verkündete, es sei geöffnet. Sie klopfte laut an die Glastür und sah ein paar Sekunden später Mrs O'Hara, die Ladeninhaberin, kommen und aufschließen.

»Oh, Lady Armstrong, wie schön, Sie zu sehen, bitte kommen Sie doch herein«, sagte sie, drückte schnell die Tür hinter ihr zu und verschloss sie wieder.

Normalerweise war Mrs O'Hara eine freundliche Frau, die ihren großen Stoffladen tüchtig und zuvorkommend betrieb. Doch als sie sich jetzt ein Taschentuch vors Gesicht drückte, um ihre Tränen wegzuwischen, kam sie Anna ängstlich und bekümmert vor.

Mrs O'Hara blickte aus dem Fenster. »Man hat Sie nicht gesehen. Aber sie werden schnell die Kutsche bemerken und dann rauskommen.«

»Wer denn, Mrs O'Hara?«

»Die Leute natürlich.«

»Wo sind denn alle?«, fragte Anna drängend.

»In ihren Häusern, wenn sie denn noch welche haben. Sie haben nicht mal mehr die Kraft herauszukommen. So etwas habe ich noch nie erlebt. Aber wenigstens verkaufe ich nur Stoff, den kann man nicht essen. Die Lebensmittelläden können gar nichts mehr lagern, weil sie sonst von der verhungernden Bevölkerung geplündert werden würden.«

Mrs O'Hara trat hinter die große Verkaufstheke, auf der viele Ballen Stoff lagen.

»Wie kommen Sie im Herrenhaus zurecht?«, fragte sie.

»So gut es geht.«

»Ich habe gehört, dort gibt es keine Zwangsräumungen.«

Anna bemerkte, dass Mrs O'Hara ihre normalerweise überaus respektvollen Umgangsformen abgelegt hatte. Wahrscheinlich hätte Königin Victoria höchstpersönlich hier stehen können, ohne dass es sie sonderlich interessierte, so abgelenkt war sie von den Geschehnissen.

»Nein, Lord Armstrong hat darauf bestanden, dass niemand vertrieben wird.«

»Nun, das ist doch schon mal etwas. Der Ort würde einen weiteren Flüchtlingsstrom sicher nicht mehr verkraften. Die Foxes haben mit den Zwangsräumungen begonnen.«

»Die Foxes!« Anna hatte die beiden immer so nett gefunden. »Das kann ich kaum glauben!«

»Glauben Sie es nur, es ist die Wahrheit. Ich hab gehört, wie sie sagten, sie bräuchten das Land der Pächter, um es wieder profitabel zu machen. Auf Kartoffeln könne man nicht mehr bauen! Andererseits habe ich von Mr Byrne, dem Fischhändler, gehört, sie würden immer noch Lachs und Kaviar bestellen. Kaviar! Während ihre Pächter verhungern und wir alle im Ort im Elend leben.« Mrs O'Hara nahm ihr Taschentuch und tupfte sich an den Augenwinkeln. »Es heißt, wenn das noch länger so geht, würde Cholera oder Typhus ausbrechen. Typhus! Dann werde ich zu meiner Schwester nach Dublin ziehen müssen. Hinter dem Ort ist ein Feld, und da werden die Toten einfach in ein Massengrab geworfen. So etwas habe ich noch nie erlebt.« Wieder strömten ihr Tränen übers Gesicht, die sie mit ihrem Taschentuch wegwischte.

Anna zeigte rasch auf einen Ballen Baumwolle und bezahlte. Mrs O'Hara packte ihn ein und gab ihn ihr.

»O nein, da sind sie! Ich hab doch gesagt, sie würden Ihre Kutsche sehen und rauskommen!«, bemerkte sie dann.

Vor der Tür und den Fenstern des Ladens drängte sich eine Schar in Lumpen gekleideter Menschen. Mrs O'Hara ließ Anna rasch hinaus und verriegelte dann sofort die Tür hinter ihr. Anna sah die ausgehungerten Gesichter, die ausgestreckten Hände. Die Gestalten vor ihr konnten sich kaum auf den Beinen halten. Eilends öffnete sie ihre Tasche, nahm ihr gesamtes Geld heraus und verteilte es, bevor sie zum Landauer eilte.

»Nach Hause, schnell!«, befahl sie dem Kutscher.

»Edward, wir müssen mehr tun!«, flehte Anna, kaum dass sie heimgekommen war.

»Was können wir denn noch tun? Wir Grundbesitzer bezahlen doch schon die Arbeitshäuser – das ist unsere Pflicht. Wir haben einfach nicht genug Geld, um alle zu ernähren.«

Anna ging zum Kinderzimmer und schaukelte sachte Lawrence' Wiege. Als sie ihn ansah, musste sie an Seán denken. Sie hätte nie gedacht, dass es so schlimm sein würde. Sie hatte nicht gewusst, dass sie Seán ins Verderben gestürzt hatte. Es brach ihr das Herz, wenn sie daran dachte, dass auch er wie ein Schatten seiner selbst auf der Straße herumtaumelte, einsam und ausgehungert. Sie krümmte sich vor Schuldgefühlen bei der Vorstellung, sie wäre wahrscheinlich für seinen Tod verantwortlich.

»Ich finde ihn«, flüsterte sie Lawrence zu. »Ich bringe ihn nach Hause, in Sicherheit.«

36. KAPITEL

Diskret erkundigte sich Anna bei den Dienstboten nach Seán. Doch niemand schien etwas von ihm gehört zu haben. Da bat sie ein paar vertrauenswürdige Diener, sich im Ort nach ihm umzuhören.

»Es gibt so viele Tote und Sterbende, Mylady, da ist es schwer, einen einzelnen Mann ausfindig zu machen«, erklärte Barton ihr, nachdem seine Nachforschungen nichts ergeben hatten.

»Das ist mir klar, Barton, doch ich muss sicher sein, dass all unsere Angestellten in dieser schrecklichen Zeit in Sicherheit sind.«

»Auch Diebe wie Seán?«

»Christliche Nächstenliebe, Barton.«

Also setzte Barton seine Nachforschungen fort und hatte schließlich Erfolg.

»Offenbar war Seán nach seiner Verbannung kurzzeitig im Gasthaus von Castlewest.«

Bei der ersten Gelegenheit suchte Anna den Gasthof auf.

»Ja, ich erinnere mich, dass er ein paar Tage hier war. Aber er sagte nichts von irgendwelchen Plänen. Eines Abends ist er dann einfach nicht mehr zurückgekommen.«

»Nicht? Und seine Sachen?«

»Hat er nicht abgeholt. Aber die waren sowieso nichts wert, also hab ich sie weggeschmissen.«

»Verstehe.« Sie starrte auf den Boden.

»Haben Sie's schon im Arbeitshaus versucht, Ma'am? Wahrscheinlich ging ihm das Geld aus und er ist da hingegangen.«

»Ja – ja. Ich werde mal nachsehen. Danke.«

Doch auch dort fand sie Seán nicht.

37. KAPITEL

Schuldgefühle trieben Anna dazu, nicht aufzugeben. Sie wollte Seán unbedingt finden und wieder nach Hause bringen. In den folgenden Monaten fuhr sie von Ort zu Ort, immer mit Geld und Essen, das sie den Armen gab, während sie sich nach Seán erkundigte. Sie ging durch die Straßen und blickte in jedes ausgezehrte Gesicht, um herauszufinden, ob es Seáns war. Sie besuchte das Gut der Hamiltons, auf dem er geboren worden war, und sprach bei seiner Familie vor. Glücklicherweise sorgte der neue Grundbesitzer gut für sie, aber auch hier hatte niemand etwas von Seán gehört. Alle waren sehr bestürzt, als sie hörten, dass er vermisst wurde. Während Anna sich mit seiner Familie unterhielt, traf sie die Erkenntnis, dass diese Menschen für immer mit Lawrence verbunden sein würden, ohne es zu wissen.

Sie reiste nach Dublin und suchte alle Reedereien auf, um zu erfahren, ob Seán Irland verlassen hatte. Aber sie fand keinen Hinweis auf ihn. Da er davon gesprochen hatte, nach Amerika zu gehen, reiste sie auch nach Cork, um die Passagierlisten der Reedereien dort zu überprüfen. Doch auch hier gab es keine Spur von Seán. Sie war zutiefst erschüttert von dem Elend, das ihr überall begegnete, und schrieb unermüdlich an ihren Vater und seine Freunde aus der Politik, um zu berichten, was sie gesehen hatte. Und wenn sie nach Hause kam, ging sie sofort ins Kinderzimmer und drückte ihren Sohn an sich.

»Ich finde ihn. Ich hole ihn nach Hause. Ganz gleich, wie lange es dauert«, flüsterte sie immer wieder, bevor sie erneut aufbrach.

Sie saß gerade allein beim Frühstück, als Edward mit einer Ausgabe der *Times* hereinkam.

»Sie haben wieder einen Brief von dir abgedruckt«, sagte er und gab ihr die Zeitung. Sie nahm sie und überflog rasch den Artikel.

»Das wird sie so beschämen, dass sie einfach mehr geben müssen«, bemerkte sie, legte die Zeitung nieder und frühstückte weiter.

»Wohin willst du heute?«, fragte er.

»In Galway ist ein Arbeitshaus, zu dem wollte ich. Ich habe die Köchin schon alles vorbereiten lassen. Und ich habe von unseren Freunden Geld für diejenigen gesammelt, die nach Amerika gehen wollen.«

Als sie aufstand, nahm er ihre Hand. »Anna, du kannst nicht fahren!«

Ungläubig sah sie ihn an. »Wieso nicht?«

»In vielen Arbeitshäusern ist die Cholera ausgebrochen. Auch die Ärzte und Außenstehende stecken sich an.«

»O nein! Nun, dann werden sie noch mehr zu essen brauchen. Ich springe kurz hinein und bleibe nicht lang.«

Sie wollte sich abwenden, aber er hielt sie fest und zog sie an sich.

»Anna, nein! Du darfst nicht fahren.«

»Aber die Menschen brauchen meine Hilfe!«

»Aber du hast nichts mehr zu geben. Wenn du sie weiter aufsuchst, bekommst du auch Cholera. Und dann steckt sich Lawrence bei dir an, und ich und das Personal. Willst du das?«

»Nein, natürlich nicht! Aber ich kann meine Arbeit nicht im Stich lassen.«

»Doch, das musst du, Anna. Du richtest dich damit zugrunde. Sieh dich doch an!« Er zog sie zum Spiegel.

Schockiert starrte sie auf ihr Spiegelbild. Sie hatte schon lange nicht mehr die Zeit gehabt, sich im Spiegel zu betrachten. Verschwunden war das strahlende junge Mädchen, das sich nur darüber Gedanken machte, welche Haarbänder es tragen und wen es zu Partys einladen sollte. Sie schien über Nacht gealtert zu sein. Vorsichtig berührte sie ihr Gesicht.

»Du bist erschöpft, Anna. Du musst dich jetzt um dich selbst kümmern. Unsere Kraft ist begrenzt.«

»Aber du verstehst das nicht, Edward. Ich muss weitermachen. Ich kann nicht aufhören.«

Er drückte sie fest an sich. »Doch, ich verstehe sehr wohl. Aber nun ist es Zeit aufzuhören.«

38. KAPITEL

Danach reiste Anna nicht mehr herum. Sie blieb zu Hause und kümmerte sich um Lawrence und Edward. Jeder, der sie sah, sagte, sie hätte jegliche Lebensfreude verloren. Aus dem sorglosen strahlenden Mädchen war eine traurige Frau geworden. Es hieß, die Ursache sei all das Schreckliche, das sie bei ihrer selbstlosen Arbeit für die Opfer der Hungersnot gesehen habe.

Nachts schlich sie sich aus dem Haus und rannte durch den Park hinunter zum Seeufer, blickte aufs Wasser und flüsterte: »Es tut mir leid. Komm heim … bitte komm heim. Wir vermissen dich. Lawrence und ich vermissen dich.«

Edward saß spät in der Nacht im Kinderzimmer und hielt Lawrence fest im Arm, während er aus dem Fenster hinunter zu Anna blickte, die allein durch den Park ging.

Seine Gedanken wanderten zurück zu einem Abend ein paar Monate zuvor, als er nach einer politischen Versammlung in Dublin, in der es um mehr Unterstützung durch die Regierung ging, nach Hause gekommen war.

Er war spätabends heimgekommen. Anna hatte sich nicht wohl gefühlt und war früh zu Bett gegangen. Edward sah erst nach ihr, dann nach dem Kind und kam schließlich in die Bibliothek, um noch Briefe an ein paar Parlamentsabgeordnete zu verfassen. Als er an seinem Schreibtisch saß und schrieb, hörte er, wie die Tür aufging. Er blickte hoch und sah Seán vor sich.

»Was in aller Welt machst du hier? Und wie bist du hereingekommen?«, fragte Edward.

Seán schloss die Tür hinter sich. »Ich kenne dieses Anwesen besser als Sie – also konnte ich leicht an Sinclairs Wachen vorbei zum Haus schleichen.«

Edward sprang auf. »Ich dachte, es wäre dir ganz klar befohlen worden, niemals wieder unsere Ländereien, geschweige denn dieses Haus zu betreten?«

»Oh, das war glasklar.«

»Und doch bist du jetzt zurückgekommen. Um uns auszurauben, wie?« Edward begriff Seáns Verhalten nicht. Wenn er sie hatte bestehlen wollen, schien er keine Angst zu haben, entdeckt worden zu sein.

»Nein, ich wollte Sie nicht bestehlen – ich habe Sie nie bestohlen.«

»Ich denke, die Kette in deinem Cottage beweist etwas anderes.«

»Ich habe die Kette nicht gestohlen, sie wurde mir untergeschoben.«

»Von wem denn? Und warum?«

»Von Ihrer Frau, Lord Edward.«

Edward starrte ihn ungläubig an. »Bist du verrückt geworden, Mann? Noch nie ist mir eine solche Unverschämtheit oder Verrücktheit von einem Pächter untergekommen!«

»Sie hat mir die Kette untergeschoben, um mich loszuwerden. Das wollte sie … weil ich damit drohte, die Wahrheit zu enthüllen.«

»Wovon redest du, um Himmels willen? Die Wahrheit worüber?«

Seán blickte ihm direkt in die Augen und sagte: »Lawrence ist mein Sohn. Fragen Sie Anna. Deshalb hat sie mich vom Anwesen verbannen lassen. Aber heute Nacht bin ich zurückgekommen, um Ihnen die Wahrheit zu sagen.«

Edward fehlten die Worte, so geschockt war er.

»Sie dachte, sie könnte mich damit einfach loswerden. Mir die Kette unterschieben und mich dann rausschmeißen lassen, wie einen Haufen Müll. Ihretwegen habe ich alles verloren: mein Haus, meine Stelle, meinen guten Namen – alle denken, ich wäre ein Dieb. Ich habe kaum noch Geld. Jetzt kann ich nur noch verhungern – während sie alles hat, was sie will: ein Kind, meinen Sohn. Und sie lebt einfach ihr Leben weiter, als hätte es mich nie gegeben. Deshalb musste ich Ihnen die Wahrheit sagen. Um Ihnen zu zeigen, mit was für einem Miststück Sie verheiratet sind.«

»Raus! Ich will, dass du sofort mein Haus verlässt!«

»Haben Sie mir nicht zugehört? Sie hat Sie betrogen, genau wie sie mich betrogen hat. Er ist mein Sohn!«

Edward stand stocksteif da, während ihm die Gedanken wild durch den Kopf wirbelten. Lügen, es waren dreckige Lügen, die Seán da erzählte. Dann fiel ihm plötzlich ein, wie Anna ihn gebeten hatte, ihn zum Stallmeister zu befördern – sie bräuchte seine Dienste nicht mehr. Und dann der seltsame Vorfall mit der Kette, der so gar nicht zu Seáns langjährigen treuen Diensten passen wollte …

Er sah Seán ins Gesicht und entdeckte die Ähnlichkeit zwischen ihm und seinem Sohn – da erkannte er die Wahrheit.

Aber Seán wurde immer lauter.

»Sind Sie zu dumm, um es zu erkennen?«, rief er jetzt, um eine Reaktion von Edward zu erreichen, um ihn zu zwingen, es zu begreifen. »Sehen Sie nicht, dass er aussieht wie ich? Er ist mein Sohn! Lawrence ist mein Sohn!«

»Sei still, sonst hört dich noch jemand! Ich befehle dir, den Mund zu halten!«

Aber nun wurde Seán noch wütender. Er brüllte: »Lawrence ist mein Sohn!«

Bevor er sichs versah, griff Edward nach dem Schürhaken am Kamin, hob ihn und schlug Seán damit heftig auf den Kopf. Seán stand noch eine Sekunde schwankend da und sah Edward ungläubig an, während ihm das Blut übers Gesicht strömte. Dann brach er zusammen.

Eine ganze Weile rührte sich Edward nicht und starrte mit dem Schürhaken in der Hand auf Seáns leblose Gestalt.

Anschließend ließ er den Schürhaken fallen und bückte sich neben ihn. Doch Seán bewegte sich nicht mehr und gab auch keinen Laut von sich.

Edward verriegelte die Tür und saß stundenlang neben Seáns Leiche. Erst weit nach Mitternacht, als er wusste, dass alle Diener zu Bett gegangen waren, schritt er zur Tat.

Er wickelte Seáns Körper in eine Decke, öffnete leise ein Fenster und ließ ihn hinausgleiten. Dann schloss er das Fenster wieder, verließ das Haus, ging zu den Ställen, spannte dort ein Pferd vor die Kutsche und führte es zum Fenster der Bibliothek. Sein Herz raste, und das Blut rauschte ihm in den Ohren, weil er wusste, wie hoch das Risiko war, entdeckt zu werden. Er hievte Seáns Leiche in die Kutsche, führte das Pferd im Schritt die Auffahrt hinunter, bis er vom Haus nicht mehr zu sehen und zu hören war.

Danach raste er wie ein Wahnsinniger in den Ort. Er wusste, was er zu tun hatte. Er hatte einen Mord begangen, doch die Natur hatte ihm die perfekte Gelegenheit gegeben, ihn zu vertuschen. Hinter dem Ort war ein Feld, auf dem die Opfer der Hungersnot in Massengräbern beerdigt wurden. Er prüfte, ob ihn irgendjemand sah, aber da war niemand. Und selbst wenn, hätte er nur einen weiteren Verhungerten begraben. Er warf Seáns Leiche einfach auf die anderen, fuhr nach Hause und beseitigte alle Beweise.

Als er Lawrence jetzt im Arm hielt, wusste er, er hatte Unrecht getan. Doch er wusste auch, dass er es für Lawrence getan hatte. Anna war unglücklich und quälte sich vor Sorge über Seáns Verbleib. Sie hatte ihn überall gesucht, überwältigt von ihrer Schuld, ihn verbannt und vielleicht dem Hungertod preisgegeben zu haben. Sie wusste nicht, dass Edward von ihrem Betrug Kenntnis hatte. Sie wusste nicht, dass Edward über das Schicksal von Lawrence' echtem Vater im Bilde war. Aber als Edward sie durch die Dunkelheit durch den Park wandern sah, hegte er keinerlei Zweifel daran, dass sie ihn liebte – jeder Blick von ihr, jede Geste zeugte davon. Er wusste tief im Herzen, warum sie sich mit Seán eingelassen hatte. Er wusste, ihre Liebe würde es überleben, obwohl sie nie mehr so wäre wie früher. Sie hatten beide um ihr Überleben gekämpft, und um ihren Sohn. Und nun erkannte Edward, dass sie sich ganz auf Lawrence konzentrieren mussten, damit sein Leben das wert war, was sie getan hatten.

BUCH 2

1913 – 1922

39. KAPITEL

Man munkelte, dass Clara Charter bis zu ihrem einundzwanzigsten Geburtstag einundzwanzig Heiratsanträge von den begehrtesten Junggesellen Londons bekommen habe. Wenn sie danach gefragt wurde, antwortete sie immer, das sei noch gar nichts im Vergleich zu den unzähligen Anträgen von Londons weniger begehrten Junggesellen. Nun war Clara vierundzwanzig, eine umwerfende Schönheit und immer noch eine der beliebtesten jungen Frauen der Londoner Gesellschaft. Es gab kaum eine Gästeliste, auf der ihr Name nicht ganz oben stand. Sie war diese Aufmerksamkeit gewohnt, denn sie hatte sie ihr ganzes Leben lang bekommen. Die Familie ihres Vaters waren die Charters von Charter's Chocolates & Confectionery, ein Name, bei dessen Erwähnung einem genauso das Wasser im Munde zusammenlief wie bei Cadbury oder Charbonnel et Walker. Ihr Vater hatte im Bankwesen eine steile Karriere gemacht. Ihre Mutter entstammte ihrerseits einer langen Ahnenreihe von Mühlenbesitzern und Händlern aus dem Norden. Daher hatte die jetzige Generation der Charters den Hintergrund, die Beziehungen und die Erziehung, um eine wichtige Rolle in der Gesellschaft zu spielen. Deswegen und wegen ihrer Schönheit und unbeschwerten Persönlichkeit gehörte Clara zur Crème de la Crème.

Auf dem alljährlichen Charlemont-Ball hatte es ein zwölfgängiges Bankett gegeben, bei dem Clara auf einem der Ehrenplätze gesessen hatte. Während sie lebhaft und fröhlich mit ihren Sitznachbarn plauderte, wehte ihr helles Lachen oft die lange Tafel hinunter, so dass die anderen Gäste lächelnd zu ihr hinaufblickten. Clara wusste, wenn sie angesehen wurde. Sie spürte, wenn man sie von ferne bewunderte, und genoss es.

Nach dem Dinner achtete sie darauf, mit so vielen unterschiedlichen Männern wie möglich im riesigen Ballsaal zu tanzen.

»Werden Sie uns dieses Wochenende auf unserem Landsitz besuchen?«, fragte ein junger Aristokrat, während er sie durch den Saal wirbelte.

»Ich sagte doch schon, dass ich nicht kann. So leid es mir tut. Ihr Landsitz ist zu weit weg, und ich habe dieses Wochenende zu viel zu tun.«

»Aber Sie haben es mir versprochen«, beharrte der junge Mann.

»Ich habe versprochen, irgendwann einmal zu kommen, aber nicht dieses Wochenende«, entgegnete sie, nachdem die Musik verstummt war. Dann lächelte sie ihm zu und entfernte sich rasch, bevor er sie weiter bedrängen konnte. Als sie an ihrem Platz ankam, reichte ihr ein junger Hauptmann vom Yorkshire Regiment ein Glas Champagner.

»Vielen Dank, Sie sind ein Schatz«, sagte sie lächelnd und trank einen Schluck.

»Vergessen Sie nicht, dass wir Dienstagabend ins Theater gehen«, sagte der Hauptmann.

»Wie sollte ich das vergessen, wo Sie mich heute Abend schon tausendmal daran erinnert haben?«, erwiderte Clara gutmütig.

An diesem Abend war sie besonders unruhig. Warum

genau, wusste sie nicht, sie spürte es nur, während die Menschen um sie herum schwirrten. Da, auf einmal, sah sie ihn. Er stand am anderen Ende des Ballsaals: in einem makellosen Smoking mit weißer Fliege, die braunen Haare mit Brillantine zurückgestrichen, eine Zigarette zwischen den Lippen. Sie wusste nicht, warum er ihr auffiel. Vielleicht, weil er so gelangweilt wirkte. Vielleicht auch, weil sie normalerweise immer, wenn sie jemanden ansah, direkt auf einen Gegenblick traf. Doch nicht bei ihm. Seine Augen wanderten über die tanzenden Paare hinweg, die an ihm vorbeiwirbelten.

»Vielleicht könnten wir vor dem Theater zusammen essen gehen«, schlug der Hauptmann vor.

»Ja, vielleicht … wer ist das, da drüben?« Clara wies diskret auf den Mann, der ihre Aufmerksamkeit erregt hatte.

Der Hauptmann folgte ihrem Blick und betrachtete den Mann mit leicht zusammengekniffenen Augen. »Ich weiß es nicht. Den habe ich noch nie gesehen.«

»Hm.« Clara wandte sich zu ihrem Nachbarn auf der anderen Seite. »Sagen Sie, wer ist der Mann da drüben an der Säule?«

»Ich weiß es nicht. Soll ich es für Sie in Erfahrung bringen?«

»Nein, bemühen Sie sich nicht!« Sie lachte unbekümmert, nahm ihr Glas Champagner und trank noch einen Schluck. »Göttlich. Habe ich Ihnen schon die Geschichte vom Bräutigam und dem Champagner erzählt?« Und dann erzählte sie die Geschichte mit bewusst lauter Stimme, um die Aufmerksamkeit des Mannes auf sich zu ziehen. Ihre Begleiter lachten herzlich, aber der Mann sah nicht einmal in ihre Richtung.

Da entbrannte Claras Neugier, und sie war entzückt, als sie bemerkte, dass der Fremde mit einem Bekannten von ihr sprach. Sie entschuldigte sich rasch bei ihren Freunden und ging selbstbewusst wie immer quer durch den Ballsaal auf die beiden Männer zu.

»Edbert«, rief sie, als sie sich ihnen näherte.

»Oh, hallo, Clara«, sagte Edbert, hocherfreut, sie zu sehen.

»Wir haben uns schon so lange nicht mehr gesehen, wo haben Sie denn gesteckt?«, fragte sie und tat, als schmollte sie.

»Ich war in New York, Clara.«

Sie schnalzte missbilligend mit der Zunge. »Und ich habe nicht eine Postkarte bekommen? Sie sind mir aber ein Freund, Edbert! Als Wiedergutmachung müssen Sie mit mir essen gehen.«

»Sehr gerne, Clara«, antwortete Edbert höchst zufrieden.

Clara wartete den richtigen Augenblick ab, dann wandte sie sich zu dem Mann neben Edbert und bedachte ihn mit einem strahlenden Lächeln.

Der Mann erwiderte ihr Lächeln nicht, sondern sah sie mit seinen dunklen Augen gleichgültig an.

Als Edbert bemerkte, dass Clara und der Mann sich nicht begrüßten, fragte er: »Kennen Sie sich?«

»Nein, ich glaube nicht, oder?« Clara lächelte den Mann unbeirrt an.

»Clara Charter, dies ist Pierce – Lord Pierce Armstrong.«

Clara hielt ihm ihre behandschuhte Hand hin, worauf Pierce sie nahm und sagte: »Es freut mich, Sie kennenzulernen.«

»Gleichfalls.« Immer noch lächelte sie ihn an.

»Pierce kommt aus Irland. Er ist wegen ein paar Partys hergekommen.«

»Verstehe«, entgegnete Clara. Jetzt war ihr klar, warum sie ihn vorher noch nie gesehen hatte.

»Amüsieren Sie sich, Lord Armstrong?«, fragte sie.

Er sah sie an. »Meistens.«

Da tauchte auf einmal ein weiterer Bewunderer neben ihr auf. »Clara, ich glaube, das ist unser Tanz.«

Clara hätte vor Wut über die Unterbrechung schreien mögen. Sie wollte sich weiterhin mit diesem faszinierenden Mann unterhalten.

»Natürlich«, sagte sie jedoch lächelnd und ergriff die Hand des Bewunderers. Dann bedachte sie Edbert und Pierce mit einem Lächeln. »Edbert, ich freue mich auf unser Essen. Lord Armstrong, es war mir ein Vergnügen.«

Dann wurde sie auf die Tanzfläche geführt.

Nun war sie noch unruhiger als zuvor. Den gesamten Abend bemühte sie sich angestrengt um eine weitere Gelegenheit, mit Lord Armstrong zu sprechen, aber vergeblich. Sie musste sich damit zufriedengeben, Bruchstücke seiner Unterhaltungen mit anderen mitzubekommen.

»Hast du was von Robert Keane gehört?«, hörte sie Edbert fragen.

»Ja, er ist gerade aus Schottland zurück. Ich treffe mich Dienstag zum Mittagessen mit ihm, bei Fortnum & Mason.«

Auf diese Information hatte Clara den ganzen Abend gewartet. Jetzt konnte sie ruhig nach Hause gehen.

40. KAPITEL

Da Claras Großmutter väterlicherseits, Louisa Charter, zum Tee kommen wollte, stürzte Clara nach einem Morgen voller Einkäufe hastig aus dem Taxi und rannte die Treppe zu ihrem Haus in Chelsea hinauf. Ihre Großmutter hasste Verspätungen, und Clara hatte keine Entschuldigung parat.

»Da bist du ja«, begrüßte ihre Mutter sie im Salon, als Clara dem Butler hastig Hut, Mantel und Hutschachteln überreicht hatte. »Wir haben uns schon Sorgen gemacht!«

»Von Knightsbridge an war schrecklicher Verkehr«, erklärte Clara.

»Wie immer«, entgegnete ihre Großmutter. »Ganz gleich, zu welcher Tages- und Nachtzeit du unterwegs bist, ist der Verkehr schrecklich und du kommst zu spät.« Sie sah Clara vielsagend an, als sie ihr die Wange zum Kuss bot.

»Niemand kann gegen seine Natur an, Louisa, und Clara ist eben immer etwas spät dran«, verteidigte Milly ihre Tochter, während sie ihr eine Tasse Tee reichte.

»Das ist ein Teil des Problems, junge Dame: Eltern, die dich verwöhnen und deine Schwächen leugnen. Das liegt wahrscheinlich daran, dass du ihre einzige Tochter bist.«

»Ich will versuchen, in Zukunft pünktlich zu sein, Großmutter«, versprach Clara.

»Wahrscheinlich ist es schon zu spät, um deinen Ruf noch zu retten. Eine Dame der Gesellschaft, deren Namen ich nicht nennen will, hat mir anvertraut, du stündest in dem üblen Ruf, zu jeder Party zu spät zu kommen, weil du zwei oder drei pro Abend besuchen willst und kommst und gehst, wie es dir gefällt.«

»Aber das ist doch nur ein Beweis meiner guten Manieren! Ich bemühe mich, zu allen Partys zu gehen, anstatt Einladungen auszuschlagen.«

»Ich wünschte wirklich, die Leute würden nicht so viel über meine Tochter reden«, sagte Milly und trank einen Schluck Tee.

»Ich bin der Meinung, dass eine junge Dame nicht immer so in Hetze sein sollte … denn genau so sieht es aus, Clara, als würdest du überall hetzen … außer natürlich, wenn es ums Heiraten geht. Auch da bist du sehr spät dran.«

Milly warf Clara einen mitfühlenden Blick zu.

»Beim Heiraten geht es nicht darum, möglichst schnell unter die Haube zu kommen, sondern darum, den Richtigen zu finden«, erklärte Clara.

»Da liegst du aber falsch«, widersprach Louisa. »Beim Heiraten kommt es vor allem darauf an, möglichst schnell unter die Haube zu kommen! Seit deinem Debüt sind schon fünf Jahre vergangen! Die meisten Debütantinnen heiraten innerhalb weniger Monate – sie lernen ihren künftigen Mann während der Saison kennen und heiraten ihn, wenn sie vorbei ist. Darum geht es doch! Aber du, Clara, hast fünf Saisons genossen, und immer noch ist keine Verlobung in Sicht!«

»Ich hab einfach noch nicht den Richtigen getroffen«, sagte Clara achselzuckend und trank von ihrem Tee.

»Den Richtigen? Du hast alle getroffen, die es zu treffen gibt. Wenn du jetzt noch nicht den Richtigen gefunden hast, dann wirst du ihn nie finden!«

»Ich habe einfach noch nicht denjenigen gefunden, den ich lieben kann.«

»Ach, du liebe Güte«, seufzte Louisa. »Eines will ich dir sagen, Clara: Heirate nicht den Mann, den du liebst, sondern den, der dich liebt. Dann wird das Leben viel leichter für dich.«

»Also, Männer, die sie lieben, hat sie schon etliche getroffen«, mischte sich Milly ein.

»Die Liebe soll gegenseitig sein«, erklärte Clara.

»Da, so endet es, wenn man seiner Tochter alles gibt, was sie haben will – dann meint sie, sie könnte auch alles haben. Aber das stimmt nicht, Clara. Man kann nicht alles im Leben haben. Weil du mit Schönheit und Charme gesegnet bist, meinst du, du könntest auch Liebe haben. Doch für Liebe gibt es keine Garantie. Und in der Zwischenzeit riskierst du, dein Leben zu ruinieren.«

»Was? Ich bin doch erst vierundzwanzig.«

»Erst vierundzwanzig, sagt sie. In deinem Alter bekam ich schon mein zweites Kind. Man sagt, du wolltest gar nicht heiraten, du würdest zu sehr die vielen Partys genießen, um eine Familie zu gründen. Man sagt, die Partys an sich seien dir wichtiger als der Zweck der Partys: nämlich einen Mann zu finden. Man sagt –«

»Eindeutig zu viel«, unterbrach Milly sie erneut.

»Schönheit ist vergänglich, Clara, und mit ihr der Charme. Möglicherweise wirst du nicht immer so gefragt sein wie jetzt, da du alle Möglichkeiten hast, dich und deine Familie in eine höhere Position zu bringen. Lass keine Zeit und Gelegenheit mehr verstreichen, Clara.«

»Clara weiß sicher ganz genau, was sie tut, nicht wahr, Clara?«, sagte Milly lächelnd.

»Allerdings«, bestätigte Clara und nippte wieder an ihrem Tee.

Da ging die Tür auf, und Claras Vater kam herein.

»Ah, Terence, du bist aber früh zu Hause«, sagte Milly

lächelnd und in der Hoffnung, ihr Mann würde der Strafpredigt ihrer Schwiegermutter ein Ende setzen.

»Hallo zusammen«, grüßte er ebenfalls lächelnd und gab jeder einen Kuss.

»Bleibst du zum Abendessen, Mutter?«, fragte er dann.

»Wenn du darauf bestehst«, antwortete Louisa.

Clara wartete bis zum Fleischgang, bevor sie es wagte, sich bei ihrer Großmutter nach einem ganz bestimmten Namen zu erkundigen.

»Auf dem Charlemont-Ball habe ich gestern ein neues Gesicht gesehen«, sagte sie.

»Ein neues oder ein junges?«, fragte Louisa.

»Nun, beides, nehme ich an«, antwortete Clara. »Es war ein gewisser Pierce Armstrong. Lord Armstrong. Kennst du ihn?«

»Ja, die Armstrongs«, sagte Louisa nach kurzem Nachdenken. »Anglo-irische Familie. Ich kannte seinen Großvater Lawrence, er war ein ungeheuer charmanter Mann, der ein nettes Mädchen aus Kildare heiratete. Sie bekamen sechs Kinder.«

»Ja?«, fragte Clara so unbeteiligt wie möglich.

»Ja, die Familie hatte während des irischen Aufschwungs Ende des vergangenen Jahrhunderts großen Erfolg – Häuser in London und Dublin neben ihrem Familiensitz auf dem Land, auf einem riesigen Anwesen im Westen von Irland. Auch die Kinder machten sich sehr gut: Eine Tochter heiratete den Duke of Batington, und einer der Söhne nahm eine dieser unfassbar reichen Amerikanerinnen mit holländisch klingendem Namen zur Frau.«

»Vanderbilt?«, fragte Milly.

»Das weiß ich nicht mehr«, sagte Louisa und dachte nach. »Titel und Anwesen gingen an Lawrence' ältesten Sohn

Charles. Und da wurde die Sache etwas undurchsichtig.« Sie griff nach ihrem Weinglas und trank einen Schluck.

»Undurchsichtig?«, hakte Clara nach.

»Zwar hatte Charles von seinem Vater den Besitz geerbt, aber nicht seinen Charme. Er war für seine Grobheit und Rücksichtslosigkeit bekannt. Er heiratete auch eine verwandte Seele, eine anglo-irische Adlige ohne jeglichen Charme. Sie waren in die Unruhen in den Achtzigern des vergangenen Jahrhunderts verwickelt. Verstehst du, das ist das Problem mit Irland: Man kann dort nicht einfach leben und arbeiten wie in Wiltshire oder Yorkshire. Ständig wird man in Politik und Aufstände verwickelt.«

»Und dann?«, drängte Clara, um eine der gefürchteten Tiraden ihrer Großmutter abzukürzen.

»Offenbar vertrieben sie zu viele Pächter oder machten sich zu viele Feinde, jedenfalls wurde eines Tages auf Charles geschossen.«

»Meine Güte, wie schrecklich!«, murmelte Milly.

»War er tot?«, fragte Clara.

»Nein, er überlebte, war nachher aber nicht mehr der Alte und starb nach ein paar Jahren Siechtum. Daraufhin ging der Titel auf seinen Sohn über.«

»Also auf Pierce?«, fragte Clara.

»Nun, das nehme ich wohl an.«

»Sehr faszinierend«, bemerkte Clara.

Louisa wirkte alarmiert. »Ganz und gar nicht, Clara. Vor dreißig, vierzig Jahren mögen die Armstrongs eine gute Partie gewesen sein. Aber jetzt ist, soweit ich weiß, ihr Haus in London verloren, ebenso wie ihr Haus in Dublin und ein Großteil ihres Besitzes. Sie sind auf dem Abstieg, Clara, während wir auf dem Aufstieg sind.«

41. KAPITEL

Als Clara Fortnum & Mason betrat, hielt sie nicht nach dem Mann Ausschau, mit dem sie verabredet war, sondern nach Pierce Armstrong, der sich zum Mittagessen mit Robert Keane treffen wollte. Als sie beide an einem Tisch Tee trinken sah, straffte sie die Schultern und ging zu ihnen.

»Hallo!« Sie blieb an ihrem Tisch stehen und lächelte strahlend.

Pierce sah sie an, als wüsste er nicht, wer sie sei. Glücklicherweise rettete sie ihre Bekanntschaft mit Robert Keane vor einer peinlichen Situation.

»Meine liebe Clara, wie geht es Ihnen?«, fragte Robert lächelnd, erhob sich und küsste sie auf die Wange.

»Sehr gut, Robert. Ich freue mich, Sie zu sehen.«

Robert wandte sich zu Pierce. »Pierce, dies ist Miss Clara Charter.«

Pierce stand ebenfalls auf und drückte ihr die Hand.

»Ich glaube, wir sind uns schon begegnet«, sagte Clara, lächelte ihn an und fügte dann hinzu: »Auf dem Charlemont-Ball.«

»Ach ja. Schön, Sie wiederzusehen«, sagte Pierce, setzte sich und überließ Robert und Clara ihrem Gespräch.

Clara spürte, wie sie wütend wurde, da Pierce sich nicht an der Unterhaltung beteiligte. Als sie ihm unwillkürlich einen Blick zuwarf, sah sie, dass er sich eine Zeitung genommen hatte.

»Tja, dann geselle ich mich jetzt zu meiner Verabredung«, sagte Clara schließlich. »Es war schön, Sie beide wiederzusehen, Robert und – äh – Lord Armstrong.«

Er sah kurz von seiner Zeitung auf. »Ja.«

Lächelnd drehte sie sich um und ging quer durch das Café zu ihrem Bekannten, der schon sehnsüchtig auf sie wartete.

Pierce faltete die Zeitung, als Robert ihm gegenüber wieder Platz nahm.

»Du hast Clara auf dem Charlemont-Ball kennengelernt?«, erkundigte sich Robert.

»Ja, kurz. Ich fand sie ziemlich geistlos, sie flirtete mit allen und jedem. Wer ist sie überhaupt?«

»Clara Charter … von Charter's Chocolates & Confectionery.«

»Eine reiche Erbin?«, fragte Pierce und warf einen Blick zu ihr.

»Das nicht gerade. Aber sie sind schon ziemlich wohlhabend.« Robert sah auch zu ihr. »Und so köstlich wie ihre Pralinen, findest du nicht?«

»Ja.« Pierce nahm eine Praline vom Unterteller seines Teegedecks und betrachtete sie. »Das Problem mit Pralinen ist nur: Sie mögen köstlich aussehen, aber erst wenn man reinbeißt, weiß man, was man hat.«

Er biss in seine Praline und kaute. Dann verzog er das Gesicht und legte das angebissene Stück wieder auf die Untertasse.

Während des gesamten Mittagessens achtete Clara kaum auf ihr Gegenüber. Erst als Pierce Armstrong und Robert Keane aufstanden und an ihr vorbei zum Ausgang strebten, lachte sie laut, um zu zeigen, wie sehr sie die Gesellschaft ihres Begleiters genoss. Robert verabschiedete sich nickend von ihr, doch Pierce ging einfach an ihr vorbei.

Daraufhin sagte Clara alle weiteren Verabredungen des Tages ab und fuhr nach Hause. Dort saß sie stundenlang schweigend da und dachte über Pierce Armstrong und seine Wirkung auf sie nach. Noch nie hatte sie sich so gefühlt. Als sich der Tag dem Ende neigte, stand für sie fest, dass sie den Richtigen gefunden hatte. Jetzt musste sie ihn sich nur noch schnappen.

42. KAPITEL

In den nächsten Wochen setzte Clara alles daran, Pierce auf den Empfängen und Partys zu treffen, zu denen sie eingeladen war. Sie merkte rasch, dass er in der Londoner Gesellschaft kaum Aufnahme gefunden hatte, und sorgte diskret dafür, dass er dort eingeladen wurde, wo sie ihn treffen konnte. Sie freundete sich mit seinen Freunden an. Da sie seine Cousine Gwen, die Tochter des Duke of Batington, flüchtig kannte, lud sie sie regelmäßig zum Tee ein.

»Ich habe deinen Cousin Pierce auf ein paar Partys getroffen«, sagte sie eines Tages beiläufig.

»Ja, ich glaube, er ist eine Zeitlang zu Besuch«, erwiderte Gwen, ein sehr selbstsicheres, fast schon arrogantes Mädchen. »Ziemlich gut aussehend, findest du nicht?«

»Kann sein … Steht ihr beiden euch nahe?«

»Nein, eigentlich nicht. Ich glaube, niemand steht Pierce besonders nahe. Mit seiner Schwester Prudence habe ich auch kaum zu tun.«

»Habt ihr in eurer Kindheit nicht oft das Elternhaus deiner Mutter besucht?«

»Nur, als mein Großvater noch lebte. Er war so ein Schatz. Aber als Onkel Charles dann das Haus übernahm, ließen wir es. Charles konnte ziemlich … schwierig sein. Und das Haus ist kalt und zugig. Außerdem regnete es ständig, als wir da waren. Irland ist schrecklich!«

Clara räusperte sich und setzte ihre Teetasse ab. »Ich

finde, es wäre nett, wenn du deinen Cousin auf deine Gartenparty am Sonntag einladen würdest.«

»Ja?« Gwen wirkte nicht überzeugt. »Aber wir haben eigentlich nichts gemeinsam.«

»Tja, trotzdem … vielleicht im Dienste der anglo-irischen Beziehungen?«

Also wurde Pierce eingeladen, kam auch und ignorierte Clara den ganzen Tag.

Für das Bankett bei den Bullingdons hatte Clara sich nicht nur vergewissert, dass Pierce auch kam, bevor sie die Einladung annahm, sie hatte auch heimlich dafür gesorgt, dass sie neben ihm saß. Sie dachte, das würde der Wendepunkt sein. Schließlich musste er ihr den ganzen Abend zuhören. Ganz anders als sonst erschien sie früh bei den Bullingdons. Es war ein großer Empfang, und da sie die meisten Gäste kannte, plauderte sie angeregt mit ihnen, behielt dabei aber immer die Tür im Auge. Doch als das Essen aufgetragen war und alle zu Tisch gingen, war Pierce immer noch nicht da. Unglücklich betrachtete sie den leeren Stuhl neben sich. Erst mitten im Hauptgang tauchte Pierce auf. Er erschien ohne weiteres Aufsehen, wechselte ein paar Worte mit den Gastgebern und wurde dann an seinen Platz geführt.

»Verzeihung, ich war in Surrey und wurde aufgehalten«, erklärte er, an seine Sitznachbarn gewandt. Er wirkte überrascht, aber gleichgültig, als er sah, dass Clara neben ihm saß.

»Reisen mit dem Zug aus Surrey sind immer so lästig. Man könnte fast meinen, dass die Züge planmäßig Verspätung haben«, bemerkte Clara mit strahlendem Lächeln.

»Da ich selbst gefahren bin, kann ich auf diese Entschuldigung nicht zurückgreifen«, erwiderte Pierce kühl.

»Sie können ein Automobil fahren? Wie wunderbar, wenn man nicht auf einen Chauffeur angewiesen ist«, sagte Clara, immer noch strahlend.

»In Irland können alle fahren«, entgegnete Pierce abschätzig.

Clara nickte. »Ich mag Surrey. Waren Sie lange dort?«

»Nein.«

»Und was hat Sie nach Surrey geführt?«

»Privatangelegenheiten«, sagte Pierce, und dann widmete er sich seinem Essen und den anderen Sitznachbarn.

Clara bemühte sich nach Kräften, Pierce wieder in ein Gespräch zu verwickeln, bekam aber nur einsilbige Antworten. Obwohl sie merkte, dass er gegenüber den anderen nicht gerade gesprächig war, schien er sich seine Unfreundlichkeit nur für sie aufzuheben.

»Und wann kehren Sie nach Irland zurück, Lord Armstrong?«, fragte ein Major ihm gegenüber, als das Dessert abgeräumt wurde und die Gäste langsam aufstanden.

»Schon bald«, antwortete Pierce.

Clara geriet in Panik.

»Ich freue mich schon«, fügte Pierce hinzu. »In London geht mir alles zu schnell.«

»In Irland stehen Ihnen ja aufregende Zeiten bevor«, mischte Clara sich ein.

»Wieso?« Er sah sie an.

»Nun, das Home-Rule-Gesetz soll doch verabschiedet werden. Ich finde es ja so aufregend, dass Irland wieder sein eigenes Parlament haben wird und seine Angelegenheiten allein regeln kann«, spulte Clara das ab, was sie sich nur ihm zuliebe angelesen hatte.

Pierce starrte sie an. Hocherfreut, endlich seine volle Aufmerksamkeit zu haben, fuhr Clara tapfer fort: »Für Sie ist es bestimmt auch aufregend, nicht nur ein Teil Großbritanniens zu sein, sondern Ihre Angelegenheiten im Innern kontrollieren zu können ...«

Pierce lehnte sich vor, damit die anderen ihn nicht hören konnten. »Offensichtlich haben Sie keine Ahnung, wovon Sie reden, und ich werde nicht meine Zeit damit verschwenden, es Ihnen zu erklären.«

Damit stand er auf, und Clara konnte ihm nur noch blinzelnd hinterherschauen, als er mit den anderen Gästen ins Nebenzimmer ging.

43. KAPITEL

Wieder einmal war Claras Großmutter zum Tee gekommen, und wieder einmal wies sie sie wegen ihres Verhaltens zurecht. Nur ging es diesmal um Pierce Armstrong.

»Man sagt, du würdest diesen Mann schamlos und unermüdlich durch ganz London verfolgen«, tadelte Louisa sie harsch.

Clara spürte, wie ihr die Tränen kamen. Das passierte ihr sonst nie. Normalerweise scherte sie sich auch nicht um das, was ihre Großmutter ihr sagte. Doch jetzt saß sie hier und brach wegen ihrer Bemerkungen über Pierce in Tränen aus!

»Darum musst du dir keine Sorgen mehr machen, Großmutter, denn Pierce zeigt keinerlei Interesse an mir, daher werde ich ihn nicht länger belästigen.« Clara wischte sich die Tränen aus den Augenwinkeln.

»Na, dann wirst du ja doch noch vernünftig, bevor du dein Leben ruinierst.«

»Sie ruiniert doch nicht ihr Leben«, verteidigte Milly sie.

»Du wärst überrascht, wie viele Bewunderer ihr Interesse an Clara verlieren würden, wenn herauskäme, dass Lord Armstrong sie zurückgewiesen hat!«, entgegnete Louisa.

»Ich – ich mochte ihn«, erklärte Clara mit tränenerstickter Stimme.

»Das war schon dein erster Fehler«, gab ihre Großmutter zurück. Dann wurde ihre Miene sanfter, und sie setzte sich zu Clara und legte ihr den Arm um die Schultern.

»Ich habe aus sicherer Quelle gehört, dass der junge Marquis Wellesley dich außerordentlich schätzt, Clara.«

»Cosmo Wellesley? Wir sind Freunde.«

»Nun, ich habe gehört, er wollte dir den Hof machen, du hättest ihm aber nie die Erlaubnis dazu gegeben. Gefällt er dir nicht?«

»Doch, er ist sehr nett und charmant.«

»Na bitte! Und besser könntest du es wirklich nicht treffen! Er entstammt einem der besten Häuser Londons, einem der größten Anwesen Englands. Und Marchioness Wellesley klingt doch auch sehr schön, nicht wahr?«, gurrte Louisa. »Warum lässt du dir nicht von ihm den Hof machen?«

Clara wischte sich die Tränen vom Gesicht und fasste sich wieder. »Ist gut … ich werde mich mit ihm treffen.«

»Ausgezeichnet!«, strahlte ihre Großmutter.

Cosmo Wellesley war so nett und charmant, wie Clara ihn in Erinnerung hatte. Außerdem war er entzückt, ihr den Hof machen zu können. Er konnte sein Glück kaum fassen, dass er sie regelmäßig zu Empfängen und Partys begleiten durfte. Im Grunde war er alles, was sie sich hätte erhoffen sollen, trotzdem drifteten ihre Gedanken immer wieder zu Pierce Armstrong, so sehr sie sich auch dagegen wehrte. Die Gesellschaft reagierte überrascht auf den Umstand, Clara so regelmäßig in Begleitung eines einzigen Mannes zu sehen, und schon bald kamen Gerüchte von einer baldigen Verlobung auf. Hin und wieder traf Clara Pierce auf einem Empfang, doch dann ging sie ihm aus dem Weg. Seine grobe Abweisung schmerzte sie immer noch.

Heute wollte sie Cosmo im Claridge's Hotel treffen, das sie wegen seiner modernen Inneneinrichtung und des Pariser Chics besonders mochte.

Sie saß Cosmo gegenüber in der Mitte des Restaurants und ließ sich mit Geschichten vom Militär unterhalten, wo er eine hochrangige Position hatte, da sah sie, dass Pierce hereinkam. Sie ignorierte ihn – genauso wie den Aufruhr ihrer Gefühle. Er ging quer durchs Restaurant und gesellte sich zu Robert Keane, der schon auf ihn wartete.

»Wie ich sehe, ist auch deine Bewunderin hier«, bemerkte Robert grinsend zu Pierce.

Pierce sah sich um und entdeckte Clara. »Das verdammte Weib!«, sagte er abschätzig.

»Tja, aber du brauchst dir ihretwegen wohl keine Sorgen mehr zu machen. Offenbar ist es zwischen Cosmo Wellesley und ihr ziemlich ernst. Es könnte bald eine Ankündigung geben.«

»Cosmo Wellesley?« Pierce' Blick schoss von der Speisekarte hoch. Er drehte sich um und sah Claras Begleiter an.

Er erkannte Cosmo und wurde sofort von Erinnerungen überflutet.

Pierce hatte die Zeit als Schüler im Internat genossen. Er war immer selbstbewusst und selbstbeherrscht gewesen, und als er nach England geschickt wurde, nahm er dort eine Position ein, die wie für ihn geschaffen schien. Der junge Viscount war beliebt, kam aus einer weithin geachteten Familie und hatte Erfolg in der Schule und auf dem Sportplatz. All das hielt Pierce für selbstverständlich.

Doch als sein Vater starb, blieb er ein ganzes Jahr der Schule fern, weil so viel auf dem Anwesen zu regeln war. Seine Mutter und seine Schwester brauchten bei all den juristischen Angelegenheiten Beistand, und da zur gleichen Zeit unter dem Wyndham Land Purchase Act der letzte Rest der riesigen Anwesen an die Pächter verkauft werden musste, wollten die Treuhänder sichergehen, dass der neue Lord Armstrong die Vorgänge verstand und billigte.

Aber als er wieder ins Internat kam, musste er erkennen, dass ein neuer Schüler seinen Platz eingenommen hatte: Cosmo Wellesley. Seine Familie war aus Indien zurückgekehrt, wo sein Vater ein wichtiges politisches Amt innegehabt hatte. Noch nie hatte Pierce jemanden wie Cosmo kennengelernt. Der Junge hatte ungeheures Charisma, war ein ausgezeichneter Schüler, ein unschlagbarer Sportler und unglaublich beliebt. Er war der neue Star der Schule, und Pierce war nach seinem Jahr Auszeit völlig vergessen. Pierce blieb nichts anderes übrig, als Cosmo von der Seitenlinie zu beobachten, und sein Groll auf ihn wuchs immer mehr. Cosmo hatte ihm den Rang abgelaufen. Pierce versuchte zwar, seine alte Position wiederzuerlangen, doch gegen Cosmos Glanz und Gloria hatte er keine Chance.

Und dann schien Cosmo zu spüren, dass Pierce ihm grollte. Er wusste, dass Pierce vor seiner Ankunft die Position gehabt hatte, die er jetzt innehatte, war aber nicht bereit, sie ihm wieder abzutreten – im Gegenteil. Cosmos Vater hatte als Militärstratege in Indien gedient, und Cosmo hatte sein strategisches Denken geerbt. Listig und unauffällig begann er, Pierce' Position weiter zu untergraben, und machte ihn im Laufe der Zeit so unbeliebt bei seinen Mitschülern, dass er schließlich als Außenseiter endete und nach der Schule nicht studierte, sondern nach Irland zurückging, um das, was ihm von seinem Besitz geblieben war, zu verwalten und das Leben eines anglo-irischen Lords zu führen. Cosmo hingegen hatte natürlich einen ausgezeichneten Universitätsabschluss gemacht und danach eine steile Karriere beim Militär.

Als Pierce jetzt Cosmo und Clara im vertrauten Gespräch sah, stiegen Groll und Neid wieder in ihm auf.

»Wirklich? Eine Ankündigung?«, fragte er. »Er will sie heiraten?«

»Wie ich gehört habe, auf jeden Fall, falls sie denn ja sagt. Aber wenn ich die beiden so ansehe, dann meine ich, Clara wird ja sagen und endlich unter die Haube kommen.«

44. KAPITEL

Clara saß im Salon und blätterte durch Zeitschriften mit Brautmoden. In letzter Zeit änderte sich die Mode so oft, dass sie nicht wusste, wofür sie sich entscheiden sollte, wenn Cosmo und sie bald heiraten wollten.

Da erschien der Butler. »Verzeihung, Miss Clara, aber Sie haben Besuch. Lord Armstrong.«

Clara ließ fast die Zeitschrift fallen. Dann saß sie eine Weile nur schweigend da.

»Miss Clara?«, fragte der Butler.

»Äh, ja, bitte führen Sie ihn herein.« Sie legte rasch die Zeitschriften beiseite, prüfte ihr Aussehen im Spiegel und wandte sich um, als Pierce vom Butler hereingeführt wurde.

»Es tut mir schrecklich leid, dass ich einfach hier so hereinplatze. Aber Robert meinte, Sie wohnten hier, und da ich gerade in der Nähe war, dachte ich, nun, ich dachte, warum schaue ich nicht einfach mal vorbei?«

»Äh … ja, warum nicht?« Clara lächelte und breitete einladend die Hände aus. Sie wandte sich zum Butler. »Könnten Sie uns wohl Tee und Erfrischungen bringen?«

»Ja, Miss Clara.«

»Bitte – äh, nehmen Sie doch Platz, Lord Armstrong«, bat Clara.

Sie setzten sich einander gegenüber. Eine Zeitlang sagte keiner von ihnen etwas.

»Schönes Wetter – für die Jahreszeit«, bemerkte Clara schließlich. Bei dem Gespräch, das sich nun entspann, musste sie vorsichtig sein und sich strikt an unpersönliche Themen halten. Sie mied Fragen, um nicht neugierig zu erscheinen, und persönliche Meinungen, weil er diese bereits verächtlich abgetan hatte. Als ungefährliches Gesprächsthema blieb ihnen im Grunde nur ihr gemeinsamer Freund Robert Keane, dessen Vorzüge man loben konnte.

»Ein großartiger Freund«, sagte Pierce.

»Einer, mit dem man Pferde stehlen kann«, versicherte Clara.

»Grundanständig«, erklärte Pierce.

»Herzensgut«, bestätigte Clara.

»Ruhig und beständig«, ergänzte Pierce.

»Und doch so unterhaltsam«, fügte Clara hinzu.

Dann verfielen sie in Schweigen.

»Tee?«, fragte Clara lächelnd und nahm die Kanne.

Trotz der angestrengten Konversation war sie vollkommen von ihm gefesselt, denn er schien sie zum ersten Mal wirklich wahrzunehmen. Sie bemerkte, dass er sie aufmerksam betrachtete.

»Ihr Vater arbeitet in der Stadt?«, fragte Pierce und erfasste die luxuriöse Gestaltung des Salons.

»Ja.«

»Und Keane hat erzählt, Sie hätten zwei Brüder?«

»Ja, einen älteren, der Arzt ist, und einen jüngeren, den ich als Haustier missbrauche«, erklärte sie lächelnd. »Stammen Sie aus einer großen Familie?«, fragte sie, obwohl sie die Antwort schon wusste.

»Ich habe nur eine ältere Schwester.«

»Verheiratet?«

»Nein, sie lebt noch auf unserem Familienbesitz in Irland.«

»Aber doch bestimmt nicht mehr lange. Ich bin sicher, sie hat viele Bewunderer.« Clara betrachtete Pierce' fein gemeißelte Züge und stellte sich vor, dass seine Schwester eine Schönheit sein musste. Ehrlich gesagt fragte sie sich, wie sie so lange hatte unverheiratet bleiben können, ohne in eine Ehe gezwungen zu werden.

»Das weiß ich wirklich nicht«, entgegnete Pierce kurz angebunden, worauf Clara sich hätte ohrfeigen mögen, denn jetzt wirkte er irgendwie wütend auf sie. Sie wünschte, sie wäre auf sicherem Terrain geblieben und hätte weiterhin über Robert Keane gesprochen.

»Ich habe gehört, Sie gehen gerne ins Theater«, setzte Pierce neu an.

»O ja, ich liebe es«, bestätigte sie lächelnd.

»Ich habe Karten fürs Palladium und mich gefragt, ob Sie mich nächsten Donnerstag wohl begleiten möchten?«

Sie blinzelte mehrmals, weil sie glaubte, sich verhört zu haben.

»J-ja. Wenn Sie meinen, gern.«

Clara achtete kaum darauf, was sich auf der Bühne des Palladiums abspielte. Sie war viel zu abgelenkt, weil Pierce ihr so nahe war.

Sie hatte es aufgegeben, seine Aufmerksamkeit zu gewinnen, und nun fragte sie sich, warum er plötzlich an ihr interessiert zu sein schien. Halb hatte sie schon gehofft, wenn sie erst etwas Zeit mit ihm verbrächte, würde seine Wirkung auf sie verfliegen. Doch vergeblich.

Danach fuhr er sie mit dem Taxi nach Hause und begleitete sie bis zur Haustür.

»Ich habe mich gefragt, ob Sie nächste Woche Zeit hätten?«, sagte er. »Wir könnten bei Fortnum & Mason zusammen Mittag essen.«

»Nun, ja, eigentlich gern … aber ich dachte, Sie wollten bald nach Irland zurück?«

»Ich denke, das verschiebe ich noch etwas«, erwiderte er lächelnd und kehrte zum Taxi zurück.

In den nächsten drei Wochen trafen Clara und Pierce sich regelmäßig, um essen oder im Hyde Park spazieren zu gehen. Sie fand seine Gesellschaft nicht uneingeschränkt angenehm. Sie fühlte sich nicht so unbefangen wie bei anderen, denn er war immer sehr ernst. Zwar sah er so aus wie ein Partylöwe, aber das war er nicht – ganz im Gegenteil. Verglichen mit anderen versuchte er nie, ihr zu imponieren. Vielleicht fand sie das so faszinierend an ihm.

»Ist Ihre Familie nicht da?«, fragte Pierce Clara, als sie bei ihr im Speisezimmer Tee tranken.

»Sie ist zu Besuch bei meiner Großmutter.«

Da starrte Pierce sie durchdringend an, neigte sich plötzlich zu ihr, packte sie und gab ihr einen Kuss.

»Pierce!«, rief sie.

Er zog sich zurück und sah sie kühl an. »Ja?«

Daraufhin neigte sie sich vor und küsste ihn auch.

Als Pierce später Clara verließ und die Straße hinunterging, sah er, wie an ihrem Haus ein Wagen vorfuhr. Dann sah er, dass Cosmo Wellesley aus dem Wagen stieg und mit Pralinen und Blumen die Treppe hinaufeilte. Wut überkam ihn, als Cosmo im Haus verschwand.

Clara und Pierce schlenderten über die Galerie im Covent Garden. Unter ihnen spielten Straßenmusiker, und sie lehnten sich ans Balkongeländer, um ihnen zuzuhören.

»Clara, wissen Sie, dass am nächsten Donnerstag bei den Keanes eine Party stattfindet?«

»Ja.« Sie sah ihn an.

»Ich habe mich gefragt, ob Sie mit mir dorthin gehen würden.«

Sie dachte eine Weile angestrengt nach und beschloss dann, ehrlich zu sein. »Ich fürchte, ich kann nicht, Pierce. Ich gehe schon mit Cosmo Wellesley hin.«

»Verstehe.«

»Kennen Sie ihn?«

»Nur flüchtig.«

»Pierce, ich habe unsere gemeinsame Zeit sehr genossen. Aber ich muss Ihnen sagen, dass es zwischen Cosmo und mir ein Einverständnis gibt.«

»Ein Einverständnis?«

»Wir haben darüber gesprochen zu heiraten.«

»Verstehe.«

»Es wäre Ihnen und auch Cosmo gegenüber unfair, wenn ich Sie weiter treffen würde.«

»Und möchten Sie unsere Treffen denn aufgeben?«

Sie sah ihn an. »Nein.«

»Und wenn ich Sie um Ihre Hand bäte? Was würden Sie dann sagen?«

»Ich würde – ja sagen.«

Als Clara von ihrer Verlobung erzählte, gab es ein Familientreffen mit ihren Eltern und ihrer Großmutter.

»Aber was ist denn mit dem armen Cosmo?«, fragte Louisa.

»Ich mag Cosmo sehr, doch meine Gefühle für ihn reichen nicht.«

»Für Pierce Armstrong aber schon?«, fragte ihre Großmutter ungläubig. »Du könntest schließlich jeden haben. Warum gibst du dich ausgerechnet mit ihm zufrieden?«

»Ich gebe mich nicht mit ihm zufrieden! Ich liebe ihn!«

»Ach herrje. Wie oft habe ich dir schon gesagt, dass es meiner Erfahrung nach die schlechtesten Ehen sind, wenn Liebe im Spiel ist. Clara, den Armstrongs ist nichts mehr geblieben außer einem riesigen baufälligen Haus, einer kleinen Farm und einem kaltherzigen Mann mit einer merkwürdigen Schwester.«

»Pierce ist nicht kaltherzig, sondern nur reserviert«, verteidigte Clara ihn. »Und seine Schwester Prudence kennen wir nicht, also ist es unhöflich, so über sie zu reden.«

»Aber Clara, hast du das Ganze denn gründlich durchdacht?«, fragte ihre Mutter flehend. »Du wirst London verlassen, deine Familie und all deine Freunde, um in Irland auf dem Land zu leben. Dort gibt es keine Geschäfte, keine Theater, keine Restaurants und auch kein Claridge's!«

»Aber nach dem, was ich gehört habe, ist das Haus wunderschön, die Landschaft atemberaubend, in der nahe gelegenen Stadt Castlewest gibt es alles, was ich brauche, und Dublin ist auch nicht weit weg!«

»Man kann nicht mit ihr reden«, seufzte ihre Großmutter. »Sie ist fest entschlossen. Na, zumindest bekommt sie den Titel. Lady Armstrong«, seufzte sie noch einmal.

45. KAPITEL

Da Claras Mutter und ihre Großmutter bei der Planung der Hochzeit nichts dem Zufall überließen, ging alles glatt über die Bühne. Doch erst als Clara vor dem Altar stand und Pierce sagen hörte: »Ich will«, konnte sie wieder normal atmen.

Ihr war, als hätte sie die gesamten vergangenen Monate befürchtet, er könnte es sich anders überlegen. Sie hatte immer das Gefühl gehabt, ihn nicht wirklich zu haben, obwohl sie doch verlobt waren und ihre gesamte Existenz auf ihn ausgerichtet wurde.

Als sie also von ihm aus der Kirche geführt wurde, war sie unglaublich erleichtert und fühlte sich wie die glücklichste Frau der Welt.

Dann, während sie strahlend auf der Treppe vor der Kirche stand und die Glückwünsche ihrer Gäste entgegennahm, stellte Pierce ihr plötzlich eine Frau vor.

»Clara, dies ist meine Schwester Prudence.«

Der Anblick der Frau war für Clara ein Schock. Sie hatte erwartet, Prudence wäre ein weibliches Spiegelbild von Pierce, eine atemberaubende Schönheit, doch sie sah ihrem Bruder nicht im Geringsten ähnlich, sondern wirkte älter, energisch und trug ein leicht schäbiges Kleid.

»Ich freue mich sehr, dich kennenzulernen!« Sie umarmte Prudence und küsste sie auf die Wange. »Pierce hat mir schon alles über dich erzählt.« Dabei hatte Pierce sie kaum erwähnt. »Ich weiß, wir werden die besten Freundinnen werden.«

»Natürlich«, erwiderte Prudence lächelnd.

Auf dem nachfolgenden Empfang fragte ihr Vater irgendwann: »Hat jemand Pierce gesehen?«

»Offenbar hat er sich unter die Gäste gemischt, und es sind so viele, dass ich ihn nicht sehen kann«, antwortete Clara und überflog die Menge.

Als sie nach ihm suchte, entdeckte sie Cosmo in einer Ecke. Sie setzte sich zu ihm.

»Armer Cosmo!« Sie strich ihm das Haar aus der Stirn. »Wirst du mir je verzeihen können?«

Er zwang sich zu einem Lächeln. »Ich könnte niemals böse auf dich sein, Clara. Ich hoffe nur, dass du dich richtig entschieden hast.«

»Das habe ich.«

»Pass auf dich auf, Clara, da oben, und mit ihm … Solltest du jemals einen Freund brauchen, so bin ich immer für dich da.«

Sie lächelte ihn an und gab ihm einen Kuss auf die Wange.

46. KAPITEL

Clara betrachtete durch das Zugfenster die wunderschönen Landschaften ihrer neuen Heimat und wurde mit jeder Meile, die sie sich ihrem Haus näherten, aufgeregter.

»Bist du nicht auch aufgeregt, nach Hause zu kommen?«, fragte sie Pierce.

»Nicht besonders«, antwortete er.

»Da sind wir«, sagte er später, als sie in den Bahnhof von Castlewest einfuhren. Es war ein schöner Maimorgen.

Auf dem Bahnsteig suchte Pierce in der Menge seinen Chauffeur. Da viele Fahrgäste ausstiegen, wimmelte es von Menschen.

»Joe!«, brüllte Pierce plötzlich, woraufhin ein junger Bursche, der auf einer Bank ein Nickerchen gemacht zu haben schien, aufsprang und zu ihnen rannte.

»Hast du etwa geschlafen?«

»Nein, Sir, ich hab nur die Augen vor der Sonne zugekniffen.« Joe nahm das Gepäck.

»Hallo, Joe«, sagte Clara und lächelte ihm freundlich zu.

Joe sah sie entgeistert an, bevor er stotterte: »Mylady.«

»Los, los, zum Wagen. Ist das restliche Gepäck schon aus London gekommen?«, fragte Pierce.

»Ja, Sir, letzte Woche«, antwortete Joe.

Dann lud er ihr Gepäck in den Kofferraum, ehe er die Tür für sie aufhielt.

»Danke«, sagte Clara lächelnd und nahm im Wagen Platz.

Joe zündete den Motor und fuhr los. Als sie über die Hauptstraße fuhren, bekam Clara den Eindruck, dass Castlewest eine große, blühende Stadt war. Es gab unendlich viele Geschäfte, die alle von offenbar zufriedenen Kunden besucht wurden. Zwar war die Extravaganz von Harrods und Selfridges von nun an nur noch in Ausnahmefällen für sie erreichbar, doch sie war sicher, dass sie hier alles bekam, was sie brauchte. Der Wagen fuhr aus der Stadt und ins Grüne zu ihrem Haus. Clara staunte über die sanft geschwungene Landschaft, die Hügel auf einer Seite der Straße und auf der anderen den glitzernden blauen See, der hin und wieder zu sehen war.

»Es ist genau so, wie ich es mir vorgestellt habe. Ich kann es gar nicht erwarten, das alles zu malen«, sagte sie.

»Früher gehörte alles Land im gesamten Umkreis uns«, bemerkte Pierce, als der Wagen gerade durch ein malerisches Dorf fuhr. »Sogar dieses Dorf. Es wurde von meinem Urgroßvater Edward für die Arbeiter des Anwesens gebaut.«

Clara hörte eine Spur von Verlustgefühl in seiner Stimme.

Anschließend fuhren sie durch ein großes Steintor und eine gewundene Auffahrt hinauf. Als sie zum See kamen und ihn umrundeten, sah sie am anderen Ufer das Haus.

Endlich waren sie da.

Clara stockte der Atem, als sie zu dem majestätischen Herrenhaus aufblickte.

Joe sprang aus dem Wagen, nahm die Koffer und trug sie die Treppe hinauf ins Haus.

Clara verließ ebenfalls den Wagen, sah sich um und ging dann neugierig zu den Balustraden am Rand der Auffahrt. Der Ausblick war überwältigend. Der See schien sich meilenweit in die hügelige Landschaft zu erstrecken, und unter ihr befanden sich etliche schön angelegte Terrassen mit ausgedehnten Park- und Gartenanlagen zu beiden Seiten. Auf der Höhe der ersten Terrasse konnte sie hinter ein paar Bäumen auch einen Tennisplatz entdecken.

»Clara!«

Sie eilte zu Pierce zurück.

»Du bist also wieder da!«, ertönte eine laute Stimme.

Clara erschrak. In der offenen Eingangstür stand Prudence und blickte auf sie herab.

»Gerade angekommen«, erwiderte Pierce und ging die Treppe hinauf.

Clara folgte ihm und lächelte Prudence zu. »Hallo.«

»Ihr seid spät dran, nicht wahr? Ich hatte euch schon vor ein paar Stunden erwartet«, erklärte Prudence.

»Wir wurden in Longford aufgehalten, der Zug hatte eine Panne, musst du wissen«, bemerkte Pierce.

Prudence blickte resigniert zum Himmel und sagte: »Muss ich das wissen?«

Lächelnd ging Clara an Prudence vorbei und betrat das Haus. Dann blieb sie stehen und nahm den Anblick der riesigen Eingangshalle und die Atmosphäre in sich auf. Sie blickte zu den vielen Porträts an der Wand.

»Tja, dann kommt mal ins Wohnzimmer. Ich bestelle uns Tee, ihr seid sicher kurz vorm Verhungern«, sagte Prudence.

Clara und Pierce folgten ihr ins Wohnzimmer auf der rechten Seite der Halle. Es war ein großer, heller Raum, der mit kostbaren Antiquitäten eingerichtet war. Prudence betätigte den Klingelzug.

Clara nahm Hut und Mantel ab und setzte sich. Eine Minute später erschien der Butler, ein Mann in den Fünfzigern.

»Fennell, bringen Sie uns Tee und ein paar Sandwichs«, befahl Prudence. »Mit dem Fasan, der vom gestrigen Abendessen übriggeblieben ist.«

»Sehr wohl«, erwiderte Fennell und ging.

Clara fand es seltsam, dass sie Fennell nicht vorgestellt worden war. Ohnehin fühlte sie sich irgendwie wie ein Gast im Haus ihres Mannes.

»Mit Fennell wird es immer schlimmer«, sagte Prudence zu Pierce. »Ich weiß nicht, ob er einfach alt ist oder unverschämt, jedenfalls scheint er mir in letzter Zeit fast wütend, wenn ich ihm etwas befehle. Ich würde ihn sofort rausschmeißen, aber gute Butler sind schwer zu finden.«

»Vor allem für das, was wir an Lohn bieten«, nickte Pierce.

»Ach, es wird schon gehen. Im Vergleich zu den jüngeren Dienern verrichtet er seinen Dienst geradezu begeistert«, sagte Prudence.

Ein Dienstmädchen trug ein Tablett mit Sandwichs herein, während Fennell den Tee brachte und ihn auf dem Tisch vor ihnen abstellte. Die junge Frau goss den Tee in drei Tassen aus feinem Porzellan. Dabei ertappte Clara sie, wie sie sie anstarrte.

Prudence lehnte sich mit ihrer Tasse zurück und musterte Clara. »Nun, ich weiß nicht, was du hier den ganzen Tag tun willst, ohne vor Langeweile umzukommen.«

»Ach, ich brauche nicht viel zu meiner Unterhaltung.«

»Da habe ich aber etwas anderes gehört«, erwiderte Prudence.

Clara fragte sich, was sie gehört hatte.

»Ich freue mich sehr auf mein neues Leben hier«, sagte Clara.

»Interessierst du dich für Pferde?«, fragte Prudence.

»Ich fürchte nicht.«

»Aber du jagst doch?«

»Nein, ich war noch nie auf einer Jagd.«

»Noch nie auf einer Jagd?«, wiederholte Prudence ungläubig.

»Ich fürchte nicht.«

»Aber dann ist ein großer Teil des gesellschaftlichen Lebens für dich ausgeschlossen.«

»Ich habe nichts übrig für blutige Sportarten.«

»Nichts übrig für blutige Sportarten?«

»Ich fand es schon immer grausam, einen armen Fuchs einfach so zu jagen.«

»Der Fuchs ist die Geißel der Bauern! In Gegenwart unserer Freunde und Nachbarn würde ich solche Ansichten für mich behalten – sonst wirst du hier sehr unbeliebt. Hier dreht sich alles ums Angeln, Schießen und Jagen.«

Clara senkte den Blick und nippte an ihrem Tee.

»Wie willst du dann deine Zeit ausfüllen?«

»Ich will Pierce eine gute Frau sein, das Haus führen, Gäste einladen –«

»Verstehe!«

»Und ich male. Malen ist meine Leidenschaft. Ich freue mich schon sehr darauf, die Landschaft hier zu malen.«

Prudence sah Clara an, als hätte sie den Verstand verloren, und sagte: »Malen? Ach was!«

Clara war hocherfreut, als sie sah, dass ihr gesamtes Gepäck aus London schon im Schlafzimmer auf sie wartete. Sie ging durch das riesige Zimmer zum vorderen Fenster und blickte hinaus auf den See.

Dann drehte sie sich um und sah zum Himmelbett. Dort saß Pierce und zündete sich eine Zigarette an. Lächelnd ging sie zu ihm und umarmte ihn.

»Davon habe ich geträumt – mit dir hier in deinem Haus zu sein«, bekannte sie.

»Ach wirklich?« Er sah sie verwirrt an. »Wo dir doch London zu Füßen lag?«

»Das bedeutete mir nichts. Ich wollte nur mit dir zusammen sein. In deiner Nähe. Und es hat mir das Herz gebrochen, als ich dachte, du interessiertest dich nicht für mich.«

»Es hat dir das Herz gebrochen?« Pierce lachte höhnisch auf. »Warum muss heutzutage alles immer so übertrieben werden? Man kann nicht mehr einfach nur traurig sein oder unglücklich … nein, es wird einem gleich das Herz gebrochen!«

Ihr Lächeln schwand. Plötzlich kam sie sich dumm vor. Sie löste sich von ihm. Rasch ging sie zu einem ihrer Koffer und öffnete ihn.

»Es wird eine Ewigkeit dauern, alles auszupacken«, sagte sie und achtete darauf, dass er nicht mitbekam, wie aufgebracht sie war.

Er stand auf und schlenderte zur Tür. »Na, dann hast du ja was zu tun.«

In den nächsten Tagen erkundete sie Haus und Grundstück. Die Porträts in der Halle faszinierten sie. Daher bat sie Pierce, ihr zu erklären, wer wo abgebildet war.

»Das hier sind mein Urgroßvater Edward und seine Frau Anna. Er hat dieses Haus für sie gebaut, als Hochzeitsgeschenk.«

»Wirklich? Wie romantisch!«, sagte Clara.

»Während der Hungersnot zeigte er unglaubliche Nachsicht mit den Pächtern. Genau wie meine Urgroßmutter Anna, die ihr ganzes Leben lang unermüdlich für die hiesigen Bewohner gearbeitet hat. Und wie haben sie uns diese Großzügigkeit gedankt? Indem sie meinen Vater erschossen – Edwards und Annas Enkel.«

Clara hörte tiefe Verbitterung in seiner Stimme. Sie hätte ihn gern nach näheren Einzelheiten gefragt, wollte ihn aber nicht noch mehr aufbringen.

»Sie wirken freundlich«, bemerkte Clara, als sie das Bild

betrachtete. »Aber auch traurig. Es ist etwas Trauriges in ihren Gesichtern … in ihren Augen.«

»Herrgott noch mal, das ist doch nur der Eindruck, den der Künstler von ihnen hatte … wahrscheinlich waren sie traurig, weil sie so lange für das verdammte Porträt posieren mussten!«

Clara lächelte ihn an, dann gingen sie zum nächsten Bild, das einen Mann mit hellen Haaren und haselnussbraunen Augen zeigte.

»Das ist ihr Sohn Lawrence, mein Großvater.«

»Ein sehr gut aussehender Mann.«

»Kann sein.«

»Du siehst ihm ähnlich, bis auf deine dunklen Augen.«

»Wirklich?«, fragte er gleichgültig. »Er war das einzige Kind von Anna und Edward. Ein großer Geschäftsmann. Außerordentlich schlau. Unter ihm lief das Gut wie ein Uhrwerk, er baute das Familienvermögen auf.«

Dann kamen sie zu einem Bild mit sechs jungen Leuten, die glücklich und verwöhnt wirkten.

»Das sind Lawrence' Kinder. Da er es immer gehasst hatte, Einzelkind zu sein, wollte er eine große Familie. Das sind meine Tanten und Onkel, und dies hier« – er zeigte auf einen trotzig wirkenden jungen Mann in der Mitte – »ist mein Vater Charles. Sie waren in ihrer Jugend alle unglaublich beliebt und haben ausnahmslos gute Partien gemacht.«

Clara dachte an ihre Freundin Gwen, Pierce' Cousine, deren Mutter eine dieser Jugendlichen gewesen war und einen Duke geheiratet hatte.

»Als sie heirateten, zogen sie alle fort: nach Dublin, London und sogar nach Newport in Amerika. Nur mein Vater blieb zurück.«

Sie gingen zum nächsten Porträt, das einen jungen Mann mit unversöhnlichen dunklen Augen und herausfordernder Miene zeigte. »Noch mal mein Vater Charles. Er erbte den Besitz und den Titel und gab sein Bestes, um alles so zu erhalten, wie es war. Aber dafür wurde er erschossen.«

»Hat man den – Mörder je gefasst?«

»Nein. Es war einer der Pächter, der uns den Reichtum und die Macht neidete.« Pierce wandte sich rasch von dem Porträt ab. »So, jetzt kennst du unsere Familiengeschichte.«

»Und wo ist dein Porträt, Pierce? Warum hängt kein Bild von dir hier?« Sie sah ihn lächelnd an.

»Von mir?« Er sah sie an, als hätte sie den Verstand verloren. »Auf der langen Liste all der Dinge, für die wir Geld aufwenden müssen, steht ein Porträt ganz unten.«

»Aber die Bilder unserer Kinder werden doch eines Tages hier hängen. Wie viele Kinder möchtest du, Pierce?«

»Darüber habe ich noch nicht nachgedacht – wahrscheinlich nur den unvermeidlichen Erben.«

»Ach, aber ich will viel mehr!«

Er sah sie misstrauisch an. »Ich glaube nicht, dass Prudence' Nerven ein Haus voller Kinder aushalten würden. Und meine wahrscheinlich auch nicht.«

»Wenn sie erst mal da sind, denkst du bestimmt anders darüber.«

»Außerdem geben wir ohnehin schon zu viel Geld fürs Personal aus – momentan können wir uns kein Kindermädchen und was noch alles leisten.«

Clara erkundete weiter das Haus und machte sich mit allem vertraut.

Sie war gerade in der Bibliothek, als es immer wieder an der Tür klingelte. Da anscheinend weder Fennell noch ein anderer Dienstbote öffnen würde, ging sie durch die Halle und machte selbst auf. An der Tür stand ein junger Bursche mit einem Karton Lebensmittel.

»Lieferung, Ma'am, von Casey's Grocer's.«

»Oh, es scheint niemand da zu sein. Vielleicht stellen Sie es einfach hier auf die Kommode.« Sie trat einen Schritt zurück, um ihn einzulassen.

»Du da!«, rief Prudence schrill, als sie die Treppe herunterkam, worauf Clara und der Junge zusammenschraken. »Was machst du da?«

»Lieferung von Casey's«, wiederholte der Junge.

»Das habe ich ja noch nie erlebt! Kommst einfach zur Vordertür? Jetzt machst du kehrt und gehst zur Hintertür, wo du und deinesgleichen hingehört!«

Verlegen drehte sich der Junge um.

»Hat Casey dir nicht gesagt, wohin du gehen sollst?«, fragte Prudence.

»Nein, Ma'am.«

»Der Idiot!« Prudence knallte die Tür hinter ihm zu und starrte Clara anklagend an. »Und du lässt ihn auch noch herein, als wäre er der Prinz von Wales!«

»Ich wusste es doch nicht«, erklärte Clara und wunderte sich über den Aufruhr.

»Weißt du was? Dieser Casey nimmt sich ziemlich viel heraus. Aber dem werde ich was erzählen!« Prudence ging zum Telefon auf einem Beistelltisch und bat die Telefonistin um eine Verbindung.

»Casey? Hier spricht Lady Prudence«, sagte sie, als sie endlich durchgestellt wurde. »Jetzt hören Sie mal: Sie haben mir den Einfaltspinsel mit den Lebensmitteln geschickt, und der besaß doch glatt die Frechheit, an der Vordertür aufzutauchen. Sorgen Sie dafür, dass in Zukunft alle Lieferungen zur Hintertür kommen … Danke … unsere Rechnung? … Was ist damit? … Nur sechs Monate überfällig? … Mr Casey, meine Familie kauft schon seit über einem Jahrhundert in Ihrem Laden ein, und Sie wagen es, mit mir über so etwas Banales sprechen zu wollen? … Aber bitte doch … Es gibt viele andere Läden, die hocherfreut wären, uns beliefern zu dürfen, also überlegen Sie sich in Zukunft besser, mit wem Sie gerade sprechen.«

Damit knallte sie den Hörer auf.

»Ist das zu glauben? Er fängt doch tatsächlich von seiner Rechnung an! Genau das ist das Problem, verstehst du, hier weiß niemand mehr, wo sein Platz ist. Dies ist eine Nation aus schäbigen Krämern geworden, um Napoleon zu zitieren. Kannst du dir vorstellen, wie das erst wird, wenn die ihr eigenes Parlament in Dublin bekommen?«

Damit machte sie auf dem Absatz kehrt und ließ die völlig verblüffte Clara stehen.

47. KAPITEL

Als Clara ein paar Tage später die Treppe hinunterkam und durch die Halle ging, hörte sie Stimmen in der Bibliothek. Da die Tür nur angelehnt war, erkannte sie, dass Pierce und Prudence sich unterhielten.

»So«, sagte Prudence, »dann lass uns mal Klartext reden. Was ist sie wert, was hat sie mitgebracht?«

»Nichts«, antwortete Pierce.

»Wie bitte?«

»Sie hat kein Geld.«

»Ich bin nicht in Stimmung für Scherze, Pierce. Sie stammt aus der Familie von Charter's Chocolate & Confectionery, also muss sie ein Vermögen wert sein.«

»Ja, sie ist eine von ihnen, aber keine Erbin.«

»Aber die Hochzeit hat doch Unsummen gekostet!«

»Ihre Eltern sind zwar reich, aber ich glaube, ein Großteil des Vermögens wird an den ältesten Sohn gehen, wie üblich. Wahrscheinlich bekommt Clara auch etwas, allerdings nicht den Hauptanteil, sondern höchstens ein kleines Legat von ihrer Familie.«

»Das ist dein Ernst, nicht wahr?« Prudence klang entsetzt.

»Ja.«

»Warum zum Teufel hast du sie dann geheiratet?«, schrie Prudence.

»Ich hatte meine Gründe.«

»Pierce, wir haben dich nach London geschickt, damit du eine Erbin auftreibst!«

»Und ich habe viele aufgetrieben – aber keine geheiratet. Es läuft nicht immer alles nach Plan, Prudence. Ich hab keine Millionärin zum Heiraten gefunden. Denn die wachsen nicht auf Bäumen, weißt du?«

»Das glaube ich nicht. Mit deinem Aussehen, deinem Titel und unseren Beziehungen hätten sie doch Schlange stehen müssen! Ich hab doch gesehen, wie die Frauen dich anstarren!«

»Tja, aber es ist sinnlos, noch weiter darüber zu reden. Vorbei ist vorbei, ich habe Clara geheiratet.«

»Aber wieso? Sie ist für uns so nützlich wie eine kaputte Teekanne. Und dann ihre Schrullen und Macken! Dieses Mädchen wurde dazu erzogen, einen Mann zu finden, der es finanziell und auch in jeder anderen Hinsicht versorgt. Begreifst du nicht, dass ihr beide euch nicht geben könnt, was ihr braucht? Ihr beide braucht nämlich dasselbe!«

»Jemanden mit Geld?«, fragte er zynisch.

»Jemanden, der Geld hat und lebenstüchtig ist, verdammt noch mal!«

»Ich bin doch nicht käuflich, Prudence.«

»Ich weiß nicht, was wir jetzt machen sollen. Eine anständige Partie hätte uns noch gerettet. Aber jetzt muss ich eines der Zimmermädchen entlassen, der Chauffeur ist auch ein überflüssiger Luxus, und die neuen Wasserleitungen können wir ganz vergessen! Und wer weiß, wie viel Steuern das neue Parlament in Dublin für uns vorgesehen hat!«

Als Clara hörte, dass Prudence' Stimme sich der Bibliothekstür näherte, versteckte sie sich unter der Treppe. Kurz darauf sah sie, wie ihre Schwägerin aus dem Haus marschierte.

Danach floh Clara zum See, wanderte am Ufer entlang und dachte über das Gehörte nach.

Nun endlich verstand sie alles. Pierce war in London gewesen, um reich zu heiraten – vielleicht hatte er deshalb anfangs Desinteresse geheuchelt. Sie dachte wieder an seine Antwort auf Prudence' Frage, warum er sie geheiratet habe: Ich hatte meine Gründe. Doch konnte es einen anderen Grund geben als Liebe?

Endlich hatte sie ihre erhoffte Bestätigung, endlich wusste sie, dass er sie liebte. Mehr brauchte sie nicht.

48. KAPITEL

Clara zu Ehren wurde eine Gartenparty veranstaltet, um sie den Freunden und Nachbarn der Armstrongs vorzustellen, von denen es viele nicht zur Hochzeit in London geschafft hatten.

Den ganzen Tag mischte sich Clara unter die Menge und machte sich mit den Gästen bekannt. Wenn sie eines wusste, dann, wie man sich bei solchen Gelegenheiten benahm, und so lächelte und plauderte sie sich durch den Nachmittag. Zwar begegneten ihr alle freundlich und höflich, doch offenbar hatte sie nur sehr wenig mit ihnen gemeinsam. Außerdem meinte sie bei den jüngeren Frauen unterschwelligen Groll zu spüren, und als sie sah, wie sie um Pierce' Aufmerksamkeit buhlten, konnte sie sich denken, dass sie ihr ihre Heirat mit ihm verübelten.

»Kommen Sie nächstes Wochenende zur Regatta, Clara?«, fragte Mrs Foxe.

»Ich weiß noch nicht …« Clara sah Pierce fragend an, aber er half ihr nicht. »Ich würde gerne, falls …«

Sie verstummte, als ein Wagen laut hupend die Auffahrt herauffuhr.

»Offensichtlich ist Johnny Seymour aus Dublin zurück«, seufzte Prudence missbilligend.

Neugierig auf die Spätankömmlinge, eilte Clara zur Terrasse und stieg die Treppe zur Auffahrt hinunter. Vom Fahrersitz verließ eine glamouröse Blondine in einem Cocktailkleid aus silberner Seide den Wagen, während ein gutaussehender Mann in weißem Tennisdress – lange weiße Flanellhose und kurzärmliges weißes Hemd – vom Beifahrersitz stieg. Clara sah, dass sie beide ziemlich betrunken waren.

Sie ging Fennell holen, um die Situation zu klären.

Das Paar taumelte über die Terrasse in den Park, doch schon nach wenigen Schritten auf dem Rasen stolperte der Mann und fiel hin, worauf die gesamte Gesellschaft erschrocken den Atem anhielt.

»Johnny!«, kreischte die Blondine, während Fennell zu ihm eilte und ihm beim Aufstehen half.

»Er ist betrunken«, stellte Prudence fest. »Jetzt reicht es aber, er hat überhaupt kein Benehmen und meint, er könnte mit allem durchkommen.«

Als Johnny wieder stand, lachte er dröhnend. Da fing die Blondine auch an zu lachen. Sie fielen sich in die Arme und küssten sich.

»Ich frage mich, wer sein neues Liebchen ist«, bemerkte Prudence.

»Die wird auch bald wieder passé sein«, bemerkte ein Gast. »Wie alle anderen.«

»Wer ist das denn?«, fragte Clara, die vor Aufregung die Augen aufgerissen hatte.

»Johnny Seymour, ein Künstler – und ein Nachbar von uns«, erklärte Pierce.

Clara wusste bereits, dass Nachbarn hier ohne weiteres auch meilenweit vom Herrenhaus entfernt wohnen konnten.

»Die Seymours leben schon genauso lange hier wie die Armstrongs«, erklärte Prudence. »Ihr Wohnsitz heißt Seymour Hall. Sie waren zu ihrer Zeit eine sehr reiche und angesehene Familie, wo sie allerdings Johnny herhaben, weiß ich nicht. Er hat zwar das Haus und das geerbt, was von ihrem Vermögen noch übrigblieb, aber nicht ihre Manieren.«

»Die meiste Zeit ist er in Dublin«, fügte Mrs Foxe hinzu.

»Ein Glück für uns«, sagte Prudence. »Denn wenn er hier ist, wimmelt es auf Seymour Hall von Bohemiens. Ihre Ausschweifungen treiben einem die Schamesröte ins Gesicht.«

»Hallo zusammen«, sagte Johnny laut, während er sich mit der Blondine im Arm ihrem Tisch näherte.

Die Gäste setzten ein falsches Lächeln auf und grüßten ihn zurück.

»Wann bist du aus Dublin zurückgekommen, Johnny?«, fragte Prudence.

»Letzte Woche«, antwortete Johnny und grinste seine Gefährtin an.

»Wir sind die ganze Strecke gefahren«, erklärte die Blondine stolz.

»Wurden aber in Longford von der Polizei angehalten – wie lautete noch die Anklage, Dorothy?«, fragte Johnny.

»Fahrlässiges Fahren und Gefährdung von Nutztieren – Gänsen!«, sagte Dorothy mit einer Miene wie ein freches Schulmädchen.

»Tee, Johnny?«, fragte Prudence und hob die Teekanne.

»Nein, danke.« Er wandte sich an Fennell. »Ich hätte lieber eine Flasche von dem ausgezeichneten Gin, den Patience in ihrer Vorratskammer hat, Fennell.«

»Prudence«, korrigierte Prudence verärgert.

»Wie auch immer, komm, Dors – spielen wir Tennis.« Sie schlenderten zum Tennisplatz.

»Und bringen Sie uns den Gin zum Platz, Fennell«, warf Johnny über die Schulter zurück.

»Er wird sich niemals ändern«, erklärte Mrs Foxe und beobachtete, wie Johnny und Dorothy versuchten, Tennis zu spielen, aber ständig lachend hinfielen.

»Mit ihren hohen Absätzen ruiniert sie uns den Platz!«, sagte Prudence, als Dorothy hinter dem Ball herrannte.

Den Rest des Nachmittags konnte Clara kaum den Blick von den beiden wenden, doch als bei Tisch das Home-Rule-Gesetz zur Sprache kam, wurde ihre Aufmerksamkeit geweckt.

»Es wäre schon durch und das Parlament in Dublin gebildet, wenn die Ulster Unionist Party sich nicht dagegen sperrte«, erklärte George Foxe.

»Ich kann nur hoffen, dass sie weiterhin protestieren und es nie durchkommt«, sagte Prudence.

»Aber es wäre doch gut fürs ganze Land, wenn Dublin sein eigenes Parlament bekäme«, mischte Clara sich ein. »Dann wäre alles wie früher und damit auch gut für Leute wie uns.«

Alle sahen Clara überrascht an.

»Aber früher wussten die Bauern noch, wo ihr Platz ist, und ließen sich von den Besseren regieren. Jetzt wollen sie selbst an die Macht!«, widersprach Prudence.

Da erschien plötzlich Johnny am Tisch.

»Ihr könnt es sowieso nicht aufhalten, also akzeptiert es doch einfach«, sagte er.

»Sind Sie etwa für das Home-Rule-Gesetz, Johnny?«, fragte Mrs Foxe.

»Ich bin für alles, was kommt, und das Home-Rule-Gesetz kommt sicher.«

Da trat Dorothy zu ihm und lotste ihn wieder fort.

»Er ist so subversiv, da überraschen mich seine Ansichten nicht«, bemerkte Prudence.

Obwohl der Abend in fröhlichem Geplauder ausklang, hatte Clara das Gefühl, dass die Feier – abgesehen von Johnny Seymours Auftritt – im Vergleich zu den prächtigen Empfängen in London eher langweilig gewesen war.

Nach der Party wartete sie in ihrem Zimmer auf Pierce und ging zum Fenster, um einen Blick in den Park zu werfen. Tatsächlich sah sie ihn dort, zusammen mit einer jungen Frau, die auch auf der Feier gewesen war. Clara sah zu, wie er sie zu einem Wagen brachte. Dort blieb er stehen, eine Hand in die Tasche seiner Smokinghose gesteckt, in der anderen eine Zigarette, während das Mädchen fröhlich kichernd auf ihn einredete. Dabei berührte die Kleine ihn ständig. Schließlich stieg sie ein, blies ihm einen Luftkuss zu und fuhr davon.

Kurz darauf kam Pierce in ihr Zimmer. Clara bürstete sich gerade das Haar. »Wo warst du?«, fragte sie betont munter.

»Spazieren.«

»Allein?«

»Nein, mit einem unserer Gäste«, antwortete er. »Clara, in Zukunft behältst du deine politischen Ansichten bitte für dich.«

»Ich habe doch keine Ansichten von mir gegeben, sondern lediglich Fragen gestellt.«

»Dann halte dich bitte bei politischen Themen ganz zurück. Da hast du einfach nichts zu sagen.«

»Aber wenn es wegen dieses Gesetzes zum Krieg zwischen Nord- und Südirland kommt, habe ich sehr wohl etwas dazu zu sagen!«, erklärte Clara entschieden.

»Nein, das hat nicht im Geringsten etwas mit dir zu tun.«

»Pierce, ich war den ganzen Tag eine ausgezeichnete Gastgeberin. Ich habe all deine Freunde und Nachbarn unterhalten, und du hackst jetzt darauf herum, dass ich meine Besorgnis wegen einer politischen Angelegenheit geäußert habe?«

»Ich gehe.« Pierce wandte sich zur Tür.

»So spät noch?«, rief sie ihm nach.

»Ich brauche frische Luft.« Damit verschwand er.

Clara blieb zurück und starrte auf ihr Bild im Spiegel der Frisierkommode.

49. KAPITEL

Joe fuhr mit Clara und Pierce im Fond aus dem Haupttor des Grundstücks. Pierce hatte geschäftlich in der Stadt zu tun und Clara wollte einkaufen. Auf der Fahrt fiel Clara ein kleines georgianisches Haus ins Auge – offenbar ihr nächster Nachbar. »Wer wohnt dort?«, fragte sie.

»Das ist Hunter's Farm, es gehört zu uns, diesen Teil unserer Ländereien konnten wir halten.«

»Ehrlich?« Clara war ganz aufgeregt bei dem Gedanken, dass dieses hübsche Haus ihnen gehörte. »Hunter's Farm ... ich frage mich, wieso es wohl so heißt.«

»Natürlich weil dort früher Jäger während der Jagd unterkamen.«

Clara ließ sich nachdenklich zurücksinken. »Und was machen wir jetzt mit dem Haus?«

»Wir vermieten es in den Sommermonaten an Angler.«

»Pierce – vielleicht würde Prudence gerne dort wohnen?«, sagte Clara aufgeregt. »Schließlich könnte sie auch von dort aus das Gut verwalten, und gleichzeitig hätten sie und wir etwas Privatsphäre.«

Er musterte sie abschätzig. »Mach dich nicht lächerlich. Erstens sind wir auf die Mieteinnahmen angewiesen, zweitens können wir uns kaum den Unterhalt eines Hauses leisten, geschweige denn eines zweiten. Drittens wäre Prudence niemals damit einverstanden, vom großen Haus nach Hunter's Farm ziehen zu müssen.«

Clara nickte. Einen Versuch war es wert gewesen, aber offenbar würde sie Prudence nicht loswerden.

Clara suchte Joe auf, der vor dem Haus den Wagen wusch.

»Guten Tag, Lady Armstrong«, grüßte er sie.

»Tag.« Sie öffnete die Fahrertür des Wagens und setzte sich ans Steuer.

Da der Schlüssel steckte, drehte sie ihn um.

»Lady Armstrong, was machen Sie da?«, fragte Joe beunruhigt.

»Ich werde Auto fahren lernen, und du bringst es mir bei. Setz dich ins Auto.«

»Aber – hat Lord Pierce das erlaubt?«

»Ich brauche keine Erlaubnis.«

»Nein, aber ich!«

»Nun, dann gebe ich sie dir.« Sie lächelte ihn an. »Ich glaube, in Irland kann jeder Auto fahren, also werde ich es auch lernen.«

»Aber – aber –«

»Wenn du es mir nicht beibringst, lerne ich es allein!«, warnte Clara und setzte den Fuß auf ein Pedal, woraufhin der Wagen ruckartig vorwärtsschoss.

»Warten Sie! Ist gut«, rief Joe und sprang auf den Beifahrersitz.

Nach ein paar grundsätzlichen Erklärungen verkündete Clara, sie sei bereit, und fuhr los.

»Siehst du: Ich bin ein Naturtalent«, erklärte Clara, als der Wagen zwischen Auffahrt und Rasen hin- und herschlingerte.

»Sind Sie schon mal gefahren?«, fragte Joe.

»Aber nein«, lachte Clara und fuhr durch das Tor auf die Landstraße.

»Hopp! Ich sagte: Hopp!«, befahl Clara und tippte mit ihren Reitstiefeln gegen die Flanken ihres Pferds. Doch das Pferd blieb stur vor den Stallungen stehen. Der Stallmeister und zwei Stallburschen sahen ihr staunend zu.

»Ach, komm schon!«, rief Clara.

Der Stallmeister lehnte sich vor und sagte: »Wenn ich mir erlauben dürfte: Vielleicht sollte die Lady mit mehr Autorität sprechen, dann würde das Pferd gehorchen.«

»Zeigen Sie ihm, wer der Boss ist«, bestätigte ein Stallbursche.

Clara sah zu den Männern hinunter und nickte.

Dann senkte sie die Stimme und sagte laut: »Los, du – tu, was ich dir sage – beweg dich!« Dabei grub sie ihre Absätze in die Flanken des Pferds.

Laut wiehernd schoss das Pferd los. Clara schrie auf und zog an den Zügeln. Daraufhin blieb das Pferd abrupt stehen, und Clara flog schreiend durch die Luft und landete in einem Heuhaufen.

Die Männer stürzten zu ihr. »Lady Armstrong, alles in Ordnung?«, fragte der Stallmeister bestürzt.

Verwirrt und über und über mit Heu bedeckt, setzte Clara sich auf. »Ja, schon, danke.« Sie zupfte sich das Heu aus den Haaren. Als sie die entsetzten Mienen der Männer sah, fing sie plötzlich an zu kichern.

»Vielleicht hat sie sich am Kopf gestoßen«, bemerkte einer der Stallburschen.

»Sollen wir den Arzt holen?«, fragte der Stallmeister.

»Nicht nötig«, erwiderte Clara und stand mühsam auf.

Dann blickte sie zu dem Pferd, das seelenruhig auf dem Stallhof umhertrottete. »Ich glaube, es mag mich nicht besonders … Hätten Sie für den Anfang vielleicht ein Shetlandpony für mich?« Da fingen alle an zu lachen.

Den ganzen Nachmittag hatte Clara in Castlewest eingekauft. Jetzt ging sie durch die geschäftigen Straßen zum Wagen, wo Joe auf sie wartete. Als er sie sah, sprang er aus dem Auto und nahm ihr die Einkäufe ab.

»Ich glaube, von Harrods bin ich all die Jahre ziemlich ausgenommen worden. Ich habe hier ein paar wunderschöne Kleider gefunden, die nur einen Bruchteil dessen kosten, was man in London dafür verlangt«, erklärte sie.

»Ja, Ma'am«, nickte Joe mit dem verstörten Ausdruck, den er immer zu haben schien, wenn er mit Clara unterwegs war. Er öffnete die Wagentür. »Nach Hause, Ma'am?«

Clara zog sich ihre Handschuhe aus und blickte sich um.

»Nein, ich glaube, ich möchte zuerst etwas trinken gehen. Wie ist die Bar da drüben, Joe? Cassidy's?«

Entsetzt riss Joe die Augen auf. »Die ist nichts für Sie, Lady Armstrong!«

»Oh, gut!« Clara zwinkerte ihm spitzbübisch zu. »Dann komm, ich spendier dir eine Limonade.«

Sie ging zum Pub, worauf Joe ihr rasch folgte.

Als sie eintrat, sah sie sich um. Es war ein typischer Pub. Ein paar Männer saßen an einer Theke und schauten sich überrascht nach Clara um. Clara trat zu ihnen und setzte sich auf einen der Hocker. Der Wirt war ein Mann in den Fünfzigern, der gerade Gläser polierte. Hinter ihm hing ein großer Spiegel mit der Aufschrift *Guinness ist gut für Sie.*

»Ich frage mich, ob das stimmt«, sagte Clara.

»Wie bitte?«, fragte der Wirt.

Clara wies nickend zum Spiegel. »Ist Guinness gut für Sie?«

»Jedenfalls hat es mir nie geschadet«, antwortete der Wirt.

»Das ist doch mal eine klare Aussage. Ich nehme ein Glas, und mein Fahrer bekommt eine Limonade.« Sie sah sich lächelnd um.

Eine Stunde später trank Clara Brandy und unterhielt sich mit dem Wirt, der sich dazu über die Theke lehnte. Die anderen Männer hatten sich um sie versammelt.

»Ach, das war tragisch damals, als Lord Charles, der Vater Ihres Mannes, erschossen wurde. Der Mörder lag vor dem Haupttor auf der Lauer, und als er mit der Kutsche herauskam, wurde er – peng – mitten in die Brust geschossen.«

Alle Männer schüttelten ernst den Kopf.

»Aber man muss auch sagen«, fuhr der Wirt fort, »dass er es drauf angelegt hatte.«

Jetzt nickten alle Männer.

»Man kann nicht einfach Witwen und Kinder auf die Straße setzen. Dann muss man damit rechnen, dass irgendeiner den Kopf verliert und gewalttätig wird. Das heißt nicht, dass ich das billige oder so.«

»Natürlich nicht«, nickte Clara. »Fahren Sie fort.«

»Zwar überlebte er, aber er war monatelang bettlägerig und danach einfach nicht mehr der Alte. Damals waren die Kinder noch klein.«

»Ziemlich schockierend«, bemerkte einer der Männer aus der Runde.

Clara blickte auf ihr leeres Glas. »Noch einen Brandy, bitte. Und für die anderen auch etwas.«

Lauter Dank war die Folge.

Als sie aufbrach, begleitete der Wirt sie zur Tür.

»Es war mir eine Freude, Sie kennenzulernen, Lady Armstrong«, sagte er.

»Mir ebenfalls.«

»Besuchen Sie uns wieder! Sie sind hier immer willkommen«, rief einer der Gäste.

50. KAPITEL

Clara umrundete die Treppe und ging durch die Tür zum Dienstbotentrakt im hinteren Teil des Hauses.

In der Küche fand sie die Köchin, Mrs Fennell, und ihr Küchenmädchen Katie, die gerade dabei waren, Apfelkuchen zu backen.

»Hallo«, grüßte Clara sie.

Die beiden sahen sie schockiert an.

»Lady Armstrong, ist alles in Ordnung? Wir haben gar nicht die Klingel gehört!«, sagte Mrs Fennell.

»Ich habe auch nicht geläutet«, erklärte Clara.

»Dann können wir Ihnen etwas bringen?«

»Nein, danke. Ich wollte Sie und die Küche zeichnen – wenn Sie einverstanden sind?« Sie zeigte ihren Block und die Stifte.

»Uns und die Küche?«, wiederholte Mrs Fennell verwirrt.

»Ja, ich möchte eine Skizze von jedem Raum dieses Hauses anfertigen und dachte, ich fange hier an. Ich wollte meiner Familie in London einen Eindruck von diesem Haus vermitteln.«

Stirnrunzelnd sah Mrs Fennell Katie an. »Nun, wie Sie wünschen, Mylady. Aber das ist höchst ungewöhnlich. Zwar kommt Lady Prudence hin und wieder hier herunter, ich erinnere mich allerdings nicht, je Lord Pierce hier oder im Dienstbotentrakt gesehen zu haben – und ich komme seit meiner Kindheit hierher, da meine Mutter hier Küchenmädchen war.«

»Wie faszinierend! Dann sind Sie in dem kleinen Dorf aufgewachsen, das für die Arbeiter gebaut wurde?«

»Genau. Obwohl wir jetzt hier im großen Haus wohnen.«

Als Clara auf einem Hocker Platz nahm und zu zeichnen begann, fing die Köchin wieder an, den Teig auszurollen.

Nach einer Weile entspannte sich Mrs Fennell und wurde gesprächiger.

»Ach, Lady Armstrong, in den Achtzigern des vergangenen Jahrhunderts gab es hier Feste! Ich weiß noch, wie ich mich die Dienstbotentreppe hinaufschlich und mich am Ballsaal versteckte, um den anderen beim Tanzen zuzusehen! Und die Speisen, die es hier gab!« Mrs Fennell schwieg, und ihr Blick verlor sich in der Ferne. »Damals war Geld noch kein Thema – im Gegensatz zu heute!« Sie warf Katie einen vielsagenden Blick zu, die resigniert nickte. Dann schnitt sie wieder den Teig zu.

»Und wer kam damals zu den Festen? Wer war eingeladen?«, fragte Clara nach.

»Nun, der gesamte Adel von nah und fern natürlich. Wichtige Leute aus Dublin und London. Und Millionäre aus Amerika. Der ganze Ballsaal oben war voller Würdenträger.«

»Das klingt wunderbar«, sagte Clara verträumt.

»War es auch«, bestätigte Mrs Fennell. »Lord Lawrence war ein großartiger Gastgeber, und einen feineren Gentleman hat es nie gegeben. All seine Kinder lernten ihre Ehemänner und Ehefrauen hier bei den Bällen kennen. Auch Lord Pierce' Vater Charles – er traf seine Zukünftige zum ersten Mal hier oben.« Sie warf Katie einen vorsichtigen Blick zu und biss sich auf die Unterlippe.

»Arabella? Ihren Porträts nach zu urteilen war sie sehr schön.«

»Ja, schön war sie.« Plötzlich klang Mrs Fennell zurückhaltend.

»Wie war sie denn – so als Mensch?« Clara legte ihren Skizzenblock nieder, verschränkte die Arme und sah die beiden Frauen lächelnd an.

»Nun, Lady Arabella kam aus sehr gutem Hause. Sie war recht still – kein Gesellschaftsmensch wie die Armstrongs damals. Und als Lord Lawrence starb, Friede seiner Asche, und Lord Pierce' Vater Charles Haus und Titel übernahm –« Plötzlich fing Mrs Fennell an, ihren Teig heftig zu bearbeiten. »Ach, das wollen Sie doch gar nicht alles hören. Und was weiß ich schon? Gar nichts!«

Clara lehnte sich vor und bat: »O doch, Mrs Fennell. Bitte, ich möchte es gern hören.«

»Nun, im Grunde gibt es auch nicht viel mehr zu sagen. Nach Charles' … Unfall …«

»Dem Schuss?«

»Kam er nur noch schlecht zurecht, und das war zu viel für Lady Arabellas Nerven. Sie hatte schwache Nerven. Die Tage der großen Feste waren mehr oder weniger Vergangenheit. Für ihre Kinder, Master Pierce und Miss Prudence, war es schwer.«

Da ging plötzlich die Tür auf und Prudence tauchte mit zwei toten Kaninchen in der Hand auf. Alle schraken zusammen. Prudence sah Clara in ihrer Ecke nicht, und Clara zuckte zusammen, als Prudence die beiden toten Tiere auf den Küchentisch knallte.

»Da, Rory hat sie am Fluss geschossen. Machen Sie ein Stew daraus, ja?«, befahl Prudence.

Da entdeckte sie Clara und erschrak.

»Was machst du hier?«, fragte sie.

»Zeichnen«, sagte Clara und fühlte sich ertappt.

Prudence sah sich um. »Was denn, um Himmels willen?«

»Nur Mrs Fennell bei der Arbeit«, erklärte Clara.

Vor lauter Verlegenheit lief Mrs Fennell rot an.

»Mrs Fennell!«, rief Prudence ungläubig. »Und wann, Mrs Fennell, verlassen Sie uns, um Ihre Karriere als Modell in Paris zu beginnen?«

Dann warf sie Clara einen finsteren Blick zu und ging.

»Pierce, du musst was wegen deiner Frau unternehmen!«, verlangte Prudence, als sie kurz vor dem Abendessen in den Salon kam.

»Wieso?« Pierce blickte von seiner Zeitung auf.

»Ich hab sie in der Küche erwischt, wo sie die Köchin zeichnen wollte! Außerdem versucht sie, Auto fahren zu lernen, und verbreitet nur Chaos auf der Landstraße. Und sie trinkt am helllichten Tag Bier in einem Pub! Bier! Sie macht sich vor aller Augen lächerlich!«

»Wenn das deine einzige Sorge ist«, bemerkte Pierce nur gelangweilt. »Ich denke, das Attentat auf einen Erzherzog in Europa wird schon bald alles in eine andere Perspektive rücken.« Damit widmete er sich wieder seiner Zeitung.

»Was hat das mit uns zu tun?«, fragte Prudence.

»Es wird Krieg geben. Für uns alle.«

Nachdenklich setzte Prudence sich hin. »Wenn dann die Hälfte der Diener eingezogen wird, brauche ich keinem zu kündigen. Sehr gut.«

»Unternehmen wir morgen etwas zusammen?«, fragte Clara Pierce am selben Abend, als er in ihr Zimmer kam.

»Nein, ich kann nicht. Ich muss mir eine Stute von Philly Scott ansehen.«

Clara erinnerte sich, dass Philly eines der Mädchen war, das auf dem Empfang mit Pierce geflirtet und ihr finstere Blicke zugeworfen hatte.

»Muss das sein?«, fragte sie.

»Allerdings«, gab Pierce verärgert zurück. »Sie ist ein feiner Kerl, wir sind zusammen aufgewachsen … schade nur, dass sie arm wie eine Kirchenmaus ist.«

»Wieso kann sie sich dann ein Pferd leisten?«, fragte Clara.

»Du stellst immer die blödsinnigsten Fragen«, zischte Pierce und wandte sich zur Tür. »Ich gehe noch mal an die frische Luft! Und was ich so gehört habe, wirst du dich sicher morgen ohne mich amüsieren können!«

Als Clara um vier Uhr morgens aufwachte, sah sie, dass Pierce' Bettseite immer noch leer war.

51. KAPITEL

Clara saß in Cassidy's Bar an einem Tisch und schrieb einen Brief an ihre Mutter, als plötzlich die Tür aufging und Johnny Seymour eintrat.

Er trug einen Koffer und ging zur Bar. Clara beobachtete ihn.

»Bringen Sie mir einen Whiskey, Cassidy, der verdammte Zug nach Dublin hat Verspätung«, sagte Johnny und warf den Koffer auf den Boden.

»Ach, der hatte schon seit Königin Victorias Zeiten Verspätung, Mr Johnny«, erwiderte Cassidy und stellte ein Glas vor ihm ab. »Warum fahren Sie denn nicht wie sonst mit dem Wagen?«

»Mir wurde für ein halbes Jahr die Fahrerlaubnis entzogen«, antwortete Johnny spöttisch.

»Was? Wieso?«, fragte Cassidy entgeistert.

»Mein Wagen hatte in Longford eine Auseinandersetzung mit einer Schar Gänse.«

»Eine verdammte Schande.«

»Für die Gänse auf jeden Fall, Cassidy«, sagte Johnny, drehte sich um und musterte die Barbesucher.

Clara senkte rasch den Blick und konzentrierte sich wieder auf ihren Brief.

Eine Minute später wurde laut ein Glas auf ihren Tisch geknallt. Sie schrak auf.

»Hallo. Sie müssen Pierce' Frau sein.«

»Ja, genau.«

»Hm, ich glaube, ich hab Sie auf der Gartenparty bei Ihnen gesehen, kann mich ehrlich gesagt aber nicht mehr erinnern.«

»Soweit ich weiß, waren Sie ziemlich angetrunken.«

»Oje!« Er zog einen Stuhl heraus und setzte sich. »Hab ich mich zum Narren gemacht?«

»Nicht übermäßig.«

»Es war alles Dors' Schuld. Meine Begleiterin.«

»Ich erinnere mich.«

»Dors trinkt ganz gern einen über den Durst und hat sehr schlechten Einfluss auf mich, verstehen Sie?«

»Wirklich?«

»Ja. Ich bin so leicht zu verführen.«

»Das kann ich mir denken.«

Er zündete sich eine Zigarette an. »Sie auch?« Er bot ihr sein Päckchen an.

Sie war entsetzt. »Nein! Nein, danke.«

Er lehnte sich zurück und sah sie an. »Ich sollte Ihnen wohl gleich sagen, dass mir Titel nichts bedeuten. Also, soll ich Sie Clara oder Mrs Armstrong nennen?«

Überrascht blickte sie ihn an. »Äh – Clara ist wohl in Ordnung.«

»Gut, das hatte ich gehofft.« Er musterte sie von oben bis unten. »Ich muss sagen, Sie sehen aus, als könnte man mit Ihnen eine Menge Spaß haben.«

»Ach wirklich?«

»Ja. Das hat Pierce sehr gut gemacht. Ehrlich gesagt fand ich ihn immer ein bisschen verkniffen. Weiß er eigentlich, dass Sie allein in Pubs gehen?«

»Ich habe es ihm nicht verschwiegen.«

»Aber erzählt wohl auch nicht, oder? Das schadet Ihrem Ruf, wenn Sie nicht aufpassen. Und wenn der einmal ruiniert ist, lässt sich nichts mehr machen. Ich sollte es wissen … ich fahre jetzt wieder eine Weile nach Dublin.«

»Das habe ich gehört.«

Plötzlich ertönte ein lauter Pfiff.

»Ah, das ist mein Zug. Ich muss mich beeilen. Bis zum nächsten Mal!« Er sprang auf, schnappte sich seinen Koffer, warf ein paar Münzen auf die Theke und verschwand.

Cassidy sah ihm lächelnd nach. »Ein großartiger Bursche, Mr Johnny. Schon seit er klein war, nicht wie die anderen Adligen.« Dann blickte er plötzlich verlegen zu Clara. »Verzeihen Sie bitte, Lady Armstrong.«

»Die Dasdales sind jetzt auf Hunter's Farm angekommen«, erklärte Prudence beim Frühstück.

»Die Dasdales?«, fragte Clara.

»Das Paar aus Paris, das Hunter's Farm jedes Jahr für ein paar Monate mietet«, sagte Pierce.

»Er kommt zum Angeln«, führte Prudence aus, »und sie – tja, sie ist meiner Meinung nach nicht ganz bei Trost.«

»Es heißt, sie könnte wahrsagen und die Zukunft deuten«, erklärte Pierce.

»Halte dich von ihnen fern, Clara«, befahl Prudence. »Schon schlimm genug, dass du dich mit der Bevölkerung gemeinmachst – da müssen es nicht auch noch Urlaubsgäste sein.«

Doch Clara suchte die Dasdales auf und fand sie am Ufer des Sees, wo er angelte.

»Hallo, ich bin Lady Clara Armstrong. Ich hoffe, Sie haben einen schönen Aufenthalt?«

»Sehr«, antwortete die Frau.

Es war ein älteres Pärchen, das sich ohne große Umstände als Velma und Thierry vorstellte. Wenig später wurde sie von ihnen zum Tee eingeladen.

»Wir erholen uns hier prächtig«, sagte Velma, als sie im Wohnzimmer Tee tranken. »Paris ist so hektisch, und hier haben wir unseren Frieden.«

»Ja, es ist sehr ruhig hier«, stimmte Clara zu. »Sie müssen mal zum Dinner zu uns ins Haus kommen.«

»Gerne.« Velma sah sie durchdringend an.

Von da an besuchte Clara sie regelmäßig. Sie mochte ihre unkomplizierte, herzliche Art.

»Stimmt es, dass Sie die Zukunft sehen können?«, fragte sie Velma eines Tages.

»Ja – sie hat übersinnliche Fähigkeiten«, bestätigte Thierry.

»Nur manchmal«, wehrte Velma ab.

»Ach, lesen Sie doch bitte meine Zukunft. Ich möchte wissen, ob mit uns – mit mir und Pierce – alles gut werden wird?«

Velma lehnte sich vor und nahm ihre Hände.

»Bei Ihnen ist die Zukunft leicht zu lesen, Sie sagen, was Sie denken. Sie verbergen nichts – was manchmal vielleicht nicht gut ist. Ihren Mann, Pierce, habe ich schon mehrfach getroffen.«

»Wie sieht seine Zukunft aus?«

Velma schüttelte den Kopf. »Ihr Mann ist unmöglich zu deuten. Ich bekomme keinerlei Signal von ihm. Er ist wie von einer Wand abgeschnitten. Ich sehe nur, dass Sie eines Tages das Haus der Armstrongs retten werden.«

»Ich? Aber wie sollte ich?«, fragte Clara verwirrt.

Velma faltete Claras Finger zusammen und löste sich lächelnd von ihr.

»Mehr weiß ich nicht.«

52. KAPITEL

Der Juli verflog in einem Wirbel diplomatischer Bemühungen und überstürzter Kriegsvorbereitungen. In Irland jedoch ging das Leben mit Gartenfesten, Cocktailpartys, Tennis und Regatten weiter.

Am Abend, als Großbritannien und Irland den Krieg erklärten, fand eine Cocktailparty bei den Armstrongs statt.

»Jetzt müssen wir die Moorhuhnjagd verschieben«, stöhnte Prudence.

Der Krieg hatte Clara unerwartet getroffen, doch er schien so weit weg, dass sie meinte, kaum etwas damit zu tun zu haben – bis Pierce nach Hause kam und verkündete, er hätte sich für die Armee gemeldet.

»Was?« Clara war entsetzt. »Aber du hast doch nicht die geringste militärische Erfahrung oder Ausbildung. Wie solltest du von Nutzen sein?«

»Wie sollten die anderen von Nutzen sein?«, wandte Prudence ein. »Joe, der Chauffeur, und die Stallburschen haben sich auch gemeldet.«

Sie waren im Salon und warteten auf die Gäste.

»Warum denn so überstürzt, Pierce? Der Krieg wurde doch erst heute erklärt.« Bei dem Gedanken, dass Pierce gehen sollte, geriet Clara in Panik.

»Ich hab mich schon letzten Monat gemeldet, weil ich wusste, dass es Krieg geben würde.«

»Und warum hast du das nicht mit mir besprochen?«, fragte Clara.

»Wozu?« Pierce stand im Smoking an der Hausbar und schenkte sich Whiskey in ein Kristallglas.

»Wozu? Weil ich deine Frau bin.«

Da kündigte Fennell die Gäste an und unterbrach damit die Auseinandersetzung.

Doch später, als sie Pierce auf die Terrasse treten sah, ging sie ihm nach. Sie sah, dass er an der Balustrade eine Zigarette rauchte und hinaus auf den See blickte.

»Wann fährst du?«, fragte sie.

»Nächste Woche.«

»Nächste Woche?« Schockiert starrte sie ihn an. »So bald schon.«

»Ja – es sei denn, ich rufe den Kaiser an und bitte ihn, seinen Vormarsch zu stoppen, bis meine Frau meint, der rechte Zeitpunkt für meinen Aufbruch sei gekommen.« Er zog an seiner Zigarette.

»Du musst nicht ständig so – so verdammt sarkastisch sein.«

»Nicht?«

»Nein! Oder so – kalt. Du ziehst in den Krieg! Ich möchte von dir beruhigt werden, dass alles wieder gut wird. Dass wir bald wieder unser normales Leben leben können.«

»Unser normales Leben? In dem du tust, was du willst – und ich tue, was ich will. In dem wir aneinander vorbeileben.«

»Aber ich möchte mehr. Das weißt du. Ich möchte jeden Augenblick des Tages mit dir verbringen. Ich weiß, du hast es nicht leicht. Aber mit der Zeit …«

»Was denn? Ich soll dich beruhigen? Aber das kann ich nicht – nicht, was den Krieg betrifft, nicht, was alles andere betrifft. Jetzt ändert sich alles. Und weißt du was? Ich will auch, dass sich alles ändert. Ich kann es gar nicht erwarten. Ich will, dass alles auf den Kopf gestellt wird, damit wir uns – ich weiß nicht – lebendig fühlen.«

Sie starrte ihn an und versuchte, ihn zu verstehen, aber vergeblich.

Schließlich drehte sie sich um und ging zu ihren Gästen zurück.

53. KAPITEL

Und mit einem Mal war Pierce fort, und Clara war gezwungen, mit Prudence allein im Haus zu leben. Sie schrieb ihrem Mann täglich, bekam aber keine Antwort. Sie fuhr in die Stadt, um sich abzulenken, musste sich dafür aber harsche Kritik von Prudence anhören. Sie telefonierte mit ihrer Großmutter und klagte, dass sie nichts von Pierce hörte, doch diese entgegnete lediglich, sie sollte sich nicht nur immer auf ihren Mann konzentrieren, sondern auch auf ihre Freunde, von denen einige ebenfalls an der Front waren. Clara beherzigte ihren Rat und schrieb von da an auch ihnen.

Als sie kurz darauf zufällig beim Essen von Prudence erfuhr, dass diese bereits drei Briefe von Pierce bekommen hatte, war sie am Boden zerstört.

Eines Tages suchte Prudence Rory Conway auf, ihren Anwalt in Castlewest.

»Ah, Lady Prudence, es ist mir wie immer eine Freude, Sie zu sehen«, begrüßte er sie. Er war ein Mann in den Dreißigern, der gleichzeitig jungenhaft und gelehrt aussah.

»Ja, nicht wahr?«, erwiderte Prudence und nahm vor dem Schreibtisch Platz.

»Gibt es Neuigkeiten von Lord Armstrong?«

»Ja, er ist immer noch an der Front. Genau das ist auch der Grund, warum ich Sie aufsuche.«

»Ach ja?«

»Der Krieg scheint größere Ausmaße anzunehmen, als alle vorausgesagt haben. Wer weiß, was noch geschehen wird? Ich möchte wissen, was ist, sollte mein Bruder getötet werden.«

Conways Lächeln schwand. »Getötet?«

»Lassen Sie uns pragmatisch sein, Conway, ich bin es immer. Wenn es zum Schlimmsten käme: Wer würde dann das Haus und die Ländereien erben?«

Conway fand es amüsant, dass Prudence ihren Grundbesitz immer noch als Ländereien bezeichnete, obwohl er mittlerweile auf die Größe einer Farm geschrumpft war.

»Nun, äh« – Conway lehnte sich vor und legte die Fingerspitzen aneinander –, »Lord Armstrong hat kein Testament gemacht.«

»Das weiß ich.«

»Daher werden Titel, Vermögen und Grundbesitz an den nächsten männlichen Angehörigen aus Ihrer Familie in Dublin oder London gehen.«

»Meine Verwandtschaft in London hat schon genug Titel und die in Dublin genug Geld. Wenn Pierce umkommt, überlassen Sie die mir. Sie würden es nicht wagen, sich mir zu widersetzen. Aber wenn die Frau meines Mannes einen Sohn bekommen sollte, würde alles an ihn gehen?«

»Natürlich. Ich bin Lady Clara mehrere Male begegnet. Eine sehr charmante Dame.«

»Ich kenne einen Mann, der das nicht mehr denkt. Aber was ist mit mir, Mr Conway, wo würde ich bleiben?«

»Nun – um den unglückseligen Begriff zu benutzen, der den Bereich zwischen den deutschen und den alliierten Gräben bezeichnet: Das ist Niemandsland.«

»Das dachte ich mir … Mr Conway, ich möchte, dass Sie Scheidungspapiere aufsetzen.«

Conway klappte der Mund auf. »Scheidungspapiere? Für wen denn?«

»Für meinen Bruder und seine Frau.«

Conway war fassungslos. »Aber Lord Armstrong hat mir keinerlei Anweisungen wegen einer Scheidung gegeben!«

»Die gebe ich Ihnen jetzt.«

»Aber warum hat er mir nicht selbst geschrieben?«

»Vielleicht ist der Brief verloren gegangen?«, erwiderte Prudence und fixierte ihn mit einem stählernen Blick.

Conway senkte die Augen. Auf gar keinen Fall wollte er sich mit Prudence Armstrong anlegen. »Und … und weiß Lady Armstrong von ihrer bevorstehenden Scheidung?«, fragte er.

»Noch nicht, und selbstverständlich müssen wir es erst mal dabei belassen. Ich bin sicher, ich kann mich auf Ihre absolute Diskretion verlassen. Ich weiß nicht, wieso mein Bruder Clara geheiratet hat – aber ganz sicher nicht aus Liebe. Je eher wir sie loswerden, desto besser. Sonst kriegt Dublin noch sein Parlament und als Erstes wird die Scheidung verboten – dann haben wir sie für immer am Hals!«

Conway schüttelte verwirrt den Kopf.

»Überlassen Sie das alles mir, Conway, ich kümmere mich darum. Aber wenn Clara erst mal aus dem Weg ist, ist es wohl wichtig, dass Pierce ein Testament aufsetzt, in dem er alles mir vererbt – so, wie es Mama und Papa gewollt hätten.«

Conway lehnte sich zurück. »Dann erwarte ich Ihre Anweisungen.«

Prudence stand auf und nickte. »Danke und einen schönen Tag noch, Mr Conway.« Sie mochte Conway. Er zeigte sich immer ehrerbietig gegenüber den Armstrongs. Offenbar war ihm bewusst, welch ein Privileg es war, für Aristokraten arbeiten zu dürfen.

54. KAPITEL

Jeden Morgen wartete Clara ungeduldig auf die Post und sah sofort nach, ob ein Brief von Pierce für sie dabei war. Aber es kam nie einer. Prudence hingegen bekam regelmäßig welche von ihm. Dann stand Clara mit dem Brief in der Hand da und starrte auf die Schrift.

»Ist der für mich?«, fragte Prudence jedes Mal, nahm den Brief und fächerte sich damit Luft zu. »Ich lese ihn später.«

Sie legte das Schreiben auf das Tischchen in der Eingangshalle zurück und lehnte es gegen den Spiegel. Oft ließ sie es ein paar Tage dort, um Clara zu provozieren. So als wären Pierce' Briefe etwas ganz Normales.

Clara hingegen bekam Antworten von ihren früheren Freunden und Bekannten, denen sie an die Front geschrieben hatte.

Es fing mit einigen wenigen an. Sie nahm die Briefe vom Tischchen und schlenderte ins Wohnzimmer, das sie gemütlicher und intimer fand als den Salon. Dort las sie vor dem Kamin, der wegen des nahenden Winters angezündet worden war, die Briefe und erinnerte sich an frühere Zeiten.

Am nächsten Tag kamen weitere Briefe, und am Tag danach waren es noch mehr. Sie schrieb sofort zurück. Dadurch bekam sie das Gefühl, auch etwas Nützliches im Krieg leisten zu können. Wenn sie die Männer nur ein bisschen glücklicher machen konnte, war das doch auch etwas wert, oder nicht? Außerdem fühlte sie sich so Pierce näher. Sie hatte regelmäßigen Kontakt zur Front – und damit auch ein bisschen zu Pierce.

In ihrem Schlafzimmer nahm Prudence den Umschlag eines alten Briefs von Pierce, steckte ein leeres Blatt Papier hinein, versiegelte ihn wieder und machte das Postdatum unleserlich. Dann ging sie in die Halle und steckte den Brief rasch zwischen die Post, die Fennell auf das Tischchen gelegt hatte. Das machte sie schon eine Weile, um den Eindruck zu erwecken, dass Pierce ihr weitaus öfter schrieb, als es tatsächlich der Fall war.

Kurz nachdem Prudence ihre Schwägerin die Treppe hatte hinunterkommen hören, ging sie in die Halle.

»Meine Güte! Wir sind aber beliebt, was?«, bemerkte sie mit einem Blick auf den Stapel Briefe, den Clara sichtete. »Irgendwas von Pierce dabei?«

Clara schüttelte den Kopf.

»Irgendwas für mich?«

»Ja, hier.« Clara gab Prudence den Brief, den sie kurz zuvor in den Stapel gesteckt hatte.

»Ich hab ihm gesagt, er soll dir schreiben. Eigentlich habe ich es ihm befohlen«, seufzte Prudence und nahm das Schreiben. »Irgendwie besorgniserregend, dass er dir nicht schreibt, oder?« Sie lächelte. »Aber ich würde mir nicht zu viele Gedanken darüber machen.«

55. KAPITEL

»Ich glaube, ich habe heute Nachmittag Johnny Seymour in der Stadt gesehen«, bemerkte Clara am Abend zu Prudence, als sie im Wohnzimmer saßen und lasen.

»Ja, ich hab schon gehört, dass er aus Dublin zurück ist.«

»Die Truppe im Wagen wirkte ziemlich ausgelassen … Warum ist er eigentlich nicht an der Front?«, fragte Clara neugierig.

»Warum tut Johnny Seymour nichts von dem, was er eigentlich tun sollte? Er drückt sich ständig vor den Pflichten des Lebens, wozu wohl auch der Krieg gehört. Ich habe gehört, er schmeißt in einer Tour Partys auf Seymour Hall und feiert mit einer Bande degenerierter Dandys und Modepüppchen bis in die frühen Morgenstunden.«

Clara riss die Augen auf bei der Vorstellung, was sich auf Seymour Hall wohl abspielen mochte.

Beim Mittagessen las Prudence ihren neuesten Brief von Pierce und kicherte. Clara konnte sich kaum vorstellen, dass er etwas schrieb, was jemanden zum Lachen brachte – und dann auch noch Prudence!

»Unglaublich«, sagte Prudence, als sie den Brief wieder zusammenfaltete und in seinen Umschlag steckte. »Pierce ist schon wieder befördert worden. Er macht wahre Karrieresprünge. Offenbar zeigt er ungeahnte Fähigkeiten.«

»Vielleicht ermöglicht der Krieg ihm eine Veränderung – die wollte er doch.«

»Hm, wie auch immer. Die schlechte Nachricht jedoch ist, dass er Weihnachten nicht heimkommt.«

»Was?« Clara wurde das Herz schwer. »Das glaube ich nicht.«

»Doch, glaub's nur, es ist wahr.«

»Aber einige meiner Freunde aus London sind auch Offiziere in der Armee und dürfen zu ihren Familien!«

»Tja – dann haben sie Glück gehabt.«

Prudence widmete sich wieder ihrem Essen, doch Clara war der Appetit vergangen. Die Vorstellung, Weihnachten ohne Pierce zu verbringen – nur mit Prudence –, war unerträglich.

»Ich glaube, dann fahre ich über Weihnachten nach London.« Die Worte waren heraus, bevor sie darüber nachgedacht hatte.

»Großartige Idee!«, erwiderte Prudence fröhlich.

Nachdem Prudence ihre Schwägerin am Bahnhof abgesetzt hatte, kehrte sie zum Haus zurück und rief die Schneiderin Mrs Carter zu sich.

Kaum war sie da, führte sie sie ins Ankleidezimmer von Clara und Pierce.

»Dies hier«, erklärte Prudence und zeigte auf die Reihe wunderschöner Kleider, die Clara gehörten, »soll alles eine Nummer enger gemacht werden.«

»Alles?«, fragte Mrs Carter nach.

»Ja, und Sie haben nur zwei Wochen dafür.«

56. KAPITEL

Clara staunte, wie sehr sich London seit ihrem letzten Besuch ein paar Monate zuvor verändert hatte. Obwohl sie wusste, dass im Krieg Veränderungen unausweichlich waren, hatte sie doch irgendwie erwartet, es würde alles so sein wie früher. Doch jetzt drehte sich alles um den Krieg. Als Arzt arbeitete ihr Bruder bis zur Erschöpfung im Krankenhaus, um den verwundeten Soldaten zu helfen. Viele von Claras Freunden hatten zu Weihnachten Fronturlaub bekommen, und sie versuchte, so viele wie möglich zu treffen. Sie alle schienen sich sehr darüber zu freuen, dass sie ihnen schrieb. Aber es war ihr peinlich, wenn man sie nach Pierce fragte. Sie wusste nicht, was sie ihnen erzählen sollte.

Nun saß sie mit ihrem Freund Captain Daniel Miller in einem Café und trank Tee.

»Ich hab deinen Mann drüben getroffen, Pierce«, sagte Daniel.

Clara wurde munter. »Wirklich?«

»In einem kleinen Dorf namens Amiens, ganz nah an den Schützengräben. Wir hatten den Abend frei, und ein paar von uns waren in einer Bar. Er war auch da.«

Begierig darauf, mehr zu hören, lehnte Clara sich vor: »Wie sah er aus?«

»Es schien ihm gutzugehen. Er wirkte sehr kontrolliert.«

»Ich mache mir solche Sorgen um ihn.«

»Um Pierce Armstrong würde ich mir keine Sorgen machen. Er hat sich dort unten einen Ruf geschaffen. Offenbar ist er ziemlich mutig. Er sagt nicht viel, muss es aber auch nicht.«

Seufzend lehnte sie sich zurück. »Wann musst du zur Front zurück?«

»Übermorgen … kann nicht behaupten, dass ich mich freue.« Daniel lächelte verlegen. »Wir sind nicht alle so mutig wie dein Mann.«

Sie nahm seine Hand und drückte sie fest.

Tief in Gedanken versunken, schlenderte Clara durch den weitläufigen Garten ihres Elternhauses in Chelsea. Gerade wollte sie die Eisdecke auf einem Brunnen brechen, damit die Rotkehlchen etwas trinken konnten, da hörte sie ihre Großmutter vom Haus aus rufen. Sie ging zu ihr.

»Wann kehrst du nach Irland zurück?«, fragte Louisa.

»Nächste Woche – wenn überhaupt.«

Louisa sah sie perplex an. »Wie meinst du das?«

»Ich bin nicht glücklich dort.«

»Natürlich nicht. Schließlich kämpft dein Mann an der Front. Es ist Krieg. Wenn du glücklich wärst, müsste ich mir Sorgen um dich machen.«

»Ich habe einen Mann an der Front, der mir nie schreibt. Nicht einen einzigen Brief. Aber seiner Schwester schreibt er ständig!« Clara brach die Stimme.

Louisa sah sie schockiert an. »Schreibst du ihm denn?«

»Natürlich! Ständig! Ich weiß einfach nicht mehr weiter.«

»Nun, Pierce Armstrong war nie der gefühlsbetonte Typ, Clara. Das wusstest du, als du dich mit ihm verlobtest.«

»Ich will auch keinen gefühlsbetonten Mann. Aber einen Eisblock auch nicht … ich halte das einfach nicht mehr aus. In Irland komme ich mir vor wie ein lästiger Gast. Prudence tut alles, damit ich mich schlecht fühle.«

»Aber es ist nicht ihr Haus, sondern deines. Du bist die Herrin des Hauses.«

»Sag das mal Prudence.«

»Nein! Du sagst es ihr.«

»Ich kann ihr gar nichts sagen. In Irland bin ich ein Niemand. Ich habe keine Freunde. Wenn ich nicht die Dörfler und die Diener zum Plaudern hätte, würde ich wahnsinnig.«

Louisa packte sie an den Schultern. »Alle leiden unter dem Krieg, Clara, wir alle müssen das durchstehen. Es gibt viele Menschen, denen es weitaus schlimmer geht als dir. Ich war zwar gegen diese Ehe, aber du hast eine Entscheidung getroffen und kannst nicht einfach nach Hause gerannt kommen, wenn es unangenehm wird. Du bist jetzt Lady Clara Armstrong, deren Mann sich nach allem, was ich höre, sehr tapfer an der Front schlägt. Überlege doch mal, wie das aussähe, wenn du jetzt nicht zurückfahren würdest! Als würdest du deinen Mann verlassen, während er gegen den Feind kämpft! Das kommt gar nicht in Frage! Du musst nach Irland zurück, Herrin deines Hauses werden und dir dort dein neues Leben aufbauen. Hast du verstanden?«

»Ja, Großmutter.«

57. KAPITEL

Als Clara im Januar 1916 ins Armstrong House zurückkehrte, war sie fest entschlossen, sich die Worte ihrer Großmutter zu Herzen zu nehmen. Sie blickte zum Haus hinauf, das im Schnee überaus prächtig wirkte.

»Dies ist mein Haus«, flüsterte sie zu sich selbst. »Mein Heim.«

Sie ging die Treppe hinauf und schloss sich selbst auf. Sie trat in die kühle Eingangshalle und ging direkt ins Wohnzimmer, wo Prudence vor dem Kamin saß.

»Ah, du bist zurück. Wie war es?«

»Es war schön, alle wiederzusehen. Es waren viele Soldaten auf Fronturlaub, in London und in Dublin. Die Züge waren überfüllt.«

»Meine Güte! So wie du aussiehst, muss das Essen in London aber gut gewesen sein«, bemerkte Prudence leicht geschockt.

»Wie bitte?«

»Offenbar hast du nur gegessen. Du hast ziemlich zugenommen.«

»Wirklich?«, fragte Clara besorgt und ging zum Spiegel.

»Du solltest darauf achten. Pierce kann übergewichtige Frauen nicht ausstehen.«

»Ich würde mich nicht gerade als übergewichtig bezeichnen«, erwiderte Clara und blickte an ihrer grazilen Gestalt herab.

»Nun, du vielleicht nicht. Aber alle anderen. Obwohl sie zu höflich sein werden, es laut auszusprechen.«

»Im Gegensatz zu dir«, erwiderte Clara und verließ das Zimmer.

Später mühte sie sich im Ankleidezimmer mit einem Kleid ab, das einfach nicht zugehen wollte. Zugegeben, die Kleider, die sie nach London mitgenommen hatte, waren alle ein bisschen knapp geworden – tatsächlich hatte sie im Essen geschwelgt, vor allem bei den Pralinen –, aber dass es so schlimm war, hatte sie nicht bemerkt. Prudence hat recht gehabt, dachte Clara. Sie hatte zugenommen. Also beschloss sie, strikt Diät zu halten.

58. KAPITEL

Clara ging die Hauptstraße von Castlewest hinunter, nachdem sie einen weiteren Brief an Pierce aufgegeben hatte. Sie wollte gerade auf einen kurzen Drink in Cassidy's Bar, als sie jemanden ihren Namen rufen hörte. Als sie sich umblickte, sah sie Emily Foxe, die ihr eifrig zuwinkte. Clara winkte zurück und überquerte die geschäftige Straße.

»Hallo, Fremde«, lächelte Emily und küsste sie auf die Wange.

»Schön, dich wiederzusehen.«

»Gibt es etwas Neues von der Front? Ich habe von unserem Felix gehört, dass Pierce ein richtiger Held ist.«

»Ja, so sieht es aus«, erwiderte Clara und lächelte, um ihre wahren Gefühle zu verbergen. »Wie geht es Felix dort unten?«

»Den Umständen entsprechend.« Emily wirkte besorgt und senkte die Stimme. »Die ständigen Bomben haben sein Stottern noch verschlimmert. Er war ziemlich enttäuscht, als du nicht zu seinem Willkommensdinner gekommen bist. Er wollte dir von Pierce und seinen Verdiensten an der Front erzählen.«

Clara war verwirrt. »Welches Willkommensdinner?«

»Die Dinnerparty natürlich, die wir für Felix gegeben haben. Ich muss dir sagen, dass es nicht besonders vernünftig ist, sich die ganze Zeit im Haus einzuschließen. Du musst auch mal unter Leute.«

»Emily, wovon redest du? Wie sollte ich zu Felix' Party, wenn mich niemand einlädt?«

»Aber du warst doch eingeladen, Clara. Ich habe extra einen meiner Dienstboten mit der Einladung zu dir geschickt. Auch andere haben dir Einladungen geschickt. Wir wissen alle, unter welchem Druck du wegen Pierce stehst, aber man sollte schon auf Anrufe, Nachrichten oder Einladungen reagieren. Das ist das Mindeste. Sonst resignieren die Leute irgendwann und laden dich nicht mehr ein.«

»Es tut mir leid, Emily, aber ich habe weder eure Einladung bekommen noch eine andere. Bitte entschuldige dich in meinem Namen bei allen, die mich eingeladen haben. Und bitte verzeih, aber jetzt muss ich nach Hause.«

Clara hatte Fennell zu sich ins Wohnzimmer zitiert.

»Mir ist zu Ohren gekommen, dass man mir Nachrichten und Einladungen vorenthält und mir nicht ausrichtet, wenn ich angerufen werde.«

Fennell wirkte äußerst peinlich berührt.

»Nun?«, hakte Clara nach.

»Es tut mir sehr leid, Lady Armstrong. Falls das passiert sein sollte, habe ich keine Erklärung dafür.«

»Gut, wer ist ans Telefon gegangen und hat die Nachrichten entgegengenommen? Welcher der Diener? Doch wohl Sie, oder? Das ist doch Ihre Aufgabe!«

»Ich weiß nicht.«

»Das ist einfach unakzeptabel, und ich bin sehr verärgert. In Zukunft sorgen Sie dafür, dass alle Nachrichten sofort an mich weitergeleitet werden, habe ich mich klar ausgedrückt?«

»Sehr klar, Mylady.«

Clara war sichtlich aufgebracht. »Dann können Sie gehen.«

Als Nächstes marschierte sie in die Bibliothek, wo Prudence am Schreibtisch saß und arbeitete.

»Prudence, Fennell hat mich sehr verärgert. Er hat Anrufe und Einladungen an mich nicht weitergeleitet.«

»Sehr unangenehm.«

»Mehr als unangenehm, würde ich sagen. Es ist einfach skandalös, dass das Personal seine Pflicht nicht erfüllt.«

»Skandalös? Liebe Clara, der Krieg in Flandern ist skandalös. Dass Nahrungsmittel knapp werden und die Lebenshaltungskosten ins Unermessliche steigen, ist skandalös. Pierce hatte schon recht, als er sagte, du müsstest immer alles übertreiben.«

Clara war schockiert, dass Pierce so über sie gesprochen hatte. Zornig sagte sie: »Ganz gleich, wie du die Wahl meiner Adjektive findest, Prudence, verlange ich, dass die Diener wie immer ihre Arbeit erledigen, ob nun Krieg ist oder nicht.«

Prudence lehnte sich zurück und lächelte selbstgefällig. »Was bist du doch für ein verwöhntes kleines Ding! Falls du es noch nicht bemerkt hast: Wir haben einen Teil unserer Diener an den Krieg verloren. Daher haben die anderen viel mehr Arbeit als vorher. Ich bin sicher, da hat niemand mehr Zeit, als dein persönlicher Sekretär zu fungieren.«

»Das verstehe ich ja, aber –«

»Gut, dann ist ja alles gesagt.« Damit nahm Prudence ihren Stift und konzentrierte sich wieder auf die Unterlagen vor ihr.

Clara saß im Salon und öffnete ihre Briefe. Einer kam vom Vater ihres Freundes Daniel Miller. Er informierte sie, dass sein Sohn in der Schlacht gefallen war. Ungläubig starrte sie auf den Brief und dachte an ihr letztes Treffen zu Weihnachten. Sie knüllte das Blatt Papier zusammen und trauerte um das junge Leben, das in einer Sekunde ausgelöscht worden war.

Mit der Zeit wartete sie immer unruhiger auf Post. Wenn sie eine Weile nichts von einem Freund an der Front hörte, machte sie sich Sorgen. Riesige Erleichterung überkam sie dann, wenn ein verspäteter Brief von ihm eintraf. Doch manchmal traf auch ein Brief mit der Todesanzeige ein. Als es immer mehr wurden, war ihr, als würde sich langsam ihre Wirklichkeit auflösen.

59. KAPITEL

Liebe Clara,

ich hoffe, Dir geht es besser als zu Weihnachten und Du hast Dich in Deinem Haus eingelebt. Da ich Dir immer noch ein Hochzeitsgeschenk schulde, habe ich beschlossen, Dich malen zu lassen. Du erzähltest von den Porträts von Pierce' Familie, und ich denke, es wäre angemessen, wenn auch ein Bild von der neuen Lady Armstrong dabei wäre. Dies wird Dir vor Augen führen, dass Du das gleiche Recht hast, dort zu sein, wie all die anderen vor Dir.

Nachdem ich einige Erkundigungen eingezogen habe, entschied ich mich für einen gewissen Johnny Seymour, der bei Dir in der Nähe wohnt und, wie mir Experten in diesem Bereich versicherten, ein großartiger Porträtmaler sein soll. Ich melde mich in Kürze mit den Einzelheiten.

Deine Dich liebende Großmutter
Louisa

»Johnny Seymour!« Clara keuchte erstaunt auf.

Es war charakteristisch für ihre Großmutter, dass sie ihr einen Platz unter den anderen Ladys des Hauses Armstrong verschaffte. Sie wusste, wie sehr Clara die Malerei liebte, und versuchte offensichtlich, sie aufzuheitern. Aber ausgerechnet Johnny Seymour zu beauftragen! Allein beim Gedanken an ihn wurde sie schon nervös. Dennoch war es eine aufregende Vorstellung. Sie hatte sich schon immer malen lassen wollen, und es war sicher faszinierend, Zeit mit Johnny zu verbringen.

»Wir werden in nächster Zeit öfter einen Gast hier haben«, informierte Clara Prudence.

»Ach ja? Wen denn?«

»Meine Großmutter lässt als Hochzeitsgeschenk ein Porträt von mir anfertigen.«

Prudence starrte Clara mit einem ungläubigen Lächeln an. »Ein Porträt! Dieses Haus braucht sicher einiges, aber ganz bestimmt kein Gemälde von dir!«

»Da ist meine Großmutter anderer Meinung.«

»Deine Großmutter muss auch nicht mit einer kaputten Heizung leben. Warum hat sie dir keinen Klempner zur Hochzeit geschenkt statt einen Maler? Das wäre weitaus praktischer.«

Clara bedachte Prudence mit einem liebreizenden Lächeln. »Tja, aber es ist nicht unser Hochzeitsgeschenk, sondern meines. Und ich war noch nie praktisch, in meinem ganzen Leben nicht.«

»Mir fehlen die Worte, wirklich!« Prudence schüttelte fassungslos den Kopf.

»Der Maler ist …« Clara hüstelte leicht. »Johnny Seymour.«

»Johnny Seymour!« Prudence' Kreischen war bis in die Küche zu hören.

Fennell betrat das Wohnzimmer.

»Äh, Mr Johnny Seymour ist da, Mylady.«

»Oh!« Clara schrak auf. »Eine Minute, dann führen Sie ihn herein.«

Sie lief zum Spiegel über dem Kamin und konnte gerade noch ihre Erscheinung prüfen und ihr Haar richten, da kam Johnny herein.

»Hallo, hallo!«, sagte er und grinste breit.

»Mr Seymour«, nickte sie und bot ihm ihre Hand.

»Ich muss sagen, das ist eine angenehme Überraschung«, erwiderte Johnny. »Unerwartete Geldzuwendungen sind immer eine angenehme Überraschung, daher habe ich mich sehr über den Auftrag Ihrer Großmutter gefreut.«

Clara fragte sich, wie viel er für das Porträt bekam.

»Wie ich höre, sind Sie sehr gut«, sagte sie lächelnd.

»In vielen Dingen! Ich habe gehört, Pierce ist an der Front?«

»Ja, jetzt sind nur noch meine Schwägerin und ich hier – und natürlich die Dienstboten, die nicht eingezogen wurden.«

»Natürlich.« Sie hörte einen sarkastischen Unterton in seiner Stimme. Er schlenderte zur Porträtgalerie und betrachtete einige der Bilder. »Und hier sollen Sie also hängen, metaphorisch gesprochen.« Er ging von Porträt zu Porträt.

»Ja«, lächelte sie.

Da kam Prudence herein.

»Tag, Johnny.« Sie musterte ihn. »Johnny, wie alt bist du?«

»Alt genug, um es besser zu wissen, und jung genug, um mich nicht darum zu scheren.«

»Aber du bist noch jung.«

Johnny verneigte sich übertrieben. »Wie nett von dir, das zu sagen.«

»Warum bist du also nicht an der Front?«

»An welcher Front?«

»An der Kriegsfront.«

»Ach der. Weil ich keine Lust dazu habe.«

»Warst du jemals an der Front?«

»Nein.«

»Und du hast wohl auch nicht die Absicht zu gehen?«

Johnny blickte Clara an. »Sie lernt schnell, nicht wahr?

Nein, meine Liebe, ich habe nicht die Absicht, in den Krieg zu ziehen.«

»Also, das ist doch wirklich skandalös. Ein Mann auf dem Höhepunkt seiner Kraft –«

»Zu freundlich von dir.«

»Vernachlässigt seine patriotische Pflicht – um Bilder zu malen!«

»Schuldig im Sinne der Anklage, Patience.«

»Prudence!« Sie bedachte beide mit einem finsteren Blick und marschierte hinaus.

Clara verbiss sich das Lachen. »Sie hätten sie nicht provozieren sollen. Jetzt wird sie Ihnen Schwierigkeiten machen.«

»Ach, was könnte Sie mir schon antun?«, fragte er grinsend.

Nachdem Clara Johnny im Haus herumgeführt hatte, entschied er, sie im Ballsaal zu malen, der zwar nicht mehr genutzt wurde, aber gutes Licht gab.

Er wies Clara an, sich auf einen der vergoldeten Stühle zu setzen, den er in die Mitte des Saals gestellt hatte.

Dann trat er einen Schritt zurück, betrachtete sie prüfend, trat zu ihr, nahm ihr Kinn in seine Hand und neigte ihren Kopf in verschiedene Positionen.

»Sie haben noch nie für ein Porträt gesessen?«, erkundigte er sich.

»Nein.«

Er betrachtete sie. »Das sieht man.«

Nun wurde sie verlegen.

Er musterte noch einmal ihr Gesicht, dann schlenderte er durch den Ballsaal.

»Ich bin in nächster Zeit immer nur kurz hier, weil ich versuche, in Dublin eine Ausstellung junger Künstler zu organisieren.«

»Ich verstehe«, sagte Clara. Sie fand den Gedanken an

eine Ausstellung aufregend und hätte liebend gern mehr darüber gehört.

Er blieb vor ihr stehen. »Wir fangen morgen an. Aber jetzt schnappen wir uns Ihren Wagen und machen einen Ausflug.«

»Ich kann nicht. Ich muss –« Aber dann verstummte sie, als ihr bewusst wurde, dass ihr nicht ein einziger Grund einfiel, seine Einladung auszuschlagen.

Clara parkte den Wagen in Castlewest, dann gingen sie in Cassidy's Bar.

»Guten Tag, Lady Armstrong, Mr Johnny«, begrüßte sie der Barmann herzlich.

»Hallo, Mr Cassidy.« Clara ging zum offenen Kamin und setzte sich an den Tisch daneben.

»Das Übliche?«, fragte Cassidy.

»Zweimal«, antwortete sie.

Sichtlich verwirrt nahm Johnny ihr gegenüber Platz.

»Dann kommen Sie regelmäßig hierher?«, fragte er.

»Ich genehmige mir hier öfter einen«, erwiderte sie mit spitzbübischer Miene.

»Was würde Prudence wohl dazu sagen?«

»Ach, ich glaube, sie weiß es, ist aber wohl nicht sehr begeistert.« Sie verstummte kurz, als Cassidy zwei Gläser Guinness vor ihnen abstellte, dann fuhr sie fort: »Ich verstehe mich gut mit den Leuten aus dem Ort. Sie sind sehr freundlich. Ich plaudere oft mit ihnen.«

»Davon ist Prudence sicher auch nicht begeistert?«

»Nein, sie wahrt lieber Distanz.«

»Und Lord Armstrong? Billigt er, dass seine Frau sich mit den Einheimischen gemeinmacht?«

Clara starrte auf den Schaum ihres Biers. »Wahrscheinlich schon, zumindest hat er nichts dazu gesagt.«

Er bemerkte, dass sie ein, zwei Sekunden etwas verloren wirkte, bevor sie ihn anlächelte.

»Bitte erzählen Sie mir über Ihre Welt in Dublin. Ich will alles über die Schriftsteller, Dichter und Künstler hören. Alles!«

Drei Stunden später stand Johnny, umringt von den anderen Gästen, am Kamin und beendete ein Lied.

You're pretty and charming and that's all I know …
I've a wife and six children back in old Ballyroe!

Johnny zwinkerte Clara zu, woraufhin alle Gäste lachten und klatschten.

60. KAPITEL

Johnny malte Clara im Ballsaal, als die Tür aufging und Prudence hereinkam. Sie marschierte quer über die Tanzfläche und blieb unmittelbar vor Johnny stehen.

»Was ist?«, fragte er und schüttelte verwirrt den Kopf.

Da streckte sie ihm eine weiße Feder entgegen.

»Für mich?«, fragte er mit hochgezogenen Augenbrauen.

»Ja.«

Johnny nahm die Feder. »Zu freundlich. Die stecke ich zu den anderen in mein Kopfkissen.«

Prudence marschierte zur Tür zurück und sah sich noch einmal um. »Nur Kinder spielen, während Männer sterben.«

Johnny nickte ihr zu. »Sehr tiefsinnig. Darf ich auch etwas Tiefsinniges sagen?«

»Aber unbedingt.«

»Halt die Klappe!«

Daraufhin verließ Prudence türenknallend den Saal.

»Die Deutschen hätten vor ihr bestimmt viel mehr Angst als vor mir. Vielleicht sollte sie an meiner statt an die Front gehen! Ist sie immer so aggressiv?«

»Ja.«

»Wie halten Sie es nur mit ihr aus?«

»Irgendwie geht es schon.«

Johnny warf die Feder weg und malte weiter.

Clara sah ihn neugierig an. »Stört Sie das nicht? Dass Sie

eine weiße Feder bekommen haben? Dass man Sie einen Feigling nennt?«

»Überhaupt nicht. Ist mir verdammt egal. Krieg ist reine Zeitverschwendung, vollkommen sinnlos. Wenn andere irgendwo in einem fremden Land ihr Leben in einem schlammigen Graben wegwerfen wollen, ist das ihre Sache. Aber ohne mich.«

Clara spürte, wie Zorn in ihr aufstieg. »Aber der Krieg ist doch nicht sinnlos, Johnny. Mein Mann kämpft an der Front. Und viele meiner Freunde.«

Johnny hielt inne und sah sie prüfend an. »Genau so bleiben! Behalten Sie diesen Gesichtsausdruck!«

Nun wurde sie noch zorniger. »Hören Sie auf, mich zu provozieren, nur damit Ihr verdammtes Bild richtig wird!«

»Ach, jetzt ist es mein Bild?«, lachte er. »Ich dachte, es wäre Ihr verdammtes Bild. Wie auch immer, ich will Sie nicht nur provozieren, das ist wirklich meine Meinung.«

»Aber wieso?«

»Worum geht's denn in diesem Krieg?«

»Dass die Deutschen in Belgien einmarschiert sind –«

»Nein, das ist nicht der Grund, sondern eine Folge des Krieges.« Seine Stimme klang gelangweilt. »Meiner Meinung nach geht's nur um Imponiergehabe. Niemand hat mit einem solchen Gemetzel gerechnet, und ich glaube, niemand weiß mehr genau, wieso es eigentlich angefangen hat. Daher: Nein, das ist einfach nicht mein Ding.« Er fing wieder an, an ihrem Porträt zu arbeiten.

»Ich finde Sie sehr respektlos – unter dem Dach eines Offiziers so zu reden.«

»Ich war noch nie besonders respektvoll – da werde ich jetzt nicht damit anfangen. Aber nun seien Sie still: Ich muss mich konzentrieren.«

Als Clara seinen durchdringenden Blick sah, schwieg sie.

61. KAPITEL

»Haben Sie Samstagabend schon etwas vor?«, erkundigte sich Johnny.

»Nein, ich habe noch keine Pläne«, antwortete Clara.

»Dann sind Sie jetzt eingeladen. Ein paar Freunde aus Dublin und ich wollen ein bisschen in meinem Haus feiern. Aber kommen Sie nicht nach zehn.«

»Ach, ich gehe am Samstagabend zu einer Feier bei Johnny Seymour«, bemerkte Clara beiläufig zu Prudence, als sie beim Abendessen saßen.

»Johnny Seymour!«

»Ja.«

»Zu einer Feier? Was wird denn gefeiert?«

»Ich weiß nicht – ein paar seiner Schriftsteller- und Künstlerfreunde sind da.«

»Ach, die Bagage aus Dublin ... Sehr geschmacklos, sich zu vergnügen, wenn der eigene Mann im Krieg kämpft. Geradezu unanständig.«

»Schreib's ihm doch. Wenn Pierce was dagegen hat, kann er ja mir schreiben. Das wäre mal was Neues.«

»Was willst du denn anziehen?«, fragte Prudence. »Deine Abendkleider passen dir doch gar nicht mehr, seit du so zugelegt hast.«

»Es wird dich freuen zu hören, dass meine Diät Wirkung gezeigt hat«, versicherte Clara. »Auch weil es hier nur grässliches Hühnchen gibt – trotz meiner ständigen Beschwerden –, passen sie mir wieder.«

Prudence sah Clara forschend an und bemerkte, dass sie tatsächlich Gewicht verloren hatte und schöner denn je aussah.

»Vielleicht hast du es übertrieben?«, bemerkte sie. »Wenn Pierce eins hasst, dann magere Frauen.«

Kurz darauf stand Prudence mit einem Stallburschen am Wagen.

»Wird das reichen, Lady Prudence?«, fragte er und zog einen Schlauch aus der Tanköffnung, der in einem Eimer endete.

»Ja, das dürfte genügen«, lächelte Prudence.

Als Clara später ausgehfertig ins Wohnzimmer trat, blickte sie kaum von ihrem Buch auf. »Ich fahre jetzt, bis später«, erklärte Clara. »Bist du sicher, dass du nicht mitkommen willst?«

»Nein, danke. Das ist nichts für mich.«

»Es wird nicht spät werden.«

Clara ging, voller Freude, einmal von Prudence und dem Haus fortzukommen.

62. KAPITEL

Clara fuhr die mehrere Meilen lange Strecke zu Johnnys Haus und bog in seine Auffahrt ein. Seymour Hall war zwar kleiner als Armstrong House, wirkte aber auf dem Hügel über dem See genauso eindrucksvoll. Vor dem Haus parkten bereits mehrere Wagen, doch sie blieb nervös in ihrem sitzen.

Was ist bloß los mit dir?, schalt sie sich. Du bist Clara Charter, eine Dame der Londoner Gesellschaft – also gewappnet für jede Art Empfang.

Doch allein, dass sie sich dies sagen musste, zeigte einmal mehr, wie sehr sie sich seit ihrer Hochzeit mit Pierce verändert hatte. Sie stieg aus dem Wagen. Aus dem Haus drang laute Musik, und als sie auf den Eingang zutrat, sah sie durch die Fenster viele elegante Menschen, die miteinander tanzten, lachten und sich vergnügten. Als sie läutete, öffnete niemand. Sie versuchte es noch einmal, aber ohne Erfolg. Als ihr klar wurde, dass ihr Klingeln bei der lauten Musik nicht zu hören war, stieß sie einfach die Tür auf und trat in die Eingangshalle. Im Haus standen alle Türen offen, und Menschen strömten von einem Zimmer zum nächsten.

Clara suchte nach Johnny und entdeckte ihn schließlich im Gespräch mit einer etwa vierzigjährigen Frau, die ein Diadem und Ohrringe mit Diamanten trug. Sie erkannte sie wieder: Es war eine der Frauen, die sie bei Johnny im Wagen gesehen hatte.

»Ach, hallo!«, rief Johnny ihr zu. »Da sind Sie ja! Ich dachte schon, Sie kommen nicht mehr.«

»Tut mir leid, dass ich so spät komme«, erwiderte sie und trat zu ihnen.

»Hier ist es kein Problem, zu spät zu kommen, es sei denn, Sie gehen früh.«

Es erschreckte sie, als er sie auf die Wangen küsste.

Die Frau neben ihm blickte Clara fragend an.

»Countess Alice Kavinsky, darf ich Ihnen Lady Clara Armstrong vorstellen?«

Clara erkannte den Namen sofort wieder. Die Countess Kavinsky war eine berühmte Schauspielerin aus Dublin.

Sie lächelte ihr zu. »Ich dachte, Titel wären Ihnen egal, Johnny!«

»Das stimmt auch«, erwiderte Alice und warf Johnny einen vielsagenden Blick zu. »Es sei denn, er versucht zwei Aristokraten mit ihren jeweiligen Titeln zu beeindrucken.«

»Wie auch immer, kommen Sie, Clara. Ich will Sie einigen Gästen vorstellen«, sagte Johnny. »Entschuldigen Sie uns, Countess.«

Er führte sie durch die Schar der Gäste.

»Aristokraten, von wegen!«, flüsterte er Clara zu. »Eigentlich ist sie auf einer kleinen Farm, wo sich Fuchs und Hase gute Nacht sagen, aufgewachsen. Hat einen ungarischen Grafen geheiratet, der später Selbstmord beging.« Er wies beiläufig auf ein großes Buffet. »Bedienen Sie sich, falls Sie Hunger haben.«

Als Clara die riesige Auswahl an Speisen betrachtete, war ihr klar, dass in diesem Haus keine Nahrungsmittel rationiert wurden.

Sie lächelte allen zu, die Johnny ihr vorstellte. Es waren ausnahmslos Schriftsteller, Dichter, Maler, Schauspieler und Dramatiker, einige davon sehr berühmt.

Als sie schließlich zur Countess Kavinsky zurückkehrten, die von einem Grüppchen umstanden wurde, bemerkte Clara enttäuscht, dass auch hier der Krieg das vorherrschende Thema war. Aber sie merkte rasch, dass diese Intellektuellen eine ganz eigene Meinung dazu hatten.

»Das Ganze ist doch ein einziges Gemetzel, und ich wette, wir hören nicht mal die halbe Wahrheit, weil die Regierung der Presse einen Maulkorb verpasst hat«, erklärte ein Dramatiker, dessen Stück gerade in Dublin gefeiert wurde.

»Die bemitleidenswerten Narren, die keine Ahnung haben, dass sie geradewegs in den Tod marschieren – so was gab's seit dem Mittelalter nicht mehr.«

»Dieser Krieg wird das Ende der überkommenen Monarchien bedeuten. Die Monarchien werden zusammenbrechen und durch Demokratien ersetzt werden, in denen das ganze Volk regiert, nicht nur eine anachronistische Elite«, bemerkte ein etwa dreißigjähriger Mann mit leuchtend blauen Augen und blonden Haaren, den Johnny als Thomas Geraghty, den Dichter, vorgestellt hatte.

»Wie in Amerika – das ist die Zukunft«, stimmte Alice Kavinsky zu.

»Und warum nicht gleich hier in Dublin anfangen? Der Krieg ist eine gute Gelegenheit, die alte Ordnung abzuschaffen und eine Republik auszurufen«, fuhr Thomas fort.

»Wo die Rechte des gesamten Volkes geschützt werden«, ergänzte ein anderer.

»Eine Gesellschaft, die auf Kultur und Kunst gründet«, sagte ein Dritter.

»Aber ohne Blutvergießen! Davon gibt es auf dem Kontinent schon genug«, warf Johnny entschieden ein.

»Eine Gesellschaft, in der jeder, unabhängig von seiner Herkunft, dieselben Chancen hat.«

Johnny hatte sich einem anderen Grüppchen zugewandt, und Clara fühlte sich ziemlich unbehaglich, als sie den anderen nun allein gegenüberstand.

Plötzlich wandte sich ihr ein Mann zu und sagte: »Clara Armstrong? Also Lady Armstrong?«

»Ja«, nickte Clara.

»Die Armstrongs sind für ihre Jagdgesellschaften berühmt. Ich hoffe, Sie machen da nicht mit?«

»Nein – ich hasse die Jagd!«

»Gut!«

Als sie sich unauffällig davonschob, sprach sie eine elegante Frau mit Perlenkette und Bubikopf an. »Sie sehen, meine Liebe, es ist nur noch eine Frage der Zeit, bis wir Frauen das Wahlrecht bekommen. Jetzt kann man uns nicht mehr aufhalten, schließlich erledigen wir die ganze Arbeit, während die Männer im Krieg sind. Ich selbst versuche mich als Mechanikerin. Sie sollten es auch mal versuchen – es ist faszinierend.«

Während die Stunden verstrichen, lernte Clara einen exzentrischen Gast nach dem nächsten kennen.

Schließlich landete sie wieder bei der Countess Kavinsky, die versessen darauf war, ihr ihre ganz persönliche Philosophie zu erläutern. »Ich glaube, auf dieser Welt wird es erst Frieden geben, wenn der Besitz vollkommen gerecht aufgeteilt ist.«

Johnny kam zu ihr und flüsterte: »Wie gefällt es Ihnen?«

»Ich weiß nicht! Ich habe noch nie so etwas erlebt.«

»Gut!«

»Alle sind voller Ideen, wie es auf der Welt zugehen sollte. Sie alle wollen Veränderungen, und zwar schnell.«

»Ich weiß.«

»Das macht mir Angst.«

»Gut!«

Clara warf einen Blick auf ihre Armbanduhr und sah zu ihrem Entsetzen, dass es schon drei Uhr früh war.

»Ich muss los!«, sagte sie abrupt.

»Jetzt schon? Aber es hat doch gerade erst angefangen«, widersprach Johnny.

»Für Sie vielleicht, aber ich kann Ihnen versichern, dass Prudence ganz genau aufpasst, wann ich nach Hause komme.«

Johnny brachte sie zum Wagen. Sie setzte sich ans Steuer und blickte lächelnd zu ihm auf.

»Sind Sie sicher, dass Sie ganz allein nach Hause fahren wollen?«, fragte er. »Sie können auch gerne hier übernachten.«

Clara warf einen Blick auf das imposante, einladende Haus und geriet in Versuchung.

»Wollen Sie mich ruinieren? Nein, lieber nicht. Aber danke, Johnny, es war ein faszinierender Abend.«

Sie startete den Motor und fuhr los. Es war eine schöne, mondhelle Nacht, und sie genoss die Fahrt über die Landstraße. Doch plötzlich ging der Motor aus und der Wagen blieb stehen. Sie drehte immer wieder den Zündschlüssel, aber der Wagen wollte einfach nicht anspringen.

»Das kann doch nicht wahr sein!«, sagte sie laut. Dann stieg sie aus dem Wagen, nahm ihre Handtasche und setzte sich in Bewegung. Es war schon ein denkwürdiger Anblick, wie sie im Abendkleid über die Landstraße wanderte. Ihr blondes Haar, ihre helle Haut und der cremefarbene Satin ihres Kleides leuchteten im Mondlicht. Es kam ihr wie eine Ewigkeit vor, bis sie endlich zu Tode erschöpft das Tor zu ihrem Besitz erreichte und die lange Auffahrt zu ihrem Haus hinauflief.

Prudence stand am Fenster ihres Schlafzimmers und beobachtete, wie Clara über den Vorhof ging, müde die

Eingangstreppe hinaufstieg und ihre Stola hinter sich herschleifte.

»Im Ernst, Clara. In Zukunft solltest du prüfen, ob du auch genug Benzin im Tank hast, bevor du einen deiner Ausflüge machst«, bemerkte Prudence am nächsten Morgen.

»Bis jetzt hat das Benzin immer gereicht.«

»Das ist das Problem mit dir, Clara. Das Benzin kommt nicht wie von Zauberhand in den Wagen, sondern jemand erledigt das für dich. Du verlässt dich einfach zu sehr auf andere.«

»Nun, das wird nicht mehr vorkommen!«

»Gut. Ich musste zwei Stalljungen von ihrer Arbeit abziehen, um den Wagen herholen zu lassen. Manchmal frage ich mich, ob wir nicht die Kosten sparen und den Wagen ganz abschaffen sollten.«

»Niemals!« Das schrie Clara fast.

»Aber ist er nicht bloße Verschwendung? Ich meine, alle anderen kommen problemlos mit einem Pferd zurecht, außer dir.«

Entsetzt stand Clara auf. »Der Wagen geht nicht, Prudence. Sonst gehe ich mit.«

»Ach, bitte stell mir kein Ultimatum, Clara. Ich hasse Ultimaten.«

Clara marschierte aus dem Zimmer, während Prudence leise in sich hineinlachte.

63. KAPITEL

Claras Großmutter hatte recht gehabt, als sie meinte, die Porträtsitzungen würden ihrer Enkelin guttun. Clara genoss das Ganze sehr.

Sie hatte immer eine Verbindung zur Kunst gesucht, und jetzt wurde sie durch ein Porträt von Johnny für die Ewigkeit festgehalten. Sie wusste nicht genau, was sie von dem Maler halten sollte. Er konnte einerseits unglaublich lustig sein, aber andererseits auch schrecklich beleidigend. Er war unfassbar launenhaft, an manchen Tagen hätte sie ihn am liebsten geohrfeigt, an anderen jedoch brachte er sie so zum Lachen, dass sie ihn am liebsten umarmt hätte. Zuzeiten arbeitete er konzentriert an ihrem Porträt, und dann ließ er ohne Vorwarnung die Pinsel fallen und verkündete, sie würden den Rest des Tages freinehmen, um sich in Cassidy's Bar zu betrinken oder auf dem See zu rudern. Und er war das krasse Gegenteil zu Pierce. Da Clara an Pierce' ruhige, kühle Art und seine reservierte Distanz zur normalen Welt gewöhnt war, wirkte Johnnys überbordendes Wesen geradezu berauschend.

Johnny ruderte sie in einem kleinen Boot über den stillen See. Clara saß ihm gegenüber und blickte auf das Haus hoch oben auf dem Hügel.

»Ich sollte Sie warnen. Ich bin kein erfahrener Ruderer, daher hoffe ich, wir kommen nicht in Schwierigkeiten«, sagte er.

»Dann hätten Sie mich warnen sollen, als wir noch am Ufer waren, denn ich bin keine erfahrene Schwimmerin«, erwiderte sie leichthin.

»Dann will ich mich bemühen, uns nicht zum Kentern zu bringen.«

»Ich bitte darum.«

Er hielt inne und betrachtete das Haus und die Landschaft.

»Wissen Sie, genau das ist das Thema der Schriftsteller und Maler in Dublin: das wahre Irland. Das Wiederauferstehen Irlands in der Kunst.«

Sie sah ihn neugierig an. »Und die Politik.«

Er nickte. »Ja.«

»Sie glauben an das Home-Rule-Gesetz.«

»Weil es kommen wird. Ich glaube nur an das, was sicher kommt.«

»Prudence sagt –«

»Prudence! Sie steht für das alte Irland. Wenn sie sich nicht ändert und mit der Zeit geht, wird es für sie keinen Platz im neuen Irland geben. Sie will sich an die Vergangenheit klammern. Aber das kann man nicht. Wenn Sie zum Beispiel dieses County hier nehmen, dann war die Macht früher um ein Herrenhaus zentriert. Es war das Epizentrum des umliegenden Landes. Aber jetzt hat sich die Macht nach Castlewest verlagert und liegt in den Händen der Ladeninhaber, Wirtshausbesitzer, Anwälte und Ärzte, die dort arbeiten.«

»Aber Sie stammen auch aus einem Herrenhaus. Ist es Ihnen denn ganz egal, wenn Sie all Ihre Macht verlieren?«

»Ich bin mit der Zeit gegangen.«

Er fing wieder an zu rudern. »Nächste Woche muss ich nach Dublin zurück. Ich bin mit meiner Arbeit an der Ausstellung schon im Rückstand. Und ich muss zu einer Sitzung des Abbey-Theaters.«

Sie nickte. Er war im Aufsichtsrat des Theaters. Plötzlich überkam sie schreckliche Angst wegen seiner Abreise. Er war der einzige Lichtblick in ihrem Leben.

»Wie gerne würde ich mal wieder ins Theater gehen!«, seufzte sie.

»Warum kommen Sie dann nicht mit nach Dublin und wir gehen zusammen?«

Sie blinzelte. »Das geht doch nicht! Ich kann doch nicht mit einem Fremden ins Theater gehen, wenn mein Mann im Krieg ist.«

Laut lachend ruderte Johnny zum Ufer zurück.

»Was ist daran so komisch?«

»Sie! Sie haben kein Problem damit, in einer Bar etwas mit mir zu trinken, aber Sie wollen auf keinen Fall mit mir ins Theater gehen. Sie sind insgeheim eine Rebellin, allerdings eine, die sich Sorgen um ihren Ruf macht.«

64. KAPITEL

Als Clara die Treppe hinunterkam, erschien Fennell.

»Oh, Mylady, Mr Seymour möchte Sie sprechen. Er ist in der Bibliothek.«

»Der Bibliothek?«

Clara durchquerte die Halle und öffnete die Tür zur Bibliothek. Da sah sie, wie Johnny eines ihrer Bilder ins Licht hielt. Sie hatte sie dort in einer Mappe aufbewahrt.

»Was machen Sie da?«, herrschte sie ihn an.

»Ich hab sie da drüben gefunden und wollte sie mir mal ansehen. Sie haben nie erwähnt, dass Sie malen.«

Clara entriss ihm das Bild. »Sie haben kein Recht, hier herumzuschnüffeln und Ihre Nase in Dinge zu stecken, die Sie nichts angehen!«

»Aber Kunst geht mich was an!«

»Das ist keine Kunst, sondern nur ein paar Skizzen. Sie sind derart penetrant! Marschieren einfach in mein Ankleidezimmer und suchen das Kleid fürs Porträt aus, marschieren in die Bibliothek und schnüffeln in meiner Skizzenmappe. Die Welt dreht sich nicht nur um John Seymour, wissen Sie?«

»Ach, jetzt regen Sie sich nicht so auf.«

»Meine Zeichnungen sind privat, und ich will nicht, dass Sie sie ansehen.«

»Aber Künstler müssen ihre Arbeiten zeigen. Genau das ist der Sinn.«

»Ich bin keine Künstlerin.«

»Da bin ich anderer Meinung.« Er nahm ihr das Bild ab. »Das hier ist verdammt gut.«

»Geben Sie es mir zurück!« Sie wollte es ihm entreißen, aber er ließ es nicht zu.

»Das zeugt von echtem Talent. Da ist wirklich Potenzial. Ich könnte es ein paar Kritikern in Dublin zeigen.«

Sie griff danach, nahm es ihm ab und riss es mittendurch. Dann ging sie zum Kamin, warf es ins Feuer und sah zu, wie es verbrannte.

»Das war dumm von Ihnen«, bemerkte er.

Sie drehte sich um und musterte ihn kühl. »Ich bin Clara Armstrong, die Frau von Lord Armstrong, der als Offizier in der Armee dient. Auf keinen Fall werde ich Kritikern meine Zeichnungen zeigen. Ich glaube, Sie vergessen meine Stellung. Sie vergessen, wer ich bin.«

Da kam er langsam zu ihr und umfasste mit einer Hand ihr Kinn. »Nein, Clara. Ich glaube, Sie vergessen, wer Sie sind.« Er ließ seine Hand sinken. »Ich wollte mich nur kurz verabschieden, bevor ich nach Dublin fahre. Könnten Sie mich zum Bahnhof bringen?«

Die Fahrt zum Bahnhof verlief schweigend.

Als sie den Wagen parkte, sagte er: »Ich weiß nicht, wie lange ich für die Organisation der Ausstellung in Dublin brauchen werde, aber wahrscheinlich kann ich erst in ein paar Monaten die Arbeit an Ihrem Porträt wiederaufnehmen.«

Sie nickte, ohne den Kopf zu ihm zu wenden. »Schön.«

»Wenn ich denn an Ihrem Porträt weiterarbeiten soll ...«

»Das liegt ganz bei Ihnen. Sagen Sie mir Bescheid, sollten Sie zurückkommen wollen.«

Er neigte sich zu ihr und flüsterte ihr ins Ohr: »Seien Sie

doch nicht wütend auf mich. Ich wollte nicht herumschnüffeln. Ich schreibe Ihnen.«

Da wandte sie ihm den Kopf zu und bedachte ihn mit einem zynischen Lächeln. »Ach wirklich?«

Er neigte sich noch weiter vor und küsste sie auf die Wange. »Wir sehen uns in ein paar Monaten.«

Er stieg aus, doch sie blieb, wo sie war.

Als er losrannte, um noch den Zug zu erwischen, rief er: »Ich hoffe, ich habe nicht Ihren Ruf ruiniert, weil ich Sie in der Öffentlichkeit geküsst habe!«

»Nein!«, brüllte sie. »Aber vielleicht dadurch, weil Sie es laut in die Welt hinausgeschrien haben!«

Lachend winkte er ihr zu und sprang dann auf den Zug.

65. KAPITEL

Clara nahm ihre Post und sah sie durch. Doch plötzlich hielt sie inne: Auf einem der Umschläge hatte sie Pierce' Handschrift entdeckt. Mit zitternden Händen riss sie ihn vorsichtig auf und entfaltete das darin liegende Blatt.

Ich habe Fronturlaub und werde am 19. eintreffen. Pierce

Tränen strömten ihr übers Gesicht, als sie die Nachricht immer wieder las. Dann stand sie auf, lief durchs ganze Haus und rief: »Er kommt nach Hause! Nächste Woche wird er zu Hause sein!«

In der Nacht, bevor Pierce heimkommen sollte, war Clara ein nervliches Wrack und warf sich unruhig im Bett hin und her. All die Monate hatte sie sich nur eines gewünscht: Pierce wiederzusehen. Doch jetzt war sie krank vor Sorge. Würde er sich verändert haben? Würde er sich ihr gegenüber anders benehmen? Sie hoffte, er hätte sie so vermisst, dass seine Schutzwälle verschwunden wären. Vielleicht würde er sich wirklich verändert haben. Daher beschloss sie, all die Briefe, die sie von der Front bekommen hatte, vor ihm zu verbergen. Er sollte nicht auf falsche Gedanken kommen. Sie entdeckte in einem der Gästezimmer ein loses Dielenbrett und versteckte die Briefe in ein paar Beuteln dort. Mit ihnen hatte sie ihren Freunden im Krieg ein klein wenig helfen wollen, aber nun musste sie sich auf ihren Mann konzentrieren.

Prudence und Clara warteten im Wagen vor dem Bahnhof, Prudence saß am Steuer, während Clara aufgestanden war, um hinüber zum Gleis zu blicken. Da viele Soldaten Fronturlaub hatten, war der Bahnhof gesteckt voll.

»Jetzt setz dich, mir wird ganz schwindelig«, befahl Prudence.

Widerstrebend gehorchte Clara.

»Da ist er!«, rief sie dann und sprang wieder auf.

»Um Himmels willen!«

Der Zug fuhr in den Bahnhof ein. Als die Soldaten ausstiegen, stürzten ihre Angehörigen zu ihnen, um sie zu begrüßen.

»Ich sehe ihn nicht! Ich sehe ihn nicht!«, sagte Clara und stellte sich auf die Zehenspitzen.

»Sei nicht so ungeduldig«, bemerkte Prudence.

»Da ist er!«, rief Clara aus, als sie ihn in der Menge entdeckte.

Sie sprang aus dem Wagen und lief zum Eingang des Bahnhofs. Dort drängte sie sich durch die Menge, bis sie ihn erreicht hatte, umarmte ihn und drückte ihn fest an sich.

»Clara, vor allen Leuten!«, sagte er gereizt und löste sich von ihr.

»Ist mir egal«, erwiderte sie glücklich und sah ihm forschend ins Gesicht. »Du hast dich gar nicht verändert. Ich dachte, du hättest dich verändert.«

»Gehen wir zum Wagen, damit wir endlich nach Hause können«, sagte er. Er wandte sich zu dem Corporal, der seine Tasche trug. »Hier lang.«

Sie kamen zum Wagen. Prudence lehnte sich mit einem zynischen Lächeln auf dem Sitz zurück.

»Willkommen, lieber Bruder«, sagte sie.

Er lächelte und nickte ihr zu.

Der Corporal verfrachtete die Tasche auf den Rücksitz des Wagens. »Wäre das alles, Colonel?«

»Ja, Sie können gehen. Ich wünsche Ihnen einen schönen Urlaub.«

Der Corporal nickte und eilte zu seiner Familie.

»Colonel?«, staunte Clara. »Du wurdest befördert?«

Sie stiegen in den Wagen. »Ja, wieder einmal.«

Die gesamte Fahrt hielt Clara seine Hand und sah ihn an.

Pierce lag mit geschlossenen Augen in der heißen Badewanne. Clara kam mit ein paar frischen Handtüchern herein.

»Du hast Glück. Die Pumpe funktioniert heute, und es gibt sogar heißes Wasser«, sagte sie lächelnd zu ihm.

Er schlug die Augen auf.

»Kann ich dir was bringen?«

»Nein, ich habe alles, was ich brauche«, antwortete er, griff nach dem Glas Whiskey auf dem Badewannenrand und leerte es mit einem Zug.

»Die lasse ich dir hier«, sagte sie, legte die Handtücher auf den Stuhl und ging in ihr Schlafzimmer. »Wir haben für Samstagabend eine Feier für dich organisiert«, rief sie von dort. »Es kommen nur die engsten Freunde und Nachbarn. Sie alle wollen dich unbedingt sehen.« Sie setzte sich auf die Couch im Schlafzimmer.

Kurz darauf kam Pierce herein. Er hatte sich ein Handtuch um die Hüften geschlungen und trocknete sich mit einem anderen vor dem Kamin die Haare ab.

»Wir wussten nicht, ob du jemanden sehen oder dich nur einfach ausruhen wolltest«, erklärte Clara.

»Was immer ihr meint.«

»Aber es ist dein Urlaub und deine Entscheidung«, sagte sie lächelnd. »Vielleicht hättest du schreiben sollen, was dir am liebsten wäre.«

»Ich hatte anderes zu tun.«

»Das kann ich mir vorstellen.« Sie dachte angestrengt nach, bevor sie den Mund aufmachte, entschied dann jedoch, es offen anzusprechen. »Ich meine, wenn du überhaupt mal geschrieben hättest. Aber nicht einen Brief, nicht mal eine Postkarte? Nur damit ich weiß, dass alles in Ordnung ist und du an mich denkst. Dass du lebst.«

»Aber ich habe dir geschrieben. Eine Karte zu Weihnachten.«

Überrascht sah sie ihn an. »Die hab ich nie bekommen.«

»Pech.«

»Aber selbst wenn: eine Karte, Pierce, an deine Frau?«

»Falls du es vergessen haben solltest: Ich musste gegen den Feind kämpfen.«

»Aber trotzdem hattest du Zeit, ständig an Prudence zu schreiben!«

Er drehte sich um und sah sie an. »So oft hab ich ihr auch nicht geschrieben. Nur ein paar Mal. Außerdem hatte ich Geschäftliches mit Prudence zu regeln.«

Clara senkte den Blick zu Boden, ehe sie Pierce wieder ansah. »Aber Pierce, ich bin deine Frau! Ich hab dir ununterbrochen geschrieben. Hast du meine Briefe überhaupt bekommen?«

»Ja, alle.«

»Warum in Gottes Namen hast du mir dann nicht zurückgeschrieben?«, fragte sie zornig.

Er kam zu ihr. »Kannst du dir eigentlich vorstellen, wie es da drüben ist? Die Gräben voller Jauche, das Ungeziefer, der Leichengestank, die Krankheiten?«

Sie wich zurück. »Verzeih mir – ich weiß, es war nicht leicht für dich. Aber wenn du mir nur geschrieben und deine Erfahrungen mit mir geteilt hättest, dann hätte ich –«

Pierce ging ins Ankleidezimmer. »Ziehen wir uns zum Essen um.«

66. KAPITEL

In den nächsten Tagen bekam Clara Pierce kaum zu Gesicht. Er ritt allein aus und ging am Ufer des Sees wandern. Dann stand er am Kiesstrand, blickte auf das stille Wasser, hörte nichts außer Vogelgezwitscher und konnte fast nicht glauben, dass es auf demselben Planeten so etwas wie Schützengräben geben sollte.

Clara erkannte, dass er Zeit brauchte, um sich zu erholen, und versuchte zu begreifen, was er durchgemacht hatte. Sie achtete darauf, ihn nicht zu sehr zu bedrängen.

Am Samstagabend zog er seine Uniform an, dann gingen Clara und er gemeinsam die Treppe hinunter, um die bereits wartenden Gäste der Dinnerparty zu begrüßen. Sie hielt seinen Arm ganz fest.

Viele der Gäste waren im Salon und stürzten zu Pierce, kaum dass er eintrat.

»Willkommen zu Hause!«, riefen sie.

Die Mädchen und die Frauen küssten ihn, während die Männer ihn am Arm packten, ihm die Hand drückten oder ihm auf den Rücken klopften.

Clara beobachtete ihn und merkte, dass ihm das höchst unangenehm war.

»Kommt schon, Leute, bedrängt ihn nicht so«, sagte sie laut und lächelte strahlend.

»Aber er ist doch tatsächlich den Deutschen entkommen!«, erwiderte Mrs Foxe.

»Er wurde gefangen genommen, konnte aber irgendwie entkommen. Wie hast du das geschafft, Pierce?«

Clara sah Pierce verblüfft an. Wieso hörte sie erst jetzt davon? Warum hatte er ihr das nicht erzählt? Bei der Vorstellung, dass er gefangen genommen worden war, geriet sie in Panik und packte ihn fest am Arm.

»Das war doch nichts. Ehrlich.« Das war keine falsche Bescheidenheit. Pierce war das Ganze sehr unangenehm.

»Da sagt mein Mann aber was anderes«, bemerkte Nell Bramwell. »Er meinte, deine Flucht sei überall Gesprächsthema Nummer eins gewesen.«

»Sollen wir nicht zu Tisch?«, schlug Clara vor. »Mrs Fennell hat ein köstliches Mahl für uns zubereitet, aber immer mit der Rationierung im Hinterkopf, also fällt es nicht zu üppig aus!« Sie hakte sich bei Pierce unter, dann wandten sie sich zum Speisezimmer.

Nach dem Essen versammelten sich alle im Salon. Clara sah, wie Mrs Foxe zu Pierce ging und leise mit ihm sprach. Sie bemühte sich mitzuhören, worum es ging.

»Pierce, könnte ich dich um einen großen Gefallen bitten?«

»Bitten schon.«

»Ich mache mir solche Sorgen um Felix da drüben. Er ist nicht wie du, Pierce, er könnte niemals ein Kriegsheld werden. Ich habe mich gefragt, ob du dich ein bisschen um ihn kümmern könntest?«

»Er ist nicht im selben Regiment wie ich.«

»Ich weiß, aber du bist jetzt ein hochrangiger Offizier und könntest vielleicht – ich weiß nicht – mal zu ihm gehen und mit ihm sprechen. Fragen, ob er etwas braucht.«

»Tut mir leid, aber jeder kämpft für sich allein«, erklärte Pierce und ließ sie stehen.

Clara bemühte sich sehr, sich auf ihr eigenes Gespräch zu konzentrieren, konnte den Blick aber nicht von Mrs Foxes fassungsloser Miene abwenden.

Endlich gingen die letzten Gäste. Prudence hatte sich früh zurückgezogen. Clara winkte den Aufbrechenden an der Tür nach und ging dann zurück in den Salon, wo Pierce mit einem Glas Portwein ins Feuer starrte.

Sie schloss die Tür und nahm auf der Couch Platz.

»Pierce, ich habe dein Gespräch mit Mrs Foxe mitbekommen. Musstest du denn so abweisend sein?«

»Ich war nicht abweisend, sondern habe mich lediglich auf die Fakten berufen.«

»Ihr Sohn kämpft im Krieg, und sie ist krank vor Sorge. Sie wollte keine Fakten, sondern ein paar tröstende Worte.«

»Tja, da ist sie an den Falschen geraten.«

»Das ist wirklich wahr, verdammt noch mal«, rief sie wütend, worauf er sie anblickte. Sie biss sich auf die Unterlippe, bevor sie fortfuhr: »Ich finde, du hättest einfach sagen können, dass du dein Bestes versuchen willst.«

»Aber das wäre eine Lüge gewesen. Ich habe keine Zeit, mein Bestes für ihn zu versuchen.«

»Dann lüg sie doch an! Verdammt noch mal, lüg sie an!«

»Wo hast du solche Ausdrücke gelernt?«

»Von deiner Schwester!«

Pierce sah ins Feuer. »Wenn ich sie anlügen und Felix Foxe da drüben umkommen würde, dächte sie, ich hätte nicht mein Bestes versucht, und würde mir irgendwie die Verantwortung zuschanzen. Nein – es ist das Beste, offen und ehrlich zu sein!«

»Pierce, sag doch nicht so was über den armen Felix!«

»Wieso nicht? Das ist die Wahrheit. Es ist schon ein Wunder, dass der arme Felix so weit gekommen ist, ohne zumindest verstümmelt worden zu sein. Die Lebenserwartung junger Offiziere ist sehr niedrig – meistens fallen sie als Erste. Die ganze ausgezeichnete Herkunft und Erziehung – in einer Sekunde ausgelöscht.«

»Aber du lebst doch auch noch!«

»Ich bin auch anders.«

Sie starrte ihn an und stand dann auf. »Ich gehe ins Bett. Kommst du auch?«

»Wenn ich damit fertig bin.« Er wies nickend auf sein Glas.

67. KAPITEL

Rory Conway brachte die Dokumente, die Pierce angefordert hatte, zur Unterschrift ins Büro.

»Damit ist alles Geschäftliche geregelt«, sagte er lächelnd. »Danke, Lord Armstrong.«

Pierce nickte.

»Wann müssen Sie nach Frankreich zurück?«

»In ein paar Tagen.«

»Ich beneide Sie nicht. Aber Sie werden sicher bald wieder heimkommen.«

»Das bezweifle ich.«

Rory Conway dachte an den Tag, da Prudence ihn aufgesucht und veranlasst hatte, die Scheidungspapiere für Pierce und Clara aufzusetzen. Er hatte es hinausgezögert, weil er sicher sein wollte, dass dies wirklich Pierce' Wünschen entsprach. Nun meinte er, es sei der rechte Zeitpunkt zu erfragen, welche Zukunftspläne Pierce mit seiner Frau, seiner Schwester und seinem Grund und Boden hatte.

Pierce zündete sich eine Zigarette an. Er bot Conway auch eine an, doch dieser lehnte ab.

»Ich hab's aufgegeben, wegen der Gesundheit«, lächelte er, wurde dann aber wieder ernst. »Angesichts des Krieges …« Er verstummte kurz und zögerte. »Ich habe mich gefragt, Lord Armstrong, ob ich wohl eine etwas heikle Angelegenheit ansprechen dürfte? Hatten Sie während Ihres Fronturlaubs die Gelegenheit, darüber nachzudenken, wie Sie Ihre Angelegenheiten in Ordnung bringen wollen?«

»Ich dachte, das hätten wir eben getan.«

»Da ging es nur um das Tagesgeschäft auf Ihrem Besitz. Aber jetzt spreche ich von Ihnen. Von dem unwahrscheinlichen und tragischen Fall Ihres vorzeitigen Ablebens.«

Überrascht riss Pierce die Augen auf.

Als Conway seine Reaktion sah, fuhr er rasch fort: »Ich meine, ich bin sicher, Sie wollen, dass Ihre Wünsche respektiert werden und gut für Ihre Angehörigen gesorgt wird.«

Pierce sagte darauf nichts. Er starrte Conway nur an, ohne ein Wort. Pierce Armstrong hatte eine seltsame, fast hypnotische Art, einen anzustarren. Conway wurde sehr unbehaglich zumute.

Eilends erklärte er: »Ich meine, ich weiß, Ihre Schwester ist sehr besorgt, was die Zukunft des Hauses, der Farm und – äh – des Besitzes angeht. Im Falle Ihres frühzeitigen und tragischen Todes.«

Pierce blinzelte und lehnte sich langsam vor. »Meine Schwester? Woher wissen Sie das? Hat sie Sie etwa wegen meines frühzeitigen und tragischen Todes aufgesucht?«

Conway schluckte, da ihm aufging, in welch unangenehme Lage er sich gebracht hatte.

Fennell kam in den Salon und schloss die Tür hinter sich. »Lady Armstrong, dürfte ich Sie kurz sprechen?«

»Ja, Fennell?« Als sie aufblickte, sah sie, dass er aufgebracht wirkte und ihm Tränen in den Augen standen.

»Wir haben heute schlechte Nachrichten bekommen. Joe, Sie erinnern sich vielleicht, der Chauffeur, ist im Kampf gefallen.«

»Oh, Fennell!« Mit beiden Händen bedeckte sie sich den Mund. »Der arme Junge! Und seine arme Familie … er hat mir das Autofahren beigebracht ...« Sie verstummte, als sie an seine Freundlichkeit dachte.

»Ich weiß. Außerdem kündigen Mrs Fennell und ich, fristlos.«

»Was? Aber warum denn? Sie können uns doch nicht einfach so im Stich lassen. Wo wollen Sie denn hin? Mrs Fennell hat ihr ganzes Leben auf diesem Besitz verbracht.«

»Ich fürchte, unsere Lage in diesem Haus ist unhaltbar geworden.«

»Wovon sprechen Sie denn?«, fragte Clara perplex.

»Lady Prudence.«

Clara ging ins Wohnzimmer, wo Prudence und Pierce in ein Gespräch vertieft waren.

»Ich habe mit euch beiden etwas Wichtiges zu besprechen«, verkündete sie und wappnete sich.

Prudence sah sie misstrauisch an. »Gott, wie ich es hasse, über deine Banalitäten zu reden.«

Clara blickte zu ihrem Mann. »Pierce, ich werde nicht länger mit deiner Schwester unter einem Dach leben.«

»Warum packst du dann nicht?«, konterte Prudence.

»Das ist mein Ernst. Wir müssen uns etwas anderes für Prudence überlegen. Sonst ...« Sie zögerte kurz. »Sonst kehre ich nach London zurück.« Pierce starrte Clara wortlos an.

»Eine Frau sollte die Liebe ihres Mannes nur auf die Probe stellen, wenn sie sich ihrer sicher ist, Clara.« Prudence lehnte sich in ihrem Sessel zurück und kreuzte die Fußknöchel.

»Ich bin mir seiner Liebe sicher. Und ich weiß, er wird mich in meiner Entscheidung unterstützen, dass du gehen musst, Prudence.«

»Ich könnte Fennell veranlassen, ein Zugticket nach Dublin für dich zu besorgen – für alle Fälle«, sagte Prudence.

»Das wird nicht nötig sein.«

»Das hoffst du. Doch wieso in aller Welt willst du, dass ich mein eigenes Elternhaus verlasse?«

»Weil du seit meiner Ankunft einen Feldzug gegen mich führst. Du hast alles Mögliche getan, um mir zu schaden, angefangen damit, mir die Weihnachtskarte von Pierce vorzuenthalten, bis dahin, dass du im Ort üble Gerüchte über mich verbreitest. Und ich will das einfach nicht länger hinnehmen.«

»Es heißt, dass der Krieg schreckliche Auswirkungen auf die daheimgebliebenen Ehefrauen hat. Du bist ein gutes Beispiel, Clara, nun hast du auch noch den letzten Rest deines mickrigen Verstandes verloren. Ich habe keine Ahnung, wovon du sprichst.«

Clara ging zum Klingelzug und zog heftig daran. Kurz darauf erschien Fennell.

»Es ist wohl kaum der rechte Zeitpunkt für Tee, wo du mich doch rauswerfen willst«, bemerkte Prudence ungerührt.

»Fennell ist hier, Pierce, um zu bezeugen, was sie alles getan hat. Sie hat das Benzin aus dem Wagen gelassen, so dass ich mitten in der Nacht zu Fuß nach Hause laufen musste; sie hat meine Kleider enger nähen lassen, damit ich mich dick fühle und weniger esse. Sie hat ständig befohlen, dass es Hühnchen zum Essen gibt, weil ich das hasse, hat behauptet, es gäbe kein heißes Wasser, als ich baden wollte … Sie hat mich schikaniert und sich ständig neue Grausamkeiten ausgedacht. Stimmt's, Fennell?«

»Lady Armstrong sagt die Wahrheit«, erklärte Fennell.

Prudence bedachte den Dienstboten mit einem kühlen Blick. »Ich hab schon immer gesagt, dass man dem Personal nicht trauen darf.«

»Das wäre alles, Fennell«, sagte Pierce.

Fennell drehte sich um und ging.

Da wandte sich Pierce an Prudence. »Nun?«

»Nun, was soll ich sagen?«, gab sie mit munterer, unbekümmerter Stimme zurück. »Ertappt, würde ich sagen. Mein Rat? Verlasse dich nie auf die Diskretion der Dienstboten und unterschätze niemals eine Frau.«

»Pech für dich, dass du dich nicht an deinen eigenen Rat gehalten hast«, bemerkte Clara.

»Tja, was geschehen ist, ist geschehen. Ich verspreche, mich in Zukunft zu benehmen, großes Pfadfinderehrenwort.« Sie legte sich die Hand aufs Herz.

»Ich fürchte, dazu ist es zu spät«, sagte Pierce.

»Zu spät wofür?«

»Ich kann nicht an die Front zurück und euch beide hier allein zurücklassen. Ich denke, es ist an der Zeit, dass du umziehst.«

»Umziehst? Wohin denn?« Prudence verzog entsetzt das Gesicht.

»Fürs Erste nach Hunter's Farm. Du kannst immer noch den Besitz leiten, wenn du möchtest.«

»Nach Hunter's Farm? Ich werde doch nicht mein Heim verlassen! Ich bin hier geboren und aufgewachsen und werde auf keinen Fall in dieses verdammte Farmerhaus ziehen!«

»Dir wird wohl nichts anderes übrigbleiben«, erklärte Clara, innerlich jubelnd.

»Dieses Haus gehört mir genauso wie dir, Pierce.«

»Die Besitzurkunde besagt was anderes.«

»Ich pfeife auf die Besitzurkunde! Ich war diejenige, die hierbleiben musste, während du aufs Internat kamst. Ich hab Papa nach der Schießerei gepflegt und mich um Mutter gekümmert, als sie nervlich am Ende war. Ich hab den Besitz verwaltet, den eine Regierung nach der nächsten immer weiter beschnitten hat, bis uns kaum noch etwas blieb. Du warst zu jung oder weit weg in deiner vornehmen Schule und hattest nur Hirngespinste im Kopf!«

»Das reicht, Prudence!«, fauchte Clara.

»Zum Teufel mit dir!«, schrie Prudence. »Ich will dir mal ganz deutlich sagen, dass ich dich von Anfang an nicht ausstehen konnte. Ich hab ihn nach London geschickt, um eine reiche Erbin zu heiraten, und dann kam er mit dir nach Hause. Du bist das Nutzloseste, was mir je unter die Augen gekommen ist! Und jetzt willst du mich auf Hunter's Farm verbannen!«

»Das wird dir guttun.« Pierce zündete sich eine Zigarette an. »Du musst erkennen, dass du nicht die Herrin dieses Hauses bist, und ein neues Leben beginnen, jenseits dieser Rolle. Vielleicht solltest du noch mal über Gregory Hamiltons Heiratsantrag nachdenken. Er wartet schon lange genug.«

»Dieser alte Narr! Ich will verdammt sein, wenn ich den heirate!«

Daraufhin schwiegen alle drei eine Weile.

»Wann muss ich gehen?«, fragte Prudence schließlich, den Blick zu Boden gesenkt.

»Bevor ich wieder zur Front zurück muss«, erwiderte Pierce.

»So schnell schon?« Prudence zwang sich zu lächeln, aber ihr traten die Tränen in die Augen. Sie stand auf und ging zur Tür. Dort drehte sie sich um und sagte: »Ich habe in meinem ganzen Leben noch nie um etwas gebeten –«

»Dann fang bitte nicht jetzt damit an«, unterbrach Pierce sie.

Daraufhin zog Prudence die Tür hinter sich zu, und Clara stürzte zu Pierce, um ihn zu umarmen.

»Ich wusste, du würdest mir beistehen, ich wusste es einfach«, sagte sie und küsste ihn.

»Sollte ein Mann seiner Frau nicht beistehen?«

»Doch natürlich, aber auch so wusste ich es. Weil du mich liebst.«

Da bedachte er sie mit einem neugierigen Blick.

Prudence kam in die Bibliothek, wo Pierce am Schreibtisch saß. Sie war in Hut und Mantel.

»Tja, dann will ich mal ins Exil. Ich hab meine Koffer gepackt, und Fennell hat sich freundlicherweise bereit erklärt, mich zu fahren. Nur um ganz sicher zu sein, dass ich weg bin, nehme ich an.«

»Gut.« Pierce lehnte sich zurück und sah sie an. »Du leitest weiterhin die Farm und bekommst dafür ein Gehalt. Das habe ich mit Conway geregelt. Du darfst das Grundstück nutzen und hast Anspruch auf Essen aus unserer Küche.«

»Du machst einen schrecklichen Fehler, Pierce, wenn du ihr die Leitung überlässt.«

»Wenn, dann ist es mein schrecklicher Fehler. Ich denke, du hattest hier lange genug die Kontrolle.«

»Ich habe dich immer geliebt. Ich habe alles für dich getan«, sagte sie.

»Was du nicht sagst.«

»Gut, dann bin ich jetzt weg. Pass da drüben auf dich auf … der Krieg zerbricht die meisten Menschen, aber manche prägt er. Dich hat er geprägt, Pierce, er hat dich verändert, und nur die Zukunft wird zeigen, ob zum Guten oder zum Schlechten.«

Clara saß im Salon, als Prudence hereinkam und sie kühl betrachtete. »Ich bin weg«, sagte sie.

»Fennell hilft dir beim Umzug?«

»Fennell hat wohl schon genug getan, findest du nicht? Glaube ja nicht, dass du mich los bist, Clara. Ich leite immer noch den Besitz und wohne nicht weit weg. Ich habe immer ein Auge auf dich, und solltest du einen Fehler machen, werde ich dich persönlich aus diesem Haus jagen.«

Damit machte sie auf dem Absatz kehrt und marschierte hinaus.

Als Clara in dieser Nacht wach wurde und ihre Hand auf Pierce' Seite des Bettes legte, merkte sie, dass sie leer war. Sie setzte sich auf und sah, dass er vor dem Kamin stand und ins Feuer starrte.

»Komm zurück ins Bett, Liebling«, sagte sie.

Er drehte sich um und schaute sie an. »Sag mal – wieso bist du dir so sicher, dass ich dich liebe?«

Sie lächelte ihm zu. »Weil du mich geheiratet hast.«

»Man kann aus vielerlei Gründen heiraten, es muss nicht unbedingt Liebe sein.«

»Aber bei uns war es Liebe.«

»Wie kommst du darauf?«

»Welchen Grund hättest du sonst haben sollen?« Sie umschlang ihre Knie und lächelte ihn an. »Einmal hab ich gehört, wie du mit Prudence gesprochen hast. Sie fragte, wie viel Geld ich mitbrächte, und du antwortetest: ›Nichts.‹ Ich weiß, du wolltest in London eine reiche Frau finden, um eure Zukunft zu sichern. Du hättest sicher auch eine heiraten können … aber du hast mich genommen.«

»Vielleicht war ich nur von dir fasziniert – konnte mein Verlangen nach dir nicht unterdrücken.«

Sie lächelte ihn an. »Ich habe gehört, wie du Prudence gesagt hast, du hättest deine Gründe gehabt, mich zu heiraten. Was außer Liebe könnte das gewesen sein?«

»Verstehe.« Pierce nickte, als wäre ihm jetzt alles klar. Langsam ging er zum Bett, setzte sich und nahm ihre Hand.

»Weißt du, Clara, ich könnte dich in dem Glauben lassen, aber das wäre wirklich nicht fair. Eigentlich habe ich dich geheiratet, weil ein anderer dich wollte.«

»Ich verstehe nicht.«

»Du warst die berühmte Clara Charter, von der alle sprachen. Alle waren hingerissen von dir, und doch … bist du mir einfach vor die Füße gefallen. Ich konnte mit dir machen, was ich wollte. Ich musste dich nur heiraten, um alle anderen zu ärgern.«

»Lass die Scherze, Pierce.«

»Das sind keine Scherze.« Er senkte seine Stimme und flüsterte: »Als es dann auch noch hieß, du würdest Cosmo Wellesley heiraten, war das das Sahnehäubchen. Cosmo, den ich verachtete, der mir auf der Schule alles nahm, was mir lieb und teuer war: meinen Platz, meine Stellung, meine Freunde. Jetzt konnte ich ihm wegnehmen, was er liebte. Und musste noch nicht mal darum kämpfen.« Er hob ihre Hand und küsste sie. Sie entzog sie ihm.

Pierce ging zum Ankleidezimmer, kam kurz darauf mit einem Packen Briefe zurück und warf sie aufs Bett.

Clara erkannte ihre Handschrift darauf. Sie waren alle ungeöffnet.

»Brauchst du noch mehr Beweise?«, fragte Pierce.

Nach Pierce' Abreise holte Clara ihre Briefe an ihn hervor und starrte lange darauf. Anschließend ging sie mit ihnen in der Hand zum Gästezimmer, wo sie die anderen Frontbriefe versteckt hatte, warf sie dazu, drückte das Dielenbrett wieder fest und schob den Teppich darüber. Zuerst hatte sie die Briefe verbrennen wollen, sich dann aber dagegen entschieden – nur für den Fall, dass sie je wieder an ihre Gefühle für Pierce erinnert werden musste.

68. KAPITEL

Clara lag mit einer dicken Decke auf dem Sofa und starrte hinaus in die schneebedeckte Landschaft. Dann griff sie nach ihrem Sherryglas und leerte es.

Irgendwann klingelte es, und kurz darauf kam Fennell herein.

»Verzeihung, Ma'am, Johnny Seymour ist hier«, verkündete er mit leicht besorgter Miene.

»Johnny Seymour!« Sie war schockiert.

»Hallo, hallo!«, sagte Johnny, der einfach hinter Fennell hereinkam. »Danke, Fennell. Wir sagen Ihnen Bescheid, wenn wir Tee möchten.« Er wies den Diener hinaus und schloss die Tür hinter sich.

Clara setzte sich eilig auf. »Johnny, was machen Sie hier? Ich habe gar keinen Wagen gehört.«

»Ich fürchte, ich habe mal wieder Fahrverbot. Ein freundlicher Mitmensch hat mich mit seinem Wagen mitgenommen. Hm, Sherry, genau das Richtige an einem Tag wie diesem.« Er ging zum Beistelltischchen neben ihrem Sofa und schenkte sich ein Glas ein.

»Was machen Sie hier?«, wiederholte sie.

»Ich will das verdammte Porträt fertigstellen. Ich habe Ihnen tausend Nachrichten hinterlassen, aber Sie haben nicht einmal geantwortet.«

»Ich weiß. Es tut mir leid. Ich hatte anderes im Kopf.«

Er musterte sie. »Das sehe ich. Sie sehen grässlich aus.«

»Oh, danke! Das hört man gern.«

»Nein, ich meine ja nur, dass Sie für die Nachwelt nicht so niedergeschlagen aussehen wollen, oder?«

»Ihnen geht es nur um das verdammte Porträt, nicht wahr?«, sagte sie gereizt.

Er nahm in dem Sessel ihr gegenüber Platz und musterte sie, wie sie, halb von einer Decke umhüllt, auf dem Sofa lag. »Sind Sie krank?«

»Nein.«

Er wirkte besorgt. »Doch keine schlechten Nachrichten von der Front?«

»Nein«, seufzte sie. »Gar keine Nachrichten, wie üblich.«

»Na, dann können wir heute Nachmittag doch arbeiten.«

»Nein, ich will nicht, Johnny. Ich will kein Porträt mehr. Natürlich bekommen Sie Ihr Geld.«

»Kommt gar nicht in Frage.«

»Ich will nicht darüber streiten. Ich habe zu viel anderes im Kopf.«

»Hat Prudence Sie wieder schikaniert?«

»Nein … Wir haben sie wegen schlechten Benehmens nach Hunter's Farm geschickt.«

Johnny brach in lautes Gelächter aus. »Da ist sie gut aufgehoben.«

»Wir können also nicht mit dem Porträt weitermachen, weil wir allein sind.«

»Wir sind nicht allein, Sie haben einen Haushalt voller Dienstboten.«

»Einen halben Haushalt. Die andere Hälfte lässt sich in Frankreich umbringen.« Sie neigte sich vor und schenkte sich Sherry nach.

»Es sieht so aus, als würden Sie eine Menge Sherry trinken.«

»Und wenn schon.«

»Aber was würde die Londoner Gesellschaft sagen? Clara Charter, von Charter's Chocolates & Confectionery, Ballkönigin 1910, 1911, 1912 und 1913!«

Sie musterte ihn misstrauisch. »Sie vergessen 1909. Ich war insgesamt fünf Jahre Debütantin. Aber Sie haben über mich Erkundigungen eingezogen.«

»Nur ein paar Fragen gestellt.«

Sie seufzte und leerte ihr Glas. »Charter's Chocolates & Confectionery! Die Londoner Gesellschaft hat sicher an anderes zu denken als an meinen Ehestand. Dort bin ich doch nur noch eine verblassende Erinnerung.« Sie starrte in ihr Glas. »Die Einzige, die sich noch für meinen Ehestand interessiert – bin ich selbst!«

Lächelnd neigte er sich vor. »Hängt denn der Haussegen schief?«

Seufzend stellte sie ihr Glas ab. »Ich sage Mrs Fennell, sie soll Ihnen etwas zu essen machen, dann bringt Sie Fennell nach Hause oder zum Bahnhof, falls Sie nach Dublin zurück wollen.«

»Pah! Da finde ich einfach nicht die passenden Räumlichkeiten für meine Ausstellung.«

»Ist das alles, was Sie interessiert?« Auf einmal fing sie an zu weinen.

Rasch stand er auf und setzte sich zu ihr. »Was ist denn los?«, fragte er und nahm ihre Hand. »Erzählen Sie!«

»Das kann ich niemandem erzählen!« Sie entzog ihm ihre Hand, stand auf und ging zum Kamin.

»Ich bin ein guter Zuhörer.«

»Ich kenne Sie doch nicht mal.«

»Doch, Sie kennen mich. Nach meiner Auffassung sind wir alte Freunde.«

Sie fing an, auf und ab zu gehen. »Ich glaube, ich habe

den schrecklichsten Fehler meines Lebens begangen … mir ist klar, dass ich Pierce niemals hätte heiraten dürfen … doch ich liebte ihn so sehr, dass ich gar nicht auf seine Gefühle für mich geachtet habe. Oder ich habe mir eingeredet, er liebte mich auch. Aber jetzt weiß ich, dass er nichts für mich empfindet. Ich bin ihm einfach egal.« Sie blieb stehen und barg ihr Gesicht in den Händen. »Und nun sitze ich in der Falle.« Ihr brach die Stimme. »Ich kann weder meine Ehe beenden noch dieses Haus verlassen. Das wäre mein Ruin. Und der meiner Familie.«

Sie fing an zu weinen. Er stürzte zu ihr, nahm sie in die Arme und hielt sie fest. Tröstend sagte er: »Ist schon gut. Weinen Sie sich aus, das brauchen Sie jetzt.«

Da ließ sie sich völlig fallen und schluchzte heftig, weil endlich jemand da war, der sich dafür interessierte, wie sie sich fühlte.

Schließlich versiegten ihre Tränen. Vorsichtig löste sie sich von ihm.

Lächelnd nahm er ein Taschentuch und wischte ihr die Tränen ab. »Keine Angst, das ist sauber«, sagte er.

»Ach, wie Sie sehen, war ich nur ein bisschen emotional. Ich war Weihnachten allein, Pierce blieb natürlich an der Front, und sogar Prudence hat Verwandte in Dublin besucht.«

»Also haben Sie sich in Selbstmitleid gesuhlt?«

»Einen Grund zum Feiern gab es jedenfalls nicht.« Sie setzte sich wieder.

»Nun, aber jetzt gibt es einen.« Lächelnd nahm er neben ihr Platz. »Ich hab Ihre Bilder ein paar Kritikern in Dublin gezeigt, und sie waren genauso beeindruckt wie ich. Also habe ich beschlossen, sie in meine Ausstellung aufzunehmen.«

Sie starrte ihn empört an. »Johnny, Sie hatten kein Recht,

meine Bilder jemandem zu zeigen. Oder sie auch nur zu nehmen! Sie haben sie gestohlen!«

»Ich zöge geliehen vor.«

»Nun, jedenfalls können Sie Ihrer Galerie sagen, dass meine Bilder weder auf Ihrer verdammten Ausstellung gezeigt werden noch sonst wo!«

»Clara« – er griff nach ihrer Hand –, »wissen Sie nicht, was das bedeutet? Andere Künstler würden für eine solche Gelegenheit töten!«

»Dann geben Sie ihnen doch die Gelegenheit.« Sie stand auf und fing wieder an, unruhig hin- und herzugehen. »Ausstellung! Das sind meine privaten Bilder, die nicht von Fremden angestarrt werden sollten.«

Mit gelangweilter Miene lehnte er sich zurück. »Tun Sie doch nicht so, als wollten Sie nicht ausgestellt werden.«

»Natürlich will ich das nicht. Und selbst wenn, ich könnte es nicht. Lady Armstrong in einer Kunstausstellung, während ihr Ehemann gegen die Deutschen kämpft? Darüber würden sich alle das Maul zerreißen.«

Sie ging zum Fenster und blickte hinaus auf die schneebedeckte Landschaft.

Er folgte ihr und stellte sich dicht hinter sie.

»Der Ehemann, der Sie nicht liebt?«

»Das ist ohne Bedeutung. Schließlich muss ich an meine Stellung und meinen Ruf denken.«

»Das würde eine Woche Dublin bedeuten.«

»Undenkbar.«

»Sie würden jeden Abend ins Theater gehen.«

»Lächerlich.«

»Und in schicken Restaurants essen.«

»In Kriegszeiten? Geschmacklos.«

»Und natürlich die Boheme kennenlernen.«

»Ich muss mich um einen Basar kümmern, dessen Erlös

für Kriegsopfer gedacht ist, da hätte ich gar nicht die Zeit dazu.«

»Es ist doch nur eine Woche … und zur Ausstellung werden auch Berühmtheiten wie WB Yeats kommen.«

Schweigen.

»Wann genau soll die Ausstellung stattfinden?«

In den nächsten Monaten übernahm Johnny das Kommando, und Clara ließ sich willig von ihm mitreißen. Sie saß still da, während er sie malte, versuchte, nicht zu lachen, wenn er Witze machte, und nicht zu weinen, wenn sie an Pierce dachte. Johnny fuhr immer wieder wegen der Ausstellungsvorbereitungen nach Dublin, und allmählich fürchtete sie seine Abwesenheit, weil sie dann zurück in ihr unglückliches Leben musste.

»Alles ist bereit«, strahlte Johnny irgendwann im Frühsommer. »Sie auch?«

Und plötzlich saß sie mit ihm im Zug nach Dublin.

»Ich werde nie begreifen, wie Sie mich dazu gebracht haben«, sagte sie und sah ihn vorwurfsvoll an.

Er grinste. »Es hat mich selbst überrascht, wie leicht das war«, erwiderte er.

69. KAPITEL

Clara hatte schon fast vergessen, wie es im Theater war, als sie auf den Rängen des *The Gaiety* Platz nahm. Während sie sich im elegant gekleideten Publikum umsah, verfluchte sie Johnny, der sie so gedrängt hatte, dass sie keine Zeit mehr zum Umziehen gehabt hatte.

»Hallo, Johnny!«, rief ein Mann und winkte von der anderen Seite der Sitzreihe.

Johnny winkte zurück.

»Johnny, du bist wieder da! Schön, dich zu sehen«, sagte eine Frau ein paar Reihen unter ihnen.

»Sie sind hier wohl ziemlich bekannt«, bemerkte Clara.

»Na klar.« Er sah sich um. »Und alle fragen sich, wer Sie sind und ob wir was miteinander haben.«

Schockiert sah Clara ihn an. »Johnny!«

»Ich sag doch nur, was alle denken.«

»Lassen Sie das! Sonst fühle ich mich schuldig.«

»Verzeihung – das könnte ich nicht ertragen.« Er lächelte sie an.

Schon bald hob sich der Vorhang. Alice Kavinsky spielte die Hauptrolle, und Clara musste zugeben, dass sie ihre Darbietung faszinierend fand.

Als sie danach im überfüllten Foyer standen, rief Alice zu ihnen herüber: »Johnny, wir gehen alle noch ins Jammet's. Wir sehen uns dort!«

Nach einem langen Abend in einer Bar fuhren Clara und Johnny mit einem Taxi zu Johnnys Dubliner Wohnung.

»Ich habe noch nie jemanden so reden hören wie Ihre Bekannten«, sagte sie. »Nicht so hitzig und leidenschaftlich. Ich meine, vor dem Krieg sprachen wir nur darüber, auf welche Party wir gehen und wie viel Geld jemand hatte. Und nach meiner Heirat schien sich mein Mann nur für das zu interessieren, was auf seinem Gut vorgeht.«

»Und wie fühlen Sie sich in Dublin?«

»Lebendig!«

Er sah sie an und lächelte.

Johnnys Wohnung lag im Dachgeschoss, war groß und diente gleichzeitig als Atelier. Als sie dort ankamen, machte Johnny ihr zuerst einen Kaffee.

»Bei diesen Leuten klingt alles so aufregend«, bemerkte sie. »Als wäre alles möglich. Dabei kam es mir langsam so vor, als wäre gar nichts mehr möglich.«

»Die Welt kann aus diesem Krieg besser als zuvor erstehen. Und dieses Land hat eine glorreiche Zukunft vor sich.«

»Tja, Dublin ist wirklich wundervoll. Es gefällt mir sehr, Ihre Welt zu sehen.«

»Es könnte auch Ihre Welt sein.«

»Nein, kann es nicht. Nächste Woche kehre ich nach Hause zurück, warte darauf, dass mein Mann von der Front kommt, und dann nehmen wir wieder unsere Ehe und unser Leben auf – wie auch immer das aussehen mag.« Traurig blickte sie in ihren Kaffee.

Er kam zu ihr und setzte sich neben sie. Nahm ihr die Tasse aus der Hand und stellte sie auf den Boden.

»Das müssen Sie nicht, Clara«, sagte er. Er umfasste sie und drückte ihr einen Kuss auf die Lippen.

Schockiert wich sie zurück und stand überstürzt auf. »Ich gehe jetzt besser.«

»Ich habe Sie beleidigt.«

»Nein – es ist nur … ich kann nicht.«

Er erhob sich ebenfalls und fasste ihre Schultern. »Ich dachte, zwischen uns sei etwas entstanden?«

»Ich bin verheiratet, Johnny.«

»Unglücklich.«

»Ich habe meine Entscheidung getroffen.«

»Aber heutzutage gibt es ständig Scheidungen.«

»In Ihrer Welt, nicht in meiner. Ich bin keine Ihrer intellektuellen Freundinnen, sondern eine Frau, die für eine bestimmte Rolle erzogen wurde. Und ich habe mich für die Rolle der Lady Armstrong entschieden.«

Da packte er sie und küsste sie noch einmal. »Sag mir, dass du nicht dasselbe empfindest!«

Sie stieß ihn zurück. »Wir sehen uns heute Abend auf der Ausstellung.« Rasch verließ sie seine Wohnung.

»Ich gebe nicht auf!«, rief er ihr nach.

Auf der Ausstellung wimmelte es von Besuchern. Fast wäre sie nicht hingegangen, aus Angst, Johnny wiederzusehen, aus Angst vor ihren eigenen Gefühlen. Sie fragte sich, ob die Atmosphäre nun zwischen ihnen gezwungen sein würde, aber er übernahm die Initiative und sorgte mit seiner freundlich bestimmenden Art dafür, dass sie sich wohl fühlte.

Als sie durch die Galerie schlenderte, war sie doch insgeheim stolz darauf, ihre Bilder an der Wand zu sehen, vor allem das von Mrs Fennell bei der Arbeit in der Küche.

»Es hat sehr positive Kritiken bekommen«, bemerkte Johnny.

»Wirklich?«, fragte Clara erfreut.

»Laut Kritik in der *Times* hält man dich für vielversprechend.«

»Das ist mein Schicksal!«, erwiderte sie mit einem ironischen Lächeln. »Das war ich schon als Debütantin.« Er lachte, nahm sie beim Arm und stellte sie anderen Besuchern vor.

Da gesellte sich Countess Alice zu ihr. »Ich muss sagen, Ihre Bilder gefallen mir.«

»Oh, danke.«

»Vor allem das Konzept dahinter: Lady Armstrong malt die Köchin, die sich in der Küche für sie abarbeitet.«

»So war das nicht gemeint!«, sagte Clara schockiert.

Alice blickte sie forschend an. »Sie sind also Johnnys neue Muse. Schauen wir mal … Ja, meine Erinnerung hat mich nicht getrogen – Sie sind sehr schön, meine Liebe.« Sie neigte sich näher zu ihr. »Haben Sie schon mit ihm geschlafen?«

Clara wich stirnrunzelnd zurück. »Wie können Sie es wagen!«

»Also nein? Ach, deshalb ist er noch so aufmerksam. Das Problem bei Johnny ist, dass er Sie sofort fallen lässt, wenn er erst mal sein Ziel erreicht hat.« Mit einem selbstgefälligen Lächeln legte sie sich die Hand auf die Brust. »Ich muss es wissen. Ich bin eine seiner Eroberungen.«

Als Clara entsetzt die Augen aufriss, lachte Alice sarkastisch.

»Ach, Clara, Sie Arme! Dachten Sie etwa, Sie wären etwas Besonderes für ihn?« Sie lachte noch einmal auf. »Sie sind nur seine neueste Muse. Sobald er Ihr Porträt fertig und Sie ins Bett gezerrt hat, wird er sich eine neue Schönheit suchen. Komischerweise teilt er trotz seines sozialistischen Geredes immer nur mit Aristokratinnen das Bett.«

»Entschuldigen Sie mich bitte«, sagte Clara und entfernte sich von ihr.

Rasch durchquerte sie die Menge, da spürte sie plötzlich, wie jemand von hinten ihre Taille umfasste.

»Da bist du ja!«, sagte Johnny. »Komm, ich muss dich einem Kritiker vorstellen.«

Am Tag danach sprang Johnny die Stufen zum Shelbourne Hotel hinauf. In der einen Hand hielt er einen Blumenstrauß, in der anderen die *Times* mit einer Kritik über Claras Bilder.

»Könnten Sie bitte Clara Armstrong Bescheid sagen, dass Johnny Seymour auf sie wartet«, sagte er strahlend zum Empfangschef.

»Ich fürchte, Lady Armstrong ist heute früh abgereist«, erwiderte dieser.

»Was? Hat sie eine Nachricht hinterlassen?«

»Nein, keine Nachricht.«

Betroffen drehte Johnny sich um und ging, Blumenstrauß und Zeitung in der Hand, aus dem Hotel.

70. KAPITEL

Kurz darauf fuhr Clara durch den kleinen Ort in der Nähe des Armstrong House und beschloss, der Kirche einen Besuch abzustatten. Sie hielt und trat aus dem Sonnenschein in das kleine Gebäude. Zu ihrer Überraschung entdeckte sie Mrs Foxe, die mit gesenktem Kopf in der vordersten Reihe saß. Sie ging zu ihr und fragte: »Emily?«

Clara erschrak, als ihre Nachbarin sie mit bleichem Gesicht und rotgeweinten Augen ansah.

»Was ist denn, Emily?«, fragte Clara, setzte sich zu ihr und legte den Arm um sie.

»Felix. Er wurde im Gefecht … getötet.« Das letzte Wort brachte sie kaum hervor.

»O nein, Emily!« Clara zog sie an sich und hielt sie fest, während sich Emily ausweinte. Dabei musste sie an Felix' unschuldiges Gesicht, seine Freundlichkeit und sein rührendes Stottern denken.

In der gleichen Nacht wurde Clara von einem scharfen Knall geweckt. Sie fuhr auf. Kurz darauf knallte wieder etwas, und sie erkannte, dass Steinchen an ihr Fenster geworfen wurden. Sie eilte dorthin und blickte auf den Vorhof unter ihr. Da sie nichts sah, öffnete sie das Fenster und spähte nervös hinaus.

»Clara!«, ertönte eine Stimme aus den Schatten.

»Wer ist da?«, fragte sie.

»Johnny!«

»Johnny! Was willst du hier, mitten in der Nacht?«

»Ich muss dich sehen. Komm zur Haustür, aber weck die Dienstboten nicht.«

»Auf gar keinen Fall. Das ist doch lächerlich!«

»Bitte! Es ist ein Notfall.«

Clara zögerte, dann schloss sie schnell das Fenster. Sie warf ihren seidenen Morgenmantel über und eilte hinunter zur Haustür.

Vor der Tür stand Johnny mit seinem Freund Thomas Geraghty. Johnny stützte den Dichter.

»Was in Gottes Namen ist denn los?«, fragte Clara.

Johnny schob sich an ihr vorbei und schleppte Thomas durch die Halle ins Wohnzimmer.

Clara schloss die Tür und folgte ihnen rasch. Im Wohnzimmer angekommen, fragte sie: »Was macht ihr hier?«

Als Johnny seinen Freund vorsichtig auf einen Sessel setzte, bemerkte sie, dass dieser verwundet war.

»Was ist mit ihm?«, fragte sie und stürzte zu ihm.

Ohne ein Wort zog Johnny ihm behutsam den Mantel aus. Clara holte keuchend Luft, als sie das blutbefleckte Hemd darunter sah.

»Er ist angeschossen worden«, erklärte Johnny.

»Angeschossen!«, rief Clara.

»Das Schlimmste hat er schon hinter sich. Ein Arzt hat die Wunden versorgt.«

»Aber er muss sofort in ein Krankenhaus, Johnny.«

»Das geht nicht«, sagte Johnny und sah sie direkt an. »Er hat sich an den Revolten wegen des Home-Rule-Gesetzes beteiligt. Würde er jetzt erwischt, würde er wegen Hochverrats verhaftet und wirklich erschossen.«

Clara ging neben Thomas in die Knie.

»Er war beim Aufstand dabei?« Im Laufe der letzten Monate war es zu immer heftigeren Ausschreitungen gekommen. Die irische Bevölkerung war geteilter Meinung – auf der einen Seite die Befürworter, auf der anderen Seite die Gegner der Unabhängigkeit von Großbritannien.

Johnny nickte. »Er konnte zwar fliehen, doch er wird überall gesucht. In Longford hat man ihn aufgespürt; er ist Gott sei Dank entkommen, wurde dabei aber angeschossen.«

In diesem Moment hörten sie, wie in der Halle eine Tür ging.

»Da kommt jemand von den Dienstboten! Wahrscheinlich Fennell«, sagte Clara in Panik.

»Werde ihn los!«, befahl Johnny.

»Wenn ich jetzt nichts sage, mache ich mich mitschuldig.«

»Wenn du jetzt etwas sagst, machst du dich schuldig an seinem Tod. Willst du das?«

Clara warf einen Blick zu Thomas, dann stürzte sie zur Tür und betrat die Halle.

Dort stand Fennell, im Morgenmantel. Er wirkte besorgt. Clara fuhr durch den Sinn, dass er vielleicht aus dem Dachfenster geschaut und die beiden Männer gesehen hatte.

»Mylady, ist alles in Ordnung? Ich meinte, etwas gehört zu haben.«

»Nein, nein, Fennell. Ich bin's nur. Ich konnte nicht schlafen, daher habe ich mir einen Drink genehmigt.« Sie lächelte ihn an.

»Verstehe«, sagte Fennell, wirkte aber noch verwirrt.

»Ach, ich hab mein Fenster geöffnet, um etwas frische Luft zu bekommen, und es ist zugeknallt – vielleicht sind Sie davon aufgewacht«, improvisierte Clara.

Seine Miene erhellte sich. »Ah ja – das war es bestimmt. Gut, Mylady, dann will ich jetzt eine heiße Milch für Sie machen, das ist doch ratsamer als ein Drink.«

»Aber nein. Ich bin mit meinem Sherry zufrieden. Sie gehen zurück ins Bett.«

Fennell nickte und zog sich in den Dienstbotentrakt zurück.

Clara wartete, bis er verschwunden war, kehrte dann ins Wohnzimmer zurück und schloss hinter sich ab.

»Warum in aller Welt hast du ihn hierher gebracht?«, murmelte sie zornig, entriss Johnny den Whiskey in seiner Hand und trank einen Schluck. Thomas lag halb bewusstlos auf dem Sessel.

»Mir fiel kein anderes sicheres Versteck ein«, antwortete Johnny.

»Wie wär's mit deinem eigenen Haus?«, zischte sie aufgebracht.

»Das wäre nicht sicher. Die ganze Umgebung wird abgesucht, da werden sie mein Haus nicht auslassen. Schließlich weiß jeder, dass ich mit politisch engagierten Leuten bekannt bin.«

»Und wieso glaubst du, mein Haus wäre sicher?«, fragte sie, halb panisch, halb ungläubig.

»Hier würde man nie suchen. Schließlich ist das das Haus von Lord und Lady Armstrong! Und dein Mann ist ein hochrangiger Offizier in der Armee.«

»Du hast wohl an alles gedacht!« Sie war verblüfft und wütend zugleich. »Du bringst mich in eine schreckliche Lage, Johnny. Du verlangst von mir, einen Kriminellen zu verstecken.«

»Einen Freiheitskämpfer.«

»Aber er hat gegen das Gesetz verstoßen und liegt jetzt in meinem Wohnzimmer, in meinem Haus.«

»Ist doch nur für ein paar Tage, bis wir einen Wagen organisiert haben, der ihn nach Süden bringt. Hier wird man ihn niemals finden.«

»Und wo soll ich ihn verstecken? Glaubst du, Fennell und die anderen würden nichts bemerken?«

»Er kommt in eines der Gästezimmer und schließt die Tür ab. Dann wird niemand etwas bemerken.«

»Nein, Johnny. Du gehst jetzt auf der Stelle und nimmst ihn mit. Fahr ihn schon heute Nacht nach Süden.«

»Das geht nicht. Es sind zu viele Straßensperren.«

»Dann bring ihn woandershin, ist mir doch egal, Hauptsache, es hat nichts mit mir zu tun. So leid es mir tut, aber er kann hier nicht bleiben.« Sie verschränkte die Arme und wandte sich von ihm ab.

»Das bedeutet sein Todesurteil. Ohne deinen Schutz wird er nicht überleben.«

Sie blickte zu Thomas, der jetzt schlief, und dachte an Felix Foxe und all die anderen, die gestorben waren.

»Ist gut, zwei Tage, aber nicht länger. Dann muss er weg, hast du verstanden?«

Johnny sah sie lächelnd an und nickte.

71. KAPITEL

Die nächsten Tage war Clara mit ihren Nerven am Ende. Ihre Hauptsorge war darauf gerichtet, das Personal nichts merken zu lassen. Sie ließ sich morgens das Frühstück aufs Zimmer bringen und trug das Tablett sofort ans andere Ende des Hauses, wo Thomas sich versteckte. Die ganze Zeit bestand das Risiko, dass ein Dienstbote dies bemerkte oder ihn hörte, wenn er nachts im Schlaf stöhnte oder sich bewegte.

»Wie geht es Ihnen heute?«, fragte sie am dritten Tag, als sie ihm das Essen brachte.

Er stand am Fenster und spähte verstohlen hinaus.

»War die Armee hier?«, fragte er.

»Nein, niemand.«

»Hat Johnny Ihnen erklärt, was Sie zu ihnen zu sagen haben?«

»Ja«, seufzte sie, »er hat mich instruiert.«

»Gut.«

Thomas kam zu dem Tisch, wo sie das Tablett abgestellt hatte, setzte sich und sah sie an.

»Ich hätte nie gedacht, dass ich Ihnen einmal mein Leben verdanken würde«, bemerkte er und fing an zu essen.

»Ich auch nicht, das kann ich Ihnen versichern.«

Er nickte. »Danke.«

»Sie müssen sich nicht bei mir bedanken. Ich konnte nicht anders, als Johnny sagte, Ihr Leben läge in meinen

Händen. Aber ich billige nicht, was Sie getan haben, und werde Johnny nie verzeihen, mich in diese Lage gebracht zu haben.« Sie ließ sich auf dem Bett nieder.

Thomas trank einen Schluck Kaffee und lächelte. »Doch, das werden sie. Am Ende verzeiht jeder Johnny.«

»Sie werden sehen, dass sein Charme an mich verschwendet ist.«

»Zu schade. Johnny wird am Boden zerstört sein. Er hat nämlich eine Schwäche für Sie.«

»Ich bin sicher, er hat eine Schwäche für viele.«

»Mag sein, aber in Sie ist er verliebt«, erklärte Thomas.

Clara wurde rot und stand auf. »Ich glaube, Sie vergessen sich, Mr Geraghty. Nur, weil ich gezwungen bin, Sie zu verstecken, haben Sie noch lange nicht das Recht, unverschämt zu werden.« Sie verließ das Zimmer und schloss die Tür hinter sich ab. Dann ging sie rasch den Flur hinunter, blieb jedoch plötzlich stehen und lehnte sich an die Wand, weil ihr Thomas' Worte nicht mehr aus dem Kopf gingen.

»Mr Seymour möchte Sie sehen«, verkündete Fennell.

Sie versuchte, überrascht zu wirken. »Ach wirklich? Bitte bringen Sie ihn herein, Fennell.«

Sekunden später erschien Johnny im Wohnzimmer, gefolgt von Fennell. »Meine liebe Lady Armstrong!« Er neigte sich zu ihr und küsste sie auf die Wange.

»Mr Seymour, welchem Umstand verdanken wir das Vergnügen?«

»Ich fürchte, ich habe meine Pflichten vernachlässigt, Lady Armstrong«, sagte er mit lauter, jovialer Stimme.

»Inwiefern?« Sie lächelte ihn an, aber ihr Blick war giftig.

»Wegen des Porträts, Lady Armstrong. Ich wollte es jetzt fertigstellen.«

»Sehr aufmerksam von Ihnen, Mr Seymour. Wir hatten

schon alle Hoffnung aufgegeben und es weggeräumt.« Sie sah Fennell an. »Wohin genau, Fennell?«

»Auf den Dachboden, Mylady.«

»Den Dachboden!«, wiederholte Johnny mit gespieltem Entsetzen.

»Da haben Sie es, Mr Seymour. Jedes Kunstwerk findet seinen Platz, und der Ihres Porträts ist – auf dem Speicher.«

»Soll ich es Ihnen bringen, Mylady?«, erkundigte sich Fennell.

»Nein, danke, Fennell«, antwortete Clara.

»Aber unbedingt, Fennell«, rief Johnny aus. »Und vielleicht auch Tee, wenn Sie schon dabei sind.«

»Soll ich es wieder auf die Staffelei im Ballsaal stellen?«, fragte Fennell.

»Was würden wir nur ohne Sie machen?«, erklärte Johnny und zwinkerte Clara zu.

Fennell nickte, ging und schloss die Tür hinter sich.

»Jetzt gehorchen meine Dienstboten schon dir und nicht mir«, bemerkte Clara.

Johnny kam zu ihr und setzte sich neben sie. »Wie geht es ihm?«

»Er erholt sich. Und teilt meinen Wunsch, dass er so schnell wie möglich das Haus verlässt.«

»Es ist etwas für morgen Nacht arrangiert. Bring ihn um zwei Uhr morgens zur Terrassentür, wenn das Personal schläft.«

Clara posierte auf einem Stuhl, während Johnny sie malte.

»Nun, ein Gutes hat es: Jetzt kann ich dein Porträt fertigstellen. Als du ohne Abschied aus dem Hotel verschwunden bist, dachte ich, wir würden uns nie mehr wiedersehen.«

»Ich hatte auch beschlossen, dich nur noch auf gesellschaftlichen Empfängen zu treffen.«

»Und wieso bist du ohne Abschied verschwunden?«

»Weil ich es nicht leiden kann, wenn man mich zum Narren hält.«

»Wieso habe ich dich zum Narren gehalten?«, fragte Johnny mit ruhiger Stimme und malte weiter.

»Weil du mit mir gespielt hast.«

»Was?«

»Komm schon, Johnny. Ich hab dich jetzt durchschaut. Du bist ein Weiberheld, der es amüsant fand, mit einer vernachlässigten Frau ins Bett zu gehen, während ihr Mann an der Front ist.«

»Wie bist du denn auf die Idee gekommen?« Schockiert sah er sie an.

»Mir ist dein Ruf zu Ohren gekommen.«

»Von wem?«

»Das tut nichts zur Sache.«

»Das finde ich wirklich unfair.«

»Und als wäre das nicht schon schlimm genug, bist du auch noch mit einem Rebellen bei mir aufgetaucht und hast mich in Gefahr gebracht. Nach alldem will ich dich wirklich nie mehr wiedersehen.«

»Das ist nicht dein Ernst!«

»Doch, ist es.«

»Und was ist mit deinem Porträt?«

»Zum Teufel damit! Du warst nie ehrlich zu mir. Bei Pierce weiß ich wenigstens, woran ich bin. Aber du hast mir nie erzählt, dass du Revolutionär bist.«

»Bin ich auch nicht. Ich sympathisiere nur mit ihnen, mehr nicht.«

»Und warum wolltest du dann, dass ich einen Mann in meinem Gästezimmer verstecke?«

»Weil ich politische Beziehungen zu ihm habe. Ich bin Politiker.«

»Ha!« Clara lachte abschätzig auf. »Was für einen Staat wollt ihr da eigentlich aufbauen mit Dichtern, die Revolutionär spielen, und Malern, die sich Politiker nennen?«

»Einen besseren als den hier jetzt, wo unsere Jugend als Kanonenfutter endet und Farmer sich als Offiziere verkleiden.«

»Damit willst du zweifellos meinen Mann beleidigen.«

Johnny brüllte: »Ja, deinen Mann! Und eure Ehe ist eine Farce!«

»Wenn ich dich weiterhin sehen würde, wäre sie ganz gewiss eine Farce. Sag mal, als du deine Affäre mit der Countess Kavinsky hattest, war ihr Mann da schon tot? Andererseits hätte dich das auch nicht gekümmert, oder?«

»Also hat Alice ihre große Klappe nicht gehalten.«

»Das tut nichts zur Sache. Graf Kavinsky hat doch Selbstmord begangen, nicht wahr? Warst du der Grund?«

Johnny starrte sie finster an, warf Pinsel und Farben nieder und ging zur Terrassentür, um in den Garten zu blicken.

Seufzend ging sie zu ihm.

»Es tut mir leid«, sagte sie sanft. »Hat er sich wegen deiner Affäre mit Alice umgebracht?«

»Es hieß, wegen Spielschulden«, erwiderte Johnny leise.

Dann drehte er sich um. »Wir waren doch Freunde – wieso gehen wir uns jetzt so an die Kehle?«

»Weil ich nicht bin wie du, Johnny. Du willst, dass ich dein Leben lebe. Aber das kann ich nicht.«

Da packte er sie und drückte seine Lippen auf ihre.

»Ich hab mich in dich verliebt, weil du nicht bist wie die anderen.«

Sie stieß ihn von sich und ging in die Mitte des Ballsaals.

»Und wie soll das Ganze funktionieren? Mit heimlichen Treffen?«

»Du könntest ihn doch verlassen.«

»Mach dich nicht lächerlich. Dann wäre ich ruiniert.«

Da kam Fennell herein. »Verzeihung, Mylady. Aber bleibt Mr Seymour zum Abendessen?«

»Nein, Fennell, Mr Seymour geht jetzt.«

Kaum war der Dienstbote gegangen, sagte sie: »Ich bringe Geraghty morgen Nacht um zwei zur Terrassentür. Du kannst ihn da abholen.«

Clara öffnete die Terrassentür, und sie traten hinaus.

Aus dem Schatten tauchten Johnny und zwei andere Männer auf.

»Schnell, gehen wir«, sagte einer von ihnen, stützte Geraghty und ging mit ihm und dem anderen rasch über den Rasen.

Johnny stand da und starrte Clara an.

»Seymour, komm schon!«, rief einer der Männer leise.

»Soll ich gehen oder bleiben?«, fragte er sanft.

»Bleiben«, antwortete sie leise.

72. KAPITEL

Clara regte sich im Schlaf und wachte dann auf. Da sah sie, dass Johnny neben ihr schlief. Sie warf einen Blick auf die Uhr und entdeckte, dass es sieben Uhr morgens war.

Sachte weckte sie Johnny.

Er schlug die Augen auf.

»Du gehst jetzt besser – die Dienstboten stehen gleich auf«, sagte sie.

Er lächelte. »Kommen sie denn unangekündigt hier herein?«

»Nein.«

»Dann zur Hölle mit ihnen!« Er griff nach ihr. »Ich kann mich später einfach in den Tanzsaal schleichen und behaupten, ich wäre zum Malen gekommen.«

»Johnny, du genießt die Gefahr viel zu sehr.«

»Dazu lebt man doch.«

Auf einmal fing sie an zu lachen.

»Was ist denn so lustig?«

»Ich musste nur gerade daran denken, was meine Großmutter zu alldem sagen würde.«

Von da an verbrachten sie fast jeden Tag miteinander; manchmal stand sie ihm Modell, manchmal gingen sie in den Wäldern oder am Ufer spazieren, manchmal ruderten sie auf dem See.

Eines Abends, als sie am Seeufer spazieren gingen und

er den Arm um sie gelegt hatte, sagte sie: »Ich weiß nicht, was ich eigentlich gesucht habe. Ich bin wie eine Wahnsinnige durch London gerannt und habe fieberhaft nach etwas gesucht. Als ich Pierce traf, dachte ich, ich hätte es gefunden. Ich dachte, ich würde in blinder Liebe Erfüllung finden.«

»Ich wünschte, ich hätte dich vor ihm kennengelernt.«

Sie lächelte ihn an. »Warum … glaubst du, wir hätten geheiratet und glücklich bis ans Ende unserer Tage gelebt?«

»Vielleicht.«

»Meine Familie konnte schon Lord Armstrong kaum akzeptieren. Ein Künstler mit zweifelhaften Verbindungen wäre schlicht unmöglich gewesen«, sagte sie spöttisch.

»Vor deiner Heirat lag dir die Welt zu Füßen. Wenn du dich anders entschieden hättest, hättest du alles haben können.«

»Ich glaube aber, dann wäre ich nicht zufrieden gewesen … Und du? Was willst du vom Leben? Eine Affäre nach der anderen?«

»Entschuldige mal! Ich will ein weltberühmter Künstler sein und wünsche mir eine Revolution für Irland.«

»Aber für dich selbst? Möchtest du für dein Privatleben nicht etwas Solides, Dauerhaftes?«

»Darüber habe ich noch nie nachgedacht. Ich war der Meinung, im Leben ginge es darum, Spaß zu haben und sich das zu nehmen, was einem gefällt. Bis jetzt.«

Sie mussten sehr vorsichtig sein, um bei den Dienstboten keinen Verdacht zu erregen. Glücklicherweise waren seit dem Krieg nur noch wenige im Haus, und die Fennells gingen früh zu Bett.

Also verabschiedete Johnny sich umständlich jeden Abend von ihr und Fennell und ging, nur um kurz darauf an der Terrassentür zu erscheinen und sich wieder ins Haus zu schleichen.

Clara hatte unter seiner Aufsicht wieder mit dem Malen angefangen. Er begutachtete ihre Bilder und gab sein Urteil ab. Es kam auch vor, dass er einfach eines zerriss, wenn er es für schlecht befand – zu ihrer großen Erbitterung.

Clara begleitete ihn häufiger nach Dublin und übernachtete dort in seiner Wohnung. Sie lernte seine Freunde kennen und staunte, wie man gleichzeitig so unternehmungslustig und engagiert sein konnte, so feierwütig und politisch. Die Gruppe kam auch häufig in ihre Gegend, und dann lud sie sie ein, bei ihr zu übernachten. Es war ein perfekter Vorwand, um auch Johnny bei ihr schlafen zu lassen.

Eines Abends saß sie mit Johnny vor dem Kamin im Wohnzimmer, während etwa zwanzig ihrer Freunde heftig über die irische Unabhängigkeit sprachen.

Plötzlich kicherte sie.

»Lass das!«, befahl Johnny tadelnd, lächelte aber. »Du solltest das ernst nehmen.«

»Tue ich auch!«, erwiderte sie flüsternd.

»Warum lachst du dann?«

»Mir fiel nur ein, dass dieses Zimmer eigentlich nie als Salon für die Debatten irischer Republikaner gedacht war!«

73. KAPITEL

Als der Winter nahte, kam Prudence, um mit ihr über Einzelheiten bei der Leitung des Guts zu sprechen. Aber Clara fand all die vielen Details ermüdend und konnte sich kaum konzentrieren. Daraufhin knallte Prudence beleidigt das Kontenbuch zu.

»Ich langweile dich wohl. Wahrscheinlich würdest du lieber mit Johnny Seymours Freunden herumziehen, als mir zuzuhören.«

»Darf ich keine Freunde haben?«

»Oh, ganz sicher ist dir egal, was ich oder die anderen hier denken. Ich weiß nicht, was Pierce darüber denken wird, wenn er aus dem Krieg zurückkommt.«

»Pierce wird ganz sicher das denken, was er immer denkt, wenn es um mich geht – nämlich nichts!«

Als Weihnachten 1917 nahte, gab Clara allen Dienstboten zwei Wochen Urlaub, damit sie mit ihren Familien feiern konnten.

»Werden Sie denn auch zurechtkommen, Lady Armstrong?«, fragte Fennell zweifelnd. »Sie werden ganz allein sein. Was werden Sie essen?«

»Ach, ich bin doch schon groß, Fennell, das schaffe ich schon.«

»Wollen Sie etwa selbst kochen?«, fragte er ungläubig.

»Fennell, wenn all meine Freunde und Lord Armstrong Weihnachten in den Schützengräben verbringen, werde ich mich doch wohl in die Küche wagen und mir kalten Truthahn auf einen Teller legen können, oder?«

Später in der Küche sagte Fennell zu seiner Frau:

»Ich mag sie sehr, aber sie ist schon ziemlich exzentrisch.«

»Das sind die Flausen, die ihr Johnny Seymours Freunde in den Kopf gesetzt haben«, seufzte Mrs Fennell. Dann blickte sie wieder auf die Zeitung vor ihr, deren Schlagzeilen die verlustreichen Schlachten in Frankreich und republikanische Anschläge auf britische Kasernen verkündeten. »Die Welt steht kopf.«

An Heiligabend wartete Clara aufgeregt auf Johnny. Prudence war nach Dublin zu ihren Verwandten gefahren. Als er vor dem Haus vorfuhr, rannte sie hinaus, um ihn zu begrüßen.

»Zwei ganze Wochen«, rief er und drückte sie fest an sich. Dann gingen sie hinein und schlossen die Tür hinter sich.

Später lagen sie vor dem flackernden Feuer, während die Kerzen vom Weihnachtsbaum alles in warmes Licht tauchten.

»Es ist so seltsam, dass nur wir zwei hier sind, abgeschnitten von der Welt. Eigentlich sollte das ganze Haus voller Gäste und Dienstboten sein.«

Johnny zog an seiner Zigarette. »Nicht nur eine Frau und ihr Liebhaber?«

»Ich werfe oft einen Blick auf die Porträts von Pierce' Vorfahren und frage mich, ob sie mich wohl verurteilen.«

»Kann man denn Glück verurteilen?«

»Viele tun das.«

»Lass sie doch.«

»Wir haben kein Recht auf Glück, wenn so viele Menschen an der Front leiden … Nächste Woche haben wir schon 1918. Wird dieser Krieg jemals enden?«

»Daran will ich gar nicht denken.«

»Warum nicht?«

»Weil Pierce dann nach Hause kommt«, sagte er.

Er nahm ein Päckchen vom Weihnachtsbaum und gab es ihr.

»Mach das jetzt schon auf«, sagte er.

Sie wickelte das hübsch verpackte Geschenk aus, es war eine kleine Schatulle. Als sie sie öffnete, blinkte ihr eine Brosche mit raffiniertem Strassbesatz entgegen.

»Es ist nur Modeschmuck, aber ich hab sie extra für dich anfertigen lassen«, erklärte er und heftete sie ihr ans Kleid.

»Sie ist wunderschön«, sagte sie und drückte sie an ihr Herz.

Die nächsten Tage vergingen rasch. Sie lebten ganz in ihrer eigenen Welt, weil die gesamte Umgebung zugeschneit war, und machten lange Spaziergänge am See und auf ihrem Besitz.

Johnny trat vom Bild zurück und sagte eine Weile gar nichts. Dann blickte er zu Clara und erklärte: »Es ist fertig.«

Sie kam zu ihm und stellte sich neben ihn, um das Gemälde zu betrachten.

Das Porträt hatte leuchtende Farben und zeigte sie, wie sie verträumt den Betrachter anschaute, mit einer Miene, die Hoffnung und Enttäuschung zugleich zeigte.

»Das bin ich nicht, Johnny! Du hast deine Gefühle für mich in deine Arbeit einfließen lassen. So gut sehe ich gar nicht aus!«

Er legte ihr den Arm um die Schultern. »Ich bin dir nicht mal ansatzweise gerecht geworden.«

74. KAPITEL

Im Frühling kam Prudence mit einem Stapel Papiere durch die Vordertür marschiert.

»Hallo! Clara?«, rief sie laut. Da sie keine Antwort bekam, schritt sie durch die Halle. »Fennell?«

Sie ging an der Treppe vorbei durch die Tür zum Dienstbotentrakt. Als sie in die Küche kam, sah sie, dass Fennell am Kamin Zeitung las und Mrs Fennell eine Tasse Tee trank.

»Nun, ich sehe, das Haus ist vor die Hunde gegangen, seit ich weg bin«, bemerkte sie, während Fennell hastig aufstand und die Zeitung beiseitelegte.

»Wo ist Clara?«, fragte sie dann.

»Äh – sie ist mit Mr Seymour in die Stadt, um ein paar neue Pinsel zu kaufen.«

Prudence zog ihre Augenbrauen bis zum Haaransatz hoch. »Ist das verdammte Bild denn immer noch nicht fertig? Selbst die Mona Lisa war sicher schneller fertig!«

»Mr Seymour scheint ein großer Perfektionist zu sein«, erklärte Fennell.

»Meine Güte!« Sie seufzte laut. »Wenn Lady Clara zurückkommt, sagen Sie ihr, diese Unterlagen müssten dringend unterschrieben werden. Ich lasse sie auf dem Schreibtisch in der Bibliothek.«

Sie warf beiden einen herablassenden Blick zu und ging hinaus. Vor der Bibliothek hielt sie kurz inne, dann überlegte sie es sich anders und ging hinüber zum Ballsaal. Als sie eintrat, sah sie in der Mitte die große Staffelei mit dem verhüllten Bild. Sie ging hinüber, zog das Laken ab und starrte auf das fertige Porträt.

75. KAPITEL

Es war ein Samstagabend im April, und eine Schar von Johnnys Freunden war fürs Wochenende angereist. Es herrschte einige Aufregung, weil ein amerikanischer Bekannter von ihm ebenfalls da war, ein Regisseur aus Hollywood namens Paul Tierney. Er hatte seinen neuesten Film mitgebracht, um ihn zu zeigen.

»Die ganze Sache mit den Filmen ist einfach faszinierend«, sagte Clara zu Fennell, als er für die Gäste Stühle im Ballsaal aufstellte und Johnny und Paul Tierney sich um die Leinwand und den Projektor kümmerten. »Das Theater hat mir schon immer gefallen, doch das hier ist noch viel aufregender.« Jetzt nahmen alle ihre Plätze ein.

»Zuerst zeig ich euch einen Film von der Kriegsfront«, erklärte Paul, als das Licht ausging und Bilder über die Leinwand flackerten.

Clara saß ganz vorn mit Johnny und blickte wie gebannt auf die Schwarzweißaufnahmen von den Soldaten an der Front.

»Oh, Johnny, sieh nur. Von den Briefen meiner Freunde konnte ich mir alles nur vorstellen, aber nun kommt es mir so vor, als wären wir mitten unter ihnen.«

Johnny betrachtete Claras trauriges Gesicht. »Komm schon, Paul, das reicht! Wir wollen unterhalten werden, nicht deprimiert. Leg jetzt deinen Film ein.«

»Ihr habt einfach keine Geduld«, erwiderte Paul, wechselte aber die Filmrolle aus, und sein neuester Film erwachte auf der Leinwand zum Leben.

Während Clara lachend der Komödie folgte, umklammerte sie fest Johnnys Arm.

»Das war mein allererster Film«, rief sie aus, als er endete. »Und ich habe ihn so genossen!«

Alle standen auf, und Clara nahm Paul beim Arm und ging mit ihm voran in den Salon.

»Nun können Sie wie versprochen zeigen, wie man all die neuen Cocktails aus New York zubereitet«, sagte sie.

»Ich kann nicht versprechen, dass sie perfekt werden. Nur, dass Sie am nächsten Morgen einen dicken Kopf haben werden«, antwortete Paul.

»Ausgezeichnet. Fennell, holen Sie den neuen Cocktail-Shaker, den Mr Tierney mitgebracht hat.«

»Oh, ich glaube, das ist mein Lieblingscocktail«, rief Clara aus, als sie einen Manhattan probierte.

Johnny hatte das Grammophon in Betrieb gesetzt, und ein paar Paare tanzten zur lauten Musik im Salon. Plötzlich ging die Tür auf, und Paul Tierney kam mit der Kamera in der Hand herein.

»Benehmt euch weiter ganz normal! Ich drehe einen Film von euch, den nehme ich mit nach New York.«

Er ging durch den Salon und nahm die Tanzpaare auf, doch als er sich Clara näherte, protestierte sie.

»O nein, nicht mich«, flehte sie und hielt ihre Hand vor die Kamera.

»Warum nicht?«

»Ich will nicht!«, quiekte sie.

»Kommen Sie schon! Die Kamera liebt Sie! Sie könnten meine neueste Entdeckung sein«, sagte er.

»Ach, seien Sie still!« erwiderte sie. Sie wollte sich entfernen, aber er folgte ihr und filmte sie. Da drehte sie sich um, streckte die Zunge heraus und fing zur Erheiterung aller an, komische Posen einzunehmen.

Johnny kam zu ihr, und sie begannen, miteinander zu tanzen, wobei sie auch dabei übertriebene Posen einnahmen. Paul filmte alles mit.

Schließlich ließ sich Clara hysterisch lachend zu Boden sinken, während die Kamera immer weiterlief.

»Ach, Schluss damit!«, keuchte sie. »Zeigen Sie das ja niemandem!«

Immer noch kichernd, stand sie auf.

Als sie sich umwandte, sah sie, dass Pierce auf der Türschwelle stand.

»Pierce!«, rief sie laut aus.

Johnny stellte das Grammophon ab, worauf die Gäste verstummten und Pierce in seiner Offiziersuniform anstarrten.

»Bitte – hören Sie doch meinetwegen nicht auf«, sagte Pierce.

»Wer ist der Kerl?«, fragte Paul und schaltete die Kamera aus.

»Der Kerl ist zufällig der Hausherr«, entgegnete Pierce.

Langsam ging Clara zu ihm. »Du hast nie geschrieben, dass du Urlaub bekommst«, sagte sie und konnte kaum glauben, dass er da war.

»Nun, wie du weißt, war ich nie ein großer Briefeschreiber«, antwortete Pierce und musterte die exzentrische Gästeschar.

Johnny starrte ihn schweigend an.

Da kam Fennell mit einem Silbertablett voller Cocktails herein.

»Lord Armstrong«, rief er schockiert aus und ließ das Tablett zu Boden fallen, wo die Gläser laut klirrend zerbrachen.

Pierce blickte hinunter auf die Scherben. »Offenbar sorgt mein Kommen für etwas Aufruhr.«

Rasch sagte Clara zu den anderen: »Es tut mir leid, aber könnten diejenigen, die hier übernachten, bitte auf ihre Zimmer gehen – und die anderen nach Hause?«

Sie wandte sich mit weit aufgerissenen Augen und drängendem Blick zu Johnny, der nur nickte. Daraufhin verließen alle den Salon.

»Lassen Sie das, Fennell«, befahl Pierce, als dieser hektisch die Scherben zusammenfegen wollte.

»Sehr wohl, Sir«, sagte Fennell, wich aus dem Raum und schloss die Tür hinter sich.

Clara ließ sich auf ein Sofa sinken und hielt sich die Hand an die Stirn. »Du hast mir einen furchtbaren Schrecken eingejagt.«

»So sieht es aus.«

Er ging zu einem Tisch, nahm eines der Cocktailgläser und trank einen Schluck. »Nicht mein Geschmack«, erklärte er, verzog das Gesicht und stellte das Glas ab. Dann blickte er sie an. »Du siehst aus, als hättest du ein Gespenst gesehen. Freust du dich denn gar nicht, dass dein Mann wieder hier ist?«

»Ich hab dich anderthalb Jahre nicht gesehen, und dann tauchst du einfach so ohne Vorwarnung auf … wie soll ich denn da reagieren?«

»Wenn ich eins im Krieg gelernt habe, dann den Wert des Überraschungseffekts.«

»Ich dachte, wir führten eine Ehe und keinen Krieg.«

»Nun, es hat nicht den Anschein, als hättest du dich nach mir verzehrt.«

»Wie lang kannst du bleiben?«

»Ich bin für immer zurück. Der Krieg auf dem Kontinent wird nun, da die Amerikaner sich eingemischt haben, bald zu Ende sein. Da mir in Irland eine wichtige Stelle bei der Regierung angeboten wurde, meine ich, hier beim gegenwärtigen Stand der Dinge mehr gebraucht zu werden.« Er warf einen Blick auf die Cocktailgläser. »In jeder Hinsicht.«

76. KAPITEL

Am nächsten Morgen stand Clara an der Haustür und verabschiedete sich von ihren Gästen.

»Danke, dass Sie da waren«, sagte Clara zu Paul Tierney.

»Ich habe ein kleines Geschenk für Sie, und zwar den Film, den ich gestern Abend gedreht habe.« Er gab ihr die Filmrolle.

Sie lächelte ihn gezwungen an, weil sie nur noch wollte, dass alle Gäste so schnell wie möglich verschwanden.

Als Johnny an der Tür erschien, flüsterte er ihr zu: »Was geschieht jetzt?«

»Bitte geh einfach.«

»Aber was ist mit uns?«

»Geh! Ich melde mich bald«, flüsterte sie zurück.

Nickend ging er, worauf sie die Tür schloss und sich dagegen lehnte.

Da kam Pierce die Treppe hinunter. »Ich hoffe, du hast sie nicht meinetwegen weggeschickt? Sie wirkten ziemlich unterhaltsam.«

»Sie wären ohnehin gefahren«, antwortete sie.

Er nickte und ging zum Frühstück ins Speisezimmer.

Pierce kam, sein Hemd zuknöpfend, aus dem Bad, als Clara an der Frisierkommode saß und sich das Haar kämmte.

»Du bist dünner geworden«, bemerkte er.

»Wirklich?«

»Ja, es steht dir.«

»Danke.« Sie kämmte sich weiter.

»Ich glaube, wir kaufen dir besser eine neue Garderobe. Ich habe in London viele moderne Kleider gesehen. Die ganze Mode hat sich geändert.«

Sie fragte sich, wie lang er in London gewesen war und was er dort gemacht hatte.

»Wieso interessierst du dich plötzlich für meine Garderobe?«

»Nun, durch meinen neuen Posten bei der Regierung werde ich viele wichtige Leute treffen, vor allem vom Militär. Da müssen wir einen guten Eindruck hinterlassen.«

»Wie genau sieht denn deine neue Stelle aus?«

»Ich bin ein Regierungsberater für das Militär hier in Irland. Es ist ein ziemlich hoher Posten.«

»Ich glaube nicht, dass die Briten hier noch lange genug bleiben, dass du sie beraten könntest«, sagte sie.

Er ließ sich auf dem Bett nieder und sah zu ihr hinüber. »Ich nehme an, diese Ansicht hast du von Johnny Seymours Freunden aufgeschnappt? Ich finde, nun, da ich wieder da bin, solltest du dich von ihnen verabschieden. Sie sind keine angemessene Gesellschaft für dich.«

Sie drehte sich um und sah ihn an. »Es sind alles sehr nette Leute, größtenteils Schauspielerinnen, Schriftsteller und politische Denker.«

»Nun, du magst Schauspielerinnen, Schriftsteller und politische Denker sehen, aber ich sehe Prostituierte, Parasiten und Anarchisten.«

»Das ist unverschämt und unwahr.«

»Sie sind nicht unseresgleichen, daher verabschiede dich bitte von ihnen. Johnny Seymour ist wohl ziemlich harmlos, aber ein kleiner Narr, wenn wir ehrlich sind. Und wenn er sich gern in solcher Gesellschaft aufhält, soll er das. Aber du nicht.«

Sie wandte sich von ihm ab und fing wieder an, ihr Haar zu kämmen.

»Außerdem finde ich es an der Zeit, dass du ein Kind bekommst.«

Sie runzelte die Stirn. »Ein Kind?«

»Du wirst nächstes Jahr dreißig. Worauf warten wir noch?«

»Auf unsere Ehe vielleicht?«

»Für junge Paare war es hart, dass der Krieg kam und sie auseinandergerissen hat. Wir hatten nur drei Monate zusammen, bevor ich in den Krieg musste.« Er stand auf, kam langsam zu ihr und legte ihr die Hände auf die Schultern. »Aber jetzt müssen wir unser Leben weiterleben.«

»Ich dachte, du hättest mir deutlich zu verstehen gegeben, dass du mich nicht liebst.«

»Man muss sich nicht lieben, um Kinder zu zeugen.«

77. KAPITEL

Clara saß an einem kleinen Tisch in der hintersten Ecke von Cassidy's Bar. Da kam Johnny herein und setzte sich zu ihr. Sie sahen sich an und lächelten.

»Tja – das kam ziemlich unerwartet«, bemerkte er schließlich.

»Einen schrecklichen Augenblick dachte ich, du würdest Pierce von uns erzählen.«

»Komm schon«, grinste er. »Ich mag zwar impulsiv sein, aber ich weiß, was sich gehört. Es wäre doch höchst unhöflich gewesen, einem heimkehrenden Kriegshelden zu verraten, dass ich seine Frau gebumst habe, während er für König und Vaterland gekämpft hat.«

»Johnny!«, mahnte sie, musste aber unwillkürlich lachen.

»Und – wie geht es jetzt weiter?«

»Gar nicht, oder? Hier trennen sich unsere Wege«, seufzte sie.

Daraufhin sah er sie eine ganze Weile an.

»Wir könnten immer noch durchbrennen«, sagte er schließlich.

»Mach keine Witze!«

»Mach ich gar nicht«, sagte er betont beiläufig. »Du könntest dich von ihm scheiden lassen.«

»Und der Skandal?«

»Ach, in gewissen Kreisen wird Scheidung Mode, wusstest du das nicht?«

»Nun, in meinen nicht.«

»Deine Eltern würden dich verbannen?«

»Sie würden mir wahrscheinlich alles verzeihen, aber ich werde ihnen das nicht zumuten, und meine Großmutter wäre am Boden zerstört … Verstehst du, Johnny, Pierce zu heiraten, war der größte Fehler meines Lebens, ein Sprung ins kalte Wasser – aber mit dir durchzubrennen, wäre wie ein Sprung von einer Klippe!«

»Vielen Dank.«

»Du weißt, dass das stimmt. Außerdem willst du doch nicht mit einer geschiedenen Frau herumziehen – verheiratete sind mehr dein Ding. Also verabschiede mich einfach mit einer weiteren Kerbe in deinem Bettpfosten und suche dir eine neue Muse.«

»So war es nie.«

Da streckte sie die Hand aus und nahm seine.

78. KAPITEL

Wie Pierce vorausgesagt hatte, war der Krieg kurz darauf zu Ende. Der Tag zur Feier des Waffenstillstands kam, doch Clara war nicht nach Feiern zumute, weil sie an all ihre gefallenen Freunde dachte. Außerdem gab es in Dublin wieder Unruhen, da der Widerstand der Bevölkerung gegen die britische Regierung wuchs. Pierce hingegen schien vollkommen ungerührt vom Ende des Krieges, als sie an jenem Abend im Wohnzimmer saßen.

»Wenigstens bedeutet dieser Krieg auch das Ende aller Kriege«, bemerkte Clara.

Pierce lachte. »Sei doch nicht so naiv! Dieser Krieg war nur der Anfang. Er hat das Zeitalter der Kriege eingeleitet.«

»Sag doch nicht so was!«

»Wieso nicht? Es ist die Wahrheit, und der nächste Krieg wird hier vor unserer Haustür stattfinden.« Er zündete sich eine Zigarre an. »Aber in der Zwischenzeit können wir zumindest versuchen, zur Normalität zurückzukehren.«

»Was auch immer das bedeuten soll.«

»Nun, wir werden die Jagdsaison starten. Für Dezember plane ich die Armstrong-Jagd, natürlich mit einem Jagdball.«

Sie lächelte sarkastisch. »Ich kann es gar nicht erwarten, all die jungen Damen ohne Tanzpartner zu sehen, denn die sind ja im Krieg gefallen.«

»Das wird nicht der Fall sein, weil ich meine neuen Kollegen von der Regierung und vom Militär einladen werde.

Da kannst du als Gastgeberin glänzen. Dafür wurdest du doch erzogen.« Auch seine Stimme klang sarkastisch, aber sie merkte, dass er meinte, was er sagte.

»Ach, dann bin ich dir endlich doch von Nutzen? Um deine mächtigen Freunde zu beeindrucken?« Sie griff in ihre Handtasche, holte ihr Zigarettenetui heraus und zündete sich eine an.

Er ging beiläufig zu ihr, riss ihr die Zigarette aus dem Mund und warf sie ins Feuer.

»Widerliche Angewohnheit bei Frauen.«

»Ach, es ist ja so aufregend, Lady Armstrong, nach all diesen Jahren wieder einen Jagdball zu haben«, sagte Mrs Fennell. »Ich weiß zwar nicht, wo all das Geld herkommt, nach den vielen mageren Jahren, aber Lord Armstrong sagt, für den Ball wird an nichts gespart.«

Clara saß mit Mrs Fennell am Tisch im Speisezimmer und ging die Menüfolge für den Ball durch.

»Ja, es waren magere Jahre, als Prudence das Zepter schwang, aber jetzt hat Pierce das Sagen. Allerdings weiß ich auch nicht, wie wir uns das leisten können, Mrs Fennell, außer Lord Armstrongs Posten bei der Regierung ist mit einem Vermögen dotiert, was ich bezweifle.«

Mrs Fennell starrte Clara an. Es erstaunte sie immer noch, wie unverblümt sie gegenüber den Dienstboten sprach.

»Das alles sieht perfekt aus, Mrs Fennell«, sagte Clara und gab ihr die Speisekarte zurück. »Teuer, aber perfekt. Offensichtlich meint Lord Pierce, seine neuen Freunde seien all die Kosten wert.«

Am Abend vor der Jagd fuhren eine Reihe teurer Automobile vor dem Haus vor. Als Clara sich die Ohrringe ansteckte und sich in ihrem seidenen Cocktailkleid betrachtete, ging ihr auf, dass sie eigentlich glücklich sein sollte. Sie hatte doch alles, was sie sich früher gewünscht hatte. Der Krieg war vorbei, Pierce war zurück und brauchte sie – wenn auch nur für seine eigenen Ziele –, und die nächsten Tage würden sie das perfekte Paar spielen. Aber sie war nicht glücklich.

Pierce kam in einem Smoking herein. »Die Gäste treffen ein. Bist du fertig?«

Sie lächelte kurz und nahm seinen Arm. Dann gingen sie nach unten und mischten sich unter die Gäste, von denen viele Uniform trugen.

Am nächsten Morgen blickte Clara von ihrem Schlafzimmerfenster hinunter auf den Vorhof, wo zahlreiche Männer und Frauen in Jagdkostüm auf ihren Pferden saßen und Drinks serviert bekamen, während die Jagdhunde um sie herumwimmelten.

Pierce kam in rotem Jackett und weißer Reiterhose herein.

»Los, die Jagd beginnt in einer halben Stunde.«

»Nein, ich komme nicht mit. Ich hasse Jagden.«

»Der Stallbursche hat mir erzählt, du seiest eine ganz passable Reiterin geworden. Deine Rolle verlangt, dass du mitreitest.«

»Ich werde nicht daran teilnehmen, Pierce! Du weißt, dass mir dieser blutige Sport zuwider ist.«

»Das interessiert mich nicht.«

»Ich habe ja nicht mal ein Jagdkostüm!«

Daraufhin marschierte er ins Ankleidezimmer und kehrte mit einem zurück. »Ich habe mir erlaubt, eines für dich anfertigen zu lassen.« Er warf es aufs Bett. »Wir sehen uns unten.«

Zwanzig Minuten später trat Clara im Jagdkostüm auf den Vorhof.

»Ach, damit hätte ich ja nie gerechnet! Du auf einer Jagd?«, bemerkte Prudence, als sie an ihr vorbeiritt.

Ein Stallbursche brachte ihr ein Pferd und half ihr beim Aufsitzen. Als sie sich umblickte, entdeckte sie zwischen Pierce' neuen Freunden vom Militär vertraute Gesichter von den adligen Familien aus der Gegend.

»Jetzt sind Sie eine von uns, meine Liebe«, bemerkte Mr Foxe.

Plötzlich sah sie, wie Johnny Seymour lächelnd auf sie zuritt.

»Lady Armstrong, einen schönen guten Morgen!«, grüßte er fröhlich.

»Mr Seymour, mit Ihnen hatte ich gar nicht gerechnet.«

»Doch, die Seymours sind schon seit Ewigkeiten bei der Armstrong-Jagd dabei.«

»Verstehe«, sagte sie und fragte sich, was er vorhatte.

Dann ritt er noch näher zu ihr. »Wie ist es dir ergangen?«, fragte er.

»Ich hab mich auf mein neues Leben konzentriert.«

Sie sahen sich in die Augen, worauf sein Lächeln schwand.

Als die Pferde hinter einem Rudel Hunde durchs Gelände rasten, hatte Clara Mühe mitzuhalten. Johnny ließ sich bewusst zurückfallen und ritt neben ihr.

»Ich habe tausendmal daran gedacht, dich anzurufen«, sagte er.

»Ich bin froh, dass du es nicht getan hast.«

»Ich gehe auch ständig zu Cassidy, in der Hoffnung, dich dort mit einem Glas Guinness zu sehen.«

»Ich gehe nicht mehr dorthin. Es schickt sich nicht für Lady Armstrong.«

Er starrte sie an. »Das hat dich früher nie gekümmert.

Wie lange kannst du das durchhalten? Jemanden spielen, der du nicht bist? Inzwischen bist du sogar bei Jagden dabei, verdammt, du machst alles, was er sagt!«

»Er braucht eine Frau, die ihn unterstützt, er ist da drüben durch die Hölle gegangen … und wenigstens bemerkt er mich jetzt.«

»Ich bin heute nur gekommen, um dich zu sehen.«

»Tja, ich wünschte, das hättest du nicht getan.« Sie gab ihrem Pferd die Sporen und galoppierte hinüber zu den anderen.

Clara war erleichtert, als die Jagd vorbei war. Am Abend füllten sich Ballsaal und Salon mit Gästen. Sie ging immer wieder durch die Gästeschar, um sich zu vergewissern, dass alle sich amüsierten.

Plötzlich tauchte Jonny neben ihr auf. »Ich muss mit dir reden!«, flüsterte er.

»Unmöglich.«

Flehentlich sah er sie an. »Bitte.«

Sie seufzte. »In einer Viertelstunde im Garten links von der zweiten Terrasse.«

Er nickte und verschwand.

Prudence gesellte sich mit einem Glas Sherry in der Hand zu ihr. »Amüsierst du dich?«

»Ich unterhalte mich nur mit den Gästen.«

Prudence warf einen Blick zu Johnny, der in ihre Richtung sah. »Nun, dann achte nur darauf, dass du dich nicht zu gut unterhältst.«

»Ich war nicht sicher, dass du kommen würdest«, sagte Johnny, nahm sie in den Arm und küsste sie.

»Johnny – das ist Wahnsinn«, wehrte sie sich, küsste ihn aber ebenfalls, bevor sie sich von ihm löste.

»Ich habe dich den ganzen Tag beobachtet. Du wirkst unglücklich.«

»Ich fand die Jagd grässlich.«

»Nein, es ist mehr. Pierce und diese Ehe.«

»Ich will nicht darüber sprechen.« Sie entfernte sich von ihm.

»Aber es gibt ein paar Dinge über Pierce, die du wissen musst. Es wird Krieg geben, Clara, hier. Die Briten werden uns nicht die Unabhängigkeit geben. Also kommt es zu einem Aufstand, und Pierce ist durch seinen Posten mittendrin.« Er kam zu ihr und umarmte sie wieder. »Wir können abhauen. Ich organisiere für uns Schiffspassagen nach New York. Dort können wir noch mal ganz von vorn anfangen. Ich habe mich mit Paul Tierney in Verbindung gesetzt, er wird uns dort drüben helfen. Dieses Land wird explodieren – lass uns verschwinden, ehe wir mit ihm in die Luft fliegen.«

»Das ist so typisch für dich, Johnny. Wenn's hart auf hart kommt, rennst du einfach weg. Beim Krieg in Europa hast du vier Jahre nur Partys gefeiert, und jetzt, wenn es hier losgeht, willst du dich wieder entziehen.«

Er umarmte sie fester. »Verstehst du nicht: Ich liebe dich! Ich möchte mit dir zusammen sein, ganz gleich wie.«

Sie löste sich von ihm. »Ich gehe zurück zum Ball. Wir sollten uns nicht mehr sprechen.«

Als Clara wieder im Ballsaal war, kam Prudence erneut zu ihr.

»Ich weiß nicht, was in Pierce gefahren ist. Das alles hier kostet ein Vermögen, das wir nicht haben«, sagte sie kopfschüttelnd.

»Herrgott noch mal, Prudence, dreht sich bei dir alles um Geld? Pierce war vier Jahre in der Hölle ... er hat es verdient, dieses eine Mal zu feiern, dass er noch am Leben ist, oder etwa nicht?«

»Hm, wenn die letzten vier Jahre für ihn die Hölle waren, warum plant er dann einen weiteren Krieg?«

»Wovon sprichst du?«

»Er ist in der Bibliothek, jetzt in diesem Moment, und hält mit seinen neuen Freunden aus Militär und Politik Kriegsrat.«

Clara ließ Prudence einfach stehen, drängte sich durch die Menge in die Halle und ging auf Zehenspitzen zur Bibliothekstür. Sachte öffnete sie sie und spähte hinein. Sie sah, dass Pierce' Freunde auf den Chesterfield-Sofas Platz genommen hatten oder darum herum standen. Er selbst hockte mit verschränkten Armen auf der Schreibtischkante.

»Das Letzte, was wir jetzt brauchen, ist ein weiterer Krieg«, erklärte Lord Harrington.

»Ja, aber er ist unvermeidlich«, entgegnete Pierce. »Die Lage wird täglich schlechter. Ständig wird das Militär von Anhängern der Republik angegriffen. Sie wollen Unabhängigkeit, und wir wollen sie ihnen nicht geben. Also müssen wir darum kämpfen. Wir haben lange genug versucht, sie zu beschwichtigen. Jetzt wird zurückgeschlagen.«

»Er hat recht«, bemerkte Major Dorkley.

»Wenn wir nun keine Stärke zeigen, wird aus dem Aufstand eine Revolution«, erklärte Pierce. »Wie in Russland. Wenn wir jetzt nicht reagieren, droht Anarchie, und nicht nur hier in Irland, sondern in ganz Großbritannien. Überall gibt es Unruhen.«

»Und wo treiben wir eine Armee zur Unterdrückung der Revolution auf?«, fragte Lord Harrington.

»Es gibt doch inzwischen eine Armee unbeschäftigter

Soldaten, die nur auf einen neuen Krieg wartet, oder nicht?«, antwortete Pierce.

Clara hatte genug gehört. Sie zog sich geräuschlos zurück.

Als Pierce um drei Uhr morgens ins Schlafzimmer kam, entdeckte er, dass Clara lesend im Bett saß.

»Der Ball ist noch in vollem Gang. Ich dachte, du wärst so eine Partymaus – warum bist du nicht unten?«

»Ich habe Kopfschmerzen.«

»Ich habe keine Kosten und Mühen für dieses Wochenende gescheut. Du könntest wenigstens so tun, als würdest du dich amüsieren.«

Sie klappte das Buch zu. »Die Kosten und die Mühen galten nur dir selbst! Als Tarnung für deinen verdammten Kriegsplan! Ich dachte, du hättest in Frankreich genug Blutvergießen gesehen, um ein für alle Mal davon kuriert zu sein!«

»Ach, hast du mir nachspioniert?« Er grinste sie an. »Nun, ich gehe jedenfalls zurück. Da ist eine kleine Rothaarige, die ein Auge auf mich geworfen hat. Viel Spaß beim Lesen. Und warte nicht auf mich.« Er drehte sich um und ging.

»Worauf du wetten kannst!«, rief sie und schleuderte ihm das Buch hinterher.

79. KAPITEL

Als im Januar 1919 die Briten Truppen entsandten, um den Aufstand niederzuschlagen, brach der Irische Unabhängigkeitskrieg aus. Aber er war ganz anders als der, den Pierce in Frankreich in den Schützengräben erlebt hatte: ein Guerillakrieg, der durch Einzelattacken und Vergeltungsmaßnahmen geprägt war.

Auch Clara bekam seine Auswirkungen zu spüren, denn wenn sie nach Castlewest fuhr, sah man überall britische Soldaten, und die Einwohner grüßten sie nicht mehr, da Pierce durch seinen Posten als Militärkommandant bei der Bevölkerung sehr unbeliebt geworden war. Das ging sogar so weit, dass Clara nicht mehr allein, sondern nur in Begleitung eines bewaffneten Fahrers in den Ort durfte.

»Ich fürchte, heute Morgen hat wieder ein Küchenmädchen gekündigt, Lady Armstrong«, seufzte Mrs Fennell, als sie Clara das Frühstück servierte.

»Wegen der Auseinandersetzungen und Lord Armstrongs Rolle dabei bekommen wir keine Dienstboten mehr aus Castlewest.«

»Verstehe, dann werden wir wohl über eine Agentur in London Personal einstellen müssen.«

»Eine Agentur!«, rief Mrs Fennell aus. »Aber die Leute aus der Gegend arbeiten doch hier, seit das Haus erbaut wurde!«

»Anders scheint es nicht zu gehen, Mrs Fennell.«

»Was soll man dazu sagen?«, seufzte diese. »Wenn Lord Pierce wenigstens wie die anderen adligen Familien den Kopf einziehen würde, um keine Aufmerksamkeit auf sich zu lenken! Aber im Gegenteil: Auf seinen Befehl hin wurden letzte Woche alle Häuser in Castlewest von britischen Soldaten durchsucht.«

»Ich bin sicher, der Befehl kam nicht von Lord Armstrong, Mrs Fennell.«

»Vielleicht nicht, aber passiert ist es trotzdem.«

Da kam Pierce ins Speisezimmer. »Für mich nur Toast, Mrs Fennell.«

Mrs Fennell nickte und ging.

Pierce nahm Platz und schenkte sich Kaffee ein.

»Sie findet keine Dienstboten mehr, die hier arbeiten wollen, Pierce. Und das, während ständig Tee und Erfrischungen für deine Offiziere serviert werden müssen.«

»Dann fordere ich welche von der Agentur an.«

»Ich weiß ohnehin nicht, warum du deine Treffen ständig hier abhalten musst.«

»Weil die Rebellen die Kaserne in der Stadt niedergebrannt haben.«

»Es gefällt mir nicht, dass dieses Haus eine Militärbasis wird.«

Pierce nahm die Zeitung und las etwas über ein Gemetzel in Tipperary.

»Pech für dich … ich habe ein paar Wachen am Haupttor zum Grundstück aufstellen lassen.«

»Was? Das ist langsam lächerlich, Pierce. Mrs Fennell sagt, die Hälfte der Geschäfte in der Stadt will nicht mehr an uns liefern. Wir isolieren uns ja völlig! Bald können wir hier nicht mehr leben!«

»Begreifst du nicht? Wir sind im Krieg! Wenn wir den

nicht gewinnen, können wir ohnehin nicht mehr hier leben. Die Rebellen brennen alle Herrenhäuser im ganzen Land nieder. Wir müssen unseren Lebensstil verteidigen.«

»Du kämpfst für etwas, das vorbei ist, Pierce, und ich kann nicht mehr so leben.«

»Dann lass es. Geh doch«, sagte er und grinste sie an.

»Du bist dir so sicher, dass ich nicht gehe, wie? Du glaubst, ich bleibe, weil ich den Skandal nicht riskieren will, obwohl wir uns verabscheuen.«

Pierce stand auf, trank seinen Kaffee aus und grinste sie wieder an. »Verabscheuen? Ein starkes Wort, oder? Aber wenn du das so empfindest, will ich dir nicht widersprechen.«

80. KAPITEL

Clara hielt den Atem an, als sie in Johnnys Auffahrt einbog, sah jedoch zu ihrer großen Erleichterung seinen Wagen. Sie stieg aus und klingelte an der Tür. Kurz darauf erschien Johnny. Er wirkte geschockt, sie zu sehen.

»Verzeih, dass ich einfach hier auftauche. Ich hätte dich vorwarnen sollen«, sagte sie.

»Nein! Komm doch herein.« Er legte ihr den Arm um die Schultern und führte sie ins Haus.

»Stimmt was nicht?«, fragte er, als sie sich auf einem Sofa im Wohnzimmer niedergelassen hatten.

»Nichts stimmt mehr. Ich kann so nicht weitermachen, Johnny. Ich ertrag das Leben mit ihm einfach nicht mehr.« Ihr brach die Stimme.

»Ist schon gut«, sagte er tröstend und rieb ihr den Rücken. »Ich bin ja da. Wir stehen das gemeinsam durch.«

»Aber ich will es nicht durchstehen – ich will weg von ihm, weit, weit weg.«

»Ist das dein Ernst?«

»So ernst war es mir in meinem ganzen Leben noch nicht.«

»Aber was ist mit dem Skandal, dem Gerede?«

»Das ist mir doch egal!«

Er packte sie bei den Schultern und blickte ihr in die Augen. »Willst du damit sagen … du willst mit mir zusammen sein?«

Sie nickte lächelnd. »Wenn du mich noch willst?«

»Natürlich!« Er zog sie an sich.

Den Rest des Nachmittags verbrachten sie eng aneinandergeschmiegt auf dem Sofa.

»Ich hatte schon ganz vergessen, wie sich das anfühlt«, sagte sie, als er ihr Haar streichelte. »Sich so nahe zu sein, sich zu verstehen.«

»Nun, das wird jetzt immer so sein. Sind wir uns einig, was wir tun werden?«

»Ja – wir fahren erst nach Dublin und dann nach London, um alles meiner Familie zu erklären. Und anschließend machen wir uns auf den Weg nach New York und bleiben dort so lange, bis sich der Aufruhr gelegt hat.«

»Ich verdiene unseren Unterhalt mit Porträts für all die amerikanischen Millionäre.«

»Du bist ein Träumer«, lächelte sie. »Verändere dich nur ja nicht.«

»Wir müssen jetzt schnell handeln, es hat keinen Sinn zu warten.«

Sie blickte auf ihre Uhr. Es war vier Uhr nachmittags. »Dann fahre ich nun zurück und sage es Pierce. Danach packe ich, du holst mich heute Abend um neun Uhr ab, und wir fahren nach Dublin.«

»Soll ich mitkommen, wenn du mit Pierce redest?«

»Nein, das erledige ich besser allein.«

»Wie wird er es aufnehmen?«

»Ehrlich gesagt glaube ich nicht, dass es ihm viel ausmacht. Er wird froh sein, mich loszuwerden.«

Sie stand auf. Er brachte sie zur Tür und umarmte sie.

»Wir sehen uns um neun«, sagte sie und küsste ihn noch einmal, bevor sie zum Wagen ging.

Fennell öffnete für Clara.

»Wo ist Lord Armstrong?«, fragte sie. »Im Wohnzimmer?«

»So ist es.«

»Dann möchten wir nicht gestört werden, bitte«, sagte sie und reichte Fennell ihre Sachen. Vor der Tür zum Wohnzimmer wappnete sie sich, ehe sie eintrat. Pierce saß bequem auf dem Sofa und trank einen Whiskey.

»Da bist du ja«, sagte er. »Mrs Fennell hat sich beklagt, es gäbe keine Kartoffeln mehr oder so. Kümmre du dich darum, ja?«

Clara ging erst ein bisschen im Zimmer umher, dann nahm sie Pierce gegenüber Platz. »Pierce, da es keine Möglichkeit gibt, es dir schonend beizubringen, sage ich es direkt: Ich verlasse dich.«

Er zündete sich eine Zigarette an. »Verstehe! Gehst du zurück nach London?«

»Zunächst schon. Wir hatten gehofft, später nach New York zu gehen.«

»Wir?«

»Ja«, seufzte sie. »Ich habe mich mit Johnny Seymour getroffen. Es tut mir leid.«

Er starrte sie an. »Also bist du jetzt eines von Johnnys Mädchen? Du überraschst mich immer wieder.«

»Ich hoffe, ich bin von nun an die Einzige.«

»Hm, ich frage mich, ob er das auch hofft. Was ist mit dem Skandal?«

»Der ist mir mittlerweile egal. Alles ist besser als das, was wir hier haben.«

Er drückte die Zigarette aus, leerte seinen Whiskey und hustete. Dann stand er auf, ging zur Bar und schenkte sich einen neuen ein.

»Wann gehst du?«

»Heute Abend. Johnny holt mich um neun ab.«

Plötzlich fing Pierce an zu zittern. Er ließ sein Glas fallen und keuchte leise.

»Oh, Pierce!« Rasch stand sie auf, ging zu ihm und umarmte ihn. »Es tut mir leid, aber es ist das Beste – für uns beide.«

Er gewann seine Fassung wieder und trat von ihr zurück.

»Du glaubst, dieser Hanswurst könnte dich glücklich machen?«

»Er macht mich glücklich, Pierce. Das ist der Unterschied zwischen dir und ihm. Früher dachte ich, nur du könntest mich glücklich machen. Aber ich war nie wirklich glücklich mit dir. Am Anfang dachte ich noch, ich könnte mit deiner Kälte und Distanziertheit leben. Seit du allerdings aus dem Krieg zurück bist, hast du eine Grausamkeit entwickelt, die ich einfach nicht ertrage. Nicht nur mir gegenüber, sondern allen. Es ist, als würdest du den Krieg genießen. Doch ich glaube, im Grunde kämpfst du nur gegen das, was dir durch den Sinn geht.«

»Tja – dann bleibt wohl nichts mehr zu sagen. Leb wohl, Clara.«

»Leb wohl«, sagte sie nickend und verließ das Zimmer.

Unglaubliche Erleichterung und Freiheit überkam sie, als sie die Treppe zu ihrem Zimmer hinaufrannte. Sie würde zwar nur wenig mitnehmen können, aber es bestand die Hoffnung, dass Pierce sich bereit erklärte, ihr alles andere nachschicken zu lassen.

Als sie die Haustür knallen hörte, ging sie zum Fenster und blickte hinaus. Pierce marschierte über den Vorhof zu seinem offenen Wagen. Der Fahrer salutierte und öffnete die Hintertür. Pierce stieg ein, dann fuhren sie davon.

Sie hatte die Koffer an der Vordertür abgestellt und Mr und Mrs Fennell ins Wohnzimmer gebeten.

»Sie gehen? Aber wohin denn?«, fragte Fennell.

»Sie werden es ohnehin bald erfahren: Ich gehe mit Johnny Seymour.«

»Mit Johnny Seymour!«, riefen sie wie aus einem Munde.

»Ja. Wir fangen zusammen ein neues Leben an.«

Verblüfft sahen sich die Fennells an.

»Ich wollte Ihnen nur für Ihre Dienste danken, für Ihre Hilfe und Freundschaft durch all die Jahre.«

»Nun, äh, es war ein Vergnügen, Ihnen zu dienen«, sagte Mrs Fennell nickend. »Sie waren eine vollendete Dame.« Sie stockte kurz, dann fügte sie hinzu: »Fast immer.«

Clara versuchte, nicht zu lachen. Sie stand auf, ging zu ihnen und gab beiden einen Kuss auf die Wange. »Lebt wohl – Freunde.«

Mrs Fennell wischte sich eine Träne von der Wange, als Fennell und sie das Wohnzimmer verließen.

»Freunde?«, sagte sie staunend.

»Sie war schon immer eine sehr ungewöhnliche junge Frau«, antwortete Fennell.

Unruhig lief Clara im Wohnzimmer hin und her. Es war bereits Viertel nach zehn. Zwar kam Johnny immer zu spät, aber das übertraf alles. Nervös zündete sie sich eine weitere Zigarette an. Schließlich hielt sie es nicht mehr aus und ging in die Halle, um sich zu Johnnys Haus durchstellen zu lassen. Doch dort meldete sich niemand. Also ging sie wieder ins Wohnzimmer.

Als die Uhr elf schlug, hörte sie, wie draußen ein Wagen vorfuhr, und rannte zum Fenster. Aber es war nur Pierce. Rasch setzte sie sich in einen Sessel, zündete sich eine Zigarette an und schlug die Beine übereinander.

Eine Minute später kam Pierce herein.

»Oh, hallo! Ich dachte, du wärst schon weg«, sagte er.

»Johnny ist ein bisschen spät dran.«

»Typisch Johnny!« Pierce blickte auf seine Uhr. »Aber es ist schon elf! Wollte er nicht um neun kommen?«

»Wie ich schon sagte, ist er spät dran.«

»Hat er dich angerufen, um Bescheid zu sagen?« Er wartete auf ihre Antwort. »Ich deute dein Schweigen als ein Nein.« Langsam ging er zum Sofa und setzte sich kopfschüttelnd. »Ich weiß, es war nie deine Stärke, den Tatsachen ins Auge zu sehen, aber jetzt wird dir wohl nichts anderes übrigbleiben. Ich glaube, dein Loverboy kommt nicht, mein Schatz.«

Clara blinzelte ein paar Mal, da ihr die Tränen kamen.

»Ich glaube, dein Loverboy hat geahnt, dass du etwas Dauerhaftes willst, und ist geflüchtet, Clara. Nach Dublin, um sich eine neue Mätresse zu suchen. Ach, die Worte, die ich in Frankreich aufgeschnappt habe. Es war sehr lehrreich dort.«

Er beobachtete Clara, die mit den Tränen kämpfte.

»Nein – ich will nicht so grausam sein, wie du mir vorgeworfen hast, sondern dich von deinem Elend erlösen. Die Wahrheit ist, dass Johnny festgenommen wurde.«

»Festgenommen?«

»Ja, sein Wagen wurde durch meine Untergebenen gestoppt, als er auf dem Weg zu dir war – auf meinen Befehl.«

»Aber du kannst doch nicht einfach so jemanden festnehmen lassen!«

»Doch, das siehst du doch. Wir haben Kriegsrecht und können Internierungen anordnen. Ich darf jeden, den ich als Bedrohung ansehe, verhaften und so lange ich will einsperren lassen.«

»Wenn er eine Gefahr für die Sicherheit des Landes ist – nicht für deine Ehe!«, schrie sie ihn an.

»Ach, kümmern wir uns doch nicht um solche Kleinigkeiten«, antwortete er in blasiertem Ton.

Dann wurde sein Gesicht ernst, als er sich eine Zigarette anzündete. »Genau gesagt stellt Johnny Seymour doch tatsächlich eine Gefahr für die nationale Sicherheit dar, nicht wahr?«

»Nein!«

»Aber er hat ziemlich fragwürdige Bekannte und gibt sich ständig mit subversiven Elementen ab. Und dann ist da natürlich noch der Umstand, dass er Thomas Geraghty versteckt und ihm bei der Flucht geholfen hat, nicht wahr?«

Clara wurde bleich.

»Mit dir als Komplizin. Ihr habt ihn hier, in diesem Haus, versteckt.«

Sie senkte den Blick. »Woher weißt du das?«

»Von Prudence natürlich. Sie hat mir in allen Einzelheiten von deinen Aktivitäten mit Johnny Seymour berichtet. Von euren Ruderpartien, den langen Abenden vor dem Kamin, romantischen Weihnachtsferien zu zweit. Alles unter dem Vorwand, das aufwendigste Porträt aller Zeiten zu malen!«

»Also wusstest du die ganze Zeit von Johnny und mir?«

»Selbstverständlich. Nicht, dass es mir etwas ausmachte. Aber als es ernst zu werden schien, dachte ich, es wäre besser, zurückzukommen und die Sache zu unterbinden. Die gute alte Pru. Wann immer sie abends einen Wagen hier einbiegen hörte, kam sie, um durchs Fenster zu spähen – oder durchs Schlüsselloch, da sie ja einen Schlüssel fürs Haus hat. So hat sie auch entdeckt, dass ihr Thomas Geraghty hier versteckt hattet. Ach, Clara – was tun wir nicht alles aus Liebe!«

»Du hast selbst gesagt, es macht dir nichts aus, warum musstest du Johnny also verhaften lassen?«

»Oh, mir ist egal, was du machst, aber nicht, was die Leute denken. Ich werde nicht meinen guten Ruf und den Namen meiner Familie beschmutzen lassen, nur weil meine Frau mit einem Zirkusclown durchbrennt! Und jetzt hör mir mal gut zu: Du wirst Johnny Seymour nicht wiedersehen. Ich habe ihm erzählt, du hättest mir das mit Thomas Geraghty verraten und ihn heute Abend in die Falle locken wollen, damit er verhaftet werden kann.«

»Das würde er niemals glauben!«

»O doch, das hat er geglaubt!«

»Du Bastard!«

»Mag sein. Aber von nun an wirst du das Haus nur noch in Begleitung eines bewaffneten Chauffeurs verlassen. Solltest du versuchen zu fliehen – nach Dublin zum Beispiel –, dann wirst du auf der Stelle ebenfalls verhaftet, weil du Thomas Geraghty versteckt hast, und kommst in ein Frauengefängnis. Die Anklage würde auf Landesverrat lauten, glaube ich.«

»Das würdest du nicht wagen!«

»Aber selbstverständlich. Ich hätte nichts zu verlieren. Und was deine Familie betrifft, so würde sie dir vielleicht eine Scheidung verzeihen, aber ganz sicher nicht Hochverrat.«

»Was willst du?«, fragte sie leise.

»Du wirst niemandem hiervon erzählen. Du wirst es weder am Telefon noch in Briefen erwähnen. Sonst lasse ich dich verhaften. Du wirst für immer in diesem Haus und in dieser Ehe bleiben.«

»Also bin ich eine Gefangene?«

»Ich denke, wir haben uns verstanden.«

Lange Zeit saßen sie schweigend da. Schließlich stand sie

auf und verließ das Zimmer. Sie ging an ihren Koffern vorbei, die Treppe hinauf in ihr Zimmer. Dort warf sie sich aufs Bett und weinte.

81. KAPITEL

In den folgenden Monaten gewöhnte sich Clara an ihren Hausarrest, zumal sie im Ort nicht mehr gern gesehen war.

Pierce und sie verloren nie mehr ein Wort über Johnny Seymour. Von außen betrachtet wirkte ihre Ehe wie immer. Für Pierce hatte sich nichts verändert. Clara verbarg ihren Hass vor ihm und wahrte kühle Distanz. Sie hatte darauf gewartet, dass Johnny sich mit ihr in Verbindung setzte, doch vergeblich. Selbst wenn er freigelassen worden war, glaubte er offenbar, sie hätte ihn verraten. Außerdem kontrollierte Pierce ihre Post. Sie fragte sich zwar, ob er wirklich den Skandal riskieren würde, sie verhaften zu lassen, sollte sie fliehen, wagte es aber nicht, ihn auf die Probe zu stellen.

Der Unabhängigkeitskrieg ging weiter, und Pierce übte aktiv seine Rolle darin aus, bis der Waffenstillstand kam. Nach langen Verhandlungen kam das Home-Rule-Gesetz, und die Briten zogen ihre politischen und militärischen Kräfte zurück. Da wurde Pierce geraten, sein Haus zu verlassen, weil Repressalien aus der Bevölkerung drohten.

Als Clara an diesem Morgen die Treppe hinunterkam, sah sie, wie Prudence im Haus herummarschierte und Befehle erteilte, die das Personal eilfertig befolgte. Sie ging in die Bibliothek, wo Pierce Unterlagen zusammenpackte.

Er blickte auf. »Nimm nur das Nötigste mit. Wir verbarrikadieren das Haus und hoffen, wenn wir weg sind, lassen sie es in Ruhe.«

»Die Chance ist gering!«, fauchte Prudence, die gerade eintrat. »Ich habe gehört, letzte Nacht ist Grangly House abgefackelt worden, dabei hatten die armen Hilgards gar nichts mit dem Krieg zu tun. Die Herrenhäuser werden nur abgebrannt, weil sie Symbole für die britische Herrschaft sind. Aber weil du ja unbedingt mitmischen wolltest, wird unser Haus eines der ersten Ziele sein!«

»Deshalb müssen wir ja weg«, erwiderte Pierce.

»Ich hab mich mit unseren Verwandten in Dublin in Verbindung gesetzt, dort können wir bleiben, so lange es nötig ist. Vielleicht können wir wieder zurück, wenn sich die Lage beruhigt hat.«

Clara lachte grimmig. »Nach dem, was Pierce getan hat, werdet ihr nie mehr zurückkehren können!«

Prudence sah Pierce anklagend an. »Du hast dich für die falsche Seite entschieden! Hättest du wie viele andere aus dem Adel die Unabhängigkeit unterstützt, dann würdest du jetzt einen Posten in der neuen Regierung bekommen!«

»Ach, auf einmal!«, zischte Pierce.

»Ja, Veränderungen machen vor niemandem halt!«

»Das reicht jetzt, lass uns packen, damit wir noch vor heute Mittag hier wegkommen.«

Clara machte es sich auf dem Sofa bequem und zündete sich eine Zigarette an.

»Clara«, brüllte Pierce, »beweg dich und fang an zu packen!«

»Oh, ich werde nirgendwohin gehen, mein lieber Gatte«, erklärte Clara lächelnd.

»Was soll das heißen?«

»Ich möchte nicht bei deinen Verwandten in Dublin

wohnen. Zwei von eurer Familie haben mir gereicht, also vielen Dank.«

»Sei nicht so albern und setz dich in Bewegung!«

»Und wenn nicht? Was willst du dann machen, Pierce? Mich verhaften lassen, wie du schon einmal gedroht hast? Aber das geht jetzt nicht mehr, oder? Die Armee ist weg, und damit auch deine Macht. In Dublin gibt es eine unabhängige Regierung, und ich bin wieder ein freier Mensch.«

Geschockt starrte Pierce sie an.

»Die Zeiten, in denen ich hier eingesperrt war und unter deinem Befehl stand, sind vorbei. Ich bin eine freie Frau. Ich darf sogar wählen.«

Prudence warf einen Blick auf Pierce' bleiches Gesicht und sah dann wieder zu Clara. »Und was willst du machen, Clara? Zurück nach London gehen?«

»Deinen Geliebten suchen, jetzt, da er frei ist?«, fragte Pierce zynisch.

»Ich werde gar nichts tun. Ich werde hierbleiben – in meinem Haus, meinem Zuhause!«

»Aber wir alle gehen!«, fauchte Prudence. »Sogar die Dienstboten.«

»Nur zu! Ich komme gut allein zurecht.« Sie lächelte Pierce zu, doch ihr Blick war anklagend. »Du hast mich gezwungen zu bleiben, und nun bleibe ich.«

»Aber das kannst du nicht, Clara!«, schrie Prudence. »Es ist zu gefährlich.«

»Ich bin fest entschlossen.«

Pierce sah sie an. »Ich werde dich nicht noch einmal auffordern mitzukommen.«

Sie starrte erbittert zurück. Daraufhin nahm er seine Aktentasche und ging an ihr vorbei.

Clara blickte durch die Terrassentür des Ballsaals auf die Wagen, die schnell davonfuhren. Dann ging sie zur Vordertür, verriegelte sie, lehnte sich daran und schloss die Augen. Schließlich wanderte sie durch das leere Haus.

»Lady Armstrong! Lady Armstrong!«, ertönten laute Rufe von draußen. Clara saß oben an ihrem Schreibtisch. Sie ging zum Fenster und schaute hinaus. Unten auf dem Vorhof sah sie einen britischen Armeewagen, in dem zwei Offiziere saßen.

Sie öffnete das Fenster. »Ja?«

»Lady Armstrong, ich bin Captain Jones vom hiesigen Regiment.«

»Was kann ich für Sie tun, Captain Jones?«

»Wir sind sozusagen die Nachhut des Regiments und brechen unsere Zelte ab. Da wir nach Dublin fahren, können Sie uns begleiten – bitte kommen Sie mit.«

»Nein, danke, Captain. Ich werde mein Haus nicht verlassen.«

»Aber Lady Armstrong, begreifen Sie denn nicht, dass wir dann nicht für Ihre Sicherheit garantieren können?«

»Danke für Ihre Fürsorge, aber ich komme zurecht.« Damit schloss sie das Fenster.

Captain Jones sah seinen Beifahrer an. »Tja, wir haben es versucht. Aber wie die Einheimischen sagen: Sie will nicht weg.«

»Es heißt, sie wartet darauf, dass ihr Liebhaber zurückkommt, der Künstler.«

»Es heißt auch, sie wäre verrückt geworden – in den Wahnsinn getrieben durch ihre Ehe mit Pierce Armstrong.« Er blickte zum Haus. »Komm – verschwinden wir.«

An diesem Abend saß Clara an ihrem Schlafzimmerfenster und blickte über den See hinüber nach Seymour Hall. Seit Johnnys Verhaftung war ihr das zur Gewohnheit geworden. Wenn sie dort Licht sähe, wäre er zu Hause, und dann würde sie schnell zu ihm und alles erklären. Der Gedanke, dass er die ganze Zeit hinter Gittern gesessen hatte, war ihr unerträglich. Aber jetzt wurden alle politischen Gefangenen freigelassen, daher musste er früher oder später heimkommen. Und dann konnten sie dort weitermachen, wo sie aufgehört hatten, und zusammen ein neues Leben beginnen. Sie hatte an nichts anderes gedacht als an ihn und daran, wieder mit ihm zusammen zu sein. Nun zündete sie sich eine Zigarette an und hielt nach einem Licht in Johnnys Haus Ausschau, doch es blieb dunkel.

82. KAPITEL

Mitten in der Nacht wurde sie von einem lauten Hämmern an der Vordertür geweckt. Sie schrak auf.

»Johnny!«, keuchte sie. Sie sprang aus dem Bett, rannte zu einem der Fenster und blickte hinaus. Doch es war nicht Johnny, sondern eine Gruppe Männer mit brennenden Fackeln.

Sie öffnete das Fenster. »Was wollen Sie?«, rief sie.

»Könnten Sie die Tür aufmachen und uns hineinlassen?«, fragte der Anführer der Gruppe.

»Ganz sicher nicht. Sie befinden sich auf Privatbesitz, also verschwinden Sie!«

»Wenn Sie nicht öffnen, brechen wir die Tür auf.«

»Was wollen Sie?«, fragte sie.

»Wir brennen das Haus nieder, als Vergeltung für Maßnahmen im Unabhängigkeitskrieg.«

Clara knallte das Fenster zu und zog sich rasch an. In Panik rannte sie die Treppe hinunter. Da hörte sie im hinteren Teil des Hauses schon Glas splittern. Als sie die Halle erreicht hatte, kamen bereits Männer aus dem Dienstbotentrakt angerannt.

»Raus! Raus aus meinem Haus!«, schrie sie.

»Ich fürchte, das geht nicht, Lady Armstrong. Wir fordern Sie auf, jetzt mit uns das Haus zu verlassen.«

Entsetzt sah sie, dass die Männer durch alle Räume im Erdgeschoss rannten.

Zwei von ihnen nahmen sie am Arm, führten sie zur Haustür und öffneten diese. Sie sah, wie ein Mann die Vorhänge im Salon in Brand steckte.

»Ach bitte, lassen Sie mich noch ein paar Sachen aus dem Haus holen«, bat sie, als sie sie die Vordertreppe hinunter zum Vorhof führten.

»Ich fürchte, das geht nicht. Als die Häuser in Castlewest niedergebrannt wurden, wurde diese Bitte auch von den Soldaten Ihres Mannes missachtet.«

Einer der Männer brachte einen der geschnitzten Lehnstühle heraus und stellte ihn auf den Vorhof.

»Nehmen Sie bitte Platz«, forderte sie der Anführer auf.

Sie setzte sich und blickte zum Haus. Durch das Fenster des Salons sah sie bereits Flammen tanzen, die sich rasch ausbreiteten. »Ich will das nicht sehen!«, schrie sie.

»Auch da bleibt Ihnen nichts anderes übrig. Die Einwohner der Stadt mussten auch mit ansehen, wie ihre Häuser niederbrannten.«

Entsetzt musste sie zusehen, wie die Flammen sich im ganzen Haus ausbreiteten. Sie dachte an Velma, die französische Urlauberin, die ihr kurz nach ihrer Ankunft auf Hunter's Farm geweissagt hatte, sie würde eines Tages das Haus der Armstrongs retten. Doch als sie jetzt sah, wie es in Flammen aufging, erkannte sie, dass dies nicht geschehen würde.

Clara stieg in den Zug und fand ein unbesetztes Abteil. Sie trug einen Hut mit einem Schleier, der ihr Gesicht verbarg.

Auf dem Bahnsteig wimmelte es von vielen Reisenden, die ein- und ausstiegen.

Dann kam der Schaffner.

»Die Fahrkarte, bitte«, sagte er.

Sie reichte sie ihm. »Nach Dublin? Nur die Hinfahrt?«

Sie nickte. »Das ist richtig – ich komme nicht zurück.«

BUCH 3

2007 BIS HEUTE

83. KAPITEL

Kate und Tony Fallon saßen mit drei Männern an einem Tisch des Restaurants im New Yorker Plaza Hotel. Kate war eine berückend schöne Blondine Ende dreißig, Tony ein großer Mann Mitte vierzig mit dunklen gewellten Haaren, einem Anzug und Hemd ohne Krawatte.

»Wir waren begeistert, als Steve vorschlug, sich mit Ihnen zu treffen, um über den Deal zu sprechen«, sagte Kate Fallon und blickte lächelnd die Männer an.

»Wir hätten uns natürlich auch andere Investoren suchen können – aber Steve meinte, Sie wären die Richtigen für uns«, strahlte Tony Fallon.

»Nun, als Steve Ihr Projekt erwähnte, waren wir ziemlich aufgeregt«, bemerkte Mulrooney. »Wir dachten, wir springen auf den fahrenden Zug, bevor wir ihn noch verpassen.«

»Ja, in Irland gibt es jetzt einiges zu verpassen«, bestätigte Steve.

»Ich habe nur ein paar Fragen«, sagte Mulrooney. »Was die Größe und Ausrichtung dieses Shoppingcenters betrifft, das Sie in Dublin bauen wollen – eine der größten Luxusmalls in ganz Europa: Sind Sie sicher, dass es dafür überhaupt Bedarf gibt?«

Kate lachte leise. »Oh, ich versichere Ihnen, dass es dafür Bedarf gibt, Gentlemen. Die Iren sind für ihren Konsumrausch berüchtigt.« Sie spielte mit der glitzernden Diamantkette an ihrem Dekolleté.

»Es gibt ein paar Vororte von Dublin, dagegen ist Beverly Hills gar nichts«, ergänzte Tony lachend. »Irland ist das zweitreichste Land der Welt, wussten Sie das?«

»Und Dublin die drittteuerste Stadt in Europa«, ergänzte Kate.

»Die Zeiten der Hungersnot sind wohl endgültig Vergangenheit«, lachte Mulrooney.

»Seien Sie versichert, der Bedarf ist da«, wiederholte Kate. »Und deshalb sichern wir uns Flagshipstores von Tiffany, Armani und Gucci. Wir hoffen sogar, Harrods und Bloomingdales mit an Bord zu holen.« Sie warf den Männern ein strahlendes Lächeln zu.

»Jedes Projekt in Irland, auf dem Tonys und Kates Name steht, wird ein Erfolg«, bemerkte Steve. »Sie sind wie Midas.« Steve Shaw war der Geschäftsführer der Eiremerica Bank, und Fallon Enterprises war sein größter Kunde.

»Ich habe ein paar Filme mit Ihnen gesehen, Kate«, sagte Mulrooney. »Drehen Sie nichts mehr?«

»Nein, ich habe die Schauspielerei aufgegeben, als ich Tony heiratete.« Sie legte liebevoll ihre Hand auf Tonys und lächelte ihn an.

»Fehlt Ihnen Hollywood?«

»Da ich nur wenige amerikanische Filme gedreht habe, eigentlich nicht«, lächelte Kate.

»Wie lange sind Sie beide schon verheiratet?«, fragte Mulrooney.

»Sieben Jahre«, antwortete Tony und drückte lächelnd Kates Hand.

»Sie müssen uns mal in Irland besuchen«, schlug Kate vor.

»Nun, ich hoffe, Sie schon bald dort zu treffen. Ich wollte schon immer mal nach Irland«, erwiderte Mulrooney.

»Aber natürlich! Jeder will mal nach Irland«, strahlte Kate.

»Also, Gentlemen, sind Sie dabei oder nicht?«, fragte Steve Shaw leicht nervös.

Mulrooney betrachtete die gutaussehenden, lächelnden, zuversichtlich wirkenden Fallons.

»Wir sind dabei«, sagte er dann.

»Ausgezeichnet!«, rief Steve aus und schnippte dann nach dem Kellner, der ihnen eine Minute später eine Flasche Champagner brachte. Er öffnete sie und schenkte allen ein.

»Also«, sagte Kate und hob ihr Glas, »auf eine erfolgreiche Partnerschaft!«

Alle stießen miteinander an und wiederholten: »Auf eine erfolgreiche Partnerschaft.«

Kate betrat ihre Suite im Hotel und fuhr sich aufgeregt durch die Haare.

»Juhu, wir haben es geschafft!«, rief Tony laut.

Kate seufzte schwer. »Es gab einen Moment, da dachte ich, sie ziehen sich zurück.«

Tony kam zu ihr und umarmte sie. »Sie haben dir aus der Hand gefressen. Ohne dich hätte ich das nicht geschafft.«

Sie lächelte. »Doch, hättest du. Ich war nur Beiwerk.«

Es klopfte an der Tür, und Tony ging öffnen. Zwei Pagen brachten zwei riesige Blumensträuße herein.

»Der hier kommt von Mulrooney«, sagte Tony, der die Karten las, »und der hier von Steve Shaw und der Eiremerica Bank.«

»Danke«, sagte Kate zu den Pagen. »Sie können sie hier auf den Tisch stellen.«

Da klingelte Tonys Handy, und er meldete sich, sobald die Pagen gegangen waren.

»Hey – hi, Steve – ja, großartiger Abschluss … sicher …«

Tony deckte sein Handy mit der Hand ab und flüsterte zu Kate: »Sie haben dich geliebt!«

Sie haben nur die Vorstellung geliebt, viel Geld zu verdienen, dachte Kate, ging zum Schreibtisch und öffnete ihren Laptop.

»Okay, danke noch mal, Steve – dann frühstücken wir noch mal zusammen, bevor wir nach Dublin aufbrechen.«

Er beendete das Gespräch und streifte sein Jackett ab.

»Steve ist begeistert.«

»Sollte er auch. Er und seine Bank werden noch mehr Geld mit dir verdienen«, sagte sie, den Blick auf den Bildschirm gerichtet.

»Irgendwelche E-Mails?«, fragte er, während er ins Badezimmer ging und heißes Wasser in die Wanne laufen ließ.

»Habe ich noch nicht gecheckt«, sagte sie geistesabwesend.

Er kam wieder aus dem Bad.

Sie räusperte sich und fragte: »Hast du noch mal über das nachgedacht, worüber wir letztens gesprochen haben? Das Haus?«

»O nein – du siehst dir das doch nicht etwa an, oder?« Er stellte sich hinter sie und blickte auf die Webseite des Maklers, die ein Foto von Armstrong House zeigte.

»Die Versteigerung ist nächsten Monat«, sagte sie.

»Ich dachte, wir hätten uns dagegen entschieden«, erwiderte er.

»Nein, du hast dich dagegen entschieden. Aber ich bin immer noch interessiert.« Sie klickte sich durch die Fotos auf dem Bildschirm.

»Das ist doch ein Schutthaufen!«, rief er aus. »Eine Ruine aus dem Mittelalter! Halb niedergebrannt! Meilenweit von Dublin entfernt und überhaupt nicht das, was wir brauchen.«

Sie klappte den Laptop zu und sah ihn an. »Ich bitte dich ja nur darum, mal hinzufahren und einen Blick darauf zu werfen. Nur einen Termin mit dem Makler zu machen und zu sehen, wie es ist.«

»Du weißt doch genau, wie es ist. Du bist in der Nähe aufgewachsen«, erwiderte er.

»Aber ich war schon Jahre nicht mehr da. Ich möchte sehen, wie es jetzt ist.«

»Ach, Kate!«, stöhnte er entnervt.

»Bitte!« Sie sah ihn flehentlich an.

»Ach, wie kann ich dir das abschlagen? Nach so einem Auftritt heute Mittag?«

Sie neigte sich zu ihm und küsste ihn. »Danke – und, ach, Tony?«

»Was?«

»Deine Wanne läuft über.«

»Verdammt!«, rief er und stürzte ins Bad.

84. KAPITEL

Nicholas Collins fuhr mit seinem Range Rover zum Armstrong House und hielt auf dem mit Unkraut bewachsenen Vorhof. Janet Dolans Auto stand bereits dort, und er entdeckte auch Janet, im Gespräch mit einem Pärchen, das gerade in einen sehr protzigen Wagen stieg. Sie war Immobilienmaklerin und hatte ihre eigene Firma, Dolans Auctioneers, die mit dem Verkauf des Hauses betraut war. Außerdem war sie eine Freundin seiner Exfrau Susan. Dies und ihre Spezialisierung auf große Landhäuser war der Grund, warum sie sich um Armstrong House kümmerte.

Armstrong House war ein wesentlicher Faktor ihrer Auseinandersetzungen bei ihrer Scheidung gewesen. Das Haus hatte ihm gehört, er hatte es von seiner Mutter Jacqueline Armstrong Collins geerbt. Er hatte es behalten wollen, aber Susan wollte es verkaufen, damit sie sich bequeme neue Häuser kaufen konnten. Das hatte ihm widerstrebt, er hatte das Gefühl gehabt, das Haus gehörte zur langen Ahnenreihe der Armstrongs – und seiner Tochter Alex, die es von ihm erben sollte.

Am Ende war er zum Verkauf gezwungen worden, und jetzt wusste er, dass es die richtige Entscheidung gewesen war. Allerdings hatte er Hunter's Farm vom Verkauf ausgenommen. Daran wollte er festhalten, solange der Verkauf des Herrenhauses genug einbrachte. Armstrong House würde immer weiter verfallen – weil er einfach kein Geld hatte, etwas dagegen zu unternehmen. Und durch den Erlös wären er und vor allem Alex finanziell abgesichert – was die Hauptsache war. Doch tief in seinem Innern kämpfte immer noch seine Vernunft gegen sein Gefühl.

Er sprang aus dem Range Rover und ging auf die anderen zu. Als er Janet erreicht hatte, winkte sie dem Pärchen gerade nach.

»Ich habe sie auf ein definitives Vielleicht festgenagelt«, sagte sie und machte sich eine Notiz auf ihrem Klemmbrett.

»Ist das nicht ein Widerspruch: definitiv und vielleicht?«

Janet ignorierte ihn. »All meine Interessenten heute sind aufgetaucht, bis jetzt zehn.« Sie blickte auf ihre Uhr. »Jetzt warte ich auf den elften.« Sie spähte die Auffahrt hinunter, um nach einem Wagen Ausschau zu halten. »Wegen der nächsten Besichtigung bin ich ziemlich aufgeregt – es sind Tony und Kate Fallon.« Janet wirkte sehr selbstzufrieden. »War schon ein kleiner Coup, sie zur Besichtigung zu bewegen – das wird für Aufruhr sorgen.«

»Tony und Kate Fallon?«, fragte er unbeeindruckt.

»Ja, du weißt schon, der Shoppingcenter-Magnat und seine Frau, die Schauspielerin.«

»Ja, ja, ich weiß!«, sagte er rasch. »Sehr glamourös, oder?«

»Glamourös heißt in meiner Branche meist Barbezahlung, was hast du also dagegen?«

Er blickte zum Haus. Viele der Frontfenster waren zugenagelt. Es wirkte sehr heruntergekommen und verwahrlost.

»Ich hätte nur nicht gedacht, dass sie sich für so ein Haus interessieren würden«, sagte er.

»Im Gegenteil: Sie sind genau die Klientel dafür, Nico. All meine Kunden für Landsitze sind neureiche Geschäftsleute, die gerne Landlord in einem Herrenhaus spielen wollen.«

»Lackaffen«, bemerkte er.

»Nico!«, sagte sie entnervt. »Hast du eine Ahnung, wie viel Geld diese Leute haben? Das ist die Chance, deinen geforderten Preis zu bekommen, all deine Schulden abzubezahlen, deine Frau abzufinden und dann in den Sonnenuntergang zu reiten. Wenn du deine Hoffnungen auf die hiesigen Farmer gerichtet hast, dann kannst du lange warten!«

Er blickte zum Haus auf. »Dieses Haus war fast hundertsiebzig Jahre in Familienbesitz – da möchte ich schon, dass es ein wirkliches Heim wird.«

»Nico, dies ist kein ungewünschtes Haustier, sondern ein Haus – und damit es ein Heim wird, braucht es jemanden mit Geld, so wie die Fallons.«

Plötzlich durchbrach das Dröhnen eines Hubschraubers die ländliche Stille.

»Ach nein, das nicht auch noch!«, stöhnte Nico, als er zu dem Hubschrauber mit der Aufschrift *Fallon Enterprises* blickte, der über ihnen kreiste.

»Was für ein Auftritt!«, rief Janet aufgeregt.

Kate und Tony sahen hinunter zum Haus, während der Pilot weiter darüber kreiste.

»Einfach fabelhaft!«, quiekte Kate.

»Ein verdammter Schutthaufen«, erklärte Tony. »Soweit ich sehe, ist einer der verfluchten Schornsteine eingebrochen.«

»Fabelhaft!«, wiederholte Kate aufgeregt.

Nico und Janet sahen zu, wie der Helikopter erst stieg und dann in einem der ehemaligen Gärten des Hauses landete.

»Komm«, sagte Janet und eilte zu ihnen, »du kannst sie kennenlernen und herumführen.«

»Eigentlich habe ich keine Lust dazu«, widersprach er.

»Ich wollte nur einen Blick – vielleicht den letzten – aufs Haus werfen.«

Sie packte ihn am Ärmel seines Barbour-Mantels und zog ihn mit sich. »Doch, du hast Lust! Es geht nichts über den persönlichen Kontakt.«

Als die Rotoren des Helikopters langsamer wurden, ging die Tür auf und die Fallons sprangen heraus. Rasch kamen sie auf die beiden zu.

»Mr und Mrs Fallon, es ist mir ein Vergnügen.« Janet streckte die Hand aus. Eine Sekunde dachte Nico, Janet würde einen Knicks machen.

»Tut mir leid, wir sind ein bisschen zu spät«, entschuldigte sich Kate.

»Aber gar nicht!«, wehrte Janet ab.

»War der Verkehr so dicht, dass Sie nicht aus Dublin herausgekommen sind?«, fragte Nico grinsend und nickte mit dem Kinn zum Hubschrauber.

»Tatsächlich hatten wir Probleme, zum Heliport zu kommen«, erwiderte Tony.

»Dann sollten Sie einen in Ihrem Garten haben«, sagte Nico immer noch grinsend zu Kate.

»Ich arbeite daran«, entgegnete Kate lächelnd.

Janet beobachtete vergnügt das Geplänkel. »Darf ich vorstellen: Nicholas Armstrong Collins, der Verkäufer, der den ganzen Weg von Dublin gekommen ist, um Sie herumzuführen.«

Nico sah Janet ungläubig an, als er hörte, wie sie seine Anwesenheit hervorhob und einen Doppelnamen fabulierte; dann reichte er beiden die Hand. »Nennen Sie mich doch Nico.«

Die vier gingen vom Helikopter vors Haus.

»Die Aussicht ist umwerfend!«, sagte Kate und blickte hinunter zum See.

»Aber nur in diese Richtung«, warf Tony ein und wandte sich zum Haus.

»Wollen wir hineingehen?«, fragte Kate.

Sie stiegen die Treppe hinauf zu der Metalltür, die dort angebracht worden war.

»Frühviktorianisch?«, fragte Tony und lachte spöttisch.

»Die Originaltür und die meisten Frontfenster wurden beim Feuer zerstört«, erklärte Nico.

»Wann war das?«, fragte Kate.

»Vor etwa neunzig Jahren. Im Unabhängigkeitskrieg oder Bürgerkrieg«, antwortete Nico.

»Ja, es gab ein kleines Feuer«, bestätigte Janet und stieß die Tür auf.

»Ein kleines Feuer? Das ist doch wohl ein bisschen untertrieben, oder?«, bemerkte Tony, als sie die Halle betraten und sahen, dass alle Zimmer nach vorne hinaus Brandschäden hatten.

»Es ist nur hier vorne so schlimm, der Rest des Hauses ist intakt«, erklärte Janet rasch. »Glücklicherweise ging das Feuer aus oder wurde gelöscht, bevor alles niederbrannte.«

Tony blickte auf und entdeckte, dass er den Himmel sehen konnte, weil sowohl ein Teil der Decke als auch das Dach fehlten. Ungläubig sah er Kate an.

»Nico besitzt das Haus seit fast hundertsiebzig Jahren«, erläuterte Janet, als sie den ebenfalls völlig ausgebrannten Salon betraten.

»Aber nicht persönlich, möchte ich anfügen«, bemerkte Nico.

»Ich wollte schon sagen, dass Sie sich gut gehalten haben«, grinste Kate.

Sie gingen weiter zum Ballsaal. Alle Flügeltüren waren zugenagelt, bis auf die Oberlichter, durch die Tageslicht drang.

Der ganze Saal war vollgestellt mit alten Möbeln und Kisten.

»Wie Sie sehen, hat dieser Raum kaum Brandschäden. Ich möchte Ihre Aufmerksamkeit auf bemerkenswerte Details richten«, fuhr Janet fort und zeigte auf die kunstvoll mit Schnitzereien versehene Decke.

»Das Problem ist nur, dass es aussieht, als würde die Decke jeden Moment runterkommen«, bemerkte Tony.

»Nein, ich bin Architekt und kann Ihnen versichern, dass die Decke ziemlich sicher ist. Im Gegensatz zum Rest des Hauses«, antwortete Nico, worauf Janet ihm einen warnenden Blick zuwarf.

Kate fing an, die Möbel und Kisten zu betrachten.

»Das ist Familienbesitz und wird nicht verkauft«, sagte Nico.

»Na, Gott sei Dank!«, entgegnete Tony.

»Ich muss es noch sichten. Aber davor kommt es erst hier heraus.«

»Aber wenn Ihnen irgendetwas davon gefällt, würde Nico es Ihnen bestimmt überlassen«, sagte Janet rasch. »Es wäre doch schön, nach der Renovierung auch noch ein paar Originalmöbel hier zu haben.«

Nachdem sie sich die restlichen Räume im Erdgeschoss angesehen hatten, ging Kate zur Treppe. Doch Janet rief: »Stopp! So leid es mir tut, aber die ist nicht sicher. Wir müssen die Dienstbotentreppe benutzen.«

Sie gingen durch den Dienstbotentrakt in den rückwärtigen Teil des Hauses und gelangten von dort in den ersten Stock. Auch hier hatte das Feuer viel zerstört.

»Ich fürchte, weiter können wir nicht gehen«, sagte Janet. »Aus Sicherheitsgründen, denn der Boden im vorderen Teil des Hauses trägt vielleicht nicht unser Gewicht.«

»Wollen Sie damit andeuten, ich wäre fett?«, fragte Tony anklagend.

»Aber nein, Mr Fallon! Natürlich nicht!«

Tony brach in Gelächter aus. »Das war doch nur ein Witz!«

»Verstehe.« Janet lächelte und rang sich ein Lachen ab. »Sehr komisch.«

Als sie wieder auf dem Vorhof landeten, blickten sie zum Haus hinauf.

»Tja, danke, dass Sie uns herumgeführt haben«, sagte Kate.

»Ja, es war ganz interessant«, erklärte Tony mit gelangweilter Miene.

»Werden wir Sie nächste Woche auf der Auktion sehen?«, hakte Janet nach.

»Wir haben wohl erst mal eine Menge zu besprechen«, erwiderte Kate und lächelte Tony an. Dann wandte sie sich Nico zu. »Werden Sie das Haus vermissen?«

»Wahrscheinlich schon. Aber ich habe ja immer noch Hunter's Farm – ein kleines Haus die Straße runter. Seit das Haupthaus niederbrannte, hat die Familie Hunter's Farm als Ferienhaus genutzt.«

»Also werden immer noch Armstrongs in der Gegend wohnen«, sagte Kate.

»Wir müssen los«, verkündete Tony. »Ich habe noch ein Einkaufszentrum zu bauen. Aber danke für alles.« Er schüttelte allen rasch die Hand. Dann gingen Kate und er händchenhaltend zum Helikopter.

»Ich habe noch ein Einkaufszentrum zu bauen«, äffte Nico Tony nach.

»Ich weiß nicht, ob es wirklich eine so gute Idee war, dich

dabeizuhaben«, bemerkte Janet, als sie zusahen, wie der Hubschrauber abhob.

»Komm schon, Janet! Das sind doch keine ernsthaft interessierten Käufer! Er hat das Haus gehasst.«

»Hm, aber sie nicht«, antwortete Janet.

85. KAPITEL

Es war fast Mitternacht, als Tony in die Einfahrt seines Dubliner Hauses fuhr. Er drückte auf eine Fernbedienung, worauf das Tor automatisch aufschwang. Er fuhr weiter und parkte vor dem modernen weißen Haus.

Beide stiegen aus und gingen schweigend hinein. Tony gab den Code in die Alarmanlage ein, während Kate schon ins Schlafzimmer vorging, sich für die Nacht fertig machte und ins Bett ging, um dort noch eine Zeitschrift durchzublättern. Ein paar Minuten später kam Tony herein.

»Du warst heute Abend so still«, bemerkte er, während er seine Krawatte löste.

»Ach ja?«

»Gibt es irgendwas?« Er setzte sich zu ihr.

»Nein.«

»Hast du nicht gesagt, du wärst glücklich, wenn ich zur Besichtigung mitkäme?«

Sie legte die Zeitschrift nieder. »Ich wäre glücklich gewesen, wenn du nicht schon vorher beschlossen hättest, es nicht zu mögen.«

»Nicht zu mögen? Ich hasse es! Am liebsten würde ich einen Riesenbesen nehmen und es in den See fegen!«, sagte er.

»Tja, aber mir gefällt es!«

»Wieso denn?«

»Mir gefällt es einfach!« Sie sprang aus dem Bett und

ging unruhig hin und her. »Sieh mal, genau so ein Haus brauchen wir.«

»Was? Wir haben doch hier ein schönes Haus, das fast alles bietet, was wir brauchen.«

»Nein, Tony, alles, was du brauchst. Das versuche ich dir schon so lange verständlich zu machen. Ich will irgendwo ganz neu anfangen.«

Er sah sie an, als hätte sie den Verstand verloren. »Ganz neu anfangen? Was willst du denn noch?«

»Ja, ja, an Materiellem haben wir alles, was man sich nur wünschen kann. Und unser Leben besteht nur aus Partys und Reisen. Aber ich will mehr … ich habe das Gefühl, das Leben geht an uns vorbei. Wir haben keine Zeit mehr für uns. Du bist ständig auf Meetings, und ich begleite dich. Aber ich will etwas nur für uns. Ein Zuhause, nur für uns zwei.«

»Aber das hier ist unser Zuhause!«

»Nein, das ist nur eine Durchgangsstation bis zur nächsten Reise oder Konferenz. Es ist wie ein Hotel.«

Eine Weile saß er schweigend da. »Ich wusste nicht, dass dir so sehr an diesem verdammten alten Kasten gelegen ist.«

Sie setzte sich zu ihm. »Mir ist so an unserem gemeinsamen Leben gelegen. Es muss doch mehr geben als nur Deals und Shoppingcenter. Wir leben unser Leben für andere, nicht für uns. Ich will für uns ein Haus finden, wo wir uns einfach entspannen und neu kennenlernen können.«

»Ich dachte, wir kennen uns.«

»Wann haben wir das letzte Mal wirklich miteinander geredet? Und zwar nicht über das nächste Geschäft oder die nächste Party? Und ständig sind wir von Leuten umgeben. Wenn ich nach Hause komme, sind hier immer deine Mitarbeiter. Wir brauchen so etwas wie dieses Haus, wo wir allein sein und uns klarwerden können, was wir wirklich wollen.«

»Und warum muss es ausgerechnet dieses Haus sein?«

»Ich bin in Castlewest aufgewachsen, einem Ort ganz in der Nähe des Hauses, bevor ich nach New York ging. In meiner Kindheit habe ich oft dort gespielt, obwohl es verboten war. Wir fuhren mit dem Rad hin und erkundeten das Grundstück. Es hat mir schon immer gefallen, und ich fände es wunderbar, wenn es mir gehörte und ich es restaurieren könnte.«

Da sah er sie eine Weile an. »Okay, dann kauf es. Geh nächste Woche zur Auktion und kaufe es, ganz gleich, was es kostet.«

Vor Entzücken schrie Kate laut auf und fiel ihm um den Hals.

»Hör auf«, sagte er laut lachend, als sie ihn fast erdrückte. »Aber jetzt hör mir zu, denn meine Bedingung ist, dass du dich ganz allein um den Wiederaufbau kümmerst. Hast du verstanden?«

»Ja! Ja!«, rief Kate aufgeregt.

»Ich will nichts damit zu tun haben – ich hab zu viel mit dem Shoppingcenter um die Ohren. Also komm nicht zu mir, wenn es Schwierigkeiten damit gibt. Klar?«

»Abgemacht!«

»Ladies and Gentlemen, willkommen zur heutigen Auktion von Dolans Auctioneers. Heute beginnen wir mit der Versteigerung von Armstrong House. Dieses historische, wenn auch sanierungsbedürftige Herrenhaus ist für jeden Kenner eine einzigartige Gelegenheit. Das Anfangsgebot liegt bei einer Million. Wer bietet eine Million?«

Während sich mehrere Käufer hochboten, konnte Nico nur zusehen, wie hundertsiebzig Jahre Familiengeschichte versteigert wurden. Vor allem staunte er, wie schnell es ging, denn es kam ihm vor wie Sekunden, da kreischte Janet schon: »Verkauft! An Mrs Kate Fallon, Ladies and Gentlemen!«

Kate floh vor den Pressefotografen auf die Toilette und grinste sich im Spiegel an, begeistert, das bekommen zu haben, was sie wollte. Danach ging sie zur Bar, wo sie eine kleine Feier mit Freunden arrangiert hatte. Plötzlich ertönte hinter einer Säule die nicht zu verwechselnde Stimme von Janet Dolan, die mit Nico sprach. Abrupt blieb sie stehen, um zu lauschen.

»Du musst doch begeistert sein, Nico! Eineinhalb Millionen! Mehr als erwartet!«

»Mag sein, aber davon werde ich nichts zu Gesicht bekommen, weil ich die Schulden bezahlen muss, die ich mit dem Haus geerbt habe, ganz zu schweigen von der Hypothek meiner Exfrau sowie den Rechnungen meines und ihres Anwalts.«

»Aber zumindest hast du das alles dann vom Hals«, erwiderte Janet.

»Ja, aber dazu musste ich meinen Familiensitz verkaufen. Daran hängt man eben. Und ich hab ihn einfach so verschachert.«

»Es wäre verrückt gewesen, es nicht zu tun. Außerdem ist das Haus abbruchreif, und du hast kein Geld, um es zu retten. Zumindest werden die Fallons jetzt etwas damit anfangen.«

»Ja, und bei der Vorstellung wird mir angst und bange. Sie werden es in ein albernes Disneyschloss verwandeln. Ich sehe es schon vor mir: Der alte Ballsaal wird zu einem beheizten Swimmingpool mit griechischen Statuen. Und natürlich wird es überall Marmor und Whirlpools geben … ach, mich schaudert's, wenn ich daran denke!«

Janet kicherte. »Das kannst du nicht wissen.«

»O doch. Hast du den Riesendiamanten gesehen, den sie heute getragen hat? Die haben doch nur Geld, aber keinen Geschmack!«

Kate spielte kurz an ihrer Diamantkette und ging dann weiter zur Bar.

»Tony?«, fragte Kate, als sie an diesem Abend essen gingen.

»Ja, Schatz?«

»Ich hab mir gedacht: Nico Collins ist doch Architekt, oder?«

»Hat er jedenfalls behauptet.«

»Warum lassen wir ihn dann nicht das Haus renovieren? Schließlich kennt er es besser als jeder andere.«

»Du kannst damit beauftragen, wen du willst. Es ist dein Projekt, ich will nichts damit zu tun haben.«

»Ja – tut mir leid – das hatte ich vergessen«, nickte Kate.

86. KAPITEL

Nicos Architekturbüro Collins & Darcy war ein kleines Unternehmen, das er Jahre zuvor mit einem Freund vom College gegründet hatte.

Als Kate das Büro in einem kleinen georgianischen Gebäude in der Baggot Street betrat, trug sie, eigens für diesen Anlass, besonders viel Diamantschmuck.

»Guten Tag, Kate, schön, Sie zu sehen«, begrüßte Nico sie.

Sie gab ihm die Hand und lächelte strahlend, bevor sie Platz nahm.

»Ich war überrascht, von Ihnen zu hören«, entgegnete er mit leicht besorgter Miene. »Ich dachte, der Verkauf sei abgeschlossen.«

»Ja, ist er auch. Ich wollte mit Ihnen über etwas anderes sprechen.«

»Ach wirklich?«, sagte Nico und neigte sich interessiert vor.

»Ja, ich wollte Sie als Architekt engagieren.«

Er strahlte. »Aber ja! Ich wäre hocherfreut.«

»Sie wissen doch, dass mein Mann gerade ein riesiges Einkaufszentrum baut?«

Nico riss Augen und Mund auf. »Ja, das war mir bekannt … aber sollen etwa wir es e-entwerfen?«, stotterte er staunend.

»Aber nein, seien Sie doch nicht albern!«, erwiderte sie und wedelte abschätzig mit der Hand. »Da bräuchten Sie wohl doch noch ein bisschen Übung.« Sie lachte glockenhell.

Nico presste die Lippen zusammen und sah sie finster an.

»Nein – ich habe das Einkaufszentrum nur erwähnt, weil mein Mann aus Zeitnot mir den Umbau des Hauses überlassen hat, und ich wollte Ihnen vorschlagen, dies zu machen.«

»Das Haus? Sie meinen, mein Haus? Ich meine, Ihr Haus?« Wütend über sich schüttelte er den Kopf. »Das Haus, das Sie von mir gekauft haben?«

»Ja, welches denn sonst?«

»Tja, danke, dass Sie an mich gedacht haben. Das würde ich sehr gerne übernehmen.«

»Gut! Könnten Sie mir dann ein Angebot unterbreiten? Bis Montag? Ich bin schon sehr gespannt darauf.« Sie stand auf und streckte ihm ihre Hand entgegen, an der Ringe und Armbänder funkelten.

Er ergriff sie.

»Tata!«, sagte sie, drehte sich um und ging hinaus.

Überrascht, erfreut und aus irgendeinem unerfindlichen Grund beunruhigt sah Nico ihr nach.

Kate hatte sich mit Nico am Haus verabredet, und als sie auf dem Weg dorthin durch Castlewest fuhr, fiel ihr auf, wie sehr es sich verändert hatte, seit ihre Familie in den Achtzigern nach Amerika ausgewandert war. Jetzt war es eine blühende Stadt, die wegen des nahen Sees und der schönen Umgebung auch der Fremdenverkehr für sich entdeckt hatte, wie man an den vielen Touristen auf den Straßen sah.

Als sie durch die Stadt gefahren war, bog sie auf die neue Schnellstraße ein, die zum See führte. Kurz darauf verließ sie sie wieder und fuhr durch ein kleines malerisches Dorf, das, wie sie sich erinnerte, ganz in der Nähe des Hauses lag.

Ein Großteil der Häuser waren mittlerweile Ferienhäuser für wohlhabende Dubliner.

Schließlich bog Kate durch das Tor zum Grundstück, fuhr die zugewucherte Auffahrt hinauf und bremste quietschend vor dem Haus. Nico wartete bereits auf sie. Sie stieg aus dem Wagen und ging zu ihm.

»Sie haben sich also für ein konventionelleres Verkehrsmittel entschieden?«, fragte er zur Begrüßung.

»Tony nimmt gerne den Helikopter, nicht ich. Außerdem brauche ich den Wagen. Ich bleibe ein paar Tage, um einiges zu organisieren.«

»Wohnen Sie in Castlewest?«

»Nein, in Ashford Castle.«

»Wo sonst?« Er gab sich keine Mühe, den zynischen Unterton zu verbergen.

Sie holte die Schlüssel hervor, ging die Treppe hinauf und schloss ihnen auf.

»Ich habe schon ein paar Entwürfe gemacht, die Sie sich ansehen können.« Er öffnete seine Aktentasche, als er ihr durch die Halle folgte.

Sie wehrte ab. »Ja – später.«

Gekränkt über ihre Zurückweisung sah er sie an. »Ich dachte, wir behielten so viel wie möglich von der ursprünglichen Gestaltung bei.« Er verstummte, als sie in einem der Räume verschwand.

Doch bevor er ihr folgen konnte, kam sie wieder in die Halle zurück und starrte auf die Treppe.

»Die Treppe ist sehr baufällig und muss gründlich saniert und restauriert werden«, warnte Nico.

»Tja, aber ich wollte das ganze Ding rausreißen!«

»Was?« Fassungslos starrte er sie an.

»Statt einer Treppe soll da ein gläserner Aufzug hin, was meinen Sie?«

»Aber –«

Sie marschierte ins ehemalige Speisezimmer. »Und das hier soll ein Fitnessraum werden.«

»Ein Fitnessraum?« Er glaubte, er hätte sich verhört.

»Meine Figur bleibt nicht von allein so, wissen Sie? Und das kleine Wohnzimmer« – sie dachte angestrengt nach – »wird eine Sauna.«

»Eine Sauna!«

Jetzt durchquerte sie die Halle und ging in den Salon.

»Hm, der Kamin muss weg!«, verkündete sie.

»Aber das ist der Originalkamin von 1840! Das Einzige, was das Feuer in diesem Zimmer überlebt hat!«

»Genau das meine ich: altmodisch und beschädigt. Tatsächlich will ich alle Kamine austauschen. Stattdessen will ich Fußbodenheizung.«

»In einem viktorianischen Haus?«, fragte er ungläubig.

»Mit Marmorböden.«

»Marmor?«

»Ja, Marmorböden, überall!« Sie marschierte durch die Halle. Er eilte ihr nach. »Außer natürlich hier in der Halle. Da sollen Fliesen hin, die leuchten und die Farbe wechseln, wenn man darauf tritt. Das habe ich mal in Rom gesehen, einfach super!« Sie kamen in den Ballsaal. »Und hier kommt ein beheizter Swimmingpool hin.«

Er verdrehte die Augen und wurde rot.

»Außerdem Statuen – griechische, römische und was uns so einfällt. Und Schaukeln, die von der Decke hängen. Dann können wir über dem Pool schaukeln, während wir Piña Coladas trinken!« Ihre Miene war zufrieden und verträumt.

»Äh, Kate, ich glaube, wir haben sehr unterschiedliche Vorstellungen über die Renovierung.«

Besorgt sah sie ihn an. »Ach, glauben Sie, meine Pläne würden nicht zum Haus passen, mein Lieber?«

»Ja, das glaube ich allerdings«, sagte er mit Nachdruck.

»O mein Gott, halten Sie das alles für geschmacklos?«

»Ja.«

»Etwa für ein albernes Disneyschloss?« Ihre Miene veränderte sich, und sie sah ihn wissend an.

Ihm klappte der Mund auf, weil ihm klar wurde, dass sie sein Gespräch mit Janet mit angehört hatte.

»Sie haben mich auf den Arm genommen?«, fragte er und wurde noch röter, diesmal aber aus Scham.

Sie nickte.

»Sie sind eine gute Schauspielerin.«

»Schließlich war das mein Beruf.«

»Sie sollten nicht die Gespräche anderer belauschen.«

»Dann sollten Sie nicht laut in der Öffentlichkeit lästern.« Sie spazierte durch den Ballsaal und sah sich alles an. »So spricht man doch nicht über jemanden, der einem gerade anderthalb Millionen gegeben hat, oder?«

»Ich hatte einfach Vorbehalte gegen das, was Sie aus diesem Haus machen würden.«

»Auf welcher Grundlage denn? Sie kennen uns doch gar nicht! Wenn Sie das Haus in einer bestimmten Weise renoviert haben wollten, warum haben Sie es dann nicht selbst gemacht?«

»Weil ich nicht das Geld dazu hatte.«

»Ganz genau! Warum also sind Sie so herablassend gegenüber denen, die das nötige Geld dazu verdient haben?« Sie ging an ihm vorbei. »Einen schönen Tag noch, Mr Armstrong! Machen Sie die Tür hinter sich zu, ja?« Sie verließ den Ballsaal. Kurz darauf hörte er, wie ihr Ferrari die Auffahrt hinunterraste.

Es war schon spätabends, als Nico vor Ashford Castle parkte und hineinging. Er wandte sich zur Rezeption und bat darum, in Kates Suite durchgestellt zu werden.

»Sie ist gerade im Speisesaal«, erklärte die Empfangsdame.

Nico ging zum Speisesaal und überblickte ihn vom Eingang aus. Er entdeckte Kate sofort, sie saß mit vier weiteren Gästen an einem Tisch, plauderte munter und brachte die anderen zum Lachen.

Plötzlich sah sie ihn. Verwirrt verzog sie das Gesicht, als er ihr lächelnd zuwinkte.

»Entschuldigen Sie mich eine Minute, bitte.« Lächelnd stand sie auf, legte ihre Serviette auf den Tisch und kam zu ihm.

»Was machen Sie denn hier?«, fragte sie mit großen Augen.

»Hören Sie, ich weiß, wir hatten einen schlechten Start. Und ich hätte Sie nicht so verurteilen sollen. Aber … ich will diesen Auftrag wirklich! Es würde mir sehr gefallen, in die Renovierung des Hauses mit eingebunden zu sein. Ich habe das Gefühl, ich schulde es dem Haus … und würde rund um die Uhr für Sie arbeiten.«

»Verstehe«, sagte sie.

»Und um Ihnen zu zeigen, wie ernst es mir ist, reduziere ich mein Honorar um zwanzig Prozent, wenn ich weiter für Sie arbeiten darf.«

»Gut.« Sie sah ihn durchdringend an. »Nun, ich akzeptiere Ihren Nachlass, aber erlauben Sie mir jetzt, zu meinen Gästen zurückzugehen?«

»Selbstverständlich, und danke, Sie werden es nicht bereuen.«

Sie wandte sich zum Gehen, hielt dann allerdings inne und sah ihn an. »Übrigens habe ich nicht gesagt, dass ich Sie feuere – aber ich danke Ihnen trotzdem für Ihren Nachlass von zwanzig Prozent.«

Mit offenem Mund starrte er ihr nach, als sie zu ihrem Tisch zurückging.

87. KAPITEL

Nico bog in die Einfahrt zum Haus der Fallons in Dublin. Er warf einen Blick auf das automatische Tor und die hohen Mauern. Dann öffnete er sein Fenster und drückte auf den Knopf der Gegensprechanlage.

»Hallo?« Das war Kate.

»Nico Armstrong Collins. Ich komme zu unserem Treffen.«

Als sich das schwere Eisentor plötzlich öffnete, fuhr er die kurze Auffahrt hinauf. Das Haus war genau so, wie er erwartet hatte: neu, weiß, mit großen Fenstern und Säulen am Eingang. Er nahm seine Ordner und ging zur Tür.

Dort stand Kate in einem fließenden weißen Hosenanzug aus Satin.

Er folgte ihr durch eine runde Eingangshalle mit Wendeltreppe. Über ein paar Stufen kamen sie in ein überdimensionales Wohnzimmer. Wie erwartet war es mit cremefarbenen Sofas, Glastischen und hellen Teppichen eingerichtet.

Er öffnete seine Ordner und zeigte ihr die Pläne.

»Diese hier haben wir beim Bauamt eingereicht. Es ist alles genau so, wie Sie verlangt haben, wir brauchen nur noch die Genehmigung.«

Sie sah sie rasch durch. »Das scheint mir alles in Ordnung zu sein. Wie geht es jetzt weiter?«

»Sobald wir die Genehmigung haben, können wir mit

den Baumaßnahmen anfangen. Ich habe mich schon mit Bauunternehmen in Verbindung gesetzt. Wenn es an die Renovierung im Haus geht, werden wir ganz genau wissen müssen, wie Sie es haben möchten.« Er blickte sich um. »Sie hatten erwähnt, es sollte ein Hauptwohnsitz für Sie und Tony werden?«

Sie stand auf, zündete sich eine Zigarette an und ging hin und her.

»Ja, wir wollen dorthin ziehen. Es soll unser Zuhause sein. Da Tony gerne Partys feiert und Leute um sich herum hat, muss der Rahmen entsprechend sein. Ich glaube, das Haus war in der Vergangenheit für seine Partys und Bälle berühmt, nicht wahr?«

»Das stimmt.«

»Das soll auch wieder so werden. Ich möchte, dass es für Glamour und Schönheit bekannt wird.«

Er sah sie an und dachte, wenn einer dies schaffen konnte, dann sie.

»Ich habe ganz klare Vorstellungen vom Haus. Es soll so originalgetreu wie möglich wiederhergestellt werden.«

Er nickte zustimmend.

»Aber es soll auch modern sein. Tony hasst Antiquitäten – er sagt, man weiß nie, wer sie vor einem hatte!« Sie lachte leicht. »Also wird die Einrichtung chic und modern sein, aber die Wände, die Decke und die Gestaltung so originalgetreu wie möglich.«

»Verstehe. Allerdings habe ich keine guten Aufzeichnungen über die Gestaltung der Räume gefunden, nur über das Äußere. Aber vielleicht finde ich noch etwas in den Kisten im Ballsaal. Ich werde mir die mal ansehen.«

»Ja, wenn das möglich wäre.«

Da ging die Haustür auf, und sie hörten zwei Männer, die sich laut und freundlich miteinander unterhielten.

»Das ist Tony«, bemerkte Kate.

Nico räumte die Pläne zusammen, als Tony mit dem anderen Mann hereinkam, den Nico sofort als Steve Shaw identifizierte, den Geschäftsführer der Eiremerica Bank.

»Hallo, ihr beide«, sagte Tony und gab Nico die Hand, bevor er zu Kate ging und sie küsste.

»Nico ist die Pläne mit mir durchgegangen«, erklärte Kate.

»Sehr schön. Leisten Sie uns beim Essen Gesellschaft?«, fragte Tony.

»Nein, er wollte gerade gehen«, antwortete Kate.

»Unsinn, ich mache Fleischbällchen – Sie werden sie lieben!«, sagte Tony.

»Nein, ich sollte wirklich gehen«, erwiderte Nico.

»Ich bestehe darauf«, lächelte Tony.

Nico erkannte, wenn Tony Fallon auf etwas bestand, war es nicht klug, nein zu sagen, selbst wenn seine Frau unangenehm berührt wirkte.

Es war alles ganz zwanglos. Sie wurden in eine riesige Küche geführt und mussten sich um eine Kochinsel setzen, während Tony kochte. Schon bald gesellten sich andere Gäste zu ihnen – Industriekapitäne und bekannte Gesichter aus der Unterhaltungsbranche. Nico fühlte sich mehr als fehl am Platz, und niemand schien sich für ihn zu interessieren.

»Wenn Sie das Haus neu gestalten, achten Sie darauf, dass die Küche super wird, Nico«, bemerkte Tony, als er Fleischbällchen auf alle Teller verteilte.

»Tony ist bei uns der Koch«, erklärte Kate. »Er sagt, die Küche ist der wichtigste Raum im Haus. Er wohnt praktisch hier.«

»Ich habe ein paar meiner besten Geschäfte am Küchentisch gemacht«, sagte Tony.

»Ja, wir wollen das Souterrain vollkommen neu gestalten«, bemerkte Nico. »Die Küche war früher ein Arbeitsplatz, also rein zweckmäßig gestaltet.«

»Um welches Haus geht es denn?«, merkte Steve plötzlich auf und blickte zu Nico, als sähe er ihn zum ersten Mal.

»Wir haben einen alten Kasten auf dem Land gekauft, und Nico baut ihn wieder für uns auf«, erklärte Kate.

»Wo ist das Haus denn, und wem habt ihr es abgekauft?«, fragte Steve.

»Typisch Banker – am liebsten hätten Sie noch gefragt, wie viel wir dafür bezahlt haben«, sagte Kate spottend, worauf Steve verlegen wirkte.

»Das Haus ist auf dem Land, und wir haben es diesem Mann hier abgekauft«, sagte Tony und legte Nico beide Hände auf die Schultern.

Jetzt sahen alle Nico an.

»Und wie sind Sie an das Haus gekommen?«, fragte eine Frau namens Melanie neugierig, die Nico als Moderatorin identifiziert hatte.

»Es war schon seit Generationen in meiner Familie«, erklärte Nico, dem die plötzliche Aufmerksamkeit unangenehm war.

»Es ist aber in einem schrecklichen Zustand«, sagte Tony. »Seit wann wurde es eigentlich nicht mehr bewohnt?«

»Seit ungefähr neunzig Jahren. Der Letzte, der dort wohnte, war mein Großvater, Pierce Armstrong«, erklärte Nico.

»Das war doch Lord Pierce Armstrong, nicht wahr?«, fragte Kate.

Überrascht sah er sie an. »Sie haben Ihre Hausaufgaben aber gemacht, wie?«

»Das mache ich immer, wenn ich etwas kaufe.« Sie sah ihn fest an.

»Lord Armstrong? Faszinierend. Sind Sie ein Lord, Nico?«, fragte Melanie aufgeregt.

»Ich fürchte, nein. Der Titel ist an jemand anderen gegangen, einen entfernten Verwandten in England – da meine Mutter keine Brüder hatte, die ihn erben konnten. Ich hingegen bekam ein zugiges, verfallenes Haus – und nicht mal das habe ich mehr.«

»So ein Pech!« Sofort verlor Melanie wieder das Interesse an ihm.

»Also werdet ihr alle schon bald eure Wochenenden auf unserem Landsitz verbringen können«, sagte Tony, den die Vorstellung verwirrte.

Später, als alle gegangen waren, räumte Kate den Geschirrspüler ein.

»Ich wünschte, du hättest Nico nicht zum Essen gebeten«, sagte sie.

»Wieso? Er scheint ein ganz netter Bursche zu sein«, entgegnete Tony.

»Ich will nicht Geschäftliches mit Privatem vermischen. Sonst denkt er am Ende noch, er wäre ein Freund von uns.«

»Ach, komm schon. Die meisten unserer Gäste heute Abend hängen auf die eine oder andere Weise finanziell von uns ab.«

»Er ist nur manchmal ein bisschen aufgeblasen.«

»Wirklich? Ist mir gar nicht aufgefallen. Inwiefern denn?«

»Ich glaube einfach, er blickt auf uns herab«, sagte sie.

»Was?«, fragte Tony ungläubig. »So ein armer Schlucker? Was hat ein Provinzarchitekt denn auf uns herabzublicken?«

Kate schloss die Geschirrspülmaschine. »Ach, das würdest du nie begreifen.«

Kate sah in Tonys verwirrte Miene. Dann ging sie zu ihm, umarmte ihn und lächelte. »Ach, ist auch egal. Wen kümmert es überhaupt, was Nicholas Armstrong Collins denkt?«

Dich anscheinend, dachte Tony.

88. KAPITEL

Im Verlauf der nächsten Monate wurden die Baupläne genehmigt und die Arbeiten am Haus begannen. Nico überwachte die Arbeit und kam dazu regelmäßig aus Dublin.

Da er als Architekt nicht immer im Büro sein musste, arbeitete er von Hunter's Farm aus und konnte von dort zum Armstrong House fahren. Der Nachteil des Ganzen war, dass auch Kate Fallon ständig auf der Baustelle war und sich einmischte. Er merkte schnell, dass sie eine harte Auftraggeberin war, die in jeden einzelnen Aspekt der Arbeit eingebunden sein wollte.

Langsam nahm das Haus Form an. Die Zimmer, die vom Feuer zerstört worden waren, waren saniert und verputzt und das Dach war neu gedeckt worden. Selbst die Treppe hatte man liebevoll restauriert.

»Oh, Ärger im Anzug«, meldete einer der Elektriker, als der vertraute rote Ferrari zum Haus brauste.

»Nicht schon wieder!«, rief Nico. »Mittlerweile kann sich Ashford Castle bestimmt schon allein durch ihre Besuche tragen.«

Eine Minute später kam Kate mit großen Schritten herein, nachdem sie kurz die neue, aus Italien importierte Haustür begutachtet hatte.

»Sie sollten wirklich nicht ohne Helm und Schutzkleidung hier hereinkommen«, bemerkte Nico, als sie in Kostüm und hohen Schuhen auf ihn zutrat. Sie warf ihm einen verächtlichen Blick zu und ignorierte seine Bemerkung.

»Ich könnte Schwierigkeiten bekommen, weil ich Sie hier so herumlaufen lasse«, fuhr er fort.

»Ihr Problem ist, Nico, dass Sie sich zu viel Sorgen um Dinge machen, die nie passieren werden.« Sie setzte ihre Inspektion fort.

Schäumend folgte er ihr durch die Räume.

»Sie liegen im Zeitplan zurück«, bemerkte sie.

»Nein, wir werden rechtzeitig fertig werden«, sagte er ruhig. »Aber Sie werden erkennen, dass wir nach einem neuen Zeitplan arbeiten, weil Sie uns ständig unterbrechen.«

Sie wirbelte zu ihm herum. »Sie erinnern sich hoffentlich an die Klausel in unserem Vertrag, die besagt, dass Sie uns eine Entschädigung zahlen müssen, wenn Sie zu sehr in Verzug geraten.«

»Ich glaube, Sie werden erkennen, dass das nicht gilt, wenn Sie die Verzögerungen verursacht haben.«

Sie drehte sich um und ging rasch weiter. »Doch, das glaube ich aber schon.«

Irgendwie schien es ihr Spaß zu machen, ihn auf die Palme zu bringen. Und es gelang ihr so leicht. Wenn sie sah, dass er sich ärgerte, schob sie immer noch etwas nach. »Warum lassen wir das nicht mal von einem Anwalt prüfen … wenn Sie sich den nach Ihrer Scheidung noch leisten können.«

Jetzt geriet er in Rage. »Entschuldigung, finden Sie Ihre Bemerkung nicht unangemessen?«

»Finden Sie? Dann lassen Sie das doch auch von einem Anwalt prüfen.«

»Wissen Sie was?« Er nahm seinen Helm ab und warf ihn ihr vor die Füße. »Sie halten sich doch für verdammt schlau! Dann bauen Sie Ihr verfluchtes Haus doch selber fertig!«

Er drehte sich um und stürmte davon, worauf alle Bauarbeiter in Beifall ausbrachen.

Kate drehte sich zu den Männern um und sagte: »Was für ein Abgang! Dabei sollte ich doch die Diva hier sein!«

Daraufhin klatschten und jubelten die Bauarbeiter noch lauter.

»Entschuldigen Sie, Mrs Fallon, wir haben etwas gefunden. Könnten Sie wohl mal einen Blick darauf werfen?«, fragte der Vorarbeiter.

»Gewiss«, sagte sie und folgte ihm hinauf in eines der Schlafzimmer, wo die alten Dielen entfernt worden waren. Sie spähte in den Hohlraum und entdeckte Stapel von alten Briefen, von denen einige in Beuteln untergebracht waren.

»Holen Sie sie raus«, sagte sie.

Der Vorarbeiter gehorchte und entfernte Staub und Dreck von ihnen. Kate holte ein paar Stapel aus den Beuteln. Sie sah, dass die Briefe an Lady Clara Armstrong von Armstrong House adressiert waren.

»Soll ich sie zu dem anderen alten Zeug im Ballsaal legen?«, fragte der Bauarbeiter.

»Nein, ist schon gut, die nehme ich mit, danke«, sagte sie und steckte die Briefe in die Beutel zurück. Dann ging sie damit zum Wagen.

In ihrem Haus in Dublin breitete Kate die Briefe vorsichtig auf dem Glastisch aus. Die meisten schienen an Clara gerichtet zu sein. Aber zu ihrer großen Faszination waren einige auch an Lord Pierce Armstrong in einer Militärbasis in Frankreich adressiert. Allerdings waren diese ungeöffnet.

Sie ging zu ihrem Laptop und suchte im Internet nach Adelsgeschlechtern in Großbritannien und Irland.

Da knallte die Haustür, und Tony kam herein.

»Hi, Süße.« Er gab ihr einen Kuss. »Was ist das denn?«, fragte er leicht angewidert und zeigte auf die Briefe.

»Die haben wir heute unter einem Dielenbrett im Haus gefunden. Es sind Briefe an Lady Clara Armstrong, die meisten von 1915 und 1916 – ist das nicht aufregend?«

Er musterte sie. »Hm – und wer genau war Clara Armstrong?«

»Ich sehe es kurz im Internet nach. Hier ist sie: Sie hat 1914 Lord Pierce Armstrong geheiratet, Nicos Großvater. Mehr steht da nicht über sie. Also war sie Nicos Großmutter.«

»Weiß er, dass du die Briefe hast?«

»Nein.«

»Meinst du nicht, in diesem Fall solltest du sie ihm geben?«

»Vielleicht. Aber ich wollte sie mir zuerst ansehen.«

»Aber wieso denn?« Verwirrt starrte er auf die Briefe.

»Weil ich etwas über die Menschen wissen will, die vor uns in dem Haus gewohnt haben.«

»Verstehe!« Er zog die Augenbrauen in die Höhe. »Typisch Schauspielerin – Backgroundwissen für deine neue Rolle als Hausherrin?«

»Übrigens hat Nico heute den Job hingeschmissen.«

»O nein – warum?«

»Er kann keine Anweisungen entgegennehmen.«

»Und du kannst dich nicht zurücknehmen«, warf er ihr vor.

»Keine Angst, der kommt schon wieder – und bietet mir bestimmt noch mal zwanzig Prozent Nachlass an.«

Anerkennend neigte er sich zu ihr und küsste sie. »Ich hab dir einiges beigebracht! Aber jetzt ziehe ich mich besser mal um. Sonst kommen wir zu spät zum Wohltätigkeitsball. Warum bist du noch nicht umgezogen?«

»Ach, Tony, ich habe schreckliche Kopfschmerzen. Ich dachte, ich bleibe heute mal zu Hause«, jammerte sie.

Er blickte auf die um sie verstreuten Briefe. »Du willst nur hierbleiben, um diese albernen Briefe zu lesen, stimmt's?«

»Bist du böse?«, fragte sie schuldbewusst.

»Nein«, seufzte er und lächelte. »Wir sehen uns später.«

89. KAPITEL

Ein paar Tage später rief der Vorarbeiter der Baustelle Kate an und teilte ihr mit, dass Nico noch nicht wieder aufgetaucht war und deshalb die Bauarbeiten unterbrochen werden müssten.

»Ärger?«, fragte Tony.

»Der verdammte Collins schaltet auf stur und taucht nicht bei der Arbeit auf.«

Tony betrachtete prüfend seine Frau. »Was ist eigentlich das Problem zwischen dir und Nico? Seit er für uns arbeitet, knallt es ständig zwischen euch.«

»Sollte es ein Problem geben, so ist es jedenfalls seins!«, zischte sie.

»Und mit dir hat es natürlich nichts zu tun?«

»Er geht mir einfach auf die Nerven!«

Er legte den Arm um sie und sagte mit sanfter Stimme: »Sag mir, warum du ihn nicht leiden kannst. Was hat er getan?«

»Nichts! Es ist albern.«

»Kate?«, fragte er mit leicht warnendem Unterton.

Sie seufzte laut. »Als ich in Castlewest aufwuchs, waren wir arm. Meine Familie hatte nichts, bevor wir nach New York auswanderten.«

»Das weiß ich. So war auch meine Kindheit. Wir beide sind Selfmade-Millionäre. Aber was hat das mit Nico Collins zu tun?«

»Ich erinnere mich daran, wie er früher war.«

»Wirklich? Ich dachte, du hättest ihn nicht gekannt.«

»Habe ich auch nicht. Wir lebten in verschiedenen Welten. Er und seine Familie verlebten die Ferien auf Hunter's Farm, du weißt doch, die Farm am Ende unseres Grundstücks?«

»Ja«, sagte Tony interessiert.

»Sein Vater war Architekt, und seine Mutter war eine unglaubliche Schönheit namens Jacqueline. Alle kannten sie, sie kamen uns damals ziemlich glamourös vor. Ich glaube, ich war neidisch auf sie, weil sie so chic und selbstbewusst waren.«

»Aber das ist doch schon lange her. Wieso spielt das jetzt noch eine Rolle?«

»Wir streiten uns ständig, und zwar von Anfang an. Ich hab das Gefühl, Nico verübelt uns das, was wir haben – und er ist arrogant. Er gibt mir ständig das Gefühl, das, was ich tue und sage, sei unwichtig.«

»Komm schon, Kate, du bist berühmt, jeder will mit dir befreundet sein. Du hast mehr erreicht und besitzt mehr als alle anderen. Lass dich nicht von der Unsicherheit deiner Kindheit beeinflussen.«

Sie seufzte. »Du hast natürlich recht.«

»Also bleiben dir zwei Möglichkeiten: Entweder feuerst du ihn oder vergisst den ganzen Quatsch und lässt ihn unser neues Haus fertig bauen. Unser neues Zuhause.«

Sie sah ihn an und gab ihm einen Kuss. »Danke, Tony.«

Als Nico auf Hunter's Farm die Tür öffnete, erblickte er zu seinem Erstaunen Kate.

»Ich glaube, wir müssen reden«, sagte sie und nahm ihre Sonnenbrille ab.

Seufzend ließ er sie ins Haus und führte sie ins Wohnzimmer. Sie war beeindruckt von der Inneneinrichtung, die gleichzeitig antik und elegant war.

Er lehnte sich gegen eine Anrichte. »Und?«

»Ich will nicht lange um den heißen Brei herumreden. Ich brauche einen Architekten und Sie einen Job.«

»Nein, brauche ich nicht. Ich ersticke in Arbeit.«

Sie wedelte abschätzig mit der Hand, eine Geste, die ihn schon immer auf die Palme gebracht hatte. »Ja, aber dieser Job bedeutet Ihnen etwas. Es geht um das Haus Ihrer Vorfahren, und Sie wollen an der Restaurierung beteiligt sein.«

»Sparen Sie sich das und sagen Sie, was Sie wollen.«

Sie zündete sich eine Zigarette an. »Hier ist mein Angebot: Ich halte mich zurück, während Sie den Bau fertigstellen, und komme erst ins Spiel, wenn es um die Renovierung der Räume geht, wo Sie meinen Input brauchen. Sagen wir: in drei Monaten?«

»Vier«, korrigierte er sie.

Sie verzog das Gesicht. »Also vier. Bis dahin bleibe ich Ihnen aus dem Weg.« Sie streckte die Hand aus. »Abgemacht?«

Er zögerte kurz, dann ergriff er sie. »Abgemacht.«

Nico war wieder in Dublin und suchte mit seiner Tochter Alex in einer Videothek DVDs aus. Es hatte ihn überrascht, dass Kate ihm einen Waffenstillstand angeboten hatte. Nach ihrer Einigung hatten sie noch zusammen Tee getrunken, und sie hatte ihm von ihrer Karriere als Schauspielerin erzählt.

Nico blickte sich um.

»Kann ich Ihnen helfen?«, fragte ein Angestellter der Videothek.

»Äh, ja – ich suche nach einer DVD mit Kate Fallon.«

»Kate Fallon?«, wiederholte der Mann verwirrt. »Ach, Sie meinen Kate Donovan, die später Tony Fallon geheiratet hat. Ja, wir haben ein paar Filme von ihr hier. Wonach suchen Sie denn? Da drüben sind frühe Filme mit ihr, und dahinten sind die späteren.«

»Wo ist denn der Unterschied?«

Der Mann lachte. »Also, ihre frühen waren ehrlich gesagt ziemlich trashig, aber die späteren sind gar nicht so schlecht – sie hat sogar ein paar Auszeichnungen gewonnen.«

»Äh« – Nico kratzte sich am Kopf –, »ich denke, dann nehme ich etwas sowohl vom Anfang als auch vom Ende ihrer Karriere.«

»Sie hat aufgehört zu drehen, als sie Tony Fallon heiratete – Sie wissen schon, den Industriemagnaten.«

»War sie ein Verlust für die Filmwelt?«

»Ich schätze, das werden wir nie erfahren. Sie wurde gerade erst berühmt, als sie aufhörte.«

Nachdem Alex zu Bett gegangen war, legte Nico eine der DVDs ein und sah sich Kate Fallon an. Er war fasziniert, wie ausdrucksstark sie vor der Kamera war, und konnte die Person, die sie spielte, kaum mit der Kate, die er kannte, in Verbindung bringen.

»Wie ist das: Spielst du im Film oder spielst du im echten Leben?«, fragte er sie auf dem Bildschirm und leerte seinen Brandy.

90. KAPITEL

Kate hatte den ganzen Tag vor dem Kamin gesessen und die Briefe an Clara gelesen. Offenbar kamen sie alle von Soldaten im Ersten Weltkrieg. Es faszinierte sie, wie sie vom Alltag im Krieg erzählten. Doch vor allem fesselte es sie, wie sehr sie Clara vergötterten, fast als wären sie in sie verliebt.

Sie brannte vor Ungeduld, die ungeöffneten Briefe an Pierce Armstrong zu lesen, schob es aber immer wieder auf. Wenn sie auf die elegante Handschrift blickte, hatte sie das Gefühl, sie wären von Clara an ihren Mann geschrieben, doch wieso waren sie dann ungelesen zum Armstrong House zurückgekommen? Vielleicht hatten sie ihn im Krieg nie erreicht, dachte sie.

Trotzdem sperrte sich ein Teil in ihr, sie zu öffnen – so als würde sie in die Privatsphäre eines anderen eindringen.

Die Haustür sprang knallend auf. Es war Tony, der mitgenommen wirkte und schnurstracks zur Bar ging, wo er sich einen großen Whiskey einschenkte.

»Hast du so den ganzen Tag verbracht?«, fragte er, als er sie mit den Briefen vor dem Kamin sah.

»Ja, diese Briefe sind so faszinierend, Tony.«

Er kam zu ihr und ließ sich neben ihr nieder.

»Kannst du das Gekritzel überhaupt lesen?«

»Ich finde seine Schrift sehr schön.«

»Seine?«

»Ein gewisser Captain Hugo Arbuthnot, ein enger Freund

von Clara, der, wie ich seinen Zeilen entnehme, wohl in sie verliebt war. Ist das nicht erstaunlich? Seine Briefe an sie zu lesen?«

»Ja, ja, sehr erstaunlich«, sagte er sarkastisch. »War sie nicht eigentlich mit Nicos Großvater verheiratet?«

»Ja, aber von ihm gibt es keinen einzigen Brief. Ich schätze, sie hat diese hier unter der Diele versteckt, damit er nicht eifersüchtig wird.«

Er sah sie mit leerem Blick an, sprang dann auf und schaltete den Fernseher ein.

»Ich kann es gar nicht abwarten zu sehen, wie das Haus geworden ist«, sagte sie.

Als die Nachrichten kamen, stellte Tony den Apparat lauter und sagte: »Sch – ich will das hören. Lehman Brothers ist am Ende.«

»Was?«, fragte Kate, sprang auf, setzte sich neben ihn und sah sich konzentriert den Bericht an.

Tony leerte sein Glas. »Unglaublich!«

»Was bedeutet das?«, fragte Kate besorgt.

»Wer weiß? Es ist nicht nur Lehman Brothers – offenbar sind alle Banken in Schwierigkeiten.«

»Unsere auch?« Besorgt verzog sie das Gesicht.

Er lächelte sie an. »Ich rufe morgen direkt als Erstes Steve an. Aber ich glaube, wir müssen uns keine Sorgen machen.«

91. KAPITEL

Kate hielt sich an ihre Abmachung und mischte sich nicht mehr ein, bis Nico sie eines Tages anrief und aufforderte, sich mit ihm am Haus zu treffen. Als sie voreinander standen, hatten beide das Gefühl, mehr über den anderen erfahren zu haben. Nico hatte sich alle Filme von Kate angesehen und kam sich nun wie ein Experte für ihre schauspielerischen Fähigkeiten vor. Und Kate, die wie süchtig Claras Briefe gelesen hatte, meinte, eine Verbindung zu Nicos Vergangenheit zu haben.

Als Kate hinter Nico das Haus betrat, stockte ihr der Atem.

Aufgeregt ging sie von Raum zu Raum und dann die Treppe hinauf, wo alles gesichert und saniert worden war.

»Es ist einfach herrlich!«, sagte sie, als sie die Treppe hinunterkam. »Jetzt ist es wieder ein richtiges Haus.«

»Es freut mich, dass es Ihnen gefällt«, sagte er lächelnd und erstaunt, dass von ihr keine kritische oder sarkastische Bemerkung kam. »Dann sehen Sie sich jetzt das Souterrain an.«

Eifrig folgte sie ihm und staunte über die Veränderung. Wie geplant war der große Garten nach hinten hinaus abgesenkt und die alten Platten ersetzt worden. Nun war die Küche lichtdurchflutet, und davor befand sich ein schöner Patio zum Garten hin.

»Und, wie geht es jetzt weiter?«, fragte sie.

»Jetzt kommen Sie ins Spiel. Wir müssen die Innenräume gestalten, und dazu müssen Sie mir sagen, was Sie wollen. Vorher war das Haus wie eine beschädigte Leinwand, die wir repariert haben. Aber die Leinwand ist immer noch weiß, und nun müssen wir unser Bild darauf malen.«

Kate gefiel dieser Vergleich.

»Sie hatten doch schon ein paar Ideen«, sagte Nico.

»Ja, abgesehen vom Indoor-Pool.« Sie sah ihn spöttisch an.

Sie gingen in den Ballsaal, und Kate schlenderte um all die Kisten und Möbelstücke herum, die Nico gehörten.

»Tut mir leid, dass der Krempel noch hier ist. Ich bestelle einen Laster, der alles in einen Stall von Hunter's Farm bringt.«

Kate fuhr mit dem Finger über eine beschädigte Kommode. »Wenn Sie wollen, können Sie die Sachen auch hier durchsehen. Hier ist bestimmt mehr Licht und Platz als auf Hunter's Farm.«

»Das würde es leichter machen. Ich könnte einen Container bestellen und alles Unbrauchbare sofort entsorgen. Sie haben wirklich nichts dagegen?«

»Nein, natürlich nicht.« Sie nahm eine Schmuckkassette und sah sie sich an. Claras Briefe faszinierten sie so, dass sie vor Neugier brannte zu sehen, was sich in den Kisten befand. »Wenn Sie wollen, kann ich Ihnen beim Durchsehen helfen.«

»Sie?«, fragte er mit leicht verächtlichem Unterton.

»Was ist daran so komisch?«

Er warf ihr einen herablassenden Blick zu. »Sie haben doch bestimmt Besseres zu tun, als in Kisten zu wühlen. Vielleicht ein Interview oder eine Filmpremiere für irgendeinen wohltätigen Zweck.«

»Nico!«, fauchte Kate zornig. »Hören Sie auf, so zu tun, als wäre ich irgendeine alberne Tussi, die nur ihr Foto in einer Zeitschrift sehen will!«

»Tut mir leid, aber das war mein Eindruck von Ihnen.«

»Nun, da irren Sie sich, Nico. Wie auch immer, machen Sie Ihren Kram allein! Rufen Sie mich nächste Woche an.« Sie wandte sich zum Gehen.

»Warten Sie«, sagte er rasch. »Es tut mir leid. Ich wäre Ihnen sehr dankbar, wenn Sie mir beim Aussortieren helfen würden.«

Kate staunte, wie skrupellos Nico beim Sichten und Aussortieren der Kisten und Möbel vorging. Sie befürchtete nur, dass sie ihm alles andere als eine Hilfe war, weil sie ihn jedes Mal aufhalten wollte, wenn er etwas in den bestellten Container warf. Dann nahm sie den betreffenden Gegenstand, betrachtete ihn und kämpfte um seinen Erhalt, bis Nico auf seine Entsorgung bestand.

Jetzt öffnete er eine kleine Schatulle mit einer Brosche.

»Ich frage mich, wem die wohl gehörte«, sagte er.

»Darf ich?« Sie nahm ihm die Schatulle ab und betrachtete prüfend die Brosche.

»Jetzt sagen Sie mir nicht, die wäre was wert.« Er sah sie vielsagend an.

»Nein, Nico, mit Schmuck kenne ich mich aus. Das hier ist wertloser Modeschmuck.«

»Ganz genau!« Er entriss sie ihr und ging zum Container.

»Nein! Warten Sie!« Sie nahm sie ihm wieder ab. »Sie ist doch sehr hübsch.«

»Kate, ich hab nicht genug Platz, um so ein Zeug aufzubewahren!«

»Kann ich sie dann haben?«

Er sah sie an und sagte achselzuckend: »Wenn Sie wollen.«

»Danke.« Sie steckte die Schatulle in ihre Handtasche. »Ist doch schön, etwas von einem früheren Bewohner dieses Hauses zu besitzen.«

»Als Antiquitätenhändler wären Sie eine Null. In dem Geschäft ist kein Platz für Gefühle.«

Sie stöberten weiter in den Kisten. Plötzlich entdeckte Nico ein großes Foto, nahm es heraus, setzte sich auf einen Stuhl und betrachtete es neugierig.

»Was ist das?«, fragte Kate.

»Ein Foto von meinem Großvater Pierce ... an seinem Hochzeitstag«, erklärte Nico.

»Wirklich?« Aufgeregt kam Kate zu ihm und spähte auf das Foto mit dem schönen Paar, das aus der Kirche trat.

»Sie sehen gar nicht aus wie er«, bemerkte Kate. »Oder Ihre Großmutter«, fügte sie hinzu, als sie die strahlende Braut betrachtete.

»Oh, das ist nicht meine Großmutter«, sagte Nico rasch.

»Nicht?« Fasziniert zog Kate einen Stuhl heran, setzte sich und nahm ihm das Foto ab, um es sich genauer anzuschauen. »Wer dann?«

»Das muss die erste Frau meines Großvaters sein. Clara. Ich habe noch nie ein Foto von ihr gesehen.«

»Clara«, wiederholte sie leise, weil sie endlich ein Gesicht zu den Briefen hatte.

Er nahm ihr das Foto wieder ab.

»Sie war eine Gesellschaftskönigin aus London. Und wahrscheinlich die letzte Lady in diesem Haus.«

»Ach so ... Aber was ist mit ihr passiert?« Kate konnte den Blick nicht von Claras Gesicht abwenden.

»Sie und Pierce wurden geschieden. Sie hatten keine Kinder. Tatsache ist, dass sie ihm sehr übel mitgespielt hat.«

»So sieht sie gar nicht aus«, sagte Kate überrascht.

»Das Aussehen kann täuschen. Mein Großvater hat im Ersten Weltkrieg gekämpft und dabei ziemlich Karriere gemacht. Während er in den Schützengräben war, hatte sie eine heimliche Affäre.«

»Das ist nicht Ihr Ernst!« Wieder nahm sie ihm das Bild ab und betrachtete es.

»Doch, sie hatte eine Affäre, und zwar hier, in diesem Haus – seinem Haus.« Er sah sich um.

»Wie schrecklich!«

»Ja, und sie war berüchtigt für ihre wilden Partys, während mein armer, alter Großvater um sein Leben kämpfte. Ich glaube, am Ende hatte sie sogar eine Affäre mit Jonathan Seymour.«

»Dem Maler?«, fragte Kate.

»Damals war er noch nicht so berühmt. Aber ja, mit genau dem.«

Er griff noch einmal in die Kiste und holte ein Dutzend weiterer Fotos heraus, die er sichtete. Es waren alle Fotos von Clara, die in verschiedenen Zimmern des Hauses posierte.

»Ah! Die könnten uns nützlich sein«, sagte Nico. »Sehen Sie sich das mal an!«

Er reichte Kate ein Foto nach dem anderen.

»Ein paar sind in Räumen aufgenommen worden, die das Feuer zerstörte. Jetzt können wir sehen, wie sie gestaltet waren, und das für die Restaurierung nutzen. Ausgezeichnet!«

Doch Kate achtete gar nicht auf die Gestaltung der Zimmer, sondern nur auf Clara, die ätherische Schönheit, die sie aus einer anderen Zeit heraus anblickte.

»Was ist aus Clara geworden?«, fragte sie.

»Nach dem Feuer ließ sich Pierce wegen Ehebruchs von

ihr scheiden. Er zog nach Dublin, wo er für die britische Botschaft im diplomatischen Corps arbeitete. Schließlich heiratete er meine Großmutter Joan. Sie hatten eine Tochter, meine Mutter Jacqueline. Aber auch diese Ehe war nur kurz.«

»Wurde sie wieder geschieden?«, fragte Kate.

»Nein … der Zweite Weltkrieg brach aus, und mein Großvater fiel in der ersten Woche.«

Kate lehnte sich zurück und sah sich noch einmal das Hochzeitsfoto an.

»Nach seinem Tod heiratete meine Mutter noch einmal – einen Geschäftsmann aus Dublin – und bekam noch mehr Kinder. Meine Mutter Jacqueline hatte ihren Vater kaum gekannt, da sie noch ein Baby war. Sie hatte eine sehr glückliche Kindheit. Das Haus fiel ihr nach Pierce' Tod zu.«

»Und was ist aus Clara geworden?«

»Das weiß ich nicht. Aber es interessiert mich auch nicht, nach dem, wie sie meinen Großvater behandelt hat.« Er stand auf und fing wieder an zu arbeiten.

»Könnte ich mir die Fotos leihen? Nur um mir die Räume anzusehen?«, fragte sie.

»Klar … aber was ist das denn?«, sagte er, hob eine flache silberne Dose auf und wollte sie öffnen.

»Warten Sie!«, rief sie und eilte zu ihm. »Das ist eine alte Filmrolle, da darf kein Licht dran.« Sie sah sie sich an. »Sehr alt, würde ich sagen.«

»Was ist da wohl drauf?«, fragte er.

»Ich habe einen Freund, der sich auf die Restaurierung alter Filme spezialisiert hat – soll ich ihm die mal zeigen?«

Achselzuckend gab er ihr die Filmrolle.

Stunden später sichteten sie immer noch die Kisten.

»Jetzt sehen Sie sich das an!«, rief Nico plötzlich aufgeregt. Kate kam zu ihm. Er hatte ein großes Porträt entdeckt, dessen untere Hälfte von Staub und Ruß verschmutzt war. Aber Kate erkannte Claras Gesicht sofort.

»Man kann die Signatur nicht erkennen«, bemerkte Nico, der prüfend die untere Ecke betrachtete.

Kate starrte auf Claras Porträt. »Wollen Sie das auch entsorgen?«, fragte sie und hoffte schon halb, er würde ja sagen, damit sie es haben konnte.

»Nein. Ich habe einen Freund, der alte Bilder restauriert. Der soll es sich mal ansehen.«

Er trug das Bild hinaus zu seinem Range Rover.

92. KAPITEL

Wenn Kate in Dublin war, konnte sie gar nicht aufhören, sich mit Claras Fotos und Briefen zu beschäftigen. Sie fühlte fast eine Verbindung zu ihr, zumal sie auf einem der Fotos auch entdeckte, dass Clara ihre Brosche trug.

Kate parkte neben Nicos Range Rover und sprang mit dem Laptop aus dem Wagen. Sie sah, dass die Landschaftsgärtner eifrig damit beschäftigt waren, die alten Terrassen und Parkanlagen wieder neu zu gestalten.

»Nico?«, rief sie laut, als sie an den Handwerkern vorbeiging, die an dem Schnitzwerk der Decke und dem Stuck der Wände arbeiteten.

»In der Küche, Mrs Fallon«, sagte einer der Männer.

Sie eilte die Stufen zur Küche hinunter, die nun mit einer automatischen Glastür von der Halle abgetrennt war.

Nico beaufsichtigte die letzten Arbeiten in der Küche. Wie Tony ausdrücklich verlangt hatte, war sie in ein Mekka für den modernen Koch umgewandelt worden.

»Nico, ich muss Ihnen schnell etwas zeigen«, sagte Kate, stellte den Laptop auf die Kücheninsel und schaltete ihn ein.

Er nahm neben ihr Platz.

»Das ist die Filmrolle, die wir gefunden haben, mein Freund hat sie auf DVD gebrannt«, erklärte sie.

Als der Film anfing, sah Nico konzentriert zu. Er erkannte die Frau auf dem Bildschirm von den Fotos: Clara. Der Film war im Haus aufgenommen, und es sah aus, als hätte gerade eine Party stattgefunden. Die Kamera konzentrierte sich hauptsächlich auf sie, wie sie redete, in die Kamera sprach oder im Raum tanzte. Es kam eine Nahaufnahme von ihr, als sie lächelte und dann lachend hinfiel.

»Das ist Clara!«, stellte Kate fest.

»Ja, das sehe ich«, sagte Nico, der auf den körnigen Schwarzweißfilm starrte.

»Sehen Sie sich das an, wie elegant alle bei dieser Party sind.« Kate war begeistert.

»Hm, ja, man sieht ein paar Details von dem Raum, mit denen wir arbeiten können.«

Doch als Nico sie auf ein paar Gestaltungselemente hinwies, bemerkte er, dass Kate ihm nicht zuhörte. Sie konzentrierte sich nur auf Clara. Er sah, dass sie nicht mehr ihre üblichen Diamanten trug, sondern nur noch die Brosche, die er gefunden hatte.

Da es an diesem Abend schon zu spät war, um nach Dublin zu fahren, beschlossen sie, gemeinsam essen zu gehen, bevor Kate wieder in Ashford Castle übernachtete.

»Und, trifft die Bankenkrise auch Sie?«, fragte Nico unvermittelt, als sie im Restaurant an einem Tisch mit Panoramablick Platz genommen hatten.

»Ach, ich versuche, mich nicht damit zu beschäftigen. Sehr besorgniserregend, finden Sie nicht?« Sie sah ihn grinsend an. »Wieso, haben Sie Angst, nicht bezahlt zu werden? Ist dieses Essen ein Vorwand, um zu prüfen, ob ich noch flüssig bin?«

»Nein!« Plötzlich wirkte er verlegen.

»War nur ein Spaß«, sagte sie.

»Manchmal finde ich Ihren Sinn für Humor ziemlich merkwürdig.«

»Ach, Sie werden sich schon noch an mich gewöhnen.«

»Wohl eher nicht. Da das Haus fast fertig ist, werden wir kaum noch miteinander zu tun haben.«

»Aber da Hunter's Farm Ihnen gehört, sind Sie doch unser Nachbar. Ich bin sicher, wir werden uns gut verstehen.«

Er sah sie skeptisch an. »Kommen Sie schon. Sie laden mich bestimmt nicht zu einer Ihrer Soireen ein. Ich hab doch gesehen, mit was für Leuten Sie sich umgeben.«

»Unser Reichtum stört Sie wirklich, habe ich recht?« Sie war leicht wütend, aber auch neugierig. »Warum eigentlich? Liegt es daran, dass Tony und mir das gelungen ist, was Sie nicht geschafft haben? Oder erinnern wir Sie daran, dass Sie keine Familie mehr haben?«

»Nein, ich bin nicht neidisch.«

»Wir alle müssen uns den Veränderungen in unserem Leben anpassen. Sie und Ihre Familie müssen wieder ins normale Leben zurückfinden, und ich und Tony müssen uns daran gewöhnen, nicht mehr normal zu sein.«

»Ich bezweifle, dass Sie und Tony jemals normal waren – und das meine ich nicht böse.«

»Ich war unglaublich normal.« Kate nahm ihr Weinglas und trank einen Schluck. »Haben Sie sich eigentlich je gefragt, warum wir ausgerechnet Ihr Haus gekauft haben?«

Er zuckte die Achseln. »Wegen der Aussicht? Oder des Preises?«

»Nein, beides war nicht so außergewöhnlich.«

»Warum dann?«

»Ich bin hier in der Nähe aufgewachsen.«

»Wirklich? In Castlewest?« Ungläubig sah er sie an.

»O ja. Und zwar in einem ziemlich üblen Viertel.«

»Aber Sie haben einen amerikanischen Akzent.«

»Ja, als meine Eltern in den Achtzigern nach New York auswanderten, war ich ein Teenager. Sie wollten sich dort ein neues, besseres Leben aufbauen.«

»Was ihnen offensichtlich gelungen ist.«

»Ja, aber das dauerte. Meine Familie ließ sich in Queens nieder, einem noch übleren Viertel als dem in Castlewest. Und wir mussten täglich kämpfen, um durchzukommen, hatten nie genug Geld, die Miete oder die Rechnungen zu bezahlen. Es war sehr hart. Aber ich wollte mehr, und es war mir egal, wie ich das schaffte. Ich hatte eine gute Stimme, und die Kamera liebte mich, also wurde ich Sängerin. Fing in Clubs und Bars an und arbeitete mich nach oben. Schließlich machte ich mir einen Namen.«

»Und wie kamen Sie zum Film?«

»Ach, das war leicht. Ich war mit einem Regisseur zusammen.«

»Verstehe.« Er zog die Augenbrauen in die Höhe.

»Nein, so war es nicht. Wir hatten eine lange Beziehung. Und dann wurde ich ziemlich berühmt, vor allem in Irland. *Irisches Mädchen macht sein Glück* – deswegen.«

»Ich habe ein paar Ihrer Filme gesehen«, sagte er.

»Wirklich?«, fragte sie überrascht.

»Äh, ja – auf einem der Kinokanäle wurde eine Reihe gezeigt.«

»Haben sie Ihnen gefallen?«

»Ehrlich gesagt sehr gut. Warum haben Sie mit dem Schauspielern aufgehört? Sie hätten ein großer Star werden können.«

Seufzend lehnte sie sich zurück. »Ja, vielleicht. Aber vielleicht auch nicht. Wenn man älter wird, wird es schwieriger. Vielleicht hätte man mich nicht mehr sehen wollen und ich hätte ständig um mein Aussehen und neue Rollen kämpfen müssen – nein, danke. Als sich was Besseres bot, habe ich sofort zugegriffen.«

»Und das Bessere war Tony?«

Sie nickte und neigte sich vor. »Ich hab Tony bei einem Event in Dublin kennengelernt. Natürlich kannte ich ihn – wer kannte ihn nicht? Er war genau wie ich – kam aus kleinen Verhältnissen und hatte etwas aus sich gemacht. Wir waren Seelenverwandte. Er liebte mich, und ich liebte ihn. Und vertraute ihm. Wenn er sich etwas in den Kopf gesetzt hat, hält niemand ihn auf. Also war es keine schwere Entscheidung, die Schauspielerei aufzugeben.«

»Aber wie kam es jetzt dazu, dass Sie ausgerechnet mein Haus gekauft haben?«

»Weil ich es schon immer geliebt habe. Als Kinder fuhren wir mit dem Rad in der Gegend herum, auch auf Ihrem Gelände. Ein paar Mal sind wir auch ins Haus eingebrochen. Und ich schwor mir, dass ich eines Tages dort wohnen würde. Zwar glaubte ich selbst nicht daran, aber jetzt bin ich hier und werde genau das tun.«

Nico hielt sein Glas in die Höhe. »Also dann, auf eingehaltene Schwüre.« Sie stieß mit ihm an, während das Essen kam.

»Erzählen Sie mir von Ihrer Tochter Alex«, sagte sie dann.

»Alex?«, wiederholte er lächelnd. »Alex hätte Sie schon verschachert, bevor Sie sich zum Frühstück hingesetzt hätten. Sie hat die Durchsetzungskraft ihrer Mutter und den Zynismus von mir.«

»Eine seltene Kombination«, sagte Kate.

»Aber für eine Ehe nicht besonders erfolgversprechend.«

Kate wollte nicht aufdringlich erscheinen, aber ihre Neugier war zu stark: »Aber Sie haben sich doch im Guten getrennt, oder?«

Überrascht sah er sie an.

»Ich habe in Hunter's Farm ein Foto von ihr gesehen«, erklärte Kate. »Die meisten Geschiedenen, die ich kenne, benutzen die Fotos ihrer Ex nur noch fürs Darts.«

»Ich war ziemlich geschockt, als Susan um die Scheidung bat. Sie meinte, wir wären nicht wirklich glücklich zusammen – auch nicht unglücklich, aber das reichte ihr nicht.«

»Waren Sie anderer Meinung?«

»Rückblickend muss ich ihr wohl recht geben. Aber wir verstehen uns noch gut. Müssen wir auch, Alex zuliebe. Sie ist für uns beide das Wichtigste. Wollen Sie und Tony Kinder?«

Sie war erstaunt, dass er so direkt fragte. »Ja, irgendwann schon, glaube ich. Jedenfalls war es geplant. Aber im Moment sind wir zu beschäftigt. Deshalb war uns dieses Haus ja so wichtig, wir wollten ein Zuhause haben, wo wir ganz für uns sein konnten – Zeit haben und vielleicht eine Familie planen.«

»Ist schon komisch mit Familien, oder? Man fragt sich, wem man ähnelt, nach wem man schlägt.«

»Für Sie muss es doch besonders interessant sein, da Sie als Nachfahre Adliger Ihren Stammbaum besonders leicht zurückverfolgen können.«

»Ja, schon, aber trotzdem weiß ich nicht, wie sie wirklich waren.«

»Nun, Lord Edward Armstrong, der Mann, der das Haus erbaute und Ihr Ururururgroßvater war, muss sehr ehrgeizig gewesen sein, weil er ein solches Haus für seine Frau errichten ließ. Er hat dafür Steine aus Deutschland importieren lassen, und im großen Schlafzimmer gab es einen handgeschnitzten Eichenkamin.«

»Woher wissen Sie das alles?«

»Ich hab im Internet Recherchen über die großen Herrenhäuser Irlands und ihre Familien betrieben. Man kann sehen, dass Edward ein Visionär war – vielleicht wäre er, wenn er heute lebte, ein Architekt wie Sie.«

»Hm, und wahrscheinlich um einiges reicher als ich.«

»Damals jedenfalls war er sehr reich. Er hatte achttausend Hektar Grundbesitz. Stellen Sie sich das mal vor!«

»Ja, das ist schon was.« Nico dachte, dass Kate trotz ihres extravaganten Lebensstils zu viel Zeit haben musste, wenn sie sich mit der Familiengeschichte der Armstrongs beschäftigen konnte.

»Ich wünschte, wir könnten mehr über Clara herausfinden.«

»Wieso denn das?«, fragte er verwirrt.

»Ich habe im Internet nach ihr gesucht, doch dort steht nur, dass sie Pierce geheiratet hat, Ihren –«

»Ja, meinen Großvater«, unterbrach Nico sie verärgert, weil sie jetzt auch noch seine Familiengeschichte zu übernehmen gedachte.

»Und zwar 1914. Also ging er kurz nach ihrer Hochzeit in den Krieg. Ist das nicht tragisch?«

»Ja, für ihn, als sie hinter seinem Rücken herumhurte«, bemerkte Nico.

»Wissen Sie denn gar nichts über sie oder ihre Familie?«, bohrte Kate nach.

»Herrgott, das war vor fast hundert Jahren, Kate! Was soll man da schon wissen? Und was interessiert das überhaupt?« Als er ihren enttäuschten Blick sah, fügte er hinzu: »Ich glaube, sie gehörte zur Familie von Charter's Chocolates & Confectionery in England. Mehr weiß ich nicht.«

»Na, aber das ist doch schon ein Ansatzpunkt«, sagte Kate aufgeregt.

»Ein Ansatzpunkt? Wofür?«, fragte er perplex.

»Ach, ich weiß nicht.« Kate lehnte sich betont nonchalant zurück. »Ich interessiere mich einfach nur für die Menschen, die in meinem Haus gelebt haben. Für die Armstrongs, die zufällig Ihre Vorfahren sind.«

»Clara aber nicht. Außerdem interessiert sich heutzutage niemand mehr für die Armstrongs.« Außer Ihnen, Kate, fügte er im Stillen hinzu.

»Ich glaube, wenn ich Ihren Stammbaum hätte, wäre ich fasziniert«, entgegnete sie und starrte gedankenverloren in ihren Aperitif.

93. KAPITEL

Als Kate ein paar Pläne nach Hunter's Farm bringen wollte, öffnete ihr zu ihrer Überraschung ein junges Mädchen.

»Hallo!«, lächelte Kate. »Du bist bestimmt Alex?«

»Ja, richtig, aber woher wissen Sie das?«

»Oh, ich habe schon viel von dir gehört«, erklärte Kate lächelnd.

»Wer ist da, Alex?«, rief Nico vom Wohnzimmer aus.

»Ich bin's – Kate!«

»Ach, dann kommen Sie herein«, sagte Nico und steckte seinen Kopf um die Ecke.

»War nett, Sie kennenzulernen«, sagte Alex grinsend und sprang die Treppe hinauf.

»Ja, fand ich auch«, erwiderte Kate und folgte Nico ins Wohnzimmer.

»Sie sieht Ihnen ähnlich«, bemerkte sie dann.

»Das lassen Sie sie besser nicht hören, sie würde lieber wie ihre Mutter aussehen«, entgegnete Nico mit einem ironischen Lächeln.

»Ich wollte nur diese Skizzen von einem Innenarchitekten bringen.« Als sie sie ihm gab, fiel ihr Blick auf Claras Porträt, das in einer Ecke stand. »Haben Sie immer noch nichts wegen dieses Bildes unternommen?«

»Nein, ich hatte zu viel zu tun. Ich wollte es nach Dublin bringen, damit mein Freund es restaurieren kann. Dieses Wochenende kümmere ich mich darum.«

Alex kam ins Wohnzimmer.

»Alex, magst du Pferde?«, fragte Kate.

»O ja, ich liebe sie«, antwortete Alex.

»Nun, heute kommen ein paar neue Pferde in die Stallungen am Haus. Willst du nicht mitkommen, dann zeige ich sie dir. Das heißt, wenn dein Vater nichts dagegen hat.« Sie sah Nico an.

»Nein, Kate, schön«, antwortete Nico, überrascht über das Angebot.

Nico führte die letzten Arbeiter hinaus, dann ging er durch die prächtige neue Halle in den luxuriösen Salon, wo Kate gerade eine Flasche Champagner öffnete.

»Was soll das?«, fragte er.

»Wir feiern! Dass wir es geschafft haben«, erwiderte sie begeistert.

Sie schenkte ihnen beiden ein Glas ein, dann gingen sie durchs Haus und bewunderten die Ergebnisse ihrer Arbeit. Während Nico alles prüfend musterte, befand er, dass das Haus trotz aller Modernisierungen seinen altmodischen Charme behalten hatte.

Sie kamen in die Bibliothek, die in ein hoch funktionales Arbeitszimmer verwandelt worden war.

»Ich schätze, von hier aus wird Tony sein Imperium regieren«, sagte Nico und ließ sich auf einem der überdimensionalen Sofas nieder.

»Ja«, sagte sie und setzte sich neben ihn.

»Haben Sie schon Pläne wegen des Personals?«, fragte Nico nach einer Weile.

»Ich habe ein paar Kräfte vom Ort eingestellt und einen Teilzeitkoch. Tony kocht ja meistens, und wenn wir Gäste haben, nehmen wir einen Cateringservice.«

»Aber es wird kein Personal im Haus wohnen?«

»Nein, Tony würde es hassen, ständig Dienstboten um sich herum zu haben.«

»Klingt, als gewöhnte er sich langsam an die Vorstellung, hierher zu ziehen?«

»Letzte Woche hat er noch gesagt, er könnte es gar nicht erwarten, aus Dublin rauszukommen.«

»Tja«, sagte Nico und lehnte sich zum Anstoßen zu ihr, »auf Ihr neues Haus!«

»Danke für Ihre Hilfe. Ohne Sie hätte ich es nicht geschafft.« Sie erhob sich kurz und gab ihm einen Kuss auf die Wange.

Dann setzte sie sich wieder und lächelte ihn an. Als ihre Blicke sich trafen, sahen sie sich eine Weile nur an.

Plötzlich sprang sie verlegen auf. »Wann fahren Sie nach Dublin zurück?« Rasch ging sie zum Kamin und trank einen Schluck von ihrem Champagner.

»Morgen!« Er sprang ebenfalls auf und ging zur anderen Seite des Raums. »Da offenbar die Hälfte meiner Klienten pleitegegangen ist, muss ich prüfen, wo wir stehen.«

»Ja, ja«, sagte Kate hastig, als wollte sie sie von dem seltsamen Gefühl ablenken, das plötzlich im Raum gestanden hatte. »Tony meinte, ein paar der Einzelhändler wollten aus ihrem Vertrag raus.«

»Können sie das denn?«

»Wer weiß? Tony sagt immer, man sollte einem anderen nie die Möglichkeit geben, aus dem Vertrag rauszukommen, aber immer eine Klausel darin verstecken, damit man selbst rauskommt.«

»Clever«, sagte Nico unbehaglich.

Sie nickte und schaffte es, Nico direkt anzusehen. »Er ist ein wunderbarer Mann.«

»Wie auch immer, ich gehe wohl jetzt besser.« Er stellte sein leeres Champagnerglas auf den Couchtisch.

Sie lächelte, während er das Zimmer verließ. Dann drehte sie sich um, betrachtete ihren Gesichtsausdruck im Spiegel über dem Kamin und leerte hastig ihr Champagnerglas.

94. KAPITEL

Nico hörte, wie der Helikopter über Hunter's Farm hinweg Richtung Armstrong House flog. Da er wegen der peinlichen Szene mit Kate nicht mehr allein mit ihr sein wollte, beschloss er, sich direkt auf den Weg zum Haus zu machen.

Als er Armstrong House erreichte, entdeckte er, dass ein automatisches Tor mit Sprechanlage angebracht worden war. Die Kamera schwenkte in seine Richtung, und er winkte mit einem sarkastischen Lächeln.

»Ich habe nicht damit gerechnet, Sie schon so bald wiederzusehen«, bemerkte Kate, als sie die Tür öffnete.

»Ich hörte den Hubschrauber und dachte, ich frage mal, wie Tony das Haus gefällt.«

»Er ist selbst geflogen, weil er gerade seinen Pilotenschein gemacht hat«, erklärte Kate, als er ihr ins Wohnzimmer folgte. »Tony ist vom Haus begeistert.«

»Das hört man gern.«

»Er telefoniert gerade in der Bibliothek.«

Plötzlich hörte man Tony so laut brüllen, dass es im ganzen Haus widerhallte.

Kate verzog besorgt das Gesicht.

Nico war überrascht. Solche Wutausbrüche hätte er dem charmanten Tony Fallon gar nicht zugetraut.

»Etwas zu trinken?«, fragte Kate.

»Nein, danke«, sagte Nico.

Da kam Tony ins Zimmer. Er wirkte gehetzt.

»Die verdammten Idioten!«, sagte er.

»Äh, Nico wollte mal kurz vorbeischauen, Liebling.«

»Ah, hallo«, sagte Tony.

»Wollte nur kurz fragen, ob alles in Ordnung ist?«

»Ja. Ich wünschte, alle würden ihre Arbeit so gut machen wie Sie, Nico«, erklärte Tony und schenkte sich einen großen Wodka ein. »Tatsächlich habe ich nie ein wahreres Wort gesprochen. Sie haben hier verdammt gute Arbeit geleistet. Ich habe gerade ein paar meiner Architekten fürs Einkaufszentrum gefeuert, also können Sie übernehmen.«

»Was?«, riefen Kate und Nico unisono.

»Ist doch perfekt. Sie sind gut, Sie sind ein verträglicher Bursche und kommen gut mit Kate klar.«

»Für Ihr Einkaufszentrum?«, fragte Nico ungläubig.

»Tony, nicht so hastig«, warnte Kate.

»Wieso, was gibt's da noch zu überlegen? Ich brauche einen Architekten, und er ist einer.«

Trotz Nicos Verblüffung und Kates wachsendem Widerstand ließ Tony sich nicht mehr beirren und blieb bei seinem Vorschlag. Schließlich willigte Nico ein.

»Dann ist es also abgemacht!« Tony ging zu Nico, legte ihm den Arm um die Schultern und marschierte mit ihm in die Bibliothek.

Kate setzte sich und zog stirnrunzelnd an ihrer Zigarette.

»Komm schon, Kate. Es ist spät!«, sagte Tony, als sie in Abendkleidung die Treppe hinunterkam. Sie wollten ins Mount Falcon Hotel, um dort mit ihrem Banker und ein paar Geschäftspartnern zu essen.

»Entspann dich, Tony. Wir sind doch extra hierher gezogen, um nicht ständig im Stress zu sein«, mahnte sie, als sie im Wagen saßen und er Gas gab.

»Ich wünschte, du hättest mit mir gesprochen, bevor du Nico Collins einstellst«, sagte sie, als ihr Wagen die Straße hinunterbrauste.

»Wieso? Sonst interessiert es dich auch nicht, wen ich einstelle oder feuere.«

»Das ist was anderes. Nico ist mein Kontakt.«

»Ach ja?«, fragte Tony sarkastisch. »Ich dachte, du freust dich. Seit Monaten redest du nur noch von ihm.«

Sie warf ihm einen nervösen Blick zu. »Ich habe seine Meinung geschätzt, als es ums Haus ging. Aber ein Einkaufszentrum?«

»Ja, du hast deine Meinung klar und deutlich – und ziemlich unhöflich – zum Ausdruck gebracht. Ich hoffe, du hältst dich heute Abend zurück.«

»Heute Abend?«

»Ja, ich habe Nico auch eingeladen.«

»Ach, Tony!«, seufzte sie laut und ließ sich entnervt in den Sitz fallen.

»Wieso nicht? Jetzt gehört er zum Team und muss die anderen kennenlernen.«

»Genau das meine ich! Normalerweise stellst du nicht so überstürzt jemanden ein. Das ist ganz untypisch für dich!«

»Stimmt. Aber was hat mir all mein Zögern und Prüfen gebracht? Eine Menge Ärger mit dem Einkaufszentrum. Jetzt ist der Zeitpunkt für schnelles Handeln gekommen.«

Sie sah ihn prüfend an. Er wirkte in letzter Zeit schrecklich gestresst.

Als Nico in die lange Auffahrt zum Mount Falcon Hotel einbog, rief er Darrell an.

»Du wirst es nicht glauben, aber Tony Fallon hat uns als Architekten für sein Einkaufszentrum eingestellt!«

»Du hast recht – ich glaub's einfach nicht.«

»Wie bitte?«

»Nico, ich weiß nicht, ob es eine so gute Idee ist, noch mehr mit den Fallons zu tun zu haben.«

»Und wieso nicht?«

»Sie sind nicht wie wir. Und viel zu anspruchsvoll. Seit wir mit der Renovierung des Hauses betraut wurden, hast du nichts anderes mehr gemacht. All unsere anderen Aufträge sind im Rückstand. Ein Einkaufszentrum ist einfach eine Nummer zu groß für uns.«

»Dann stellen wir mehr Leute ein. Expandieren.«

»Jetzt in der Wirtschaftskrise? Nein, ich finde, wir sollten uns auf unser Kerngeschäft konzentrieren.«

»Da bin ich anderer Meinung. Dies ist eine einmalige Chance. Du musst in großen Maßstäben denken, Darrell.«

»Du verbringst eindeutig zu viel Zeit mit Kate Fallon.«

»Hier geht es doch nicht um Kate. Tony hat uns eingestellt.«

»Na klar«, sagte Darrell zynisch.

»Ich muss aufhören. Ich bin am Restaurant.«

»Welchem Restaurant?«

»Mount Falcon. Ich habe ein Geschäftsessen mit den Fallons und ihren Partnern.«

»Dann grüße Kate schön von mir«, sagte Darrell sarkastisch und legte auf.

Nach dem Essen entschuldigte sich Kate und ging hinaus in die Halle. Nico, der auf diese Gelegenheit gewartet hatte, folgte ihr. Er sah sie durchs Fenster die Auffahrt hinunterschlendern und eine Zigarette rauchen.

»Vielen Dank für heute«, sagte er und erschreckte sie damit, als er neben ihr auftauchte.

»Wofür?«

»Dass Sie versucht haben, Tony davon abzuhalten, mir diesen Auftrag zu geben.«

»Das stimmt doch gar nicht!«

»Doch, natürlich. Ich weiß zwar nicht warum, aber Sie wollten mich und Tony sabotieren«, sagte er zornig.

»Sabotieren?«, wiederholte sie spöttisch. »Reißen Sie sich zusammen, Nico.«

»Ich verstehe Sie einfach nicht«, sagte er kopfschüttelnd.

»Gut. Das müssen Sie auch nicht!« Sie schnippte ihre Zigarette in einen Mülleimer und ging ins Restaurant zurück.

95. KAPITEL

Kate hatte immer noch nicht die Briefe von Clara gelesen, die an Pierce gerichtet waren. Obwohl die Versuchung groß war, hatte sie das Gefühl, nicht berechtigt zu sein, sie zu öffnen – wenn schon der Adressat sie nicht geöffnet hatte.

Doch eines Abends, aus einem Impuls heraus, griff sie nach einem und schlitzte ihn vorsichtig auf.

Armstrong House
1. Dezember 1914

Mein geliebter Pierce,

ich mache mir verzweifelte Sorgen um Dich. Immer noch habe ich keinen Brief von Dir bekommen, und ich weiß nicht, ob Dich meine erreichen. Prudence behauptet, sie würde ständig Briefe von Dir erhalten, also kommt die Post wohl zu Dir durch.

Habe ich irgendetwas falsch gemacht? Ich bin so einsam hier ohne Dich. Ich denke ständig an Dich. Wenn Du mir nur eine Zeile schreiben könntest. Ich weiß, Du bist im Krieg, Du hast anderes im Kopf. Aber ich stelle mir vor, dass Du meine Briefe liest und von meinen Worten getröstet wirst …

Da kam Tony ins Zimmer. »Bist du immer noch mit den verdammten Briefen beschäftigt?«

»Ja … ich habe einen der ungeöffneten gelesen. Er ist von Clara, sie fleht ihren Mann an, ihr zu schreiben.«

»Ist mir doch egal. Was hast du schon wegen unserer Einweihungsparty organisiert?«

»Ach ja, tja, um ehrlich zu sein, noch nichts. Ich dachte, du wärst bei all dem Ärger auf deiner Arbeit nicht in der Stimmung.«

»Doch, selbstverständlich! Wozu haben wir denn das ganze Geld in den Kasten gesteckt, wenn wir ihn nicht zeigen können?« Er ging zum Fenster und blickte hinaus. »Außerdem bin ich der Meinung, dass wir mit einer Party zeigen können, dass die Fallons immer noch am Ball sind, selbst wenn das ganze Land in der Krise versinkt.«

»Wenn ich aus London zurück bin, setze ich mich mit Catering- und Partyservices zusammen.«

»Aus London?«

»Ja, ich habe bei Sotheby's einen Spiegel gesehen, der perfekt ins Speisezimmer passen würde.«

Er nickte lächelnd. Er hatte schon oft gesehen, wie Kate auf einer Auktion rücksichtslos ihre Mitbieter ausstach.

»Überlass die Party mir. Sie wird denkwürdig werden«, versicherte sie.

Er neigte sich zu ihr und küsste sie. »Du hast mich noch nie enttäuscht.«

Ein paar Tage später stand Kate vor dem Hauptsitz von Charter's Chocolates & Confectionery. Sie hatte Nachforschungen betrieben und entdeckt, dass das Unternehmen ein Museum und ein Besucherzentrum hatte, das sie jetzt aufsuchte. Der Spiegel bei Sotheby's war nur ein Vorwand gewesen, nach London zu fahren.

Sie betrat das Museum und schlenderte zwischen den verschiedenen Ausstellungsstücken herum. Es waren vor allem Nachbildungen der verschiedenen Pralinen, die man im Lauf der Jahre hergestellt hatte, nebst den Maschinen selbst und Puppen in unterschiedlicher Arbeitskleidung. Am meisten jedoch fesselten sie die Fotos an den Wänden, die berühmte Besucher des Unternehmens zeigten.

»Guten Tag«, begrüßte sie ein freundlicher, etwa sechzigjähriger Mann, offenbar der Museumskurator.

»Oh, hallo … ziemlich faszinierend, nicht wahr?«

»Ja, ich bin immer wieder überrascht, wie sehr sich die Leute für die Vergangenheit dieses Unternehmens interessieren.«

»Aber es gehört nicht mehr der Familie Charter, oder?«

»Nein«, sagte er lächelnd. »Sie hat es in den Zwanzigerjahren verkauft. Seitdem ist es eine Aktiengesellschaft.«

»Hat die Familie denn noch in irgendeiner Weise mit dem Unternehmen zu tun?«

»Ich fürchte nicht.«

»Ach schade«, seufzte sie. »Dann war mein Besuch wohl umsonst.«

»Wie bitte?«

»Wissen Sie, ich versuche, jemanden aus der Familie Charter zu finden, da ich Briefe von einer gewissen Clara Charter entdeckt habe, die ich gerne zurückgeben würde.« Als sie merkte, dass der Mann sie verwirrt ansah, fügte sie hinzu: »Ich habe ein Haus gekauft, in dem früher Clara Charter wohnte, und Briefe, Fotos und ein paar andere Dinge von ihr gefunden.«

»Verstehe!« Er war offensichtlich fasziniert.

»Haben Sie je von ihr gehört? Clara Charter, sie heiratete Lord Armstrong.«

»Ich arbeite hier seit vierzig Jahren, und mein Vater arbeitete auch schon hier«, sagte der Mann. »Die Familie Charter ist ziemlich groß, doch von einer Clara habe ich noch nichts gehört. Aber kommen Sie, wir schauen mal, ob wir etwas finden.«

Er brachte sie ins Archiv, wo er ihr verschiedene Fotoalben zeigte. »Ah, ich glaube, hier ist sie!«, sagte er schließlich und zeigte auf ein Foto von 1913 mit der Unterschrift:

Mrs Louisa Charter, ihr Sohn Terence und ihre Enkelin Clara bei einem Besuch der Fabrik.

»Ja, das ist sie«, rief Kate aufgeregt.

»Tja, dann war sie Louisas Enkelin. Und jetzt erinnere ich mich auch, dass eine ihrer Enkelinnen einen irischen Lord heiratete. Aber ich weiß nur, dass es eine hässliche Scheidung gab.«

»Oh, ja«, sagte Kate enttäuscht.

»Ich glaube, ein Mitglied der Charter-Familie ist im Vorstand des Roten Kreuzes. Wenn Sie möchten, könnte ich die Adresse besorgen?«

»Danke, das wäre wunderbar. Aber da ich heute heimfahre, könnte ich Ihnen meine Karte hierlassen?«

»Gewiss. Ich schicke Ihnen dann, was ich herausgefunden habe.«

96. KAPITEL

In den nächsten Wochen plante Kate den Ball, den Tony sich für die Einweihung des Hauses gewünscht hatte.

»Tony will, dass der Abend spektakulär wird«, sagte sie zu Chloe, einer Public-Relations-Expertin, die sie schon mehrfach für Partys gebucht hatte.

»Ich denke an Eisstatuen im Haus, an einen hell erleuchteten Garten und an den Ballsaal, der natürlich der Mittelpunkt der Party sein muss«, stieß Chloe eifrig hervor. Sie war hocherfreut über den Auftrag, da die Hälfte ihrer Kunden im Vorjahr Bankrott gemacht hatten.

»Gut, ich arbeite an der Gästeliste und gebe sie Ihnen in Kürze«, sagte Kate, als Tony ins Wohnzimmer kam.

»Wie läuft es?«, fragte er.

»Sehr gut, Mr Fallon, es wird ein eindrucksvolles Event werden«, versicherte Chloe und packte ihre Sachen zusammen.

»Schön zu hören«, erwiderte Tony und schenkte sich ein Glas Wein ein. »Sie auch?«

»Nein, danke. Ich habe noch ein paar Meetings in Dublin.«

Kate stand auf, um sie hinauszubringen.

»Bemühen Sie sich nicht, Kate, ich finde schon selbst hinaus«, lächelte Chloe und ging.

Kate fing an, Papiere vom Couchtisch zu räumen.

»Nico kommt zu einem Meeting«, sagte Tony.

»Schön«, entgegnete Kate sarkastisch.

Tony nahm eine Liste vom Tisch. »Ist das die Gästeliste für die Party?«

»Ja«, sagte Kate.

»Wenn wir schon von Nico sprechen, setze ihn bitte auf die Liste, ja?«

Kate blickte zu ihm auf. »Nico? Wieso denn?«

»Weil er unser Kollege ist«, antwortete Tony.

Kate spürte, wie Zorn in ihr aufstieg. »Er ist doch nicht unser Kollege, Tony, wir haben ihn engagiert. Ich dachte, die Party sei für Leute mit Macht und Einfluss.«

»Ist sie auch!«

»Was will er dann da? Er ist ein zweitklassiger Architekt, der nichts auf unserer Party zu suchen hat, weil er nicht zu uns passt, weil keiner ihn kennt und er wie das fünfte Rad am Wagen herumeiern wird!«

Als sie aufsah, entdeckte sie, dass Nico in der Tür stand. Unbehagliches Schweigen breitete sich aus. Nico wirkte wütend, und Kate schämte sich.

»Tut mir leid, ich hätte anklopfen sollen«, sagte Nico schließlich.

Kate hustete laut und räumte rasch die restlichen Papiere vom Tisch.

»Ach, da sind Sie ja, Nico«, übernahm Tony. »Etwas zu trinken?«

»Nein, danke«, antwortete Nico ruhig.

»Alles klar!« Tony kippte seinen Drink hinunter und ging zu Nico. »Dann fangen wir mal mit unserem Meeting an!« Er schlug Nico auf den Rücken und führte ihn in den Flur. »Ich hasse es, dass Meetings ständig in geschlossenen Räumen stattfinden, Sie nicht auch? Gehen wir runter zum See, mein neues Speedboot ist gerade geliefert worden.«

Während die beiden zum See hinuntergingen, redete

Tony unablässig über das Einkaufszentrum, doch Nico konnte sich kaum darauf konzentrieren, so wütend war er auf Kate.

»Wie finden Sie das?«, fragte Tony, als sie über den Steg zu dem schnittigen Boot liefen, das dort vertäut lag.

»Sehr schönes Spielzeug«, erwiderte Nico, würdigte es aber kaum eines Blickes.

»Springen Sie rein, wir machen eine Spritztour«, sagte Tony und holte die Schlüssel hervor.

»Jetzt?«, fragte Nico, während Tony ins Boot stieg und es anließ.

»Kommen Sie schon!«, befahl Tony.

Nico stieg ein und nahm neben Tony Platz. Dieser ließ den Motor aufheulen, und schon schoss das Boot in hoher Geschwindigkeit über den See.

»Großartig, nicht?«, lachte Tony.

Nico blickte sich um und sah das Haus in der Ferne verschwinden. Er versuchte, sich seine Nervosität angesichts der hohen Geschwindigkeit nicht anmerken zu lassen. In der Mitte des Sees verlangsamte Tony das Boot und machte den Motor aus. Plötzlich war es ganz still.

»Wissen Sie, als Kate das Haus kaufen wollte, hatte ich meine Vorbehalte, aber jetzt finde ich, es war das Beste, was ich je gemacht habe«, erklärte Tony. »Ich liebe das alles hier.«

»Das freut mich.«

»Kate ist eine wunderbare Frau. Ich höre immer auf ihren Rat, sie hat immer recht.« Er sah Nico direkt an. »Ärgern Sie sich nicht über das, was sie eben gesagt hat. Sie hat es nicht so gemeint.«

»Nicht?« Nico sah ihn skeptisch an.

»Ich weiß, dass Sie sie sehr gernhat. Als Sie zusammen am Haus gearbeitet haben, hat sie Sie immer in den höchsten

Tönen gelobt. Ehrlich, sie hat großen Respekt vor Ihnen. Und Ihrer Familie. Sie redet ständig von den Armstrongs und liest ununterbrochen die Briefe, die sie im Haus gefunden hat, weil sie so fasziniert von ihnen ist.«

Nico sah ihn verwirrt an.

»Als sie neulich in London war, hat sie versucht, Kontakt mit Angehörigen von Clara Armstrong aufzunehmen, um die Fotos, die Briefe und die Brosche zurückzugeben.«

»Ach wirklich?« Nico sah ihn mit offenem Mund an.

»Also kann sie gar nicht meinen, was sie gesagt hat, verstehen Sie?«

Anstatt zu antworten, warf Nico nur einen Blick zum Haus, das ein winziger Punkt in der Ferne war. Tony ließ wieder den Motor an und brauste zurück zum Ufer.

Nico verließ das Haus und ging über den Vorplatz zu seinem Range Rover, da sah er Kate langsam die Auffahrt hinaufreiten. Er ging ihr entgegen.

»War die Bootsfahrt schön?«, rief sie.

»O ja, mit all den Hubschraubern und Speedbooten wird das langsam zu einem James-Bond-Filmset!«

»Ein bisschen Leben hat bei diesem Haus Wunder bewirkt!«

Sie stieg vom Pferd und führte es an den Zügeln weiter.

»Sehen Sie sich nur an – die geborene Lady. Was kommt als Nächstes? Ein Butler und Dienstmädchen?« Seine Stimme troff vor Sarkasmus.

»Was ist los, Nico?«, fragte sie kühl, als er weiter neben ihr herlief.

»Ich frage mich nur, wie weit Sie für Ihre neue Rolle als Lady eines Herrenhauses gehen würden.«

»Wovon reden Sie?«

»Nun, Sie haben ein Herrenhaus gekauft, reiten gelernt,

und jetzt versuchen Sie auch noch, sich meine Familiengeschichte anzueignen!«

Sie blieb stehen und sah ihn an. »Ich habe keine Ahnung, wovon Sie reden.«

»Und was ist das mit Claras Briefen? Wo haben Sie sie her, und warum haben Sie mir nichts davon gesagt?«

Im Stillen verfluchte sie Tony, weil er seinen Mund nicht hatte halten können. »Die Bauarbeiter haben sie unter einer Diele in einem Schlafzimmer gefunden.«

»In einem Schlafzimmer? Sind Sie sicher, dass Sie sie nicht aus einer der Kisten im Ballsaal haben? Nicht, dass das wichtig wäre – diese Briefe waren etwas Persönliches, auf das Sie kein Anrecht hatten!«

Da ließ sie die Zügel los. Das Pferd trottete davon, als sie die Stimme hob. »Wollen Sie etwa sagen, ich wäre eine Lügnerin – und eine Diebin?«

»Sagen Sie es mir: Sind Sie es?«

»Ich fasse es nicht! Fragen Sie doch die Bauarbeiter – nicht, dass ich das nötig hätte!«

»Warum haben Sie mir dann nicht davon erzählt?«

»Das wollte ich. Nachdem ich sie gelesen hatte.«

»Sie brauchen aber verdammt lange, sie zu lesen! Und sie gehören nicht Ihnen, sondern meiner Familie!«

Jetzt packte sie der Zorn. »Tja, wenn Sie das rechtlich klären wollen, dann nur zu! Schließlich waren sie Teil des Hauses, das wir gekauft haben!«

»Bei Ihnen geht es immer ums Rechtliche, nicht wahr? Sie meinen, Sie könnten sich alles unter den Nagel reißen, wenn Sie nur einen teuren Spitzenanwalt anheuern. Wie auch immer, die Briefe sind Dokumente aus der Vergangenheit meiner Familie. Doch genau darum geht es Ihnen, nicht wahr? Um Herkunft! Um eine Vergangenheit wie die meiner Familie!«

»Mir war nicht klar, dass man auf die Vergangenheit ein Patent anmelden kann«, fauchte sie.

»Und warum versuchen Sie dann, Claras Angehörige aufzuspüren?«

Wieder verfluchte sie Tonys Plappermaul. »Wieso nicht? Wir leben in einer freien Welt. Wie Sie schon sagten: Claras Sachen gehören Claras Familie, aber Sie sind nicht ihre Familie. Sie zeigen keinerlei Respekt vor ihren Sachen, Sie werfen sie einfach weg. Deshalb habe ich sie Ihnen nicht gegeben. Sie sind kein Nachfahre von ihr, und ich will sie der Familie Charter zurückgeben.«

Er schüttelte den Kopf. »Ich glaube, da steckt noch ein bisschen mehr dahinter. Sie betreiben Recherchen für Ihre neue Rolle. Schließlich sind Sie Schauspielerin. Was ist: Wollen Sie Clara sein?«

»Ach, halten Sie doch den Mund, Nico«, fauchte sie, stieg wieder aufs Pferd und ritt zu den Stallungen.

97. KAPITEL

Als Kate im Wohnzimmer die Antworten auf ihre Einladungen zum Ball durchsah, entdeckte sie in der Post einen Umschlag aus schwerem weißem Briefpapier, der an sie adressiert war und einen englischen Poststempel trug. Sie öffnete ihn und las:

Liebe Mrs Fallon,

ich bekam Ihre Adresse von einem Cousin, der sie seinerseits vom Kurator des Museums von Charter's Chocolates & Confectionery erhielt. Ich glaube, Sie sind im Besitz einiger persönlicher Dinge meiner Vorfahrin Clara Charter, der ehemaligen Lady Armstrong. Ich wäre Ihnen sehr dankbar, wenn Sie sich über die beigefügte Adresse oder Telefonnummer mit mir in Kontakt setzen würden.

In der Hoffnung, von Ihnen zu hören, verbleibe ich mit freundlichen Grüßen

Dr. Amanda Charter

Kate war so aufgeregt, dass sie den Brief mehrmals las. Sie hatte schon gar nicht mehr mit einem Lebenszeichen von Claras Nachkommen gerechnet. Sofort griff sie nach dem Telefon und wählte die angegebene Nummer.

Das Taxi hielt vor einem prächtigen Wohnhaus in Chelsea. Kate stieg aus und blickte zum Haus. Offenbar war die Familie Charter immer noch sehr wohlhabend. »Ich möchte zu Dr. Amanda Charter«, informierte sie den Portier.

»Mrs Fallon?«, fragte dieser und sah in einem großen Buch nach.

»Ja, genau«, bestätigte Kate.

»Sie erwartet Sie schon. Fünfter Stock. Nummer 156.«

Oben angekommen, klingelte sie. Kurz darauf öffnete ihr eine Frau mittleren Alters.

»Dr. Charter erwartet Sie – wenn Sie mir bitte folgen möchten?«

Sie führte Kate in ein geräumiges, exquisit eingerichtetes Wohnzimmer mit einem herrlichen Blick auf die Stadt. Eine Frau wartete dort. Sie war etwa sechzig Jahre, schlank und teuer gekleidet und trug einen blonden Bob.

»Mrs Fallon, schön, Sie kennenzulernen«, sagte Amanda, stand auf und reichte ihr die Hand.

»Danke, dass Sie mich empfangen«, erwiderte Kate.

»Setzen Sie sich doch«, bat Amanda, nahm wieder Platz und hob eine silberne Teekanne. »Tee?«

»Gern«, antwortete Kate.

Amanda schenkte ihnen ein. »Es hat mich sehr fasziniert, von Ihnen zu hören, Mrs Fallon.« Sie gab ihr eine Tasse Tee. »Sie sind doch die Schauspielerin, nicht wahr?«

»Ja, das ist richtig. Mein Mann und ich haben das Armstrong House in Irland gekauft, und so kam es, dass wir alte Fotos, Briefe und eine Brosche von Clara fanden. Ich wollte sie ihrer Familie zurückgeben.«

Amanda lehnte sich erwartungsvoll vor. »Könnte ich sehen, was Sie haben?«

»Natürlich!« Schnell holte Kate einen großen Umschlag aus ihrer Tasche, nahm die Fotos heraus und reichte sie ihr.

Amanda setzte sich eine Brille auf und betrachtete die Fotos.

»Sie sind im Armstrong House aufgenommen worden«, erklärte Kate. »In verschiedenen Räumen.«

Amanda lächelte. »Sie haben wirklich nicht übertrieben, als sie sie eine Schönheit nannten, nicht wahr?«

»Sie?«

»Leute, die sie kannten, als sie noch jung war. Familienangehörige … ich lernte sie erst später kennen, aber da war sie schon sehr verändert.«

Jetzt reichte Kate ihr die Briefe. »Die meisten sind von Freunden, die im Ersten Weltkrieg gekämpft haben. Diese hier sind Briefe von Clara an ihren Mann Pierce. Aber sie kamen ungeöffnet zurück, warum, weiß ich nicht.«

»Sie haben sie geöffnet?«, fragte Amanda und blickte auf.

»Nun ja –«

»Und sie natürlich auch gelesen?«

»Ja, das habe ich.« Plötzlich kam sich Kate wie eine Schnüfflerin vor.

Amanda lehnte sich zurück und schlug die Beine übereinander. »Was kann ich für Sie tun, Mrs Fallon? Sie sind doch nicht nach London gekommen, nur um mir ein paar Briefe und Fotos zu geben. Die hätten Sie auch mit der Post schicken können, wenn es Ihnen nur darum ging, sie wieder der Familie zuzuführen.«

Kate spürte, dass man Dr. Charter nicht so leicht etwas vormachen konnte.

»Ich … ich gestehe, ich war neugierig. Ich wollte erfahren, was aus Clara wurde, nachdem sie das Haus verlassen hatte.«

»Sie wollten also nur ein bisschen herumschnüffeln, wie?«

»Ich hoffe nicht, dass Sie das von mir denken.«

»Oder suchen Sie vielleicht nach einer Idee für ein neues Filmprojekt?« Amanda hob zynisch die Augenbrauen.

»Ich arbeite seit Jahren schon nicht mehr beim Film, Dr. Charter, und habe auch keine Absicht, ins Showgeschäft zurückzukehren«, sagte Kate scharf.

Amanda musterte sie prüfend. »Nein, mit einem so reichen Mann wie Ihrem haben Sie wohl auch keinen Grund dazu.« Sie schwieg eine Weile, bevor sie fortfuhr: »Verzeihen Sie, wenn ich unhöflich war. Aber wieder von Clara und dem Armstrong House zu hören, weckt in meiner Familie viele unglückliche Erinnerungen. Sie müssen verstehen, dass Clara eine sehr schwere Zeit dort hatte, vor allem am Ende. Als Clara Pierce Armstrong kennenlernte, verliebte sie sich Hals über Kopf in ihn. Das Problem war nur, dass er sie nicht liebte, sie aber trotzdem nahm – wahrscheinlich nur, weil er es konnte. Ihre Ehe war schrecklich unglücklich, er war kalt und abweisend, das heißt, wenn er da war, denn eigentlich kämpfte er die ganze Zeit im Krieg. Sie versuchte alles, um ihre Ehe zu retten, aber er erklärte ihr rundheraus, er hätte niemals etwas für sie empfunden.« Amanda nahm Claras Briefe an Pierce. »Er las nicht mal die Briefe, die sie ihm an die Front schickte, sondern schickte sie ungeöffnet zurück. Clara hatte wirklich keine Wahl. Damals gab es kaum die Möglichkeit, einer unglücklichen Ehe zu entfliehen. Sie tröstete sich schließlich mit einem Nachbarn, dem Künstler Jonathan Seymour. Sie verliebten sich ineinander, führten eine Beziehung und wollten zusammen fortgehen. Damals wütete der Unabhängigkeitskrieg, es herrschte Kriegsrecht, und Pierce hatte einen mächtigen Posten. Als er erfuhr, was sie vorhatten, ließ er Seymour verhaften und internieren …« Amanda verstummte und betrachtete wieder die Fotos.

»Und Clara?«

»Clara wurde im Armstrong House festgehalten. Pierce

sagte, sollte sie zu fliehen versuchen, würde er sie wegen Landesverrats ebenfalls ins Gefängnis werfen lassen.«

»Oh!« Kate war schockiert über die Vorstellung, dass diese schöne, unglückliche Frau praktisch eine Gefangene im eigenen Haus gewesen war.

»Auf Pierce' Befehl hin wurde Jonathan Seymour ein paar Monate in Isolationshaft gehalten. Als der Krieg vorbei war und Pierce keine Macht mehr hatte, erwartete Clara, dass Jonathan sie suchen kam. Doch das tat er nicht. Ich glaube, das Gefängnis hatte ihn sehr verändert. Er hatte eine Art Nervenzusammenbruch und ging sofort nach seiner Freilassung nach Amerika. Dort konzentrierte er sich nur noch auf seine Kunst und hatte, wie wir wissen, beträchtlichen Erfolg.«

»Und was wurde aus Clara?«

»Nachdem Irland die Unabhängigkeit bekam, verließen die Armstrongs aus Furcht vor Repressalien das Haus. Aber Clara nutzte die Gelegenheit, von Pierce loszukommen, und blieb. Sie wollte im Haus warten, bis Jonathan sie holte. Dann kamen die Republikaner, zwangen sie, das Haus zu verlassen, und brannten es nieder. Sie hat nie viel darüber erzählt. Sie ging nach London zurück, und als Pierce klar wurde, dass sie nicht zu ihm zurückkommen würde, reichte er unverzüglich die Scheidung wegen Ehebruchs ein. Damals war es ein Skandal, wenn eine Frau deswegen geschieden wurde. Aber sie wehrte sich nicht dagegen. Damals war sie dreiunddreißig, und wenn sie zehn Jahre später geboren worden wäre und Pierce nie kennengelernt hätte, wäre sie bestimmt eine der strahlenden Persönlichkeiten der wilden Zwanziger geworden. Doch sie wurde vor dieser Zeit geboren und brach alle Konventionen. Zwar schaffte sie es mit Hilfe ihrer Verbindungen, nicht in der Zeitung zu landen, trotzdem wusste die Gesellschaft von ihrer Affäre mit Seymour. Sie wurde zu einer Persona ingrata. Man schickte sie aufs Land, in ein Haus ihrer Großmutter, und dort blieb sie den Rest ihres Lebens.«

»Ich verstehe.« Kate nahm eines der Fotos und starrte darauf.

»Sie wirken enttäuscht«, bemerkte Amanda.

»Ich bin sehr enttäuscht. Um ihretwillen.«

»Hatten Sie gehofft, ihr Leben hätte noch eine dramatische Wendung genommen? Wir gehen einfach nicht davon aus, dass Menschen sich in die Normalität einfügen, nicht wahr? Wir meinen immer, sie würden ihr ganzes Leben glamourös und außergewöhnlich bleiben. Aber Menschen können zerbrechen, und dann können sie nur noch auf Normalität hoffen. Ich vermute, Clara war einfach an ihren Erfahrungen zerbrochen.«

»Nun, das zu hören tut mir sehr leid. Ich dachte – ich weiß nicht, was ich dachte.«

»Sie folgte ihrem Herzen, und das war ihr Verderben. Andererseits haben wir keinen Einfluss darauf, an wen wir unser Herz verlieren, nicht wahr, Mrs Fallon?«

»Nein – das wohl nicht«, seufzte Kate.

Amanda betrachtete sie prüfend. »Was bedrückt Sie, Mrs Fallon?«

»Wie bitte?«

»Man jagt doch nicht hundert Jahre alten Phantasiegebilden nach, wenn man ein glückliches Leben führt.«

»Ich hab doch keinem Phantasiegebilde nachgejagt! Ich wollte nur –«

»Claras Fotos und Briefe zurückgeben. Ich weiß, und ich danke Ihnen. Nun, jetzt wissen Sie, was aus Clara geworden ist, dennoch glaube ich nicht, dass Sie die Antwort gefunden haben, die Sie suchten.«

»Ich weiß nicht, was ich gesucht habe. Irgendwie habe

ich eine Verbindung zu ihr gespürt. Ich hatte das Gefühl, ihre Gegenwart im Haus zu spüren. Vielleicht wollte ich sie sein. Wir haben das Haus von Pierce' Enkel gekauft, Nicholas – Nico – Collins. Er ist Architekt und hat das Haus für uns renoviert. Dabei haben wir ihn gut kennengelernt.«

»Ja, Pierce hat viele Jahre später noch einmal geheiratet. Wieder eine liebenswürdige, junge Dame der Gesellschaft, diesmal aus Dublin. Sie waren erst kurz verheiratet, als er im Zweiten Weltkrieg fiel, daher konnte er ihr Leben nicht so zerstören wie Claras. Sie hatten eine Tochter, glaube ich?«

»Ja, Jacqueline, Nicos Mutter.«

»Sie ist verstorben, nicht wahr?«

»Ja, vor ein paar Jahren, glaube ich.«

Amanda nickte und blickte zu Boden.

»Und wie ist Pierce' Enkel, dieser Nicholas Collins?«, fragte sie dann.

»Ach, er ist ein bisschen arrogant, nimmt sich ziemlich wichtig. Ein Zyniker, aber amüsant.« Kate lächelte.

Amanda sah sie an. »Und weiß Nico Collins, dass Sie in ihn verliebt sind?«

Kate blickte sie blinzelnd an.

»Oh«, sagte Amanda wissend, »so ernst ist es also.«

Kate schwieg.

Amanda lehnte sich vor. »Wenn Sie das Gefühl hatten, dass Clara irgendwie mit Ihnen in Verbindung stand, dann wollte sie Sie vielleicht warnen. Davor, sich von Ihren Gefühlen leiten zu lassen. Davor, Ihr Leben zu ruinieren, bloß weil Sie gewisse Vorstellungen von jemandem haben. Vielleicht wollte sie Sie warnen, dass die Wirklichkeit sich beträchtlich von unseren Vorstellungen unterscheidet.«

Wortlos nahm Kate die Brosche und gab sie Amanda. Amanda warf einen kurzen Blick darauf und gab sie Kate zurück. »Behalten Sie sie. Ich glaube, sie bedeutet Ihnen mehr als mir.«

»Danke.« Kate nahm sie, steckte sie ein und holte eine DVD heraus. »Hier ist noch ein Film, er wurde von einer alten Filmrolle übertragen, die wir im Haus fanden. Es ist eine Party darauf.« Sie gab sie Amanda. Da kam ein hochgewachsener distinguierter Mann ins Zimmer.

»Oh, hallo«, sagte er.

Amanda und Kate erhoben sich.

»Mrs Fallon, dies ist mein Mann, Harry Beaumont – ich benutze meinen Mädchennamen nur von Berufs wegen.«

»Ah, und Sie sind die Dame, die uns Fotos aus Irland gebracht hat.«

»Ja«, sagte Kate.

»Sehr nett von ihr, findest du nicht?«, sagte Amanda. »Können wir noch etwas für Sie tun, Mrs Fallon?«

Kate nahm ihre Tasche. »Nein, ich gehe jetzt besser, ich muss zum Flughafen.«

»Ich bringe Sie hinaus«, sagte Amanda und führte sie den Flur hinunter.

Kurz darauf kam Amanda wieder ins Zimmer.

»Seltsame Frau«, bemerkte sie.

»Hast du herausgefunden, was sie wollte?«, fragte ihr Mann.

»Sie wollte wissen, was aus Clara wurde.«

»Und – hast du es ihr erzählt?«

»Nein, Harry, ich pflege Familienangelegenheiten nicht mit Fremden zu besprechen. Außerdem ist sie mit Pierce Armstrongs Enkel Nico befreundet. Wir wollen doch nicht, dass die Armstrongs zu diesem Zeitpunkt die Wahrheit herausfinden.«

Harry betrachtete ein Foto von Clara. »Hast du je bedauert, wofür Clara sich entschieden hat?«

»Nein, es war das Richtige.«

Sie ging zum DVD-Spieler und legte die DVD ein.

Auf dem Bildschirm erschien Claras Party. Amanda sah wie gebannt zu. Da bemerkte Harry, wie Amandas glatte Fassade bröckelte und Tränen in ihren Augen glitzerten.

»Wenn man sie so sieht, so jung, so voller Leben. Ich hatte gehört, wie sie war, aber es jetzt mit eigenen Augen zu sehen …« Sie verstummte.

Harry lächelte und legte den Arm um sie.

98. KAPITEL

Regen peitschte gegen die Fenster, und der Wind heulte ums Haus. Kate saß allein im Wohnzimmer und hing ihren Gedanken nach. Am Nachmittag war Tony geschäftlich nach Dublin gefahren; seitdem hatte sie versucht, sich so gut wie möglich die Zeit zu vertreiben, war ausgeritten und hatte ein Bad genommen. Jetzt saß sie im Schein des Kaminfeuers auf der Couch und dachte über all das nach, was sie über Clara herausgefunden hatte. Die Einsamkeit und die Verzweiflung, die sie in ihrer lieblosen Ehe erfahren hatte. Das Entsetzen, als sie hörte, sie würde weder Pierce noch das Haus verlassen dürfen. Plötzlich wirkte das Haus ganz anders auf Kate. Es war kein liebevoll restauriertes Heim mehr, sondern ein Echo aus einer anderen Zeit.

Das Echo vom Unglück einer anderen Frau. Das Haus hatte Claras Geheimnisse für sich bewahrt. Welche Geheimnisse barg es noch – von anderen Bewohnern, aus anderen Zeiten? Was war noch in diesem Haus geschehen? Als es draußen donnerte, erschauerte sie und wünschte, Tony wäre hier.

Plötzlich gingen alle Lichter aus, und sie saß in völliger Dunkelheit. Erschrocken sprang sie auf und versuchte, sich zu orientieren. Sie ging rasch zur Tür, stolperte aber über etwas und fiel hin. Sie stand auf und tastete sich vorsichtig voran. Als sie in der Halle vergeblich Licht zu machen versuchte, wurde ihr klar, dass im ganzen Haus der Strom ausgefallen war. Irgendwo draußen hörte sie etwas laut klopfen, so als würde eine Stalltür im Wind schlagen. Dann fiel ihr ein, dass die Alarmanlage ausgefallen war, und sie fragte sich, ob jemand versuchte einzubrechen. Sie tastete sich bis zur Kommode neben der Eingangstür vor und suchte ihre Schlüssel. Als sie sie gefunden hatte, stürzte sie aus dem Haus. Regen prasselte auf sie nieder, während sie zum Wagen rannte. Sie sprang hinein, startete den Motor und raste die Auffahrt hinunter.

Nur wenige Minuten später bog sie in die Einfahrt von Hunter's Farm ein. Sie sprang aus dem Wagen, rannte durch den Regen zur Tür und klingelte Sturm.

»Was zum Teufel soll das?«, fragte Nico, als er öffnete.

Kate stürzte in seine Arme und umklammerte ihn fest.

Kurz darauf hatte sie ihre nassen Sachen ausgezogen und saß im Bademantel auf dem Wohnzimmersofa.

Nico hatte Tee gekocht und gab ihr jetzt eine Tasse.

»Alles in Ordnung mit Ihnen?«, fragte er besorgt und nahm ihr gegenüber Platz.

»Ja … tut mir leid, dass ich Sie einfach so überfalle.« Sie war verlegen. »Ich hatte solche Angst.«

»Angst wovor?«

»Ich glaube, vor dem Haus. Es gibt wohl einen guten Grund, warum in diesen großen alten Kästen so viele Dienstboten gewohnt haben. In so einem Haus kann man nicht einfach in die Küche rennen, um eine Kerze zu suchen. Ich wollte nicht im Stockfinstern durch das Labyrinth der Gänge irren.« Sie nippte an ihrem Tee.

Er sah sie an. Nie hätte er sich vorstellen können, dass die unbezwingbare Kate Fallon so leicht einzuschüchtern war. Diese verletzliche Seite war ihm ganz neu.

Sie erwiderte seinen Blick. »Ich habe eine Angehörige

von Clara Charter in London aufgespürt und ihr die Briefe und Fotos zurückgegeben.«

»Wirklich?« Verblüfft riss er die Augen auf.

»Ja, am Ende doch. Häuser bleiben, Menschen nicht. Häuser bewahren die Geheimnisse der wechselnden Bewohner. Ich habe erfahren, dass Clara es in unserem Haus sehr schwer hatte. Als ich heute Abend darüber nachgrübelte, was sie durchmachen musste, wurde mir plötzlich angst und bange. Ich fürchtete mich vor den Erinnerungen, die das Haus birgt. Nicht nur vor denen an Clara, sondern vor den Erinnerungen an alle Bewohner, von Lord Edward und Lady Anna an. Man stellt sich gerne vor, dass das eigene Haus nur schöne Erinnerungen beheimatet, aber das entspricht nicht immer der Wahrheit.«

»Hören Sie, wahrscheinlich ist im Haus nur eine Sicherung herausgesprungen«, erwiderte Nico. »Wir sehen morgen mal nach … Heute Nacht können Sie hierbleiben.«

Sie schüttelte den Kopf. »Nein, danke, aber ich fahre in ein Hotel in Castlewest«, sagte sie rasch.

»Seien Sie nicht albern, Kate, es ist nach Mitternacht. Da hat kein Hotel mehr auf. Tony würde mir nie verzeihen, wenn ich Sie jetzt allein in die Nacht schickte!«

Sie sah ihn fragend an. »Würde es ihm nicht größere Sorgen bereiten, wenn ich heute Nacht hierbliebe?«

Nico wirkte verwirrt. »Nein – wieso?«

Sie schwieg eine Weile. Dann sagte sie: »Was denken Sie über mich und Tony, Nico?«

»Was ich über Sie denke?«

»Ja, nun, nachdem Sie uns kennengelernt haben.«

»Tja – äh«, sagte er verlegen lächelnd. »Ich denke, Sie haben es geschafft. Sie sind ein Traumpaar, das alles hat.«

»Kommen wir Ihnen glücklich vor?«

»Aber natürlich. Wie auch nicht?«

»Weil ich Tony nicht mehr liebe. Schon lange nicht mehr. Ich habe versucht, mir einzureden, dass es nicht stimmt, aber so ist es. Ich habe alles versucht, damit unsere Ehe funktioniert, denn Tony liebt mich noch.«

»Ich hatte ja keine Ahnung.«

»Unser Leben war lange Zeit ein einziger Trubel, denn wir waren ständig auf Partys, Events und Reisen. Zuerst dachte ich, wir hätten einfach zu viel um die Ohren, und wenn wir das Haus kauften, könnten wir uns wieder näherkommen, mehr Zeit füreinander haben, eine Familie gründen.«

»Aber Tony liebt Sie abgöttisch!«

»Das weiß ich. Aber ich mache ihm und mir nur etwas vor. Ich glaube, ich liebe ihn einfach nicht mehr. Als ich von Clara erfuhr, dachte ich irgendwie, ich könnte mich mit ihr identifizieren. Vor allem, als ich von ihrer Affäre mit John Seymour hörte. Ich dachte, sie wäre vielleicht wie ich: gefangen. Doch dann traf ich mich mit ihrer Angehörigen in London, Amanda Charter. Clara war wirklich eine Gefangene. Aber nicht wie ich. Sie liebte ihren Mann Pierce, er machte ihr allerdings das Leben zur Hölle.«

»Das ist nicht wahr!«

»So hat es mir ihre Verwandte erzählt.«

»Tja, selbstverständlich, oder?«

»Ja, genau wie Sie auch Ihren Großvater verteidigen. Sie wissen doch beide nur, was Ihnen erzählt wurde. Aber ich brauche niemanden, der mir sagt, wie mein Leben aussieht. Ich bin hier und lebe es. Tony versucht alles, um mich glücklich zu machen, aber tief im Innern weiß er, dass ich unglücklich bin.«

Nico schüttelte den Kopf. »Und was werden Sie jetzt tun?«

»Das weiß ich nicht, Nico. Und da dies anscheinend die

Nacht der Geständnisse ist, muss ich Ihnen sagen … als ich Sie kennenlernte, geschah etwas in mir, das ich seitdem bekämpft habe. Ich merkte, dass ich mich in Sie verliebte. Sie waren eine Bedrohung für mich, Nico. Eine Bedrohung für mein Selbstbild, meine Ehe, mein Leben. Deshalb wollte ich Sie loswerden.«

Nico starrte sie an. »Sie sind sehr ehrlich … und sehr mutig.«

»Ich bin nur mutig, weil es vorbei ist, Nico. Ich habe mit meinen Gefühlen für Sie abgeschlossen. Ich habe mich gezwungen, Sie mir aus dem Kopf zu schlagen.«

»Damit Sie sich auf Tony konzentrieren können?«

»Damit ich mein Leben in Ordnung bringen kann.«

Eine lange Zeit saßen sie schweigend da, dann stand Kate auf. »Ich bin sehr müde. Könnten Sie mir mein Zimmer zeigen?«

Er nickte und führte sie die Treppe hinauf.

»Danke«, sagte sie an der Zimmertür und ging rasch hinein.

Draußen goss es weiter in Strömen. In einer Parkbucht gegenüber vom Haus saß Tony im Wagen und sah, wie die Lichter auf Hunter's Farm ausgingen.

Eine sehr unbehagliche Atmosphäre herrschte am nächsten Morgen, als Kate in ihren getrockneten Sachen zu Nico in die Küche kam.

»Könnten Sie sich vielleicht gleich mal den Sicherungskasten ansehen? Ich habe keine Lust, diesen Tag ohne Strom auszukommen.«

»Natürlich. Ich fahre Ihnen zum Haus nach. Ach, ich habe ganz vergessen, Ihnen zu erzählen, dass ich Claras Porträt vom Restaurator zurückhabe.«

»Wirklich?«

Er ging hinaus und kam kurz darauf mit dem Porträt wieder, das in alter Pracht erstrahlte.

Sie starrte auf Claras Bild.

»Es hat sich herausgestellt, dass es von John Seymour ist. Ich dachte, das würde Sie interessieren.« Er zeigte auf Johnnys Signatur in der unteren Ecke, die nun deutlich zu erkennen war.

»Ein Porträt von Clara, gemalt von ihrem Geliebten. Aber ich glaube, ich überlasse Clara jetzt der Vergangenheit, wo sie hingehört«, seufzte sie. »Wie auch immer, ich muss los. Ich habe einen Ball zu organisieren.«

Er zögerte. »Kate, was Sie letzte Nacht sagten …«

Rasch ging sie zum Fenster. »Es regnet nicht mehr – sieht sogar aus, als würde es ein schöner Tag.«

99. KAPITEL

Am Abend vor dem Ball ging Kate durchs Haus und begutachtete die Vorbereitungen. Im Ballsaal waren Tische aufgestellt und weiß eingedeckt worden. Die Halle schmückten wunderschöne Girlanden. Sie ging aus dem Haus, über den Vorplatz und nahm auf der ersten Stufe der Treppe Platz, die zur Terrasse führte. Es war ein warmer Sommerabend, und die Sonne ging über dem See unter. Tony sah sie aus dem Wohnzimmerfenster und gesellte sich zu ihr.

»Sieht aus, als wäre alles für morgen bereit«, sagte er.

»Ja.« Sie blickte zu ihm auf. »Es wird ein toller Abend werden.«

»Natürlich, schließlich bist du die Gastgeberin.«

»Tony … ich habe nachgedacht … vielleicht sollten wir das Haus verkaufen und wieder nach Dublin ziehen.«

»Das Haus verkaufen? Bist du verrückt? Wegen der Immobilienkrise bekämen wir nur noch die Hälfte des Kaufpreises, und bedenke, wie viel Geld wir in die Renovierung gesteckt haben!«

»Ja, dann können wir es ja vermieten oder so. Ich dachte nur, es wäre besser, hier wegzukommen.«

Ungläubig starrte er sie an. »Aber ich dachte, du wolltest unbedingt hier leben. Das war doch dein Traum!«

»Ja, das weiß ich ja! Ich finde nur, es wäre Zeit, sich weiterzuentwickeln. Ich vermisse unser altes Haus –«

»Das Haus, das du als Hotel bezeichnet hast? O nein!« Fassungslos schüttelte er den Kopf. »Das kaufe ich dir nicht ab. Was ist los, Kate? Gibt es Probleme zwischen dir und Nico?«

Schockiert riss sie die Augen auf. »Wie bitte?«

»Habt ihr eine Beziehungskrise?«

»Soll das ein Scherz sein? Dann kann ich nicht über ihn lachen.«

»Und ich kann nicht über deine Beziehung mit Nico lachen.« Damit wandte er sich von ihr ab und ging rasch ins Haus.

»Tony?«, rief sie ihm nach. Als er nicht reagierte, rannte sie ihm hinterher.

»Wovon redest du, Tony?«, fragte sie, als sie ihm ins Wohnzimmer gefolgt war.

Er drehte sich zu ihr um. »Ich glaube, du weißt genau, wovon ich rede. Von der vielen Zeit, die ihr miteinander verbracht habt. Eure gemeinsame Arbeit, eure gemeinsamen Mahlzeiten, eure gemeinsamen Nächte!«

»Gemeinsamen Nächte? Wovon redest du?«

»Ich weiß, dass du neulich die Nacht in Hunter's Farm verbracht hast, als ich in Dublin war.«

»Und woher weißt du das?« Langsam wurde sie wütend. »Hast du mir nachspioniert?«

»Das ist doch ganz gleich, woher ich das weiß. Ich weiß es einfach!«

»Und? Ich habe die Nacht in Hunter's Farm verbracht, weil ich Angst im Haus hatte, als der Strom ausfiel.«

»Du hattest Angst?« Er lachte verächtlich. »Wie bequem, dass es gleich die Straße runter ein Bett gab, in das du fallen konntest!«

»Du Bastard! Ich habe im Gästezimmer geschlafen.«

»Aber sicher doch!«

»Frag Nico, wenn du mir nicht glaubst. Aber du wirst uns nur beide in Verlegenheit bringen!« Sie zündete sich eine Zigarette an und zog nervös daran.

»Verkauf mich nicht für dumm, Kate. Ich kenne dich! Und zwar besser als du dich selbst. Du hast dich in ihn verliebt! Das weiß ich!«

Erschrocken starrte sie ihn an. Dann verfielen sie in Schweigen. Er ging zum Fenster und starrte hinaus.

Sie setzte sich auf die Couch und sagte leise: »Ich gebe zu, ich empfinde etwas für ihn.«

»Oh, Kate!«, rief er aus und vergrub sein Gesicht in den Händen.

»Ich konnte nichts dagegen machen, Tony. Ich habe dagegen angekämpft, und ich war nicht mit ihm zusammen, ich schwöre es.«

Er drehte sich um und sah sie an. »Also warst du mir nur gefühlsmäßig untreu? Das finde ich noch schlimmer.«

Sie stand auf. »Es tut mir leid, ehrlich. Sobald ich merkte, was los war, wollte ich ihn aus unserem Leben streichen. Aber dann hast du ihn angestellt, und ich lief ihm ständig über den Weg. Dabei habe ich dich angefleht, es nicht zu tun!«

»Was glaubst du denn, warum ich ihn eingestellt habe?«

»Das war also nur ein Trick, um uns zusammen zu erwischen?« Verstört schüttelte sie den Kopf.

»Ich wusste, dass du in ihn verliebt warst, da wollte ich einfach sehen, was du machst. Ich wollte dir die Gelegenheit geben, mich seinetwegen zu verlassen, falls du das willst.«

»Warum hast du denn nicht um mich gekämpft?«

»Ich liebe dich, Kate, aber du liebst mich nicht mehr.«

»Ich weiß einfach nicht, was in letzter Zeit mit mir los ist. Ich war so mit dem Haus und den Menschen, die hier lebten, beschäftigt, und Nico gehörte einfach dazu. Plötzlich hatte ich diese Gefühle, die ich mir nicht erklären konnte.«

»Wenn du mit mir und deinem Leben glücklich wärst, wäre das nie passiert. Und jetzt willst du das Haus verkaufen und wieder weglaufen! Wohin denn diesmal? Aber was viel wichtiger ist: Wovor rennst du weg? Denn egal, wohin du willst, es wird nur eine andere Umgebung sein. Sehen wir doch den Tatsachen ins Auge: Ich bin es, vor dem du wegrennst.«

Sie blickte in sein schmerzverzerrtes Gesicht. »Ich wollte es nur wieder so wie früher haben, Tony.«

»Die Zeit zurückdrehen?« Er lächelte zynisch. »Das geht nicht, Kate.« Er nahm ihr gegenüber Platz. »Selbst wenn ich das auch wollte, es geht nicht.«

»Was meinst du damit?«

»Es fällt alles wie ein Kartenhaus zusammen, Kate. Das Geschäft – wir haben kein Geld mehr, nur noch einen Haufen Schulden.«

»Was?« Sie ging zu ihm und setzte sich neben ihn.

»Die Banken lassen die Darlehen platzen. Das Einkaufszentrum droht zu floppen, und wir müssen alles als Sicherheit opfern. Einen anderen Ausweg gibt es nicht, Kate.«

Sie legte ihre Arme um ihn. »Warum hast du mir das nicht früher erzählt? Ich hätte dir doch helfen können.«

»Ich wollte nicht, dass du dir Sorgen machst.«

»Ach, Tony!« Sie umarmte ihn heftig.

»Morgen werden eine Menge Leute beim Ball sein, denen wir Geld schulden. Und sie werden ihr Geld zurückverlangen, Kate. Ich weiß nicht, was ich tun soll.«

»Wir stehen das gemeinsam durch, Tony. Wir präsentieren uns von unserer besten Seite und zeigen, dass mit den Fallons noch zu rechnen ist.«

»Mir ist egal, wenn ich alles verliere, Kate. Aber ich könnte es nicht ertragen, wenn ich dich verloren hätte.«

»Du hast mich nicht verloren. Du wirst mich nie verlieren. Wir stehen das gemeinsam durch. Wie immer.« Sie drückte ihn fest an sich.

100. KAPITEL

Am nächsten Tag deckte eine Heerschar von Servicekräften die Tische im Speisezimmer, während die Band ihre Instrumente aufbaute. Die Küche war von den Caterern übernommen worden. Die Eventmanager liefen umher und prüften die letzten Details.

Kate ging durch das organisierte Chaos ins Wohnzimmer und blickte aus dem Fenster zum See, wo Tony mit seinem Speedboot herummanövrierte. Chloe, die PR-Expertin, kam mit gehetzter Miene herein und brachte einen Stapel Morgenzeitungen.

»Ich glaube, wir haben alles unter Kontrolle, Kate«, verkündete sie.

Kate drehte sich zu ihr um. »Gut. Ich habe gesehen, dass das Streichquartett gerade angekommen ist.«

»Ja, wirklich? Dann kümmere ich mich wohl besser darum.« Mit verlegener Miene reichte sie ihr die Zeitungen. »Ich dachte, das würden Sie vielleicht lesen wollen.«

Kate nahm die Zeitungen und las die erste Schlagzeile, die ihr ins Auge fiel.

»Baustopp im Fallon-Shoppingcenter.«

Als Kate schnell die anderen Zeitungen sichtete, sah sie, dass alle ähnliche Schlagzeilen hatten.

»Könnten Sie dafür sorgen, dass Tony die nicht zu Gesicht bekommt?«, fragte sie.

Chloe nickte und verließ das Zimmer.

Langsam setzte sich Kate auf die Couch und fing an, die Artikel zu lesen. Da klingelte das Telefon auf dem Beistelltisch. Sie nahm ab.

»Kate Fallon.«

»Kate, hier ist Peter O'Brien von der *Times*. Können Sie bestätigen, dass Ihr Ball heute Abend trotz der Enthüllungen über die Geschäfte Ihres Mannes stattfinden wird?«

Kate richtete sich auf und bemühte sich, unbekümmert zu klingen. »Natürlich findet er statt. Alles geht seinen ganz normalen Gang, danke.« Damit legte sie auf.

Dann biss sie sich auf die Unterlippe und saß eine Weile nur da.

Als Kate später ins Schlafzimmer kam, saß Tony an der Frisierkommode und starrte in den Spiegel.

»Da bist du ja«, sagte sie lächelnd. »Ich habe schon überall nach dir gesucht. Unten ist fast alles vorbereitet, also kann ich mich fertigmachen.«

Er antwortete nicht.

Sie ging zu ihm, legte ihm sanft die Hand auf die Schulter und sagte leise: »Es wäre eine gute Idee, wenn du dich auch fertigmachen würdest. Du willst doch nicht in der letzten Minute auftauchen.«

»Ich weiß nicht, ob ich mich alldem stellen kann, Kate.«

Sie neigte sich zu ihm und flüsterte ihm ins Ohr: »Natürlich kannst du das. Wir müssen uns ihnen stellen. Wir müssen ihnen zeigen, dass wir uns nicht unterkriegen lassen.«

Da griff er nach ihrer Hand und hielt sie fest.

Das Streichquartett am Fuß der Treppe spielte klassische Musik. Mehrere Kellner mit Silbertabletts voller Champagnergläser warteten auf die eintreffenden Gäste.

Kate und Tony kamen Hand in Hand die Treppe hinunter. Tony trug einen Smoking, Kate ein langes rotes Abendkleid und ihre schönsten Diamanten.

Als sie an der Haustür Aufstellung nahmen, um ihren Gästen entgegenzusehen, flüsterte sie: »Nicht vergessen, lächeln!«

Tony nickte und drückte ihre Hand, während er sich bemühte, glücklich und entspannt zu wirken.

»Kate! Tony! Einfach hinreißend, was ihr aus diesem Haus gemacht habt!«, sagte ein befreundetes Pärchen beim Eintreten.

Kate strahlte und küsste beide auf die Wangen. »Ich freue mich schon, gleich eine kleine Führung mit euch zu machen. Aber bis dahin: Champagner?«

Als fast alle zweihundert Gäste eingetroffen waren, drängten sich im Erdgeschoss überall plaudernde und lachende Menschen. Das Streichquartett hatte geendet, die Band übernommen, und jetzt spielte sie *Mack the Knife*.

Kate hatte sich als perfekte Gastgeberin unter die Gäste gemischt, behielt aber Tony die ganze Zeit im Auge.

Plötzlich stand sie Nico gegenüber.

»Kate, ich habe schon den ganzen Tag versucht, Sie zu erreichen.«

»Ich hatte viel zu tun«, erwiderte sie.

»Was zum Teufel ist eigentlich los? Es steht in den Zeitungen, und alle reden darüber. Ist Tony pleite?«

Kate blickte zu Tony, der sie beobachtete.

»Nico, ich kann jetzt wirklich nicht reden. Ich muss los.« Rasch entfernte sie sich von ihm, ging zu Tony und legte ihm einen Arm um die Taille.

In diesem Moment betrat Steve Shaw mit vier Männern das Haus. Kate erkannte sie, es waren Investoren von Tony.

Zwar trugen sie alle Smoking, doch nur Steve stand auf der Gästeliste.

Die Männer steuerten direkt Kate und Tony an.

»Steve, schön, Sie zu sehen«, strahlte Kate, neigte sich zu ihm und küsste ihn auf die Wange.

Steve ignorierte sie.

»Tony, wir müssen reden.«

Kate sah, dass Tony bleich wurde.

»Steve, wir haben hier zweihundert Gäste, um die wir uns kümmern müssen«, sagte Kate mit fester Stimme. »Heute Abend wird nicht über Geschäftliches gesprochen – was es auch ist, wir können morgen darüber reden.«

Steve bedachte sie mit einem gehässigen Blick. Kate lächelte den vier Männern zu, die Steve begleiteten.

»Guten Abend, Gentlemen, schön, Sie alle heute wiederzusehen. Ich habe Ihre Namen auf der Gästeliste wohl übersehen, aber Sie sind uns natürlich trotzdem willkommen.«

Sie sah Chloe durch die Halle eilen und rief sie herbei.

»Chloe, könnten Sie dafür sorgen, dass noch vier weitere Gedecke aufgelegt werden.«

»Ich schau mal, was sich machen lässt«, erwiderte Chloe.

Da ertönte eine laute Glocke.

»Meine Damen und Herren, das Dinner ist jetzt im Ballsaal serviert«, sagte der Oberkellner laut, worauf sich die Gäste zum Ballsaal schoben.

»Würden Sie uns bitte entschuldigen?« Kate lächelte Steve und den vier Männern noch einmal zu, dann führte sie Tony fort.

»Danke«, flüsterte Tony. »Denen hätte ich mich heute nicht stellen können.«

»Das musst du auch nicht. Und wenn es so weit ist, bin ich bei dir – bei jedem Schritt, den du tust.«

Er brachte ein Lächeln zustande. »In guten wie in schlechten Zeiten?«

»In Reichtum und Armut.« Sie küsste ihn auf die Wange.

Sie hielt ihn fest am Arm, als sie durch den Ballsaal zu ihrem Tisch am Kopfende der Tafel gingen. Dabei spürte sie die Blicke aller auf sich. Manche waren mitleidig, manche neugierig, manche gehässig. An einem Punkt spürte Kate, wie Tonys Schritte stockten, und befürchtete schon, er würde fallen. Sie packte ihn noch fester, so dass sie zum Tisch gehen und ihre Plätze einnehmen konnten.

Während der erste und dann der zweite Gang aufgetragen wurden, spürte sie, dass Nico, der irgendwo in der Mitte des Ballsaals saß, zu ihr herüberstarrte und später sein Handy herausnahm, um eine SMS zu schreiben. Kurz darauf gab ihr Handy ein Signal. Diskret nahm sie es aus ihrer Tasche und sah nach.

Nach dem Essen auf dem Vorhof – bitte.

Sie steckte das Handy weg und versuchte, sich auf die Tischgespräche zu konzentrieren.

Nach dem Dinner zogen sich die Gäste ins Wohnzimmer zurück, um etwas zu trinken, während die Caterer schnell die Tische im Ballsaal abräumten, damit später getanzt werden konnte. Während Kate sich wieder unter die Gäste mischte, sah sie, dass Tony bei alten Freunden in sicheren Händen war. Also ging sie in die Halle und schlüpfte aus dem Haus. Sie überblickte den mit teuren Wagen zugeparkten Vorhof und entdeckte Nico an der Treppe zur Terrasse.

»Ich kann nicht lange bleiben«, sagte sie, als sie ihn erreicht hatte. »Tony wird mich suchen.«

»Stimmt es, was in der Zeitung steht – dass Tony am Ende ist?«

Sie seufzte laut und nickte. »Ich fürchte ja. Ich habe es selbst erst gestern erfahren.«

»Was werden Sie jetzt tun?«

»Die Banker und die Investoren schwärmen schon wie die Aasgeier um ihn herum. Wir müssen sehen, was wir bei ihnen erreichen können.«

»Wir?«

»Tony und ich.«

»Kate, ich habe lange über jenen Abend auf Hunter's Farm nachgedacht. Über das, was Sie über uns gesagt haben.«

Sie sah ihn an und schüttelte den Kopf. »Ich hätte Sie nicht damit belasten sollen, Nico. Es tut mir leid. Jetzt geht es mir wieder gut.«

»Aber was ist mit uns?«

»Es gibt kein uns, Nico. Sie waren nur eine Ablenkung für eine gelangweilte Prominente, die nichts Besseres zu tun hatte.«

»Kate!«

»Ich weiß, ich habe mir alberne Phantasien gestattet, anstatt mich auf die Realität und mein Leben zu konzentrieren. Tony braucht mich mehr denn je. Ich kann ihn nicht verlassen. Bitte vergessen Sie alles, was ich gesagt habe.«

»Also unterdrücken Sie Ihre Gefühle zugunsten der Pflicht?«

»Mein Ehemann ist mir wichtiger als alles andere – auch als Sie.« Sie sah seine entschlossene Miene. »Begreifen Sie das nicht, Nico? Bilden Sie sich so viel auf Ihren Namen und Ihre Herkunft ein, dass Sie nicht glauben können, dass Sie nur ein Zeitvertreib für mich waren?«

»Sie sagten, so hätte es angefangen, aber dann wären die Gefühle echt geworden!«

»Ich sage viel, wenn der Tag lang ist.«

»Kate, ich empfinde dasselbe für Sie. Ich habe es mir nicht eingestanden, weil ich mir albern vorkam.«

»Nico, sagen Sie nicht mehr. Es tut mir leid, aber Sie waren ein Teil meines Phantasielebens, das ich mir für dieses Haus vorstellte. Aber das ist jetzt vorbei. Und ich muss zurück zu Tony und meinen Gästen. Leben Sie wohl, Nico.«

Sie wollte sich abwenden, doch er packte sie am Arm. »Nico, Tony braucht mich! Verstehen Sie das nicht: Er braucht mich!«

Sie entriss sich ihm und ging mit Tränen in den Augen zurück zum Haus.

Kaum war sie im Ballsaal, wurde sie vom Sänger der Band aufgefordert, selbst einen Song zu singen. Zwar sträubte sie sich, kam aber gegen den Widerstand der Gäste nicht an. Schließlich gab sie nach und sang *Summer Wind*. Plötzlich betrat Nico den Ballsaal und starrte sie an. Er wirkte gequält. Sie versuchte, nicht zu ihm zu blicken, während sie sang.

Dann sah sie Tony auf der anderen Seite des Saals. Sie lächelte ihn an, da traten Steve Shaw und die vier Männer zu ihm. Es sah so aus, als gäbe es eine Auseinandersetzung zwischen ihnen, anschließend nickte Tony, und sie alle gingen aus dem Ballsaal. Nachdem der Song beendet war, nahm Kate noch kurz den Applaus entgegen, eilte jedoch gleich darauf aus der Halle.

Sie erfuhr von Chloe, dass die Männer in die Bibliothek gegangen waren, und bahnte sich schnell einen Weg durch die Menge dorthin.

»Was geht hier vor?«, fragte sie, als sie sah, dass Tony hinter seinem Schreibtisch saß und die anderen Männer laut und aggressiv auf ihn einredeten.

»Wir müssen etwas besprechen«, antwortete Steve.

»Ich habe Ihnen doch gesagt, dass heute Abend nichts besprochen wird. Nicht während des Balls.«

»Ach ja – der Ball«, bemerkte Steve sarkastisch. »Sie sind

wie Nero, der beim Untergang Roms noch die Geige spielt. Und wie viel hat diese kleine Extravaganz Sie gekostet?«

»Das geht Sie nichts an!«, schrie Tony.

»Da irren Sie sich, Mr Fallon, denn Sie schulden uns Millionen. Ihr Imperium hat gerade Bankrott gemacht. Sie gehören jetzt uns.«

»Morgen werden wir uns mit unseren Buchhaltern zusammensetzen und alles mit Ihnen zusammen durchgehen«, sagte Kate. »Bis dahin möchte ich, dass Sie alle mein Haus verlassen.«

»Ihr Haus?«, sagte Steve und lachte höhnisch. »Das Haus gehört Ihnen nicht mehr. Ihnen gehört gar nichts mehr.«

»Gehen Sie jetzt!«, verlangte Kate.

Steve trat zu ihr. »Du gibst hier keine Befehle mehr, du dumme Schlampe!«

»Wagen Sie es nicht, so mit ihr zu reden!«, brüllte Tony und sprang auf.

»Oder was? Was wollen Sie denn machen? Sie haben keine Macht mehr, Tony. Sie sind erledigt.«

Da rannte Tony plötzlich aus der Bibliothek. Kate lief ihm nach. Sie drängte sich durch die Menge, und als sie sah, dass er zur Haustür strebte, rief sie: »Tony!«

Sie erreichte den Eingang und lief die Treppe hinunter.

Dort sah sie, dass Tony über den Vorhof und dann die Terrassen hinabrannte. Sie stürzte ihm nach.

»Tony, bitte warte doch auf mich!«, flehte sie.

Sie jagte ihm die Terrassen hinunter bis zum See nach. Als sie den Steg entlangrannte, sprang Tony schon in sein Speedboot und startete den Motor. Da wusste sie, dass sie zu spät kam.

Mit Höchstgeschwindigkeit brauste er in die Dunkelheit.

»Tony!«, schrie sie ihm nach.

Plötzlich tauchte Nico bei ihr auf. »Was ist los?«, fragte er.

»Tony! Er ist außer sich. Er kann nicht mehr klar denken. Er –«

Da ertönte auf einmal ein ohrenbetäubender Knall, gefolgt von einer gleißend hellen Explosion, die in den Nachthimmel stieg.

»Tony!«, schrie Kate wieder, während das Feuer von der Explosion den halben See erhellte. Sie wandte sich ab und fiel Nico laut schluchzend in die Arme.

101. KAPITEL

Ein Jahr später

Als Kate einen Blick über den Tisch warf, an dem sich Buchhalter, Banker und Investoren versammelt hatten, straffte sie sich. Dieses Meeting war das letzte in einer langen Reihe, die man abgehalten hatte, um Tonys finanzielle Angelegenheiten zu regeln. Als sie die ernsten und besorgten Gesichter um sich herum sah, ermahnte sie sich, dass sie seit Tonys Tod schon weitaus Schlimmeres durchgemacht hatte. Als wären ihre Trauer und ihr Schock nicht genug gewesen, hatte sie sich auch der Staatsanwaltschaft und der Presse stellen müssen. Dann kam die Erkenntnis, dass sie als Tonys Frau Dokumente unterzeichnet hatte, die sie für die Schulden ihres Mannes haftbar machten. Und wenn sie eine ruhige Minute hatte, musste sie wieder mit ihrer Trauer um Tony kämpfen.

Steve Shaw hatte eine ganze Weile gesprochen, um allen Anwesenden den Ernst der Lage klarzumachen – völlig überflüssigerweise.

»Nun, Mrs Fallon, wie wollen Sie all das Geld zurückzahlen?«, fragte er schließlich.

Michael Delaney, Kates Anwalt, saß neben ihr. Er war einer der wenigen gewesen, der zu ihr gestanden und sich als wahrer Freund erwiesen hatte.

»Wie Sie alle wissen«, setzte er an, »hatte Kate nicht direkt mit Tonys Geschäftsangelegenheiten zu tun, daher war das alles ein ziemlicher Schock für sie.«

»Und? Sie war immer dabei, als über Geschäftliches gesprochen wurde«, zischte Steve.

»Wie Sie genau wissen, war ich niemals bei Vorstandssitzungen dabei, Steve«, widersprach Kate. »Ich habe ihn nur bei gesellschaftlichen Gelegenheiten oder Geschäftsessen begleitet, um ihn zu unterstützen. Genau gesagt bestanden Sie darauf, dass ich unsere Investoren bezirze.«

Steve starrte sie finster an. »Trotzdem: Sie waren seine Frau und haben als seine Ehepartnerin die Verträge mit unterschrieben. Damit sind Sie für seine Schulden haftbar.«

»Mrs Fallon verkauft ihren gesamten persönlichen Besitz, um für die Schulden aufzukommen«, erklärte Michael. »Sie haben bereits alle Sicherheiten, inklusive der Einkaufszentren. Das Haus in Dublin ist verkauft, der Schmuck ebenfalls. Das Haus auf dem Land steht zum Verkauf. Danach bleibt ihr nichts mehr.«

»Aber es bleiben noch Millionen Schulden«, erwiderte Steve.

»Ich weiß.« Kate hob die Stimme. »Sie haben es schon oft genug gesagt. Ich werde wieder als Schauspielerin arbeiten. Damit kann ich hoffentlich diese Schulden abbezahlen.«

»Hoffen wir nur, dass Sie immer noch populär genug sind, um so viel Geld zu verdienen.«

Das hoffte Kate allerdings auch.

Als Kate mit ihrem gepackten Koffer in der Hand in die Halle kam, klingelte es an der Tür.

Sie öffnete und sah Nico vor sich.

»Hi – wie geht es Ihnen?« Er trat ein und umarmte sie.

»Ich habe gerade fertig gepackt«, sagte sie und umarmte ihn ebenfalls.

Sie gingen ins Wohnzimmer.

»Ich sehe, die Makler haben schon das Verkaufsschild unten am Tor aufgestellt«, bemerkte Nico.

»Wirklich? Dann müssen sie das heute Morgen getan haben.«

»Wann fliegen Sie nach New York?«, fragte er.

»Morgen Abend. Aber wenigstens habe ich die ewigen Sitzungen wegen des Geldes hinter mir.«

»Und was ist dabei herausgekommen?«

»Nun, wie befürchtet ist mir nicht nur nichts mehr geblieben, sondern ich hafte als Tonys Frau für Millionenschulden.«

Sie ging zum Fenster und blickte über den See.

Nico hatte Kate schon lange etwas fragen wollen, jedoch immer befürchtet, sie damit aufzuregen. Jetzt beschloss er, es zu wagen.

»Glauben Sie, er hat es absichtlich getan?«

»Sie wissen doch, dass es ein Unfall mit Todesfolge war.«

»Und glauben Sie das?«

»Ich weiß nicht, was ich glauben soll, Nico. Ich glaube nicht, dass er sich umbringen wollte. Aber in jener Nacht war er nicht er selbst. Ich weiß nicht, ob er hätte ausweichen können, wenn er die Felsen auf dem See gesehen hätte. Oder ob er einfach zu schnell darauf zugefahren ist. So oder so, man kann es ohne weiteres als Unfall betrachten.«

»Was werden Sie tun, wenn Sie erst mal in New York sind?«

»Ich muss einen Weg finden, diese Schulden zurückzubezahlen. Ich hab mich schon mit alten Freunden und Bekannten aus der Filmbranche in Verbindung gesetzt. Vielleicht kann ich wieder als Schauspielerin arbeiten. Aber ich habe keine großen Hoffnungen, die Schulden jemals loszuwerden. Ich werde sie mein ganzes Leben lang abbezahlen müssen.«

»Kann ich Ihnen irgendwie helfen?«

»Ich finde, Sie haben schon genug getan, Nico.« Sie lächelte ihm zu und dachte an seine Hilfe in den letzten Monaten. Ohne ihn hätte sie weder Tonys Beerdigung noch die Zeit danach überstanden.

»Allerdings können Sie noch eines für mich tun. Janet, die Immobilienmaklerin, wollte heute die Schlüssel fürs Haus abholen. Könnten Sie das übernehmen?«

»Selbstverständlich.«

»Danke, dann simse ich ihr, sie könnte sie auf Hunter's Farm abholen.« Sie stockte und schaute zu Boden. »In den Monaten vor Tonys Unfall hätte ich merken müssen, dass er in Schwierigkeiten steckt. Aber ich hatte zu viel mit dem Haus, mit meinen Hirngespinsten über die Vergangenheit – und mit Ihnen zu tun.«

»Woher sollten Sie es denn wissen?«

»Ich hätte es einfach merken müssen. Aber jetzt gehe ich besser.« Sie ging in die Halle.

Nico nahm ihren Koffer und folgte ihr aus dem Haus. Sie gingen zu ihrem Wagen. Kate warf einen letzten Blick zum Haus.

»Man sollte meinen, ich hätte nach Tonys Unfall nur schlechte Erinnerungen an dieses Haus. Aber so ist es nicht. Ich denke eher, dass wir hier unsere letzte Zeit miteinander verbracht haben und dass es im letzten Jahr mein Refugium vor der Welt war. Ich konnte einfach die Tür hinter mir zumachen und den Rest der Welt vergessen. Nun muss ich mich ihr stellen.«

Sie umarmte ihn und stieg in den Wagen. Mit Blick aufs Haus startete sie den Motor und fuhr die Einfahrt hinunter. Nico sah ihr nach.

Als Nico in Hunter's Farm die Tür öffnete, stand Janet Dolan vor ihm.

»Hallo«, sagte sie fröhlich.

»Hi, Janet«, erwiderte er und bat sie mit einer Geste herein.

»Ich hätte nie gedacht, dass ich dieses Haus noch mal verkaufen würde«, bemerkte sie, als sie ihm ins Wohnzimmer folgte. »Und dann noch unter solch tragischen Umständen.«

»Ja, das kann ich mir vorstellen«, sagte Nico und gab ihr die Schlüssel.

»Andererseits war das rückblickend schon alles sehr extravagant, oder?«, sagte sie leicht tadelnd. »Ich weiß gar nicht, wie ich das Haus loswerden soll, da der Markt momentan eingebrochen ist. Wir selbst mussten, nur um überleben zu können, diversifizieren und verkaufen jetzt nicht nur Häuser, sondern auch Antiquitäten.« Sie warf einen Blick auf die Möbel des Hauses. »Hast du irgendwas Schönes, das du verkaufen willst?«

Sie entdeckte Claras Porträt und trat darauf zu.

»Woher hast du das denn?«

»Es gehört mir, ist schon seit Jahren im Familienbesitz. Das ist die erste Frau meines Großvaters, Clara.«

Janet sah es sich genauer an, stutzte dann und prüfte die Signatur. »Aber das ist ja ein Jonathan Seymour!«

»Stimmt, er war mit Clara bekannt.«

Aufgeregt drehte Janet sich um. »Aber Nico! Weißt du eigentlich, wie viel man heutzutage für einen Seymour bekommt? Die Preise dafür haben ungeahnte Höhen erreicht, vor allem, weil alle ihr Geld in Kunst anlegen wollen!«

»Wirklich?«, sagte Nico und trat zum Bild.

»Danke, dass Sie so kurzfristig kommen konnten«, sagte Michael Delaney und schlug eine Akte auf, als Kate an seinem Schreibtisch Platz genommen hatte. Dann sah er sie an. »Kate, Sie haben Tony in Las Vegas geheiratet.«

Kate nickte. »Ja, wir hatten uns kurzfristig entschlossen. Sie wissen ja, wie spontan Tony sein konnte.«

»Ja, allerdings.« Michael sah sie bedauernd an. »Kate, als ich Tonys Papiere durchging, fand ich auch Ihre Heiratsurkunde und … ich weiß nicht, wie ich es sagen soll, aber wie es aussieht, waren Sie nie wirklich verheiratet … zumindest rechtlich gesehen.«

»Was? Aber das ist doch lächerlich!«

»Ich fürchte, so lächerlich ist das nicht. Nachdem Sie als Ehepaar nach Irland zurückkehrten, informierte man Tony, die Institution, in der Sie geheiratet hatten, hätte gar nicht die offizielle Genehmigung gehabt, Trauungen zu vollziehen.«

»Aber warum hat er mir das nie gesagt?«, staunte Kate.

»Er wollte Sie wohl nicht aufregen, und außerdem« – nun wirkte Michael etwas verlegen – »hatten Sie so überstürzt geheiratet, obwohl Sie sich noch nicht allzu lange kannten, da wollte er wohl sichergehen, dass Ihre Ehe funktioniert, bevor er sich endgültig band. Tja, Sie kennen ja Tony, er wollte sich –«

»Immer ein Hintertürchen offenhalten«, beendete Kate Tonys Mantra. »Offenbar galt das auch für unsere Ehe.«

»Ich bin sicher, dass Tony eines Tages alles offiziell machen wollte. Schließlich hatte er in seinem Testament alles Ihnen hinterlassen … als er noch etwas zu hinterlassen hatte.«

»Aber was bedeutet das jetzt? Abgesehen davon, dass unsere Ehe eine Lüge war?«

»Ihre Ehe war es vielleicht, aber Ihre Beziehung ganz bestimmt nicht. Doch das bedeutet, dass Sie für seine Schulden nicht mehr haftbar gemacht werden können. Ihre Unterschrift als Ehefrau ist ungültig.«

»Wird man mich denn nicht wegen Betrugs verklagen?«

»Unmöglich, schließlich wussten Sie nichts davon. Natürlich wird man es versuchen, aber ich bin sicher, ohne Erfolg. Sie haben als Kate Fallon unterschrieben, und wie sich erwiesen hat, gibt es rechtlich gesehen gar keine Kate Fallon. Sie waren immer Kate Donovan. Das heißt: Sie sind frei, Kate.«

»Vielleicht hat er mich deshalb nicht offiziell geheiratet«, sagte Kate und fing an zu weinen. »Er konnte sich selbst zwar kein Hintertürchen offenhalten, um aus den Schulden rauszukommen, aber mir! Oh, Tony!« Sie blickte zur Decke und fing trotz ihrer Tränen an zu lachen. »Du schlauer – dummer – genialer Mann!«

102. KAPITEL

»Meine Damen und Herren«, begann Janet, und Schweigen senkte sich über die Menge bei Dolans Auctioneers. »Wir sind hocherfreut, Ihnen heute einen Jonathan Seymour anbieten zu können. Das Bild zeigt Lady Clara Armstrong und befand sich bislang im Besitz der Familie Armstrong. Der Maler Seymour hat internationalen Ruhm erlangt ...«

Nicos Gedanken schweiften ab, als Janet den Maler und sein Porträt anpries. Dies hier war ganz anders als der Zwangsverkauf seines Hauses. Jetzt hatte er keine finanziellen Verpflichtungen mehr, die den gesamten Erlös auffressen würden. Als Janet das Mindestgebot nannte, trieben sich die Bietenden sofort in schwindelerregende Höhen, bis Nico den Ausruf »Verkauft!« hörte. Das Bild ging an eine Londoner Kunstgalerie, und zwar für siebenhundertfünfzigtausend Euro. Nico freute sich, dass es nicht in eine Privatsammlung kam, sondern öffentlich ausgestellt werden sollte.

Als alle den Auktionssaal verließen, ging Nico zu Janet und dem Bild.

»Es hat noch mehr erzielt, als ich dachte«, sagte sie hocherfreut.

»Ich hätte auch nicht so viel erwartet. Danke, Janet. Und das bei der Wirtschaftskrise.«

»Geld ist immer da, Nico, es strömt nur in unterschiedliche Richtungen. Und wie es aussieht, strömt es jetzt wieder zur Armstrong-Collins-Familie. Hast du schon Pläne damit?«

Er sah sie an und nickte. »Ja, ich möchte ein Angebot für das Haus machen.«

»Das Fallon-Haus?«, fragte Janet und leckte sich schon die Lippen bei der Aussicht, an einem Tag zwei große Transaktionen unter Dach und Fach zu bringen.

»Ja – das Armstrong House. Ich biete siebenhundertfünfzigtausend Euro dafür.«

»Was?«, rief Janet aus. »Aber das ist doch nur die Hälfte dessen, was die Fallons für die Ruine bezahlt haben. Danach haben sie noch Unmengen hineingesteckt!«

»Ich weiß, aber wie du weißt, ist der Immobilienmarkt am Boden, und mehr habe ich nicht.«

»Ja, schon, aber –«

»Komm schon, Janet, du könntest jahrelang auf dem Haus sitzenbleiben und am Ende noch weniger bekommen, als ich jetzt biete.«

»Nun, ich muss das mit den Gläubigern absprechen. Es ist natürlich ihre Entscheidung.« Sie nahm ihr Handy heraus und ging. Ein paar Minuten später kam sie zurück.

»Es sieht so aus, als hätten wir einen Deal. Sie haben dein Angebot akzeptiert.«

Nico lächelte glücklich.

»Du bist ein Spekulant, Nico«, sagte Janet ungehalten.

»Nein, ich bringe das Haus nur zurück in die Familie – wo es hingehört.«

103. KAPITEL

Kate war in Dublin, wo sie eine Rolle in einem Film ergattert hatte. Gerade hatte sie eine Szene abgedreht und saß im Morgenmantel in ihrer Garderobe, weil sie einer Journalistin ein Interview geben wollte. Es klopfte.

»Herein«, sagte Kate, und als die Tür aufging und eine Frau hereinkam, erkannte Kate sie sofort vom Foto in Hunter's Farm. Es war Susan, Nicos Exfrau.

»Hi, Kate, ich bin Susan Collins von der *Times*.«

Sie gaben sich die Hand.

Kate nickte und sagte lächelnd: »Mein Agent hat Ihnen hoffentlich klargemacht, dass ich nicht über meinen verstorbenen Mann Tony oder sein Geschäft reden möchte, sondern nur über den Film.«

»Ja«, erwiderte Susan grinsend und setzte sich. »Das hat Ihr Agent ausdrücklich klargemacht.«

»Tut mir leid«, entschuldigte sich Kate. »Aber ich wurde so oft danach gefragt, dass ich nicht mehr darüber reden will.«

»Verständlich«, sagte Susan und stellte ihr Aufnahmegerät an.

Sie sprachen eine halbe Stunde über den Film, dann schaltete Susan das Gerät aus und beendete das Interview.

Kate blickte sie neugierig an. »Sie sind doch Nicos Exfrau, nicht wahr?«

»Ja, stimmt. Und Sie haben unser Landhaus gekauft«, erwiderte Susan und überraschte Kate damit.

»Wie geht es ihm?«, fragte sie.

»Eigentlich sehr gut. Sie kennen ja Nico – er ist immer ziemlich ausgeglichen, nie in Hochstimmung, aber auch nie am Boden zerstört.« Sie verzog humorvoll das Gesicht.

»Das ist doch gut. Das habe ich mir auch in letzter Zeit angeeignet. Ich hatte immer gehofft, Sie kämen noch mal zusammen?«

»Nein, auf keinen Fall. Ich heirate wieder.« Susan zeigte ihr ihren Verlobungsring.

»Oh, dann gratuliere ich.«

»Ich habe es Nico noch nicht erzählt.«

»Wie wird er es wohl aufnehmen?«

»Unsere Tochter Alex schwärmt immer von Ihnen, wenn die Sprache auf Sie kommt«, sagte Susan. »Danke, dass Sie so nett zu ihr waren.«

»Keine Ursache, sie ist sehr liebenswert … wie ihr Vater. Die Frau, die ihn mal abkriegt, kann sich glücklich schätzen.«

Susan sah sie prüfend an. »Ja, das stimmt wohl … ich hoffe, eines Tages findet er, wonach er sucht. Warum rufen Sie ihn nicht mal an? Da Sie schon hier sind? Er würde sich sicher sehr freuen, von Ihnen zu hören.«

»Ach, wenn Sie ihn das nächste Mal sehen, richten Sie ihm doch aus, ich hätte mich nach ihm erkundigt.«

»Und – wie findest du es«, fragte Nico und stellte den Wasserkessel auf den Herd, um für sich und seine mittlerweile fünfzehnjährige Tochter Alex Tee zu kochen. Sie hatte Schulferien, und er hatte sie hierher gebracht, um die Zeit mit ihr im neuen Haus zu verbringen.

Alex setzte sich an die Kücheninsel. »Mir tun die Fallons leid«, sagte sie. »Sie haben so viel Arbeit ins Haus gesteckt, nur um es dann wieder zu verlieren.«

»Ich meine, dass das noch das geringste ihrer Probleme war.«

»Kate Fallon ist wieder in Irland.«

»Ach ja?«, fragte Nico überrascht.

»Ja – Mum hat sie für die Zeitung interviewt.«

»Wirklich?« Jetzt war Nico geschockt.

»Ja – sie dreht in Dublin einen Film. Du warst richtig mit ihr befreundet, oder nicht?«

»Tja, wir – wir kannten uns ziemlich gut, ja.«

»Ich weiß noch, dass sie sehr nett war.«

»Sie ist auch eine sehr nette Frau.«

»Jetzt heißt sie wieder Kate Donovan.«

»Wirklich?«

»Ja, der Name Fallon weckt wohl zu viele schlechte Erinnerungen.«

»Du liest zu viele Schundblätter, Alex.«

»Mum hat gesagt, Kate hätte ständig über dich gesprochen und dich in den höchsten Tönen gelobt.«

»Ach ja?« Jetzt war Nico ehrlich überrascht.

»Sie vermisst das Haus bestimmt schrecklich.«

»Ich weiß nicht. Auch das Haus kann schlechte Erinnerungen wecken.«

»Mum mochte sie. Sie hält sie für sehr interessant.«

»Kate ist eine außerordentlich bemerkenswerte Frau. Von ihr habe ich viel über dieses Haus erfahren. Ich habe das Haus und unsere Familiengeschichte immer als selbstverständlich betrachtet. Aber sie nicht. Das alles faszinierte sie sehr … Jetzt ist mir deutlicher bewusst, dass hier Generationen von unserer Familie gewohnt haben, und eines Tages wird es deine Familie sein … und du wirst die Ahnenreihe fortführen.«

»Ganz schön viel Verantwortung«, sagte Alex und seufzte übertrieben.

»Eines Tages wirst du es schon verstehen«, sagte er, stellte den Tee vor ihr ab und setzte sich ihr gegenüber.

»Dad – ich muss dir was sagen … Mum heiratet wieder.«

»Oh!« Das war ein Schock für ihn.

»Einen Redakteur von der Zeitung.«

»Ach.«

»Er ist sehr nett, und sie ist sehr glücklich. Und ich mag ihn.«

»Nun, das ist wohl die Hauptsache.« Er nickte.

»Mum wird dich diese Woche noch anrufen und es dir selbst erzählen. Aber ich dachte, ich warne dich schon mal vor.«

»Sehr aufmerksam von dir.«

»Und, was willst du jetzt machen?«, fragte sie.

Er sah sie erschrocken an. »Mit Mum?«

»Nein, mit deinem Leben.«

»Was meinst du – was soll ich denn machen? Nichts!«

»Hm, das habe ich befürchtet. Aber du musst dein Leben weiterleben.«

»Wenn ich einen Rat von dir brauche, Alex, dann sage ich dir Bescheid.«

»Aber was willst du denn mit dem Rest deines Lebens anfangen? Etwa ganz allein hier im Haus hocken?«

»Darüber habe ich noch nicht nachgedacht.«

»Solltest du aber!«

»Vielen Dank! Was willst du denn heute Abend machen?«

»Kate ist ziemlich cool. All meine Freunde mögen sie. Sie konnten es kaum glauben, dass wir mit ihr befreundet sind.«

»Ich war früher mit ihr befreundet, Alex. Jetzt nicht mehr.«

»Aber das könntest du ändern. Zufällig hat sie noch dieselbe Telefonnummer.«

»Alex –«

»Ich sag ja schon nichts mehr! Nur eines noch: Mum möchte, dass du zu ihrer Hochzeit kommst.«

»Großartig, ich kann es kaum erwarten!«, sagte Nico sarkastisch.

104. KAPITEL

Alex schritt hinter der Braut den Gang hinunter. Die Kirche war voller Gäste. Sie sah ihren Vater und lächelte ihm zu. Er erwiderte ihr Lächeln. Alex hatte befürchtet, er würde an diesem Tag emotional werden, doch er wirkte ruhig und glücklich.

Als die Braut vorne am Altar ankam, richtete Alex rasch die lange Schleppe des Brautkleids. Der Bräutigam zwinkerte seiner Brau zu und stellte sich neben sie.

»Wir sind hier heute zusammengekommen«, begann der Priester, »weil Kate und Nico den Bund der Ehe schließen werden.«

»Es ist noch nicht zu spät für einen Rückzug«, flüsterte Nico Kate zu.

»So leicht wirst du mich nicht los«, erwiderte Kate und drückte seine Hand.

Nachdem der Pfarrer sie zu Mann und Frau erklärt hatte, schritten sie rasch durch den Gang nach draußen, wo sie mit Konfetti beworfen wurden. Die Hochzeitsgesellschaft versammelte sich vor der Kirche des kleinen Orts in der Nähe des Armstrong House, während das Brautpaar die Glückwünsche entgegennahm und sich für Fotos aufstellte.

»Das muss man Kate lassen«, sagte ein Gast zum anderen, »sie hat wirklich ein Händchen, aus allem das Beste zu machen.«

»Was meinst du damit?«, fragte der andere.

»Vor ein paar Jahren hat sie ihren Mann, ihr Haus, ihre Karriere und ihr Geld verloren. Doch sieh sie dir an – irgendwie ist sie ihre Schulden losgeworden, ihre Karriere läuft wieder an, sie hat einen netten neuen Mann gefunden und sogar ihr Haus zurück.«

»Ja, aber Kate hat eine schreckliche Zeit durchgemacht. Ein labilerer Charakter wäre daran zerbrochen. Sie verdient ein bisschen Glück. Außerdem hat sie sich sehr verändert. Sie geht nicht mehr auf Partys und Premieren. Sie hat mir erzählt, es würde sie glücklicher machen, einfach nur mit Nico zu Hause zu sein.«

Die beiden Männer blickten zu Alex, die fröhlich plaudernd von Gast zu Gast ging.

»Nicos Tochter ist auch ziemlich bemerkenswert.«

»Ah«, sagte der andere lächelnd, »meine Familie kennt die Armstrongs schon seit Generationen. Alex' Nachname mag zwar Collins lauten, aber sie ist eine Armstrong, durch und durch. Jetzt geht es los zur Feier im Armstrong House.«

Kates und Nicos Wagen führte den Autokorso rund um den See bis zum Haus an. Als ihr Wagen hielt, stiegen sie aus, und der Fotograf schoss noch eine Aufnahme mit ihnen vor dem Haus.

Nico fing an zu lachen. »Ich musste gerade an eine andere Hochzeit neulich denken, da sagte jemand, die Braut sei etwas Neues für den Bräutigam, etwas Altes – wegen ihres fortgeschrittenen Alters –, etwas Geliehenes, da sie vorher mit dem besten Freund ihres Mannes verheiratet war, und etwas Blaues – weil sie schon etwas getrunken hatte.«

Kate stimmte in sein Gelächter mit ein. »Daran habe ich gar nicht gedacht.« Sie berührte Claras Brosche, die sie angesteckt hatte. »Ich nehme an, diese Brosche erfüllt alle Erfordernisse für diesen Tag: etwas Neues, für mich … etwas Altes … etwas Geliehenes, von Clara … und etwas Blaues – *blue*, englisch für unglücklich –, weil sie das Relikt aus einer unglücklichen Ehe ist. Aber jetzt wird sie das Symbol für eine glückliche Ehe.«

Als alle anderen Gäste eingetroffen waren, führten Nico und Kate sie den roten Teppich zum Eingang hinauf und hinein ins Haus.

EPILOG

Beunruhigt hielt Clara den Umschlag in der Hand und blickte auf die ordentlich getippte Adresse. Ein Blick auf ihre Uhr verriet ihr, dass es kurz vor zwei Uhr mittags war. Sie steckte den Umschlag in die Tasche ihrer Strickjacke und ging zum Spiegel, wo sie ihr Äußeres prüfte. Ihr Besucher kam fast eine Stunde zu spät, und sie schaute immer wieder besorgt zum Park des Landhauses in Kent, das sie von ihrer Großmutter Louisa geerbt hatte.

Sie nahm die Zeitung vom Couchtisch, deren Schlagzeilen vom Krieg kündeten, und blätterte sie durch. Dann verharrte sie, als sie ein Foto von Pierce, seiner jungen Frau und dem Neugeborenen sah und die Bildunterschrift las: *Lord Armstrong mit seiner Frau Joan und ihrer Tochter Jacqueline.*

Als sie einen Wagen herannahen hörte, faltete sie die Zeitung. Rasch ging sie zur Haustür, öffnete sie und stürzte sich lächelnd in die Arme des Mannes, der ihr entgegentrat.

»Du siehst jeden Tag jünger aus«, sagte er fröhlich, als sie ins Wohnzimmer gingen.

»Alle sagen, dass du ein Charmeur geworden bist, aber du solltest dir die Adressaten sorgfältiger aussuchen. Gegen Schmeicheleien bin ich immun«, sagte sie lächelnd. Anschließend nahmen sie beide auf dem Sofa Platz, und Clara nahm die Hand ihres achtzehnjährigen Sohnes James.

»Niemand ist dagegen immun«, grinste er.

»Wie waren deine Abschlussprüfungen?«

»Gar nicht so schlecht. Ich glaube, ich hab's geschafft.«

Sie griff in ihre Tasche, holte den Brief heraus und gab ihn ihm. »Das ist heute Morgen mit der Post gekommen«, sagte sie.

»Ich weiß, was das ist«, erwiderte er und sah in ihr besorgtes Gesicht, bevor er hinzufügte: »Und du auch.«

Sie nickte. Schnell riss er den Umschlag auf und las das Schreiben, ehe er lächelnd aufblickte. »Das Royal College of Surgeons ... hat mich als Studenten akzeptiert!«

»James!« Clara umarmte ihn fest. »Ich habe mir solche Sorgen gemacht! Welch eine Erleichterung!« Entzückt schüttelte sie den Kopf. »Du wirst ein ausgezeichneter Arzt werden, wie meine Brüder.«

Er steckte den Brief wieder in das Kuvert. »Vielleicht kann ich erst nach dem Krieg studieren. Vielleicht werde ich eingezogen.«

»Oh, James, sag doch nicht so was!« Seit dem Ausbruch des Krieges wurde Clara von schrecklichen Erinnerungen heimgesucht. »Als Mediziner bist du der Gesellschaft doch mehr von Nutzen! Es ist viel besser, Leben zu retten«, sagte sie flehend.

»Wir werden sehen«, erwiderte er.

»James ... ich wollte schon seit einiger Zeit mit dir sprechen. Es geht um deinen Vater.«

Sein Gesicht verfinsterte sich. »Was ist mit ihm?«

»Pierce hat wieder geheiratet und eine Tochter bekommen.«

»Und?« Er wirkte desinteressiert.

»Du bist jetzt erwachsen und kannst selbst entscheiden, ob du ihn kennenlernen willst. Du weißt, warum ich dich von ihm ferngehalten habe. Aber nun bist du alt genug, deine eigenen Entscheidungen zu treffen. Ich würde es dir nicht verübeln, wenn du dich mit ihm in Verbindung setzen und dein Erbe beanspruchen wolltest.«

»Mein Erbe?«

»Du bist der rechtmäßige Erbe des Titels, des Hauses und der Ländereien in Irland. Ich möchte nicht, dass du später mal etwas bereust.«

»Ich werde es nicht bereuen. Ich will weder den Titel noch das Haus. Du hast vor all den Jahren die einzig richtige Entscheidung getroffen.« Er nahm ihre Hand. »Es war ein Verlust für ihn, uns nicht bei sich zu haben.«

»Bist du nicht einmal neugierig?«

Er sah sie an und dachte an die schrecklichen Zeiten, die sie hatte durchmachen müssen. Wie tapfer sie gewesen war, ihn ganz allein aufzuziehen, als sie nach London zurückkehrte und feststellte, dass sie schwanger war.

»Nicht im Mindesten. Dies ist mein Leben, das einzige, das ich kennengelernt habe, und das einzige, das ich will«, versicherte James.

Sie drückte fest seine Hand. »Ich hatte gehofft, du würdest das sagen.«

»Ich will meinen Vater nicht mehr in unser Leben lassen, nachdem du dich so bemüht hast, mich vor ihm geheim zu halten.«

»Ich hatte keine andere Wahl. Pierce war sehr gestört. Er war ein schlechter Ehemann und wäre ein schrecklicher Vater gewesen. Und ich weiß, er hätte versucht, dich mir wegzunehmen.«

»Ich weiß, und es war sehr mutig von dir, mich allein aufzuziehen.«

»Ich habe jede Minute genossen. Außerdem hatte ich viel Hilfe von meiner Familie, die mich immer unterstützt hat. Vor allem meine Großmutter. Manchmal war es kaum zu glauben, aber ich war immer ihre Lieblingsenkelin.«

»Außerdem ist das Haus in Irland doch unbewohnbar, oder nicht?«

»Ja, ein schreckliches Feuer hat dort gewütet«, sagte sie und dachte an die furchtbare Nacht zurück.

»Dann will ich nicht die Verantwortung dafür, vielen Dank.«

James deutete auf das Bild, das Clara vom Armstrong House gemalt hatte, und sagte: »Sehr traurig. Früher war es so ein schönes Haus.«

Clara lächelte, als sie das Bild an der Wand ansah, und sagte: »Vielleicht wird es das eines Tages auch wieder sein.«

DANK

Wie immer danke ich allen bei Poolbeg: Paula Campbell, Kieran Devlin, David Prendergast, Sarah Ormston und Ailbhe Hennegan. Dank auch an Gaye Shortland für die präzise Redaktion. Und unendlichen Dank an die Buchkäufer, Rezensenten und Sie – die Leser.